中国传媒大学“211工程”三期
创新人才培养后期资助项目支持

SCRIPT WRITTING

影视剧作艺术教程

（第2版）

周涌 何佳 著

中国传媒大学出版社
·北京·

目　录 Contents

绪　　论

一、剧作者的任务

(一)电影史溯源

1895 年,卢米埃尔兄弟拍摄了他们的第一部影片《工厂大门》,这标志着电影的真正诞生。但在最初的时期里,这个新生儿似乎还没有找到它自己成长的方向。人们仅仅是把它看作是一种新奇的、会活动的照相术。就连堪称“电影之父”的卢米埃尔兄弟似乎也没有意识到,除了更忠实、可靠地记录日常生活之外,电影还能做些什么。

“我所选择的题材,可以证明我想做的只是再现生活。”卢米埃尔说。但正是这种“再现生活”的单纯想法促使他们在有意无意之间抓住了对电影成长最具决定意义的诀窍:讲故事。

卢米埃尔兄弟拍摄了许多记录 19 世纪末和 20 世纪初法国社会生活的短片,其中最负盛名的影片之一便是《水浇园丁》:一个园丁拿着水管正在花园里浇灌花草,突然水管没水了(从画面上我们看到是一个淘气的孩子在他身后踩住了地上的水管),不明所以的园丁拿起水管凑近检查,孩子拿开脚,猛然喷出的水浇了园丁一身,受到捉弄的园丁终于发现了恶作剧的孩子,气愤地追过去……。在卢米埃尔兄弟的另外一部影片里,一个假装残疾的人在被警察追赶时,突然扔掉拐杖,健步如飞地跑开。而他们拍摄的有关救火的影片则更是有意识地由“水龙出动”、“水龙配备”、“扑灭火灾”和“救援工作”四部分构成。

在这样的短片里,我们已经能够看到相对完整的事件过程,看到人物和人物心态,看到冲突和悬念……,而这些,正是“讲故事”的各个主要因素。

在卢米埃尔兄弟之后,梅里爱更为明确地看清了电影的发展方向,“他深知观众的欣赏心理,认为电影必须'讲故事',有人物,有冲突。于是他走了一条方便之途,干脆把舞台上的一套全搬到电影里来"。[1]

1897年,梅里爱在巴黎附近他的庄园里建起了世界上第一个摄影棚,摄影棚一端的套间里固定着摄影机,另一端则是舞台。在这个"电影剧场"里,梅里爱拍摄了《月球旅行记》、《鲁滨逊漂流记》、《灰姑娘》、《征服南北极》等影片,作出了他对电影艺术的最大贡献:确立了电影必须要有冲突,要通过人物叙述故事的创作原则。但使这一原则真正融入电影媒介的却是格里菲斯。

在他的《一个国家的诞生》、《党同伐异》等影片中,格里菲斯着力于探求电影艺术的独特表现潜力,将叙事因素植根于电影特性的基础之上。他探索和确立了为叙事服务的电影视听语言的若干基本规则:将镜头作为影片的基本构成单位,并进而发现了"蒙太奇"这一最基本的电影语言语法……。从而使电影真正成为一门用视听语言"讲故事"的艺术。

从卢米埃尔兄弟、梅里爱到格里菲斯,电影基本成形为一门叙事艺术。这也是此后电影艺术发展的基本方向。

在这样一门"讲故事"的艺术里,剧作者处于一个什么样的地位呢?

(二)剧本≠剧作

事实上,在剧本尚未出现之前,电影就已经在"讲故事"了。在卢米埃尔兄弟、梅里爱和格里菲斯,甚至在卓别林的影片创作过程中,都不曾有过拍摄之前便已写好的剧本,有的顶多是一个故事梗概或者是一个简单的构思,而具体的情节、语言、动作都由导演和演员在拍摄过程中来完成。即使是到了今天,也有许多导演喜欢在没有剧本的情况下创作。在这样的创作过程中是不是就没有剧作呢?

答案当然是否定的,剧本并不等于剧作。剧作实际上是一种贯穿影视剧创作过程始终的创作思维方式,是运用剧作元素(人物、情节、动作、冲突等)进行叙事的创作过程。剧本只是剧作的一个环节,而真正的剧作过程在拍摄过程中,在剪辑台上都还在延续。但毋庸置疑的是,剧作过程主要是在剧本阶段由剧作者来完成的。

在影视剧的创作过程中,实际上存在着三种不同的剧本:文学剧本,分镜头剧本(或导演工作台本)和完成台本。

文学剧本,"一剧之本"的称谓表明了它在影视剧创作过程中的重要地位,它是未

---

① 罗慧生:《世界电影美学思潮史纲》,山西人民出版社1985年版,第9页。

来影片(电视剧)的基础和框架。文学剧本提供了影片(电视剧)的基本故事情节和人物关系,明确了影片(电视剧)的主题、情节、人物性格和风格样式。它可以称之为影片创作的“施工蓝图”。

分镜头剧本(导演工作本)是导演根据文学剧本提供的基础,在确定了拍摄场景之后,按自己对未来影片(电视剧)画面和场面调度的设想,写出用于拍摄的台本。它可以细致到镜头的分切和单个镜头的拍摄方法(分镜头剧本),也可以只是在文学剧本的基础上加入导演的理解,并根据拍摄场景的实际情况将文学剧本改写为可直接拍摄(转化为视觉形象)的形式(导演工作台本)。

完成台本则是在影视剧制作完成之后,由场记根据已经定稿的影视剧,将其中的一切技术、艺术内容,如场次、镜号、拍摄方法、场面调度、人物对话、音响音乐以及长度等,完整地记录下来的台本形式。

在这三种剧本形式中,由剧作者完成的是文学剧本,我们通常所说的影视剧本也都是指文学剧本。而剧作者的任务,则正如前面所说的,是为影片(电视剧)提供基本故事情节和人物关系,明确影片(电视剧)的主题、情节、人物性格和风格样式。或者说,剧作者便是一个“故事手”。

(三)虚构者? 选择者?

在上世纪 80 年代初的某一天,著名的电影导演维姆·文德斯在萨姆·谢帕德的散文集《汽车旅馆纪实》中看到了一句话“……有一个人离开了公路,一直向着沙漠步行而去。”这位素来以善拍公路片闻名的导演马上被这简简单单的一句话给迷住了。他从中看到了某种能激发起他创作冲动的奇妙感觉。于是,他找到谢帕德,让他从这句话出发,写一个电影剧本。在 1984 年的戛纳国际电影节上夺得“金棕榈”大奖的影片《得克萨斯州的巴黎》就这样诞生了。

正像《得克萨斯州的巴黎》那样,“一出戏可能以任何一件事情作出发点:心中一闪而过的胡思乱想;自己深信的,或准备研究的某种关于行为或艺术的理论;偶然听到或想到的几句对话;一片真实的或想象的、能在看到它的人的心中激起情绪的背景;一场完全不知道来龙去脉的戏;偶然在人群中看到的某一个由于某种缘故而特别引起剧作家注意的人,或者一个经过周密研究的形象;两个人或两种生活条件之间的对照或类比;报上或书上的、在闲谈中听到的或观察到的一件小事;或者一个讲得很简略或很细致的故事。”[①]《许三观卖血记》缘起于作家余华某一天在北京王府井大街上偶然看到的一个在人流中毫无顾忌地哭泣的老人；而柏格曼则因有一次在拍片的间歇看到两个女演员坐在墙下互相凝视着强烈的阳光下对方伸出的手掌而写出了他的《假面》；阿巴斯的《橄榄树下的情人》起源于他脑海里一直挥之不去的一个男人在阳台上浇花的幻象……这样的创作过程常常会给人们一种印象：剧作者就是虚构者。他们因某种不确定的因素而引发“创作冲动”，并按自己的意愿“想出”或者说是虚构出一系列的故事和人物，这样就写成了一个剧本。所谓“编剧”嘛，当然就是虚构和编造者。

剧本是由剧作者“创作”的，但因此将剧作者的工作看成是“虚构”或者“编造”却并不是一个准确的说法。剧本并不是从虚无缥缈中或是从剧作者的某种抽象的观念中产生的，不是在一片虚空中搭建空中楼阁，它是从剧作者和我们大家都身处其中的社会生活里，从人类社会历史上发生过的无数真实的或可能的事件，从人生实际早已存在的种种合理的可能性之中产生的。剧作者的工作与其说是虚构，还不如说是一个选择的过程：他们从最初的创作动因出发，进入自己的知识和经验的“仓库”，从里面选择恰当的人物或人物可能的动作，把它们结合为一个剧本。当然这种选择绝不是简单的原材料的选取和堆砌，它是建立在剧作者想象力基础之上的创造性的选择。剧作者的“想象力是一种将各种来自知识和经验的想象结合起来的能力，以便使那些形象具有新鲜的意义和新鲜的潜力。这些意义和潜力看来似乎是新的，而实际上是新在选择和剪裁上。”[②]

一位剧作者从报纸上看到一条新闻：有一对中年夫妇因为某种原因离婚了，法院将他们的儿子判给丈夫抚养。这对离婚的夫妇都十分疼爱儿子，但离婚后丈夫出于对妻子的怨恨，千方百计地拒绝让妻子与儿子见面。于是妻子上法院要求把儿子改判给自己，这个要求当然被拒绝了。这时，事情开始往一个出乎意料的方向发展：被逼无奈的妻子向法院提出了新的理由：儿子不是丈夫的亲生孩子，是她在婚后偶尔“红杏出墙”的产物。大为震惊的丈夫当然不愿相信这种说法，但医院检验的结果却证明妻子说的是真话，儿子终于改判给妻子抚养。

剧作者被这则新闻所吸引，想据此创作一个剧本。他首先想到的是从母亲的角度来看待这一事件：这将会是一个出于母爱和复杂的恩怨而发生的故事。这位妻子出于母爱的本能，为了夺回儿子竟不惜将自己隐藏多年的难以启齿的隐私公之于众，在她

① 霍华德·劳逊：《戏剧与电影的剧作理论与技巧》，中国电影出版社1978年，第229—230页。
② 同上，第237页。

离婚之前发生过什么样的故事？儿子的生父是一个什么样的人？他在她的生命中留下了怎样的印记？沿着这个方向，剧作者可以想象性地选择"离婚事件"之前可能发生的故事和动作，完成一个剧本。而在她把自己的隐私公之于众并夺回儿子之后，她又会面临什么样的处境？她将如何再来面对儿子？面对自己的亲友、同事？……沿着这个方向，剧作者可以讲述一个发生在"离婚事件"之后的故事。

这样，剧作者已经有可能沿着两个不同的方向进行选择了。但还有第三种方向：如果以丈夫为主角呢？一个已经失去了家庭的丈夫，挚爱的儿子在某种程度上已经成为他相依为命的伙伴，但突然之间发现儿子竟然不是自己亲生的，这种变故会如何影响他的生活？而妻子（尽管已经离婚）曾经的背叛和不忠又给他带来怎样的打击？沿这个方向也会有一些不错的选择。还有呢？如果从孩子的角度来看呢？父母离婚对他已经是一个不小的打击，但他仍努力地爱着自己的父母，可祸不单行，自己突然成了这个破碎家庭不应该有的成员。年幼的他是不是明白这意味着什么？他还能不能像从前那样爱自己的母亲？他以后的人生会因此而呈现什么样的景象？……这已经是第四种方向了。还会有别的方向：如果妻子本来就是一个满不在乎所谓"名声"的人；如果我们以另外的人物作为主角，比如一个"片警"，离婚的这一家子只是他管片的一户，他尽力地想帮助这一家子弥合伤痕。而剧作者只把"离婚事件"当作片警生活中的一个相当重要的插曲，他想选择表现的是片警自己的生活故事。这个人还可以是居委会主任，孩子的老师……

表面上看，这个选择的过程似乎可以是毫无限制的，有无数种可能的决定。实际并非如此，剧作者所进行的是有条件的选择，它同时受到以下几方面因素的制约。

首先，创作的目标或者是主导动机决定了选择的方向。如果我们因为看到身边出现了众多的城市打工仔，被他们的生活处境和发生在他们身上的种种故事所吸引，想要创作一个关于从农村来到城市打拼的人群的剧本。从这个最初的动因出发，我们首先碰到的问题不是选择人物和事件，而是必须明确我们的创作目标：我们是想表现城市打工人群告别家园来到陌生都市遭遇的种种困境，还是想表现他们在这些不适和困境中如何面对生活、面对未来，如何改变自己的命运？如果我们选择前者作为创作目标，都市环境的大部分元素，里面的人物、事件，都将对人物形成压力和侵犯，而人物几乎会是被动的，只能遭遇，无力反抗。可是如果我们以后一种为创作目标，那我们所进行的一切选择就会改变，都市景观不是完全的敌对，而人物也是有主动性的，可以融入、改变陌生的都市生活。由此可见，不同的创作目标，会从故事初现端倪的时候起就制约故事的走向。就前面的"离婚事件"来说，剧作者首先要做的，也是在各种不同的方向当中决定自己的目标，他的选择将在这个目标的限制下进行。

其次，剧作者的选择还受到种种社会因素的制约。特定的政治环境、审查制度，以及文化背景、风俗习惯等因素都会在一定程度上决定剧作者的选择。比如陈凯歌导演拍摄《梅兰芳》，剧本筹备工作就受到一定限制，因为梅兰芳毕竟是现实人物，改编他的人生经历必然要考虑到他的子女亲友的感受，不像创造一个纯虚构人物那样自由。

此外，任何人的知识和经验结构都是有限的。剧作者可以通过自己的亲身体验，通过对生活的观察和其他尽可能多地获取知识和间接经验的手段来扩展自己的知识和经验结构，但他永远不可能穷天下所识于一身。他的选择范围必然会受自己的知识和经验范围的限制。如刚才说到的那位剧作者，他最后选择的是写父亲。原因便是他对一个中年男人的生活所具有的知识和经验比较丰富，这样他便比较“有把握”。

（四）“故事手”

我们可以得出结论了：

第一，剧作者便是一个“故事手”，他的任务是为未来的影片（电视剧）提供基本故事情节和人物关系，明确影片（电视剧）的主题、情节、人物性格和风格样式。

第二，剧作实际上是一种贯穿影视剧创作过程始终的创作思维方式，是运用剧作元素（人物、情节、动作等）进行叙事的创作过程。剧作者是这一过程的主要完成者，他创作的剧本是未来影片（电视剧）的“施工蓝图”，是“一剧之本”。

第三，剧作者创作剧本的过程是一个创造性选择的过程。剧作者从剧作的基本动因出发，依靠自己的知识和经验积累，想象性地选择人物、情节和动作，完成剧本创作。

二、剧本的根本特性

文学剧本作为一种文字形式，其文学性是显而易见的。但它又和小说、诗歌甚至舞台剧等其他文学形式有着极大的不同。借用美国著名剧作理论家悉德·菲尔德在《电影剧本写作基础》中的说法，小说就是小说，电影剧本就是电影剧本。它们是两种截然不同的形式。一个是苹果，另外一个是橘子。[①]这个略显夸张的比喻无疑是在形象地厘清二者的差别。剧本与其他文学有所差别，根本原因在于电影这一媒介的特殊性。电影是以视听为载体的媒介形式，电影语言从根本上讲是一种视听语言。因为剧本的产生是为了拍摄成为电影的形式，因此剧本也就先天注定了它必然具有电影性。

① 悉德·菲尔德：《电影剧本写作基础》，中国电影出版社2002年版，第200页。

剧本的电影性,使它区别于其他文学形式而成为独特。所以和小说等其他文学形式相比,剧本的根本特性,在于它是一种影像叙事,剧本里的任何一个句子,都要诉诸视觉或者听觉。

在 个剧本的开头,如果我们读到这样 句话:"北京冬,零下十度"。这可以是一个简洁的小说开端,但是不是一句恰当的剧本语言?答案是否定的。因为"零下十度"并不是一个影像化的语言,不是视觉,也不是听觉,不同的导演读了这个句子,脑海中会有千百种画面的可能性。而剧本作为影片的蓝图,应该具备对视听明确的指向,因此在剧本中,相似的内容如果呈现为:"北京冬,北风呼啸,路面有零星残雪,行人瑟缩着脖子匆匆走过",或"窗外寒风呼啸,窗边书桌上的收音机正在播报天气预报,播音员:今日阴转晴,北风二三级,气温零下十度",就是比较合适的剧本语言。

因为剧本的这一根本特性,剧作者在构思和行文的过程中应该尽量避免以下的几点:

1.避免抽象的描述

试看这一句:"他的工作日复一日,非常空虚、无聊。"这种描述语言是抽象的,没有视觉和听觉性,可以存在于小说中,但放入剧本并不合适。如果写入剧本,就应该有具象的转化,可以转化成偏重视觉性的:"办公室里除了他一个男性,其余全是中年妇女,他呆滞地坐在其中看她们拿着毛线飞快地织毛衣。"这是在用织毛衣的视觉感和织毛衣动作的单调感来表现日复一日的无聊。也可以转化成偏重听觉的:"邮局光线幽暗的工作台,他机械地盖着邮戳,噼噼啪啪如同一架没有知觉的机器。"这是在利用盖邮戳的重复声效达到相似的效果。

"死的沉寂飘荡在空气中"。战舰波将金号一个参加暴动者的回忆中出现了这样的句子。这是一个抽象的带有文学性的语言,很准确地描述了死亡将至的死寂和紧张感。但是如果写成电影剧本,它必须要转换一种形式。爱森斯坦在改编成剧本时对这句话做了这样的改写:"这时,士兵们手里颤抖的枪对准遮盖着犯人的盖舱帆布,犯人们的呼吸吹动着帆布,他们就要枪杀自己的兄弟了。"①"犯人们的呼吸吹动帆布",这就是用具象的形式再现了那种难以忍受的死亡将至的时刻。

2.避免其他感官的描述

电影是视觉和听觉的语言,我们人类的其他感官:触觉、嗅觉等,在电影中都得不

① 让-克洛德·卡里叶尔:《剧作练习》,中国电影出版社 2001 年版,第 91 页。

到直接的展现，因此剧本行文中要避免对除视听外其他感官的描述。

“她走过来，身上散发着阵阵玫瑰花的迷人香气。”这样的句子在剧本中几乎无效，我们只能看到她走过来，但那迷人的香味却是无法被拍摄和感知的。“她和李艳丽坐在漏雨的人力车上，她们被迫紧挨着，濡湿的皮肤贴着皮肤，猪油一样腻味的令人恶心的触感……”这样对触觉非常形象的描述，在剧本文字中也同样无效。

视听性是电影的所长，当然也是它的局限。电影和剧本中无法直接描述视听外的其他感官，使我们无法直接再现其他动人的知觉，但是不是真的绝对无法展现呢？马丁·布莱斯的《闻香识女人》、汤姆·提克威的《香水》，都是以香气为重要描述对象的电影。通过视觉和听觉造成的通感，它们实现了对嗅觉的呈现。影片里当然没有对香气的直接传达，但是通过光线、色调、场景调度和演员表演，构图和剪辑、音乐的烘托、台词的点睛，让观众透过视听仿佛闻到了迷人的香味。这两部影片的妙处，就在于实现了从其他感官到视听感官的转化，只要能够独具匠心地完成这种转化，电影和剧本完全可以间接地实现对其他感官的表达，这种间接的呈现，还有可能比直接的呈现来得更有韵味，更能激起观众的幻想。

3.避免只存在于内心的幻景

小说作为一种古老的文学形式，擅长丰富而深刻地表达人类内心的情感和思想，小说里的很多内心活动的描绘，都是只存在于内心的幻景，是与人物表面的言行存在差距的内心的暗涌。因为文字描述抽象事物的能力，人物的内心透过书面语言一览无余。可是电影对内心的表现却没有那么自如，它只能呈现那些可以被看得见的神情、动作、言语，以及那些被具象化的抽象情绪。

茨威格的小说《一个陌生女人的来信》的结尾段落这样写道：

“他从颤抖着的手里把信放下，然后久久地沉思。某种回忆浮现在他的心头，他想起了一个邻居的小孩，想起一位姑娘，想起夜总会的一个女人，但是这些回忆模模糊糊，朦胧不清，宛如一块石头，在流水底下闪烁不定，飘忽无形。影子涌过来，退出去，可是总构不成画面。他感觉到了一些藕断丝连的感情，却又想不起来。他觉得，所有这些形象仿佛都梦见过，常常在深沉的梦里见到过，然而仅仅是梦见而已。

他的目光落到了他面前书桌上的那只蓝花瓶上。花瓶是空的，多年来在他过生日的时候第一次是空的。他全身觳觫一怔：他觉得，仿佛一扇看不见的门突然打开了，股股穿堂冷风从另一世界嗖嗖吹进他安静的屋子。他感觉到一次死亡，感觉到不朽的爱情：一时间他的心里百感交集，他思念起那个看不见的女人，没有实体，充满激情，犹如远方的音乐。"①

这段文字非常深广优美，它不仅描述的是此时此刻一个房间里读信的男人百感交集，还超越了时间和此地狭小的空间，让我们感受到了一个女人一生的绝望和爱。可是我们用电影能够拍出"一扇看不见的门么"，能够拍出一个"没有实体，充满激情，犹如远方的音乐"的一个"看不见的女人"么？这些文字里我们能拍的，仅仅是一个男人在夜晚的房间里读信而已。如果《一个陌生女人的来信》要成为剧本，必须进行转换，将这些内心的幻景变成现实的具象，把内心的音乐变成现实的音乐，把对时空的抽象超越变成时空的直接超越。徐静蕾改编的电影《一个陌生女人的来信》结尾是这样转换的，我们首先看到的还是一个男人在夜晚的房间里读信，但是当他放下信纸，抒情音乐起，镜头由客观视点变成了他的主观视点，我们通过他的目光从房间的窗台掠过，端详了片刻那空空的花瓶，目光投向了窗外的暗夜，在暗夜中我们的灵魂仿佛也随视线一起漂移，穿过幽深的巷子，看到了对面的院落里亮着的一盏橘黄的灯，灯下一个少女的脸庞，正在深情地凝望着男人所在的房间，她将在漫长的一生里只爱他一人，直到死亡降临。从这个结尾的改写处理，我们可以看出，从剧本的层面导演就已经实现了内心幻景的转换，把男人内心的音乐转化成了主题音乐《琵琶曲》，把一个女人不朽的爱情转化成了少女深情的凝望，把狭窄的突破不出的房间透过视点的转换打开了，空间的移动也同时巧妙地达成了时间的回溯，通过视觉和听觉的表达，我们看到的不是此刻，而是更宽广的一生。

作为专业剧作者，应该从初学阶段就树立起影像叙事的习惯，读小说的时候时常思考如何进行视听转换，构思故事的时候以影像的形式进行构思，从思维的源头上实现对剧本根本特性的理解和掌握。

---

① 茨威格：《一个陌生女人的来信》，译林出版社 1998 年版，第 297 页。

第一章

情　节

本章要点

- 三幕剧结构的阶段性划分及每一幕的功能
- 冲突、悬念的本质与创作方法
- 从主题角度定位和修正故事

第一节　情节与情节结构

一、关于情节

关于情节，我们最经常能听到的“经典”定义便是亚里士多德《诗学》中所说的“情节是悲剧的第一原则，也可以说是悲剧的灵魂”。还有另外一个人们广为引用的定义：“……情节，即人物之间的联系、矛盾、同情、反感和一般的相互关系，——某种性格、典型的成长和构成的历史。”①

亚里士多德的话似乎只是对情节重要性的描述而不是其定义。而第二种说法看起来则更像是对叙事作品结构的某种描绘。那么，什么是情节呢？

广义上的情节是指作者按一定的创作意图在其作品中所讲述的事件。比如我们说《三十九级台阶》的情节是加拿大人哈奈在英国无意间卷入了一起间谍案件，历经艰险，终于使案情真相大白。《肖申克的救赎》的情节是银行家安迪被人诬陷杀了自己的妻子和她的情人，被判终身监禁，安迪为了自由历时二十年终于越狱成功。《秋菊打官司》的情节是农妇秋菊因丈夫被村长打伤，为了“要个说法”几次告状。

这样的定义当然是正确的。但它只涉及了作品的整体剧情而忽略了当我们说到情节时，我们指的还包括组成作品的一系列的事件。而我们首先会碰到一个问题：情节是不是就是故事？

毫无疑问，所有的情节都是故事（或者说都包含有故事的因素），但并不是所有的故事都能成为情节。对这一问题，爱·摩·福斯特做过十分精彩的表述：

“（故事）它是按照时间顺序来叙述事件的。情节同样要叙述事件，只不

① 高尔基：《论文学》，人民出版社1978年版，第335页。

过特别强调因果关系罢了。如‘国王死了，不久王后也死去’便是故事；而‘国王死了，不久王后也因伤心而死’则是情节。虽然情节中也有时间顺序，但却被因果关系所掩盖。又例如‘王后死了，原因不详，后来才发现她是因国王去世而悲伤过度致死的。’这也是情节，不过带点神秘色彩而已。这种形式还可以再加以发展。这句话不仅没涉及时间顺序，而且尽量不同故事连在一起。对于王后已死这件事，如果我们再问：‘以后呢？’便是故事。要是问：‘什么原因？’则是情节。”①

正如福斯特所说，情节之有别于故事正是因为它对因果关系的强调。故事中的叙事仅仅因为时间的变化便足以推进。而情节间的因果关系则必然会产生除时间以外的其他推动力。这一点对剧作者尤为重要。一个学生曾经这样描述她的胖姑妈："我的胖姑妈是个妇产科医生，她非常用心地去帮助病人，医院里别的医生不敢做的危险接生手术，她总是勇敢地接下来。后来一个重病产妇在手术中过世了。除了是名医生，胖姑妈还是一个 blog 写手，热衷于在网络上虚构她的旅行日记。后来胖姑妈辞掉了工作，开始了她真实的旅行。"这些关于胖姑妈的讲述，的确是一个关于姑妈的故事，但是如果这样的一些事件要放到剧本里，剧作者就必须使它们成为情节，必须使前一事件与后一事件之间存在某种因果关系，这样它们之间的相互作用才足以推动叙事。因此，该学生将胖姑妈在那场经历了死亡的手术中的心灵转变，和她与旅行从虚构到真实的关系建立了联系，使情节具有了非常严密的心理层面的因果。

对情节来说，光有因果关系还是不够的，它们还必须有明确的指向性：情节间的相互作用使叙事朝着一个既定的目标——结局——推进。这便构成了情节线。当我们试图用两三句话来概括一个影视剧的剧情时，我们实际上便是勾勒出它的情节线。在这条线上，最关键的是确立叙事推进的终点，而所有的情节都是指向它的。电影《三十九级台阶》讲述了一个叫哈奈的加拿大人无意中卷进了一起错综复杂的间谍案而不得不陷入逃亡绝境的故事。影片的结局是间谍案真相大白，哈奈摆脱险境。这便是其情节的目标，哈奈卷入漩涡、逃亡途中所发生的种种事件……这些互为因果的情节以及它们之间的相互作用都必须指向它。

二、情节结构

结构是来自于建筑学的术语。它的本意是指"建筑物上承担重力或外力的部分的

① 爱·摩·福斯特：《小说面面观》，花城出版社 1984 年版，第 75—76 页。

构造”，也即人们通常所说的骨架。应用到文学、艺术上，结构则是指“各个组成部分的搭配和排列”[1]，即所谓的谋篇布局。对于影视剧剧作来说，结构便是对情节的组织和安排。

影视剧作结构的分类，历来有多种说法：

按照剧作结构的美学特征，将其分为戏剧式结构、散文式结构、小说式结构等；

按剧作中叙事时空的不同处理，分为时空顺序式、时空交错式等；

按情节线索的安排方法，分为单线结构、网状结构和平行结构；

按人物关系设置方式的不同，分为一人一事结构、传记式结构、群像式结构等；

……

这些描述性的分类方法种类繁多，难以计数。但它们仅仅都是对剧作结构形式上某一特征的粗略形容和区分，而且往往相互兼容难有定论。其实，对于影视剧来说，只有两种结构：戏剧性结构和非戏剧性结构。

按悉德·菲尔德的定义，所谓戏剧性结构可以规定为“一系列互为关联的事情、情节和事件按线性安排，最后导致一个戏剧性的结局”[2]，而非戏剧性结构则如库特·冯尼格特所说，是“一系列偶然的时刻被随意地串联在一起”[3]。

事实上，如果把戏剧性理解为情节（事件）间的因果关系，几乎所有的影视剧都可以划分到戏剧性结构里来，而即便是在《裸岛》、《木屐树》这样的作品中，我们也会发现它们的情节也并非是“一系列偶然的时刻被随意地串联在一起”，有人据此认定根本就不存在非戏剧性结构的叙事作品，存在的只不过是“强戏剧性”与“弱戏剧性”之分。那么，究竟有没有非戏剧性结构的作品呢？

在《故事，材质与风格》一书中，罗伯特·麦基把情节结构划分为“大情节”、“小情节”和“反情节”三类。在他看来，这三类情节结构的特点可以归纳为：

“大情节”：因果关系、闭合式结局、线性时间、外在的冲突、单一主人公、连贯的现实、主动的主人公。

“小情节”：开放式结构、冲突内在、多重主人公、被动的主人公。

“反情节”：巧合、非线性时间、非连贯现实。

按上述特点，我们可以看出，所谓的“大情节”实际上是典型的好莱坞式的戏剧性情节结构方式。而“小情节”也属于戏剧性情节结构，但它们的戏剧冲突往往更内在，

---

① 《现代汉语词典》，商务印书馆2005年版，第697页。

② 悉德·菲尔德：《电影剧本写作基础》，中国文联出版公司1985年版，第5页。

③ 同上，第6页。

更关注主人公的内心冲突，且结局大都不呈现封闭状态。大多数所谓的“艺术片”都可归为“小情节”，一些非好莱坞式的剧情片如《这个杀手不太冷》等也可划归此列。

而值得注意的是，罗伯特·麦基所说的呈现出巧合、非线性时间、非连贯现实等特征的“反情节”结构。这里的非线性时间并非指叙事作品中出现了时空交错，而是意味着作品中的时空无法重组为一个连续的线性时空。相应的，其情节中的世界也因此不再符合现实生活的逻辑。这样，尽管在局部情节结构上它们仍然遵循着戏剧性即因果关系的原则。在整体结构上，当时空无法重组，世界也不再符合现实生活的逻辑时，其戏剧性，其情节(事件)间的因果关系也就不复存在了。我们发现，《暴雨将至》、《低俗小说》这样的电影作品便是如此。也许真正意义上的“反情节”作品并不多见，但我们仍不得不承认，确实是存在“非戏剧性”结构的作品，比如超现实主义电影导演创作的实验电影和《石榴的颜色》一类纯诗性影片。

当然，绝大多数的影视作品仍属于戏剧性结构。本书中我们所探讨的，也是戏剧性结构作品的剧作规律。

三、戏剧性结构

悉德·菲尔德的定义里的“按线性安排”常常会被人们误解为情节发生的时间顺序上的线性安排，而实际上这是指情节相互作用上的一种线性方向。悉德·菲尔德真正想要强调的，则是情节之间的互为关联(互为因果)，和结局的戏剧性。

悉德·菲尔德的戏剧性结构如图 1—1 所示：

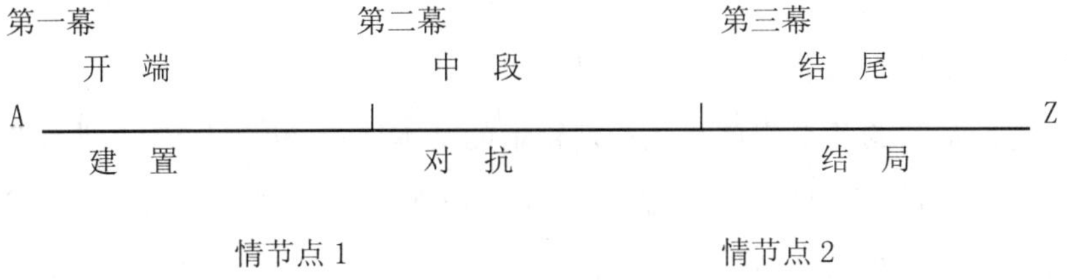

图 1—1　戏剧性结构

从图 1—1 我们很容易联想到弗莱格泰著名的“金字塔公式”，如图 1—2：

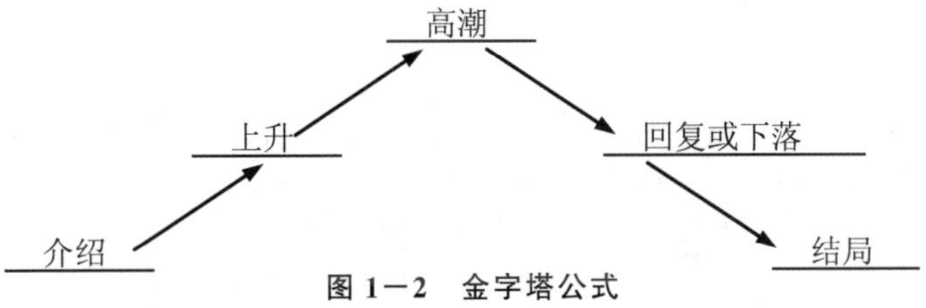

图 1—2　金字塔公式

在弗莱格泰看来，下落动作包括“反动作的开始”和“最后的悬置”，它与上升动作是同等重要的，“戏剧的这两个主要部分是经由一个位在中间的动作点紧密地统一起来的，中间——即全剧的高潮——是结构的最重要部分；动作以此为目标而上升，并从此点下落。”①

实际上即使是古典戏剧里也很少有剧作能呈现出这样匀称的“金字塔结构”。它们的“回复或下落”阶段往往非常不明显甚至没有，而“高潮”也并不一定形成于一出戏的“中间点”。在悉德·菲尔德的“对抗”和“结局”之间，似乎还缺少一个点——高潮，或许这是因为这个点的位置难以准确地划定吧。

我们来看看戏剧性结构里所包含的几个重要元素：

开端：

通常人们认为一部影片的前十分钟便是它的开端。夏衍就曾说过：“……电影的第一本顶重要。在第一本里，有很多东西都要从头告诉观众，假如开演了十分钟，头绪还搞不清楚，那以后就很难搞清楚了。”②悉德·菲尔德也郑重地提醒剧作者“今后看电影时，请注意一下，你需要多长时间做出你是否喜爱这部影片的决定。一般大约十分钟左右。也就相当于你写的电影剧本的头十页。你应该及时地抓住你的读者。”③

实际上一部影视剧的开端是很难用时间长短来界定的，而且今天的影视观众已经越来越缺乏耐心，他们恐怕很难一直等上十分钟才来判断影片是否有足够的吸引力。但无论时间长短，开端所应具有的功能却都是一样的。

夏衍把影片在开端里应该让观众搞清楚的“头绪”归纳为时间、地点、社会背景、人物和他们之间的关系四点。悉德·菲尔德则认为剧作的开端应该“让读者明白谁是你的主要人物，什么是故事的前提，故事的情境是什么”。④

很显然，他们都强调开端应该交代清楚剧情的基本前提，让观众“有个头绪”，但开端还有比“交代”更为重要的任务——悉德·菲尔德在他的戏剧性结构图示里所标明的“建置”。在开端里，我们必须为影片的叙事建构起一个最初的动势，为它安装上发动机，使它有足够的动力推进。这种建置除了前面所说的人物的出场，戏剧情境和时间、地点的交代外，更要紧的是为叙事设置一个“总悬念”，这个总悬念便是人物的戏剧性需求，它是叙事的发动机。

---

① 霍华·德劳逊：《戏剧与电影的剧作理论与技巧》，中国电影出版社 1978 年版，第 334 页。
② 夏衍：《写电影剧本的几个问题》，中国电影出版社 1980 年版，第 11 页。
③ 悉德·菲尔德：《电影剧本写作基础》，中国文联出版公司 1985 年版，第 3 页。
④ 同上。

在希区柯克拍摄的影片《三十九级台阶》的开始，我们看到的是乱哄哄的杂耍剧场，一位记忆力大师正在进行表演。很快主人公哈奈出场了，他坐在剧场里大声地向记忆大师提问，他们之间的对话告诉观众哈奈是一个来伦敦旅行的加拿大人。但剧场里突然混乱起来，有人在打枪，哈奈往剧场外挤，一个年轻的女人拉着他挤出门，并要求跟他一起回他的住处。到这里，我们已经看到了影片的主角哈奈，弄清了他的身份；知道故事发生在 1935 年的英国；我们还见到了一个年轻漂亮的女人，她和哈奈之间肯定会发生些什么事。该弄清的“头绪”似乎都有了，这应该是影片的开端了吧。但且慢，还有什么不对的，对了，我们还没有搞明白这个哈奈可能会碰上什么事，什么是他的戏剧性需求，我们还没有被故事所吸引。这还不是真正的开端。

让我们接着看下去：哈奈和年轻女人回到住处。接下来并没有发生我们想象中通常会发生的事，相反，这个年轻的女人显得令人奇怪地紧张，她告诉哈奈自己是一个身处危境的特工，因为发现一群以一个缺了一截小指的人为首的间谍盗取了英国的军事机密而正被这伙人追杀……哈奈当然不会相信，但年轻女人却在他的屋里被人杀死了，哈奈这才明白她说的是真的，并且惊恐地发现自己陷入大麻烦了——间谍们要追杀他这个知情者，警察把他当作杀人犯也要追捕他……

对了，影片的开端应该是到这儿。剧情已经初步建置起来，有了最初的冲突，有了吸引观众的悬念：哈奈会如何摆脱即将接踵而来的麻烦？他能制止间谍们的阴谋吗？我们也看到了人物的戏剧性需求：哈奈必须要摆脱困境。影片的叙事已经装好发动机，可以全速推进了。

进展：

当哈奈从死去的年轻女人手里取出那张苏格兰地图之后，他便不可遏止地陷入了危险和恐惧的沼泽。从这时起，开始了他的基本戏剧动作：躲避杀手和警察的双重追捕，想办法查清间谍活动的真相以使自己摆脱困境。影片也在这一刻进入了进展阶段。

进展是剧作从开端到高潮之间的段落，这一段落是剧作的主体部分，占据了剧本的大部分篇幅。有人也把进展称为对抗或上升阶段，它的特征是：

1.情节的展开

情节的展开是在开端阶段建置起来的，只是剧情的最初动势，主要人物出场，情节主线初露端倪。这些叙事因素都在进展阶段进一步展开，次要人物陆续出场，相应产生的情节副线开始展开，涓涓细流汇成江河，剧情进入最为复杂的阶段。

2. 对抗的上升

在进展阶段，随着剧情的展开，矛盾冲突也越来越激烈，冲突各方的对抗强度不断上升。对抗的上升为叙事的推进不断增添动力，使它能始终保持加速前进的状态：哈奈在逃亡过程中一次又一次地陷入困境，麻烦越来越大：刚躲开杀手上了火车，就看到报纸上他杀人潜逃的新闻，警察在车上搜捕他；跳车逃脱到了一处农庄，又被庄园主出卖；好容易找到年轻女人所说的乔丹教授，以为他可以解救自己，却绝望地发现教授正是那个缺了一截小指的间谍头子，自己成了送上门的猎物……

在这个过程中，哈奈与警察、哈奈与间谍组织之间的冲突一次比一次激烈，对抗不断上升，最终导向高潮。

3. 人物性格的展现和刻画

剧作中人物的性格在开端部分尚未展露，到高潮时候则应该已基本完成。所以，它应当是在进展部分随情节的展开和冲突的一次次爆发而逐渐显现的。剧作刻画和塑造人物主要在进展阶段。如《三十九级台阶》，在开端时我们只知道他是一个加拿大人。他性格中的顽强、坚定和机智幽默都是在逃亡过程中，在与其他人的冲突时逐渐“显影”的。

高潮

我们先来看看《三十九级台阶》的高潮段落。在这场戏之前，哈奈历尽艰险，一次次地从杀手和警察手中逃脱并赢得了漂亮姑娘帕梅拉的信任和帮助，但他仍然弄不清乔丹教授一伙究竟盗窃了什么军事机密，又如何能把它带出国……便追踪教授，又来到杂耍剧场：

帕莱迪姆（杂耍剧场）　内景　夜

……

哈奈的中近景，帕梅拉在他身旁坐下。

哈奈：你来这儿干什么？我看到那家伙了。他在楼上包厢里。

帕梅拉：现在你不能采取任何行动。我已经去过伦敦刑警署了。他们说空军部里根本没有短少过一样东西。

哈奈转首看着包厢的特写。

哈奈（沉思地）：他就在那儿……

一群警察的中景，他们站在剧场尽头，靠近出口处的地方。

一警察：我们现在就抓他，还是再等一下？

哈奈坐在观众中的特写，上一个节目刚结束，观众正在鼓掌。哈奈仍在沉思中，镜头移开。帕梅拉回首对哈奈说。

帕梅拉：如果他们真的没有短少过，那你打算怎么办?

镜头回到哈奈身上，他继续苦思冥想；画外音：场内响起影片开始时演奏过的乐曲——一个节目开始前的序曲。哈奈熟悉这首曲子，跟着吹起口哨。他突然停住，惊讶地转向帕梅拉。镜头对着他们两人。

哈奈：就是这曲子，就是我怎么也记不起来在哪儿听到过的那首曲子！现在我想起来了……是在这个杂耍剧场里听到的！就是那次安娜蓓拉……(他中断自己的话，举目看着舞台)

两人出场登上舞台的远景。

报幕员：女士们，先生们，各位请注意啦！现在请允许我荣幸地向你们介绍一位世界上最杰出的人！

哈奈和帕梅拉坐在观众席上的中近景。

哈奈：就是这矮小的家伙！

报幕员(画外音)：每天他能在自己的记忆里储存五十条新闻，而且他能够全部记住永远不会忘的！

哈奈拿起望远镜看。

透过望远镜看到梅穆里在舞台上的中近景。

报幕员(画外音)：总而言之，他是个万事通，他能把天南地北……(梅穆里举目环视。哈奈的中近景，他用望远镜追踪看梅穆里的目光。画外音)成千上万件事……(透过望远镜看到乔丹教授的中近景，他向舞台上的梅穆里做了个打招呼的动作)都记录在脑子里，不论是历史、地理，或者是书报杂志……(望远镜离开乔丹教授，滑过去重新对准梅穆里，后者向前者点头作答)和科学书本上所记载的事，甚至连最小的秘密，他都能永记不忘！女士们，先生们，你们不妨试验他一下！请各位提问题吧！

哈奈放下望远镜的特写。

哈奈：我懂了……很明显……全部情报都藏在梅穆里的脑袋里了！

几个警察下楼来到观众厅旁边通道上的远景。

报幕员(画外音)：梅穆里先生！(观众鼓掌声)

哈奈和帕梅拉坐在观众席上的中近景。

帕梅拉：我不懂。

哈奈：你马上会懂得的……他们先是把秘密文件偷到手，让这矮个子家伙把内容统统都记在脑子里，然后再把文件放回原处。这样神不知鬼不觉，谁也发现不了会有这一招……乔丹教授就是为了这一招今晚才到这儿来的……等这节目演完之后他就准备把梅穆里带到外国去。

帕梅拉：可是……

一个女领票员走到他们身后，打断了他们的谈话。

女领票员：那边有一个先生想跟你们谈谈。

前景上，几个警察站在旁边通道上的中近景。台上的节目继续在照常进行着。女领票员迅速离去，帕梅拉和哈奈离开座位，走向前景。

梅穆里（画外音）：请你们提问题吧。

一观众（画外音）：帝国大厦的高度是多少？

一观众（画外音）：弗洛伦斯·奈延盖尔，她是什么时候死的？

一警察（部分进入画面）：你是不是理查德·哈奈？

哈奈：是的，我有件重要的事正要向你们……

一警察（部分在画面内）：走吧，哈奈……走。

哈奈：好，可是请你们看看那儿……舞台上的那个家伙。

一警察（部分在画面内）：得了……我奉劝你别大吵大闹，免得引起公愤……

哈奈转身向舞台，警察们竭力把他拉住。

杂耍剧场场内的全景。梅穆里在前景上面对观众。哈奈在场内拼命想摆脱警察的手。

哈奈："三十九级台阶"在哪儿？

梅穆里惊慌失措、脸部扭曲的大特写。

哈奈（画外音）：快回答！"三十九级台阶"在哪儿？

梅穆里：（下意识地）"三十九级台阶"是一个专门为外国大使馆收集情报的间谍组织，具体地说就是为……（他的话被一声枪响打断了）

梅穆里在台上的中景。他被击中。场内观众惊恐万状的远景。梅穆里在台上双手捂住胸口的中景。他跪到地上。乔丹教授握着手枪往包厢门边退去的中近景。在他还未到达门边之前，包厢门开了，一个警察步步进逼的阴影映现在过道的墙上。教授把步子重新往回缩，跨上栏杆……

乔丹教授从包厢跳到舞台上的远景。画外音，观众惊叫声。教授冲向后台的远景。众警察已在他后面追捕。俯摄杂耍剧场场内的全景。教授冲向舞台中央。警察从四周出现,把他团团围住。乔丹教授当场就擒。大幕开始闭合。①

在这个高潮段落里我们能发现些什么呢?

我们看到了冲突和对抗上升的最顶点,在这个顶点上,所有的矛盾和紧张在一场爆发性的冲突之后得以化解:哈奈与乔丹教授之间以及他与警察之间自开端以来一直在加剧的对抗终于随着事情真相大白而烟消云散。

我们还看到人物在这里最后实现了他的戏剧性需求:间谍头子束手就擒,哈奈安然脱离困境。

还有什么?对了,我们看到悬念神秘的面纱被一把揭开:那个矮个子梅穆里,记忆大师!影片一开场我们就看到他了。没想到打开秘密之门的钥匙就是他!

正如劳逊所说,"'高潮'这个术语是用来专指动作最后的和最强烈的阶段。这不一定是指最后一场,而是指表现冲突的最后局面的一场。"②高潮的三个功能便是冲突和对抗的最后爆发和化解、人物戏剧性需求的最终实现和"总悬念"的解决。

结局:

剧作叙事从开端出发,不断加速推进,在高潮时达到了它的最高速度。随着高潮的完成,它也踩下刹车,还会随着惯性滑行一段才会最终停住。这段"刹车距离"就是剧作的结局部分。结局的主要功能是在高潮的爆发之后形成一段节奏和情绪上的缓冲地带,同时补充交代一些剧情的结果,"将底牌一齐摊出"。

《三十九级台阶》在乔丹教授被擒之后,便是结局部分:

帕莱迪姆(杂耍剧场) 内景 夜

……

两个男人扶着受伤的梅穆里走进后台去的中景。

梅穆里:行了。(有人给他搬来一张椅子)我不要椅子,我就坐在这儿……

他指了指地板,两人小心翼翼地把他平放到地上。

一男人:轻一点……轻一点……

梅穆里:行了。

---

① 本书所引《三十九级台阶》剧本为完成台本。

② 霍华·德劳逊:《戏剧与电影的剧作理论与技巧》,中国电影出版社1978年版,第228页。

后景上，哈奈、帕梅拉和伦敦刑警署署长向前走来。他们围住梅穆里。

两个男人中近景，他们两人各从相反方向奔来，在一间办公室门口互相撞了一下。

男人甲：快让那些舞蹈姑娘上场！马上叫她们来！（男人乙走进办公室，奔向内话机）

男人乙俯身向内话机的特写。

男人乙：舞蹈姑娘们马上出场啦！

在前景上，梅穆里在后台的中近景。他由几个人扶着。从前景上看到灯光通明的舞台。画外音，乐队奏起轻松愉快的乐曲。姑娘们上场。前景上，哈奈俯身对梅穆里说。

哈奈：梅穆里先生，请你把要带到国外去的秘密告诉我们。

梅穆里：为了记住这一秘密，我花了很大的心血……我一生中从来没花过这么大心血，因此我不想让这一切跟着我一起离开人间。还需要我把它告诉你吗，先生？

哈奈：需要的。

梅穆里（背诵）：新式发动机的第一个特点是大幅度增加压缩率，压缩用下列方程式表示：R－1/Rr，R为压缩率，而r……（疼痛使他的话中断了）应从垂直投影来看；两个汽缸的轴线和这根线构成的角度为65度……我没记错吧，先生？

哈奈：完全正确，老伙计！

梅穆里：谢谢……谢谢……我很高兴……

他倒下，死去。人们在他周围起来。哈奈和帕梅拉缓缓地朝后退去。前景上，他们两人的手渐渐相互接近，最后携在一起。在哈奈的一只手腕上还挂着手铐。

渐隐。……

在这个结局段落里，梅穆里被扶进后台坐下，舞蹈姑娘们上场表演，欢快的乐曲……都使刚刚经历的紧张得以松弛。而梅穆里临死时的话（再次证实哈奈的推断），他的死去，以及最后哈奈和帕梅拉携在一起的手，都是对剧情结局的进一步补充。当然很多影视剧并不采取这种“急刹车”的方式来结尾，而是容许一个较长的“减速停车距离”。但在结构功能上并无不同。比如《肖申克的救赎》的结尾，出狱后的雷德来到了墨西哥的海滩，和正在打鱼的安迪拥抱在了一起，他们终于在自由中团聚。《窃听风暴》的结尾，柏林墙倒塌，东西德统一，从特工贬黜为邮局小职员的魏斯曼在送信时经过书店，看到了作家德莱曼的新作，一本关于魏斯曼的书。魏斯曼买下，当店员问他需不需要包装是，他微微一笑，“No，thanks. It's for myself.”言外之意，就是他骄傲地懂得，这本书是作家为他写的。这样的结局，都是为了制造一种高潮的回响，一种“减速停车”的效果。

值得注意的是在结局阶段时，由于悬念已经揭开，冲突和对抗已经结束，人物的戏剧性需求也已得到满足，因此结局通常不再具备推进叙事的功能，情节发展的因果链条在此结束。结局起到的作用，往往是制造一种帷幕徐徐落下的效果，给观众一种心理上结束观影的感受。

也有一些影片是用次情节线作结，用叙事向观众交代次要人物的结局。比如宁浩的电影《疯狂的石头》最后结点，就不是落在主人公包世宏身上，而是底层人物黑皮，他用榔头砸破柜台偷到一块面包，被面包店老板挥舞着擀面杖追逐，疯狂地奔跑在高速路上。

还有少数电影为续集创作着想，在结局处有意留下伏笔，留下一个因果关系的起点。就像影片《致命的诱惑》里道格拉斯那个危险的情人死而复生。

四、情节点

在悉德·菲尔德看来，所有剧作在开端和对抗之间，以及对抗和结局之间都存在一个情节点。他说，“所谓情节点就是一个事变或事件，它紧紧织入故事之中，并把故事转向另一方向。”[①]言下之意就是，情节点区别于别的事件的特殊性，在于它会改变故事的方向。

我们将李安影片《喜宴》的情节结构和悉德·菲尔德的方式叠放在一起，如下页图1—3所示：

在图示中我们可以看出“伟同和薇薇决定假结婚”这一情节点的功能是暂时缓解了伟同遭遇来自父母的压力，但是却引发了另外一种可能的新冲突，也就是伟同和一个性感可爱的女人薇薇，有没有可能因为假结婚弄假成真？这样的可能性打破了剧情初始的平衡状态，引发了观众更大的兴趣，使剧本故事转入对抗阶段。而“薇薇怀孕”这一情节点是对抗和冲突的高点，令整个“假结婚”的做戏剧情不能再继续掩饰下去，

① 悉德·菲尔德：《电影剧本写作基础》，中国文联出版公司1985年版，第3页。

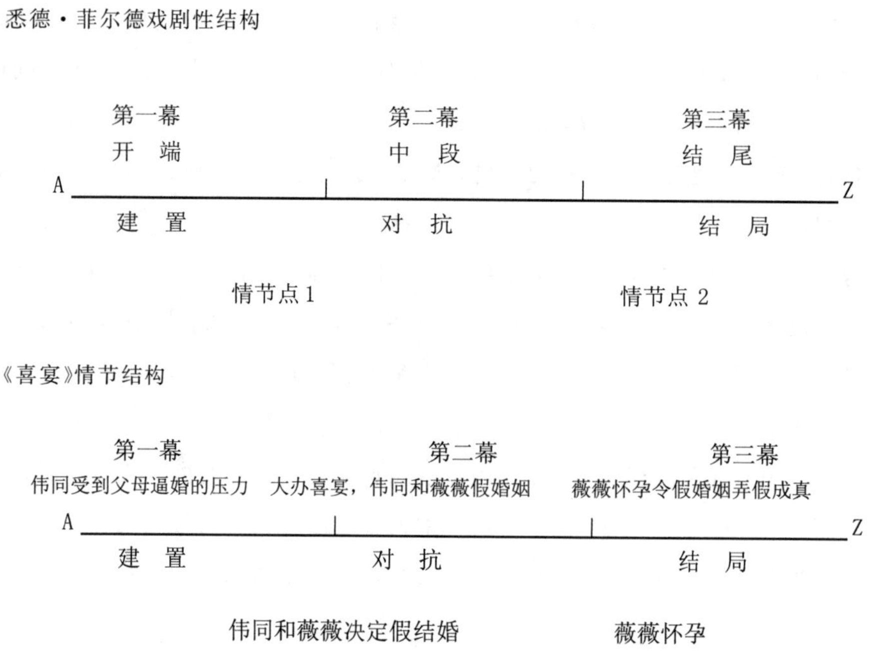

图1－3 《喜宴》与悉德·菲尔德情节结构方式比较

一家人，父亲、母亲、伟同、薇薇、伟同的爱人赛门，必须面对面地来解决这个无法逃避的尖锐问题：孩子是要还是不要？第三幕的高潮部分，就是围绕孩子，围绕伟同和薇薇婚姻的何去何从，一家人之间的抗争，一起寻求解决的办法。当最后孩子得到了生存的权利，一家人之间实现了相互的体谅与妥协，又使情节走向结局，一家人历经波澜后以一种新的方式找到了和谐相处的可能，剧情达到新的平衡状态。

这样看起来似乎悉德·菲尔德给了我们关于情节点的完美描述，果真如此吗？

悉德·菲尔德的定义最关键的有两点：第一，情节点是一个事变或事件。第二，情节点使故事“转向另一方向”。而这两点似乎都是值得商榷的。

首先，情节点的作用并不都是使故事“转向另一方向”，准确地说，它们的功能是为叙事提供新的戏剧冲突动因以推动其前进。如果说影视剧的开端为叙事装上发动机并为其提供了最初的推动力的话。随着叙事的进展，这种推动力会逐渐减弱，如果没有新的动力，它便会减速甚至停滞不前。而情节点正是叙事过程中的“加油站”，它们的出现为叙事添加新的动力，使其得以保持推进。《喜宴》中伟同和薇薇由假变真的关系变化便起到这样的作用。在《三十九级台阶》中，安娜蓓拉的死为影片提供了最初的动因，哈奈被推入漩涡之中，开始逃亡。当他找到乔丹教授时，原有的动力已消耗殆尽，剧情似乎走到了尽头。但这时出现了新的情节点：乔丹教授不像想象中的那样是为哈奈提供帮助的人，恰恰相反，他正是那个缺了一截小指的间谍头子。新的戏剧动机由此得以建立，剧情又开始高速推进。

其次，情节点可以是事变或事件的发生（如《三十九级台阶》中安娜蓓拉被杀和《饮食男女》中的二女儿要搬离家庭），也可以是某一（或某些）人物的出现，他们同样可以带来新的戏剧动机。亚里士多德就把一桩影响了主角的生活并使动作（剧情）走向新的发展途径的事件突然发生称为“转变”。而将像出乎意料地碰到一位朋友或敌人这样因人物的出现而转变剧情的方式称为“机遇”。《喜宴》中一家人草草地去公证处公证结婚后，在一家中国饭店里偶遇父亲的旧部，他豪迈地承诺替伟同和薇薇大办喜宴，就是一个令人惊讶的转机。在电视剧里也常常利用新人物的出场形成情节点。如《媳妇的美好时代》里出现的潘美丽，《武林外传》里中途出现的无双姑娘。

实际上情节点为叙事增添的戏剧冲突动因并非是因为这一情节点而凭空出现的。情节点通常是导火索而不是地雷。它“引爆”的冲突早已潜藏在此前的人物关系和剧情之中，它不过是提供冲突的契机而已。因此情节点也并不一定是以剧情的剧烈程度见长，情节点也许只是一个女人用含情脉脉的目光凝视着一个男人，但它所引爆的冲突却是剧烈的，这个目光就是一个美妙、强大的情节点，它比后面发生的追逐、枪战、死亡，可能在情节层面上更加重要。

在一部影片里的情节点并不一定只有两处。每一个叙事过程都可区分为不同的情节推进阶段，每一阶段实际上都是一个从 A 到 Z 的过程，如此细分，情节点难以胜数。理论上说，只要能引发新的戏剧冲突的都可看作是情节点。《三十九级台阶》里安娜蓓拉之死是情节点，最后杂耍剧场里梅穆里的出现是情节点，而中间乔丹教授露出真面目，以及玛格丽特和帕梅拉的出现等等也都是情节点。在电视剧，尤其是长篇电视剧里，情节点就更多了。

但悉德·菲尔德对情节点 1、情节点 2 的强调并不是没有意义。这两个情节点，可以说是电影诸多情节点中最重要的两个，它们发生的时间位置分别处在第一幕的即将收尾处和第二幕的即将收尾处，在它们的引爆下，剧情迅速地进入下一幕，打开新的篇章。它们的作用类似于一座大桥的桥墩，类似与两点决定一线的那两个点。因此对于初学剧作的人来说，把握住情节点 1、情节点 2，对于稳固清晰地架构故事结构，还是有所帮助的。

第二节　冲突

一、动作与反动作

一个囚犯从监狱中越狱，原本可能阻碍他的铁丝网竟然有一个破洞，他钻过破洞在监狱外的大路上奔走，也没有狱警发现和追逐。他逃命到附近的村庄，电视、报纸上也没有缉拿逃犯的新闻，他选择了一个村庄隐姓埋名，当地的村民和善地接纳了他。他爱上了一个带着几岁孩子的美丽寡妇，寡妇嫁给了他，两人生活很幸福……

如果我们这样来构思故事情节，是不是觉得少了什么？是不是觉得情节进展得太顺利了，太平淡了，没有张力？

上面这种构思的核心问题，就在于没有按照冲突律的方法来编织情节，每一个可能产生冲突的地方，都没有制造出冲突来。

可以按冲突律来改写：一个囚犯从监狱中越狱，在尖锐的警报鸣笛中他来到监狱外围的铁丝网，原本应该存在的那个破洞却意外地被堵死了。他急中生智就近找到工具弄破了铁丝网，逃出生天。他在监狱外的大路上奔走，躲避着后面警车的追逐，他逃进公路外的山野，山顶的探照灯噩梦般地来回扫射搜寻他的踪迹。他逃命到附近的村庄，小饭馆的老板看到电视上的通缉公告，拿着棍子追逐他。他带着重伤在一个暴雨夜逃到一个村庄，当地的村民都不开门收留他，他只好疯狂地敲打一户人家的门，里面美丽的寡妇和她的孩子不知如何是好……

如果按照这样的方式来编织情节，是不是更加充满戏剧性？由上例可以看出，我们在编织故事时，必须制造冲突，要想产生冲突，就不能让故事的人物太随心所欲。他们想要什么，得想办法不让他们顺利地得到，这样就能激发人物的力量和阻碍他的事物抗争。

冲突产生于人物与他的戏剧性需求之间的距离和障碍。是人物的戏剧性需求和阻碍他实现的力量之间的动作与反动作。

我们看看下页的图1—4：

一部剧本的剧情可以归纳为人物实现其戏剧性需求的过程，在这个过程中，当人物碰到障碍时，他的力量就会被激发出来，和阻碍进行抗争，这样便产生了冲突。

如电影《喜宴》中，伟同的戏剧性需求，是和他的爱人赛门能够长相厮守。可是作

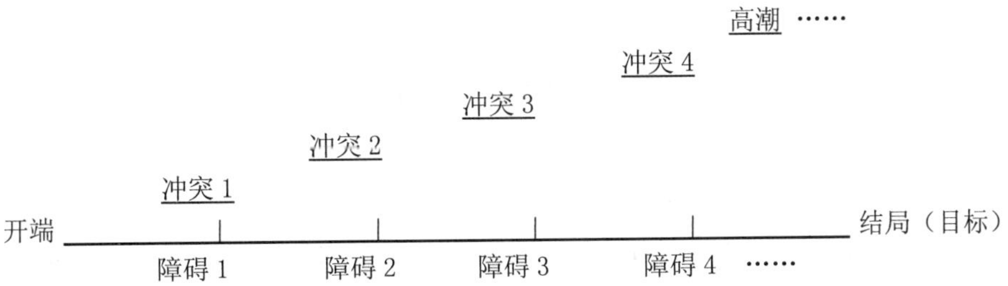

图 1—4　戏剧冲突

为一个传统的华人，他虽然身在美国，却依然不断地受到来自父母的催促，希望他能够早日娶妻生子延续香火。电影《喜宴》的冲突可以说是一对同性恋人和传统观念之间的冲突，西方生活观和东方家族观的冲突，表面风平浪静，其实相当剧烈。因此开端阶段，为了缓解压力，伟同答应父母向一个台湾相亲俱乐部递交了资料，在择偶标准里故意用“精通五国语言”等条件百般为难。没想到俱乐部真的找到了符合条件的女子毛妹，毛妹还直接出现在了伟同的面前。这是开端的第一个小冲突。伟同不堪这样的压力，决定和想要得到美国绿卡的房客薇薇假结婚。本来以为只要电话通知父母打算结婚的事实就能够摆平事态，从此远离逼婚的困扰，没想到父母却执意前往美国参加婚礼。原本的如意算盘落空，伟同、薇薇必须住在一起，在父母面前演戏，此是第二个冲突。父母到来后，一切都掩饰得很顺利，一行人来到公证处草草地公证结婚，原本以为尘埃落定，没想到却在华人饭店吃饭庆祝时出现了陡转，饭店老板是父亲的旧部，坚持要替伟同大办喜宴。伟同和薇薇必须经得住“喜宴”的折磨和挑战，继续演戏，此是第三个冲突。伟同和薇薇在洞房夜弄假成真，薇薇怀孕了，伟同和赛门的爱情遇到了前所未遇的最大障碍，这一事实在一顿家庭聚餐的争吵中被揭露了出来，一家人必须赤裸裸地面对事实，孩子的去留成为争论的核心，此为全片最强冲突，也就是高潮戏。

罗伯特·麦基在《故事》里提到，人在采取第一行动时往往是避重就轻的，“总是会采取从他自己的主观视点看来最小的保守性行动”[①]，在遭遇到障碍也即反动作后，才会采取更大的行动。所以在《喜宴》里，伟同一开始的行动就是为了敷衍父母，省却麻烦，没想到却惹来越来越大的麻烦，在伟同通向目标的路途上这样的障碍层出不穷。他的戏剧性动作便是付出更大的心力去应对，不断地克服这些障碍，而这些障碍（对立的人，或者是事件、自然力量）同时会产生一个反动作来阻止他前进。

① 罗伯特·麦基：《故事》，中国电影出版社 2001 年版，第 168 页。

人物的动作与障碍的反动作之间的对抗便是冲突。

电话通知假结婚——父母飞来参加婚礼——公证处登记结婚——父母要求大办婚礼——熬过喜宴——薇薇怀孕弄假成真——孩子的去留之争。像这样，在一部剧作中，动作与反动作的对抗不断出现，其对抗的强度也越来越大。冲突的激烈程度逐渐加强，其最高点便是剧作的高潮。

在《喜宴》的示例中，我们看到的动作与反动作都是外部事件式的。而这种对抗同样会发生在人物的内心世界。如哈姆雷特对叔父的仇恨和内心的犹疑两种矛盾心态的对抗同样也形成了动作与反动作，形成了冲突。《喜宴》里伟同对薇薇的情感，吸引与排斥，爱意与冷漠，也属于人物内心的冲突。但这样的冲突往往会外化为人物的外部动作，以外在冲突的方式出现。

二、戏剧冲突与生活矛盾

艺术源于生活，剧作里的戏剧冲突也往往是人们日常生活中常常出现的各种矛盾。但正如希区柯克的名言“电影就是将平淡无奇的片段切去以后的人生”，影视剧是一种“危机”的艺术，它的冲突也因此而有别于一般生活矛盾。

首先，影视剧的冲突必须在情节发展框架的局限内迅速形成、发展和解决。因此它不可能像一般生活矛盾那样分散和“正常”。它必须将生活中“平淡无奇的片段”切去，将各种生活矛盾集中展现。同时，还要将其“浓缩”加强。这样才可能在有限的框架内“真实”地再现生活矛盾。

比如如果要尝试以“我和姥姥”为题材写作剧本，当然不能历数和姥姥生活的点点滴滴，而是只能截取一个时间段（比如某个暑假在姥姥家的经历），某个重要事件（比如姥姥生病）重点描摹我和姥姥的感情。如果是时间跨度很大的剧作，就必须截取生命中有关姥姥的最重大事件跳跃式地编织情节，比如姥姥教我做人，姥姥陪伴我渡过失恋的痛苦，我如何帮姥姥治疗老年痴呆，等等。

其次，相对于一般生活矛盾的零散、孤立来说，影视剧里的冲突更注重冲突之间的因果和递进关系。每一次冲突都起因于上一次冲突并将导致以后的新冲突，同时每一次冲突都比上一次冲突更激烈。冲突之间的联系和递进保持了情节结构的完整统一。《喜宴》就是围绕“喜宴”这个核心点，由平淡到剧烈来递进一家人的冲突的。

此外，生活中的冲突对旁人而言往往只呈现于对抗的爆发阶段，它最有冲击力的也是此刻。而影视剧里往往更关注的是冲突的展开、上升过程。所以我们不能把冲突僵硬地理解为硬碰硬的冲撞，那只是冲突的爆发，在电影故事里只占非常少的部分，更多的情节，是围绕冲突的酝酿阶段，是差异、矛盾朝着冲突的发展。

在阿尔莫多瓦的电影《高跟鞋》的开头，我们看到两个深情相拥的母女，她们是故事的两位女主角。从她们的泪水、拥抱、互诉衷肠看，她们之间几乎没有冲突，但是在两人长久的拥抱中，母女俩的大耳环缠绕在了一起，女儿沉浸在和母亲重逢的喜悦中浑然不觉，母亲却腾出手来拉扯着那两只耳环。从这个小小的细节我们可以看出这对母女的差别，女儿比母亲爱得更深，而母亲是一个相对自我的人，正是这一根本的差别，慢慢地引发出了母女俩的矛盾，并最终爆发了影片的大冲突。

三、冲突与情境

形成冲突最为重要的条件之一是戏剧情境的建立。

概括地说，情境就是容纳了障碍、人物动作与反动作，形成某种"情势"并激发冲突的临界状态。它包含以下几个方面：

1. 动作的客观环境

人物的动作是发生在某一个具体时空里的。这一时空里的种种客观因素，如时间、地点环境、氛围等等，都会赋予动作不同的色彩。比如一个生离死别的动作，它可以像电视剧《情深深雨濛濛》里煽情的车站告别，也可以像《合法婚姻》里目送爱人在寂静的小街登上有轨电车远去，也可以像《美国往事》在雾气缭绕的站台上错失一生最爱。即便它是发生在同一空间，发生在晴朗的白天还是在黄昏、在雨中、在雾中，都会对动作本身产生微妙的影响。

2. 人物关系

形成冲突时的人物关系不光指主要冲突双方的关系。在《喜宴》那场最关键的午餐里，当薇薇怀孕的事实被赛门和伟同以吵架的形式喊出的时候，整个场景的冲突不仅是伟同与赛门的冲突，还有伟同与薇薇的爱恨交织、薇薇与赛门的情敌关系，震惊万分却强作镇定的父亲的内心冲突，母亲的不知所措等等。这顿午餐中所有人物之间微妙的关系都是形成具体冲突的决定因素。

戏剧情境里的人物关系往往更强调的是，人物间情感冲突经过积累演变后达到的一触即发的临界点。

3. 事件的情势

情势是指人物在事件发展的某个特定时刻面临的局面。《窃听风暴》里魏斯曼知晓作家马上就要遭到搜捕，他只有几分钟的时间可以替他隐藏打字机；《肖申克的救赎》里安迪在狱警的办公室里用广播播放莫扎特的音乐，洗手间里被安迪反锁的狱警正在疯狂地砸门恐吓，办公室门外的狱警正在找工具撬门，操场上放风的犯人入迷地倾听着莫扎特优美的音乐，好像重新找到了自由的感觉……这些都是事件的情势，它们会激发对抗，制造戏剧张力，影响冲突。我们常说的"把人物逼入绝境"实际上就是要寻找某种危机的情势。

形成冲突的情境实际上是一种困境。它可能作用于人物的内心世界，打破人物内心的平衡使之陷入冲突。像《窃听风暴》里，魏斯曼身为替政府做事的特工，负责监听一个勇敢的为自由呐喊的作家，魏斯曼一方面是一个训练有素的特工，一方面却被作家的才华、诗情和思想所吸引，不由自主地暗中相助他，在职责和心灵之间的艰难选择使他陷入激烈的内心斗争之中。困境还可能作用于人物的外部动作，形成人物行动的障碍。例如《007》系列、《蝙蝠侠》系列等影片里阻止人物行动，令主要人物和次要人物陷入困境的大都只是外部事件。

无论作用于内心还是外部，困境的功能都是加强反动作的强度，最大限度地激发人物的潜能去做出克服障碍的动作，由此而产生对抗和冲突。

寻找戏剧情境，设置戏剧冲突时除了要考虑叙事的需要，要符合人物的戏剧性需求，还要注意是否符合生活的逻辑。戏剧冲突要根植于生活中正常的人类情感和人际关系。此外，为冲突设定反动作时还要注意千万不要"心慈手软"，每一次的障碍都应该是难以逾越的致命一击，让人物无法达到目标。最好的处理办法往往是先让他陷于绝境，再去想办法让他走出来。

四、冲突的种类

影视剧中的冲突不外乎以下几种：

1.人与人之间的冲突

这是冲突中最常见的一种。它有三种形态：

（1）由于人物之间的敌对关系引发的，如《肖申克的救赎》里安迪和典狱长诺顿之间的冲突。

（2）由于人物之间的虚假对抗而引发的，如安迪和好友雷德之间关于希望和自由的不同看法引发的较劲。

（3）由于人物之间性格而引发的冲突，也称"抵触"，如阿尔莫多瓦的《高跟鞋》中母亲与女儿因为虚荣与真实、冷淡与热情等性格的不同引发的冲突。

2. 人物与某个社会集团之间的冲突

人是社会中的个人，他的生活除了私生活，还有社会生活，因此人也可能在与社会集团打交道的时候产生冲突。小偷可能和警察局产生冲突，病人可能和医院产生冲突等等。波兰斯基的《影子写手》就是一个作家和政界黑幕的交手，吕克·贝松的《杀手里昂》是一个杀手与缉毒警察们的冲突。与人物产生冲突的社会集团往往代表着某种社会势力或社会观念。例如丹麦影片《破浪》中，女主角贝丝所面临的障碍不光是丈夫的伤残，更重要的还来自于整个小镇上自视为上帝选民的村人、镇里的长老会以及他们所代表的某种宗教观念。

3. 社会集团之间的冲突

社会中各个集团之间发生的冲突，是指社会集团间因立场、利益等方面的不同发生整体性的对抗或"抵触"。如影片《阿凡达》中潘多拉星球的原住民们与地球人之间的冲突，又如《罗密欧与朱丽叶》里隐藏在两位恋人的悲剧故事后面两个家族间的对抗。

4. 人或社会集团与自然因素和超自然因素的冲突

这种冲突常常出现在灾难片或科幻、神怪片中，如《日本沉没》中全体日本国民与致使日本列岛沉没的自然灾难的对抗；《大白鲨》中人与鲨鱼的冲突；还有《龙卷风暴》、《活火熔城》等影片里的冲突都属人与自然因素的冲突。这种冲突还包括人物在面对疾病，伤残等障碍时所产生的冲突，如日本电影《典子》里的典子姑娘从小失去双手，她面临的最大困境和冲突便是战胜残疾，面对生活。又如电视剧《血疑》里人物对疾病的抗争。

科幻片和神怪片如《独立日》、《异形》、《鬼马小精灵》等片中的冲突则属于人与超自然因素的冲突。

5. 人物的内心冲突

正如我们前面所说，人物的内心冲突往往要外化为外部动作，所以很多表现人物内心冲突的影片都是冲突种类混合的影片，借助一些外部的冲突形式深刻地传达内心冲突。比如米洛斯·福尔曼的《莫扎特传》，外部的冲突是个人冲突形式，资质平庸的音乐家萨列里对才华横溢的莫扎特的嫉恨，但这种冲突的根源却源于萨列里内心对上帝的质疑。他感谢上帝指引他走上了音乐的道路，却怨恨他又创造了莫扎特这样的天才来处处嘲弄他的无能，他和莫扎特的冲突，其实是他内心冲突的一种外化。这种冲突种类混合的影片,比较容易产生人物刻画深入、主题深刻的效果。

当然也存在极少量专注于表现人物内心冲突的影片,其情节几乎都相当晦涩,例如塔尔可夫斯基的《镜子》,贝拉·塔尔的《鲸鱼马戏团》等。

五、紧张的控制

戏剧性结构的关键就在于"紧张"二字。叙事过程实际上就是在酝酿、维持、加剧和解除一种紧张状态。正是不断增长的紧张将剧情中的各个场景、段落连接为统一的整体。对紧张状态的适度控制是使剧作成功最有力的保证之一。

控制紧张也就是控制观众的情绪状态,使观众能始终保持对剧情的关注。其最有效的手段是悬宕和总体叙事节奏的把握。

1.悬宕

悬宕是指在悬念发展过程中有意识的悬置或延宕。它是悬念处理最主要的技巧。

所谓悬置,是指在冲突和危机正在迫近的一刻,突然打断动作,让观众自己想象剧作者所省略了的危机,叙事则进入另外一系列事件的讲述,然后再回过头来交代前面的危机或者干脆直接呈现它的结果。如丹麦影片《破浪》中,天真单纯的女主角贝丝相信自己的自虐性牺牲能感动上帝,使受了重伤的丈夫恢复健康,她四处与别人发生关系,但丈夫的伤势仍继续恶化,生命危在旦夕。最后,情急之中的贝丝不顾人们的劝阻,执意要上一艘以水手们残忍虐待妓女而闻名的大船上去:

138. 港口　外景　日

贝丝来到港口,找到那艘小船。

贝丝(上船后对驾船的老头):带我去那艘大船。

老头:还去吗?

贝丝点点头。

老头:你肯定吗?

贝丝没有回答,她走到船尾,呆呆地站在船舷边祈祷。

贝丝:上帝呀,您为什么不跟我在一起?

老头驾驶小船朝那艘大船驶去,贝丝继续祈祷。

上帝:我在你身边,贝丝。你想要什么?

贝丝(脸上露出微笑):您在哪里?

上帝:还有其他人要跟我说话呀!

贝丝：当然，我没有想到这一点。

上帝：还有贝丝这个小傻瓜总想让我跟她说话，所以我来晚了一些。

贝丝：您跟我在一起吗？

上帝：当然在一起了，贝丝，你是知道的。

139. 大船边 外景 日

小船停靠在大船边，老头敲响铃铛。

贝丝：谢谢你。

贝丝上次见到的那两个男人站在大船的船舷上，看着贝丝走上大船。

140. 病房 内景 晚

陶陶轻轻推开病房的门，进入简的病房。简躺在病床上，昏迷不醒，打着吊针，生命危在旦夕。理查德森大夫紧跟着陶陶来到病房门口。

陶陶跪在简的床前准备祈祷，听到理查德森的脚步声，她转过身问理查德森。

陶陶：你需要我做什么事情吗？

理查德森：不，你待着吧。

陶陶：贝丝请求我祈祷。

理查德森：为什么？

陶陶：为了简能够活下去。（她转身看看病床上的简）为了出现奇迹。

理查德森（也看了一眼躺在床上一动不动的简，带着不无讽刺的口吻说）：那可真能算得上一个奇迹。

理查德森说完，又看了一眼躺在床上的简，转身关上病房的门，离开了。

陶陶（跪在病床前祈祷）：上帝，……乞求您让简恢复健康吧。让他站起来行走。

141. 大船边 外景 夜

昏迷不醒的贝丝被几个男人从大船上抬下来。

……

当贝丝又来到自己上次好容易才逃离的那艘大船边，那两个残暴变态的水手出现在船舷边，危机一步步逼近贝丝时，剧作者突然中断了他们的动作，转而去表现病房中的情景……这种悬置危机的方法激起了观众更深的担忧和期待，加剧了紧张感，使悬念更为有力。

除了像这样转而叙述与悬念直接相关连的事件，悬置还常被用来交代其他无关情节或是进入其他悬念。如李安的《色戒》开端部分，王佳芝和易先生在牌桌上递了眼色，匆忙向易太太告辞离去，来到凯瑟令咖啡店偷赴易先生的密约，她忐忑不安地坐在玻璃窗前，望着窗外穿行的路人，玻璃窗上投影着街道上行人的人影，然后画面叠化成了山路上昂首阔步行走的军人的人影……整个故事进入了倒叙的回忆段落。这个人影的叠化中断了刚刚展开的冲突，将悬念搁置起来。接下来影片便进入其他的一系列事件，交代王佳芝的过去以及她成为易先生情人的原因。开始时建立的悬念被一直悬置了起来，直到影片的高潮部分才予以解决。

延宕则是指在悬念发展的紧要关头，谜底将揭未揭之际，用各种方法来拖延揭秘时刻的到来。造成观众更强烈的好奇心和揭秘的欲望。如《三十九级台阶》中，哈奈已经知道乔丹教授便是间谍头子并从他手中逃脱，跑到警察局报告。谜底即将揭开，但警察们却不相信，反而把哈奈抓了起来，于是谜底又被盖上了。哈奈最终和帕梅拉追到杂耍剧场，并弄清楚乔丹是要利用梅穆里来把情报带走。谜底几乎就要揭开了，但且慢，警察也来了，他们要把哈奈抓走……。在希区柯克的另一部电影《群鸟》中，海鸥已经攻击了野餐中的孩子们，小麻雀也从烟囱钻了出来，农场主的眼睛已被啄掉，乌鸦刚刚在小学校门口攻击了学生，而这个时候，导演却展现了一场咖啡店的戏，有松弛、有笑声、有酒鬼，还有一个年迈的女鸟类学家……观众越是看见人们若无其事的谈笑，越是为即将发生可怕的事感到紧张。你可以多次地让人物欲言又止，可以突然从电梯里冒出一个人来打断剧情，可以在最紧张的关头突然中断场景，插入一个别的场景发生不紧不慢的剧情，这些都是延宕的有效方法。

2.叙事节奏

如果说悬宕的作用在于激发起观众的紧张情绪和对情节高度关注的话，松弛有度的叙事节奏则是观众的紧张状态得以延续和保持的关键。

尽管我们说叙事的秘诀是不断加剧的紧张状态，但并非指叙事要一直处于直线上升之中。正如拳头要收回来再打出去才更有力，剧情的发展也在不断的收放之中才能有效推进。每一次的冲突都会经历从酝酿到上升、维持、加剧，最后解除、下落的起伏过程。这种起伏变化形成了剧本的节奏。

在剧本中，每一次小冲突都形成较小的起伏，每一个段落则形成一次大的节奏起落。那么这些段落间应当形成什么样的节奏关系呢？我们以《破浪》为例。

影片中包括婚礼、蜜月、孤独、疾病、犹豫、忠诚、殉难和葬礼八个段落。它们构成

了剧情总的起落(见图 1—5):

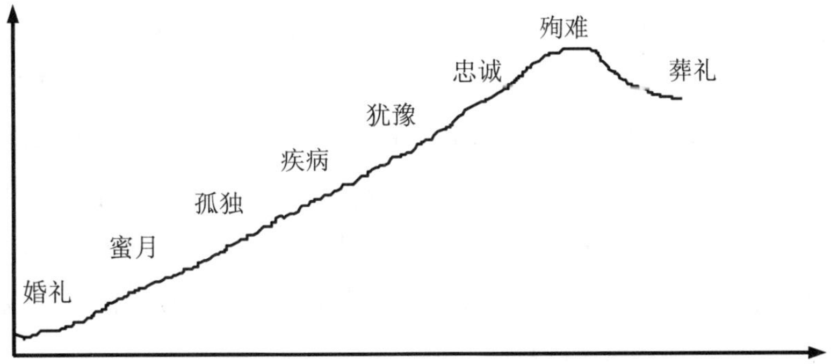

图 1—5 《破浪》段落结构

这些段落内部又有自己的起伏,它们构成下面这样的节奏曲线(见图 1—6):

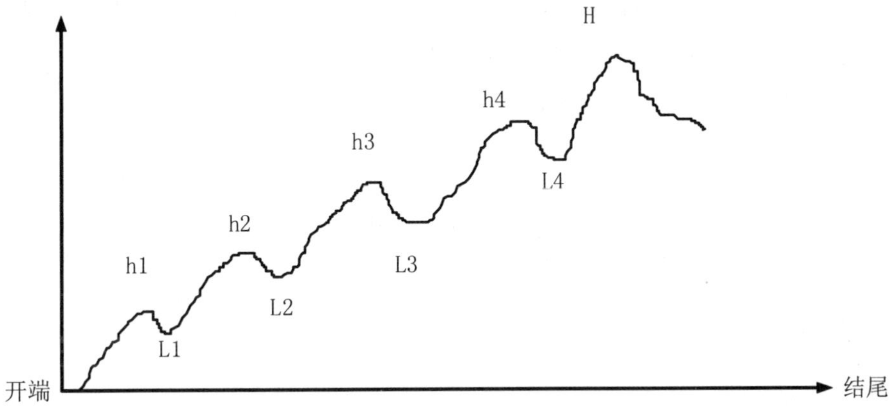

图 1—6 节奏曲线

音乐中的节奏是由相等节拍的周期性重复构成的,它的特点是重复和稳定。而影视剧本的节奏则不同,如上图所示,影视剧的节奏是不断加速上升的非周期性节律。它和音乐节奏一样,也有轻、重和紧、舒的交替,但这种交替不是简单的重复,而是一种变化中的上升。它的每个波峰都要高于前一次,其最高值便是剧作的高潮点。相应的,它每次下落的波谷也都高于前一次。且每一次从波谷到波峰再到波谷起落所占据的时间也不相同,一般来说,都是越来越短。

控制叙事节奏时要注意以下几点:

第一,要避免冲突的"直线上升"。尽管冲突越到后面越激烈、节奏也越来越快是叙事的总体要求。但这并非是说冲突要处于不断的上升过程中,不能有松懈或回落。

实际上每一次冲突的爆发都需要积聚足够的“动力”。当一次冲突结束时，原先叙事所积聚的动力便会消耗怠尽。你必须再为下一次的冲突积累矛盾。这便意味着冲突之后必然会有一个回落和重新上升的阶段。如果剧作者为了“加快节奏”而试图省去这些回落，让冲突直线上升，结果肯定适得其反，没有“动力”的冲突是没有爆发力的。

第二，剧作者必须考虑到观众的需要。研究表明，成年人精神保持高度集中的时间一般不会超过七分钟，未成年人就更短了。因此，你必须让观众有放松和休息的时间。剧情连续地紧张推进一般不要超过五六分钟，然后，让节奏慢下来。像《断箭》中扣人心弦的核弹爆炸场面之后紧接着便是女主角和飞行员在湖畔的感情戏。让观众适当松弛和休息才是保持紧张的最好方法。

第三，在一部影视剧中要设置恰当的冲突起伏总量。一般说来，在一部90分钟的影片里，比较大的节奏起落也就是五六个。即使片长超过两个小时，大的剧情起伏也不会超过十次。

此外，剧作者还必须明白，冲突的上升意味着每一次新的冲突都要高于前一次。但这不是指它在“规模”和形态上的上升，而是指它对人物戏剧性影响的上升。它强调的是冲突的“情感浓度”，是它对人物命运的影响和改变。

第三节　悬念

一、观众心理

影视剧剧作技巧在很大程度上来讲就是一门吸引观众注意力的学问，而悬念无疑是其中最重要的方法之一。法国电影教材《剧作练习》中说：“一部影片要吸引观众，没有必要从一开始就介入暴力，比如爆炸、血腥事件、直升机坠落等等，只需要有一点点神秘性就够了”[①]。引入一种神秘性，这个男人是谁？为什么他始终像影子一样跟随着这个女人？不对她说一句话，也不对她有任何举动。这可以成为一个希区柯克式影片的开场。这种神秘性根源于它引起了观众的困惑，提出了疑问，它便成为了悬念。

日常生活的反常元素、引起疑问的神秘举动、正常的自然秩序的裂痕，往往就是悬念开始的地方。一个男人为什么在清晨逆着上班的人群缓缓而行？一个女人为什么

① 让－克洛德·卡里叶尔：《剧作练习》，中国电影出版社2001年版，第110页。

在人声鼎沸的闹市泪流满面？一个男孩为什么同时和两个女孩手拉着手快乐地走？这些日常生活中引起我们兴趣和注意力的场景，常常带有某种未知然而我们又可以展开联想猜测的悬念，都可以作为一个故事若干悬念的一部分。

所以悬念是指在叙事（剧情）中的某些“悬而未决”的戏剧性因素，这些因素能使接受者因好奇、焦虑、不安或同情而产生对叙事的以后部分的期待心理。

在说到悬念的作用时，爱·摩·福斯特曾以《一千零一夜》为例：

“……（斯克赫拉萨德）她之所以能免遭杀身之祸就因为她懂得如何运用悬宕这种武器。……‘当时，斯克赫拉萨德瞧见晨曦初现，便按照事前的打算，没再说下去了。’这个令人不感兴趣的短句，也就是《一千零一夜》的骨干。正是这条把所有故事连接起来的绦虫才挽救了一位造诣甚高的女王的性命。”①

斯克赫拉萨德所使用的武器与我国的说书人所擅长的“欲知后事如何，且听下回分解”一样，都是在叙事中恰到好处地使用悬念。而使他们能屡屡得逞的，正是听众（观众）们的期待心理。

无论是《一千零一夜》中的暴君，书场里的听书人，小说的读者还是影视剧的观众，所有叙事性作品的接受者都总需要处于一种期待的状态之中。而形成这种期待的是两方面的因素：好奇心和英国戏剧理论家威廉·阿契尔所说的“优越感”。

好奇心是人们对一切未知事物的关注和了解的欲望。它可以有两个层面：

a. 对于未发生的事情，存有期待或恐惧。

b. 对于已发生的事情，只知其中的某些部分，而存有猜疑。

对于后续剧情的期待，多属于前者，如《窃听风暴》中我们好奇于魏斯曼在关键时刻会不会帮助德莱曼，在《诗》中我们好奇于老太太到底写不写得出一首真正的诗。后者如《记忆碎片》，观众好奇于主人公不记得的那些往事到底是什么？到底谁才是凶手？又如《心灵捕手》，观众很想知道，眼前这个天才男孩为什么只愿意在大学里担任一名清洁工，他为什么不和美丽的哈佛女孩恋爱，他过去到底经历过什么样的创伤？

除了这种未知与已知，在影视剧里，好奇心还可以因另外两种因素而起：

1. 对剧中人物命运的关注

人物的命运变化总是最能引起观众兴趣的因素。这是一种不需进行“设置”的悬念，当一个能让观众关注和同情的人物出场时，它便自然形成了。哈奈（《三十九级台阶》）这个倒霉而又令人同情的加拿大人能不能逃离危境？被判终身监禁的安迪（《肖

① 爱·摩·福斯特：《小说面面观》，花城出版社 1984 年版，第 23—24 页。

申克的救赎》)会得到他渴望的自由么？固执的秋菊(《秋菊打官司》)能不能最终要到一个说法？……这一个个的问号变成了观众们急切的期待，使他们能专注地坐在电影院里或是电视机前。

2. 解开谜底的欲望

当观众看到一个扑朔迷离的事件，或者发现了一个悬而未决的问题时，他们会自然地产生“解谜”的欲望。就像在福尔摩斯的探案故事和《尼罗河上的惨案》这样的影片中，观众总是在问“到底谁是真正的杀人凶手？”

按阿契尔的描述，优越感是产生于观众对剧情和人物命运的提前了解，观众因此像“上帝”一样，能以“不可思议的洞察一切的目光”来超然地观察和体味“人类命运的错综复杂的反应”。它比单纯的好奇心更能引起观众对剧情和人物命运的兴趣和期待。

实际上，优越感不可能是因洞察一切而产生的超然态度。它出自对剧情和人物命运不完全的预知，这种不完全的预知在某种程度上会比完全的无知更能激发起观众的期待心理和了解的欲望。如电视连续剧《雍正王朝》，雍正的故事，尤其是他不同寻常的即位过程在我国流传甚广，很多观众都对此有所了解。但这种了解总是相对有限和不完全的，因此不但不会使他们放弃观看，反而会使他们更有兴致地期待着能从电视剧中看到他们所不知道的东西。

还有一个更重要的因素是创作的不可预测性，爱·摩·福斯特说：“小说的基础是事实加X或减X，这个未知数便是小说家的性格。而这个未知数又常常对事实具有修饰的作用，有时甚至可以把事实完全改变过来。”[①]这一规律同样存在于影视剧的创作过程，事实上这个带来创作中种种变数的X当然不光是创作者的性格，它还包括学识、经验结构和其他对创作产生影响的主客观因素。这些变数也是一种特殊的悬念，它的作用使得即使像阿契尔所列举的《奥赛罗》以及我国的《三国演义》和《红楼梦》这样根据家喻户晓的故事改编的作品，甚至像《尼克松》、《甘地传》、《开国大典》这样依据真人真事或史实创作的作品也能使观众产生期待。

每一个叙事过程都是一次营造和使用悬念的过程。在这一过程中无论你利用的是观众的好奇还是“优越感”，作为创作者都必须明白，最好的悬念是让观众感同身受，让他们对人物、对剧情有情感的投入。无论是迷恋、同情、焦虑、担心，甚至厌恶，情感的投入是最好的期待，最有效的吸引。

---

① 让-克洛德·卡里叶尔：《剧作练习》，中国电影出版社2001年版，第39页。

二、总悬念与分悬念

一部影视剧中贯穿剧情始终并蕴含和激发剧情中的主要冲突和对抗的悬念我们称之为“总悬念”。

剧作的总悬念一般在其开端部分便建置起来，并随着剧情的发展和冲突的上升而不断加强，最终在高潮和结局中得到解决。总悬念可以是人物的命运（如《肖申克的救赎》、《被嫌弃的松子的一生》），也可以是情节中的“谜语”如《尼罗河上的惨案》、《杀人回忆》、《记忆碎片》），或者是两者的结合（如《三十九级台阶》、《西北偏北》、《谜一样的双眼》）。

所谓分悬念是指在剧情发展过程的某一阶段中出现并在这一阶段得到解决的悬念。分悬念一般是依附于总悬念的，它们不断地出现加强或丰富了总悬念，并为其最终解决作铺垫。如《三十九级台阶》中，哈奈迫不得已劫持了不愿帮助他的帕梅拉，两人被手铐铐在一起。在逃亡过程中，帕梅拉不断地拖延并试图逃走报警。这时便形成了一个悬念：帕梅拉能不能逃走并给哈奈带来更大的麻烦？或者她会不会最终相信哈奈是无辜的并转而帮助他呢？这个悬念在剧情过程中产生并得到解决。它依附于全片的总悬念（哈奈能否逃脱险境并使案情真相大白），并为其最终解决起了推动作用。

在叙事过程中，总悬念往往会分解为众多的分悬念。如美国电影《美国美人》中的总悬念是男主人公莱斯特究竟是怎么死的？为什么会死？（在故事开端的旁白中男主人公提前交代了他一年后的死亡）这个总悬念很快便分解为几个分悬念——莱斯特对安吉拉的迷恋、莱斯特妻子的外遇、莱斯特女儿珍妮和邻居男孩的爱情、莱斯特和邻居男孩像父子又像朋友的关系……这些分悬念各自演进，当它们一一走向高潮时，全剧的总悬念也就迎刃而解了。

三、突发式悬念与期待式悬念

四个人围坐在一张桌子旁边谈棒球，谈了五分钟，沉闷极了。突然间一颗炸弹爆炸了，把人炸成碎片。观众是什么感觉？十秒钟的震惊。现在还是同一个场面。告诉观众桌子底下有颗炸弹将在五分钟内爆炸。现在关于棒球的谈话就变得非常引人关切了，因为观众也加入了进来：“别扯淡了，不要再谈什么棒球啦。桌子底下有颗炸弹呢。”你让观众也开始动脑筋了。

悬念大师希区柯克所说的这个异常生动的小例子往往被人们奉为悬念的“最高范

例”，甚至据此将悬念区分为突发式悬念和期待式悬念。认为前者是指将秘密维持到最后关头，后者则是完全不对观众保密。并且后者显然要比前者“有力”和优越。

果真如此？

在前面说到“优越感”时我们已经谈及悬念与“秘密”的问题，并提出在某种程度上部分的了解比完全的无知更能吸引观众。希区柯克显然对此深有了解，他的影片常常使观众处于俯瞰众生的“上帝”的位置。像《三十九级台阶》，他让观众从一开始就了解到哈奈的处境，知道谁是他的对立面。并且在故事说到一半的时候便让大家发现了那个短了一截小指的间谍头子乔丹教授……但希区柯克似乎并不想让观众真的成为“上帝”。他还保留着更多的秘密，包括记忆大师梅穆里先生的奇妙作用。

显然，希区柯克的“期待式悬念”并非对观众不保密而是一种更为巧妙地吊起观众胃口的保密方法。“突发式悬念”也不会真的便只有“十秒钟的震惊”。它实际上造成的也是一种期待，是对“炸弹爆炸”后会发生什么的叙事上未知的期待。至少在《尼罗河上的惨案》和福尔摩斯的探案故事里我们就见识过这种突发的震惊所带来的巨大而持久的吸引力。

四、悬念的制造

这里总结几条制造悬念的基本方法。

1.省略

省略一个基本素材，让观众存疑，在适当的时候再揭示其本来面目。例如在一声枪响之后，黑场。观众就会好奇到底发生了什么，女主人公到底死了没有，这就挑起了悬念。过上一段时间，再让女主人公重新出现，原来枪打在了玻璃上。在《窃听风暴》高潮戏中，安全局专员已经赶往德莱曼家搜寻打印机，只有几分钟就要抵达了，魏斯曼将作何选择？在这里剧情突然中断了，没有交代魏斯曼下一步的动作。对德莱曼家的搜查展开了，打印机所在的地板被撬开，令人吃惊的是，打印机不见了。它是如何消失的？是不是魏斯曼拿走的？这一省略处理给观众留下了巨大的悬念。直到影片结尾处德莱曼查看魏斯曼的监听记录，在最后一页上发现了沾有打印机红色印泥的指印时，德莱曼和观众才一起确认：就是魏斯曼在关键时刻拿走了打印机挽救了德莱曼。

2.插入

故意提供一个信息（一个行动、一个事实、一个细节、一个征兆），使观众觉得反常、突兀、费解，从而产生猜疑，加强悬念。这种插入信息可以是一种征兆：天边巴掌大的一片乌云预示着一场暴风雨的到来，一把枪的出现预示着后面的剧情可能和死亡相关，窗帘的诡异飘动，一扇紧闭的门预示着房子里有可怕的秘密……它也可以是特别反常的一些信息，比如一只突然在风平浪静的海上攻击女主人公的海鸥(《群鸟》)，一个不断出现的侏儒(《杀手没有假期》)、一个男人临死前的一句"玫瑰花蕾"(《公民凯恩》)……

3. 聚焦(视点)

故事的叙事视点通常有三种：上帝视点(全知视点)、他人视点(旁观视点)、人物视点(主观视点)，不同的视点带来的是不同的信息通道，因此也就可以产生不同的悬念效果。

上帝视点，也就是全知视点，就是上面我们讨论过的希区柯克认为的期待式悬念。给观众一个信息，而故事中的人物还不知道这个信息，观众就如同上帝一样在凝视和担忧人物的举动。这种悬念方法经常使用在影视剧里。比如《窃听风暴》里一开始就让观众知道作家德莱曼被监听了，可人物却毫不知情。又如《美国美人》中观众知道莱斯特和邻居男孩之间只是交谈和购买大麻的关系，可男孩的父亲却不知情，他的偏激猜测最终引发了命案。这种悬念设置用希区柯克的形象形容就是，"当妈妈停止讲故事的时候，孩子总是不断地问：'妈妈，后来怎样啦？'"当母亲告诉告诉他一个叙事的真相时，"他问他的母亲：'那么，斯科蒂·弗格森不知道吗？''不知道。'"[①]孩子陷入了对斯科蒂的同情和担忧中。这就是全知带来的益处。

他人视点，也即旁观视点，是让观众以旁观者的观察角度观看人物的外部行为，做出关于剧情和人物情感的推断。他人视点相比全知视点，是一种一知半解、存在盲点的视点，因此带来的悬念是一种对"真相"的探究，对疑问的追寻。比如《肖申克的救赎》中的视点基本是安迪的好友雷德的视点，他看到了一部分，但他看到的不是全部，因此当安迪突然越狱成功，从人们视线中人间蒸发的时候，观众和雷德一样震惊，因为观众和他一样，不了解那些鹤嘴锄、石头、海报，究竟起了什么样的作用。

人物视点，也即主观视点，此时观众得到的信息等同于人物得到的信息，因此这也是一种存在盲点、一知半解的视点。主观视点下的优势在于观众投入的认同感：观众和人物一样蒙着眼睛，感受人物的期待和恐惧，比如希区柯克的《蝴蝶梦》中，观众和胆小如鼠的女主人公一起担惊受怕，惶惶不可终日。同时，在这一视点下，观众也在分享人物秘密的同时不自觉地成为了人物的同谋。《精神病患者》中有一段戏，是男主人公

① 弗朗索瓦·特吕弗：《希区柯克与特吕弗对话录》，上海人民出版社 2007 年版，第 201 页。

再度杀人，将尸体放在汽车里，让汽车沉入泥淖中。车沉到一大半的时候忽然停止了，观众此时的心和那个凶手竟然是连在一起的，我们都带着罪恶感地发现，在那一瞬间，我们竟然是希望车快点沉下去的，这就是同谋的效果。

三种视点造成的悬念效果各有千秋，如何取舍设计，关键还是取决于剧本具体的情节安排和叙事需要，而无优劣之分。

第四节　情节模式

在说到好莱坞的类型片时，我们经常提到它的“叙事模型”：某些业已定型的、可供反复套用安排情节的方式。这种“叙事模型”便是情节的模式。

戏剧理论家 L. 福尔曼曾将情节模式归纳为爱情、飞黄腾达、灰姑娘式、三角恋爱、归来、复仇、转变、牺牲、家庭等 9 类。

俄罗斯学者普罗普则在分析了俄国童话中人物在故事中的作用后总结出了 31 种功能：

1. 一个家庭成员不在家。
2. 英雄听到了一个禁令。
3. 这个禁令被违反了。
4. 反角进行了一次试探性侦察。
5. 反角得到了有关他的受害人的情报。
6. 反角试图欺骗他的受害人，以图占有他或他的财产。
7. 受害人上当受骗，并因而无意中帮助了他的敌人。
8. 反角对一个家庭的某个成员造成了危害或伤害。（8a. 一个家庭的某个成员或缺少某种东西或希望拥有某种东西。）
9. 不幸或不足的情况被公之于世：英雄接到了一个请求或命令；他得到前往的许可或受到派遣。
10. 追求者同意或决定采取对应行动。
11. 英雄离家。
12. 英雄受到考验、检查、攻击等等，所有这些为他得到一种神奇的力量或一个帮手铺平了道路。
13. 英雄对未来的施主的行动作出反应。

14. 英雄得到了一种神奇的力量。

15. 英雄被转移,得到解救,或被带至他所寻求的对象周围。

16. 英雄与反角直接交战。

17. 英雄被打上烙印。

18. 反角被击败。

19. 最初的不幸或不足状况得以解除。

20. 英雄返回。

21. 英雄遭追逐。

22. 将英雄从追逐中解救出来。

23. 未被认出的英雄回到家或另一个国家。

24. 一个假英雄提出了无理要求。

25. 英雄接到建议去完成一项艰难的任务。

26. 任务完成了。

27. 英雄被认出。

28. 假英雄或反角被揭露。

29. 假英雄被赋予一张新的面孔。

30. 反角受到惩罚。

31. 英雄完婚并登上王座。

在此之外普罗普还列出了对应的七个"行动范围",它们实际上是七类角色:

1. 反角。

2. 施主(供养人)。

3. 帮手。

4. 公主(一个被寻求的人)和她的父亲。

5. 派遣人。

6. 英雄(寻求人或受害人)。

7. 假英雄。

福尔曼所归纳的9种情节模式因其标准的混乱(如飞黄腾达、灰姑娘式、三角恋爱、归来、复仇等是情节展开方式,而爱情和家庭则是题材),界定范围过于宽泛而不具实用价值。而普罗普的31种"功能"实际上是对一种情节模式的情节推进过程的细分。

更为细致和科学的分类则是由法国戏剧家乔治·普罗第所划分的36种叙事模式:

种　类	主要的即观众所同情的人物	其他必要的人物	细　目
1. 求告	求告者	逼迫者	A:(1)帮助他去对付敌人。 (2)准许他去举行一件他应做而被禁止做的事情。 (3)给予他一个可以终其天年的地方。 B:(1)舟行遇灾的人,请求收留帮助。 (2)行事不端,被自己人斥逐而祈求别人的慈悲。 (3)祈求恕罪。 (4)请求准许收葬尸骨取回遗物。 C:(1)替自己亲爱的人求情。 (2)在亲戚前替另一亲戚求情。 (3)在母亲的情人前,为母亲求情。
2. 援救	不幸的人	威胁者,天外飞来的救星	A:救援一个被认为有罪的人。 B:(1)子女援助父母恢复王位。 (2)受过恩惠的人报恩施救。
3. 复仇	复仇者	作恶的人	A:(1)为被害的祖宗或父母复仇。 (2)为被害的子女或后人复仇。 (3)为被侮辱的子女复仇。 (4)为被害的妻子或丈夫复仇。 (5)为妻子受侮辱(或几乎受侮辱)而复仇。 (6)为被害者的情妇复仇。 (7)为朋友被杀或受损害而复仇。 (8)为姐妹被奸污而复仇。 B:(1)为了存心作对,故意为难而复仇。 (2)为了趁人不在,暗加攘夺而复仇。 (3)为了蓄意谋害而复仇。 (4)为了故入人罪而复仇。 (5)为了逼奸强暴而复仇。 (6)为了夺去所有而复仇。 (7)为了一两个人的奸诈,对整个团体的复仇。 C:职业追捕有罪的人。
4. 骨肉间的报复	报复者	作恶者,已死的受害人	A:(1)父亲的死,报复在母亲身上。 (2)母亲的死,报复在父亲身上。 B:弟兄的死,报复在儿子身上。 C:父亲的死,报复在丈夫身上。 D:丈夫的死,报复在父亲身上。
5. 遁逃	遁逃者	迫捕或惩罚的势力	A:违反法律(有时为不得已)的或因其他政治行为而遁逃。 B:为因恋爱的过失而遁逃。 C:好汉对着伟大势力的抗争。 D:半疯狂的人对着阴谋的诊治的抗争。

续表

种　类	主要的即观众所同情的人物	其他必要的人物	细　目
6. 灾祸	受祸者	胜利的人	A:(1)战败。 (2)亡国。 (3)人类的灭亡。 (4)天灾。 B:君位被夺。 C:(1)旁人的忘恩负义。 (2)不公道地被惩罚或受敌视。 (3)遭遇横逆或暴行。 D:(1)被情人或丈夫遗弃。 (2)丧失子女。
7. 不幸	不幸的人	制约他的人	A:无辜的人,为野心者的阴谋所牺牲。 B:无辜的人,受了那应该保护他的人的残害。 C:(1)能人,有力的人在困苦贫乏之中。 (2)一向被宠爱的人,或一向受亲昵的人,发现此刻他是被遗忘了。 D:失去了唯一的希望。
8. 革命	革命者	暴行者	A:(1)一个人的反抗。 (2)数个人的反抗。 B:(1)一个人的革命,而影响了许多人。 (2)许多人的革命。
9. 壮举	勇敢的领袖	敌人(对象)	A:备战。 B:(1)战事。 (2)争斗。 C:(1)劫夺一个所欲的对象或人物。 (2)夺回那所欲的对象或人物。 D:(1)冒险的远征。 (2)为了获得所爱的妇人而冒险。
10. 绑劫	绑劫者	被绑劫者,保护人	A:绑劫一个不愿顺从的女子。 B:绑劫那愿意顺从的女子。 C:(1)夺回那被绑的女子,但未杀死绑劫者。 (2)夺回那被绑的女子,同时杀死暴行者。 D:(1)救出那被绑的朋友。 (2)救出一被绑的小孩。 (3)救出一信仰错误的人。
11. 释谜	解释的人	谜	A:必须寻得某人,否则处死。 B:(1)必须解释谜语,否则遇祸。 (2)同前,但谜为所爱的女子所作。 C:(1)悬赏以寻出人的名字。 (2)悬赏以寻出人的性别。 (3)试验一个人是否疯狂。

续表

种　类	主要的即观众所同情的人物	其他必要的人物	细　目
12. 取求	取求的人	拒绝的人，判断的人	A：用武力或诈术，获取目标。 B：用巧妙的言词，获取目标。 C：用言语打动判断的人。
13. 骨肉间的仇视	仇恨者	被恨者或互恨者	A：(1)兄弟间一人为诸人所仇视。 (2)兄弟间互相仇视。 (3)为了自利，亲戚间互相仇视。 B：(1)子仇视父。 (2)父与子互相仇视。 (3)女儿恨父。 C：祖仇视孙。 D：翁仇视婿。 E：姑仇视媳。 F：婴儿被杀。
14. 骨肉间的争斗	得胜者	被拒者	A：(1)恶意的争斗者为自己手足。 (2)两兄弟间，彼此恶意地争斗。 (3)两兄弟间的争斗，其一犯了奸淫。 (4)两姐妹间的争斗。 B：(1)为了一个未嫁女子，父与子的争斗。 (2)为了一个已嫁女子，父与子的争斗。 (3)同前，但此女已为其父之妻。 (4)母与女的争斗。 C：嫡堂手足或姑表间的争斗。 D：朋友间的争斗。
15. 奸杀	有奸情的人	被害者	A：(1)情人杀害丈夫，或为了情人杀害丈夫。 (2)杀害一个“推心置腹”的情人。 B：为情妇或为了私利，杀害妻子。
16. 疯狂	疯狂者	受害者	A：(1)因为疯狂而杀害了骨肉。 (2)因为疯狂而杀害了恋人。 (3)因为疯狂而杀害了无辜的人。 B：因为疯狂而受耻辱。 C：因为疯狂而失去了亲人。 D：因为怕有遗传的疯狂，而竟致疯狂。
17. 鲁莽	鲁莽者	受害者或失去的对象	A：(1)因鲁莽而自致不幸。 (2)因鲁莽而自致耻辱。 B：(1)因好奇而自致不幸。 (2)因好奇而丧失所爱的人。 C：(1)因好奇而致别人死亡或不幸。 (2)因鲁莽而致亲族死亡。 (3)因鲁莽而致爱人死亡。 (4)因轻信而致骨肉死亡。

续表

种　　类	主要的即观众所同情的人物	其他必要的人物	细　　目
18. 无意中恋爱的罪恶	恋爱者	被恋者，说明者	A：(1)误娶自己的母亲。 (2)误以自己的姊妹为情妇。 B：(1)误娶自己的姊妹为妻。 (2)同上，惟系受人陷害。 (3)几乎以自己的姊妹为情人。 C：几乎奸淫自己的女儿。 D：(1)几乎在无意中犯了奸淫的罪。 (2)无意中犯了奸淫的罪(如误以为丈夫已死而改嫁，其实未死之类)。
19. 无意中伤残骨肉	杀人者	被害者	A：(1)受神命，几乎在无意中杀了自己的女儿。 (2)同前，但因政治上的必要。 (3)同前，但因与人做恋爱上的争宠。 (4)同前，但因怨恨他不认得的女儿的情人。 B：(1)无意中杀害或几乎杀害了自己的儿子。 (2)同前，但系受奸人的拨弄。 (3)同前，同时并有对其他骨肉的仇视。 C：(1)无意中杀害了或几乎杀害了自己的手足。 (2)为了职务的关系，无意中杀害了自己的姐妹。 D：(1)无意中杀死了自己的母亲。 (2)受奸人的拨弄，无意中杀死了自己的父亲。 E：(1)为报仇或受拨弄，无意中杀害了自己的祖父。 (2)迫于不得已的杀害。 (3)无意中杀了家翁。 F：(1)无意中杀了一个所爱的女子。 (2)几乎杀害了一个不认识的情人。 (3)没有去救一个不认识的儿子的性命。
20. 为了主义而牺牲自己	牺牲者	主义	A：(1)为了诺言而牺牲自己的性命。 (2)为了自己种族的成功或幸福而牺牲性命。 (3)为了孝道而牺牲性命。 (4)为了自己的信仰而牺牲性命。 B：(1)为了信仰而牺牲了恋爱与性命。 (2)为了事业而牺牲了恋爱与性命。 (3)为了国家的利益而牺牲了恋爱。 C：为了义务而牺牲了自己的幸福。 D：为了信仰而牺牲了自己的荣誉。

续表

种　　类	主要的即观众所同情的人物	其他必要的人物	细　　目
21. 为了骨肉而牺牲自己	牺牲者	骨肉	A:(1)为了亲戚或所爱的人的生命而牺牲自己的生命。 (2)为了亲戚或所爱的人的幸福而牺牲自己的生命。 B:(1)为了父母的幸福而牺牲自己的前途。 (2)为了父母的生命而牺牲自己的前途。 C:(1)为了父母的生命而牺牲了恋爱。 (2)为了子女的幸福而牺牲了恋爱。 D:(1)为了父母或一个所爱的人的生命而牺牲自己的生命与荣誉。 (2)为了亲戚或所爱的人的生命而不顾贞操。
22. 为了情欲的冲动而不顾一切	恋爱者	对象,被牺牲者	A:(1)为了热欲而破坏了宗教上的贞操与誓言。 (2)破坏了普通的贞操自誓。 (3)为了热欲而毁灭了自己的前程。 (4)为了热欲而毁坏了自己所有的权力。 (5)热欲毁灭了脑力、健康,甚或生命。 (6)热欲毁灭了富贵,荣誉,若干人的性命。 B:因遇诱惑而忘了义务。 C:(1)因为情欲的罪恶而致丧失生命、地位、荣誉。 (2)为了别种罪恶,而得同前的结果。
23. 必须牺牲所爱的人	牺牲者	被牺牲的所爱的人	A:(1)为了公众的利益,必须牺牲一个女儿。 (2)因为遵守对神所立的誓言,有牺牲她的义务。 (3)为了个人的信仰,有牺牲恩人或所爱的人的义务。 B:(1)在必要的情形之下,牺牲人家所不知道的而实在是他的女儿。 (2)在同样的环境中,牺牲他的父亲。 (3)在同样的环境中,牺牲自己的丈夫。 (4)为了公众的利益,而牺牲自己的女婿。 (5)为了公众的利益,而对付自己的郎舅。 (6)为了公众的利益,对付自己的朋友。

续表

种　　类	主要的即观众所同情的人物	其他必要的人物	细　　目
24. 两个不同势力的争斗(为了恋爱)	两个不同势力的人	对象	A:(1)神与人。 (2)有妖术者与平常人。 (3)得胜者与被征服者,主与奴,上司与下属。 (4)上国的君王与属国的君王。 (5)君王与贵族。 (6)有权威者与新兴之人。 (7)富人与穷人。 (8)有荣誉的人与犯嫌疑的人。 (9)两个差不多势均力敌的人。 (10)同前,而其中一个人从前犯过奸淫。 (11)一个被爱的人与一个"没有权利去爱"的人。 (12)离过婚的妇人的前后两个丈夫。 (以上是在两男之间) B:(1)一个妖妇和一个平常女人。 (2)得胜者与囚徒。 (3)皇后与臣民。 (4)皇后与奴隶。 (5)女主与仆人。 (6)高贵的女子与低微的女子。 (7)两个差不多地位相等的人,其中一个纵恣任情。 (8)对于高贵女子的理想或记忆,与一个不如她的真的人。 (9)神与人。 (以上是在两女之间) C:重复的争斗——(甲爱乙,乙爱丙,丙爱丁)。 D:(1)神与神。 (2)人与人。 (3)法律上的两个妻子。 (以上是东方式的)
25. 奸淫	两个有淫行的人	被欺骗的丈夫或妻子	A:(1)为了另一少妇,欺骗了情妇。 (2)为了自己的少妻,欺骗了情妇。 (3)为了一个少女,欺骗了情妇。 B:(1)为了那他所爱但并不爱他的女奴,欺骗了妻子。 (2)为了纵欲,欺骗了妻子。 (3)为了已婚的少妇,欺骗了妻子。 (4)意欲重婚,欺骗了妻子。 (5)为了他所爱但并不爱他的少女,欺骗了妻子。

续表

种　　类	主要的即观众所同情的人物	其他必要的人物	细　　目
25. 奸淫	两个有淫行的人	被欺骗的丈夫或妻子	(6)妻子为那爱她丈夫的少女所嫉妒。 (7)妻子为一个娼妓所嫉妒。 (8)一个冷淡的妻子和一个热情的情妇间的争斗。 (9)一个慷慨的妻子和一个热情的少女间的争斗。 C:(1)为了一个"相投"的情人，牺牲了那"不和"的丈夫。 (2)忘记了自己的丈夫(以为他是死了)去和他的情敌要好。 (3)为了一个能够同情她的情人，牺牲了她的平凡的丈夫。 (4)欺骗了好的丈夫，为了一个不如他的情敌。 (5)同前，为了一个怪僻的情敌。 (6)同前，为了一个令人生厌的情敌。 (7)与情人热恋的妻子，欺骗一个好的丈夫，为了一个平凡的情人。 (8)欺骗丈夫，为了一个虽不如他那样好，但更加有用的情人。 D:(1)被欺骗的丈夫的复仇。 (2)为了主义，打消了嫉妒的念头。 (3)丈夫被那失败的情敌陷害。
26. 恋爱的罪恶	恋爱者	被爱恋者	A:(1)母恋子。 (2)女恋父。 (3)父对女施暴行。 B:(1)少妇恋其丈夫的前妻之子。 (2)少妇与前妻之子彼此爱恋。 (3)一个女子同时为父与子的情妇。 C:(1)为嫂或妗的恋人。 (2)兄妹恋爱。 D:男爱另一男子。 E:人与兽。
27. 发现了所爱的人的不荣誉	发现者	过失者	A:(1)发现了母有可羞耻之事。 (2)发现了父有可羞耻之事。 (3)发现了女儿有不荣誉的事。 B:(1)发现了未婚夫或妻的家庭中有不荣誉的事。 (2)发现了自己的妻子在未婚前经人污辱。 (3)发现她从前有过"失足"。 (4)发现自己的妻子从前是娼妓。 (5)发现自己的情人有不荣誉的事。

续表

种　　类	主要的即观众所同情的人物	其他必要的人物	细　　目
27. 发现了所爱的人的不荣誉	发现者	过失者	(6)发现自己的情妇以前本来是做娼妓的，又恢复了旧生涯了。 (7)发现自己的情人是个无赖，或情妇是个坏女人。 (8)发现自己的妻子是一个坏女人。 C:发现了自己的儿子是一个杀人犯。 D:(1)儿子是一个卖国贼。 (2)儿子违犯了他自己制定的法律。 (3)儿子是被认为有罪的。 (4)立誓欲除暴君，此刻方知暴君就是他的父亲。 (5)发现了自己的手足是一个杀人犯。 (6)发现了自己的母亲是害死父亲的人。
28. 恋爱被阻碍	两个恋爱的人	阻碍	A:(1)因为门第或地位不同而不能结为婚姻。 (2)因为财富不同而不能结为婚姻。 B:因有仇人从中阻挠而不能成为婚姻。 C:(1)因女子先已许为他室。 (2)同前，并误会所爱的对象已和别人结婚。 D:(1)亲戚们的反对。 (2)亲戚间不和。 E:男女间性情不合。
29. 爱恋一个仇敌	被爱恋的仇敌	爱他的人，恨他的人	A:(1)被爱者为爱人的亲族所痛恨。 (2)爱人为被爱者的亲族所痛恨。 (3)被爱者(男)是爱他的女子的伙伴的仇人。 B:(1)爱人(男)是杀死被爱者父亲的人。 (2)被爱者(男)是杀死她的另一爱人的父亲的人。 (3)被爱者(男)是杀死她的另一爱人的弟兄的人。 (4)被爱者(男)是杀死那爱他的女子的丈夫的。 (5)被爱者(男)是杀死那爱他的女子的原来爱人的人。 (6)被爱者(男)是杀死那爱他的女子的一个亲族的。 (7)被爱者(女)是杀死爱人父亲的人的女儿。
30. 野心	野心者	阻挡他的人	A:(1)野心为自己的亲族(弟兄)所阻止。 (2)野心为亲戚或受恩的人所阻止。 (3)为自己的党羽所阻止。 B:反叛的野心。 C:(1)野心与贪婪连续地造成罪恶。 (2)枭獍似的野心。

续表

种　　类	主要的即观众所同情的人物	其他必要的人物	细　　目
31. 人和神的斗争	人	神	A:(1)和神争斗。 (2)和那信仰某一种神的人争斗。 B:(1)和神争论。 (2)因为侮辱神道而被罚。 (3)因为神前傲慢而被罚。 (4)狂妄的和神争斗。 (5)鲁莽地和神争斗。
32. 因为错误而生的嫉妒	嫉妒者	被嫉妒的人	A:(1)错误因嫉妒者的疑心而生出来。 (2)错误的嫉妒,因为凑巧而生出来。 (3)误认友谊的爱为男女的爱。 (4)嫉妒为恶意的造谣所引起。 B:(1)嫉妒为怀恨的叛徒所挑起。 (2)同前,但是叛徒是为了自己的利益。 (3)同前,但是叛徒是为了自己的利益与嫉妒。 C:(1)夫妻间的相互嫉妒,为情敌所挑起。 (2)丈夫的嫉妒,为失败的情敌所挑起。 (3)丈夫的嫉妒,被一个爱他的女人所挑起。 (4)妻子的嫉妒,被一个受过斥逐的情敌所挑起。 (5)一个得意的情人的嫉妒,被那一向受欺的丈夫所挑起。
33. 错误的判断	错误者	受害人,错误的原因	A:(1)需要信托的地方,发生了错误的疑忌。 (2)误疑自己的情妇。 (3)误会爱人的态度而生疑忌。 (4)因对方冷淡而生错误的疑忌。 B:(1)为救一个友人,故意使人怀疑自己。 (2)打击一个冤枉无辜的人。 (3)同前,但冤枉的人因曾生过恶念,自觉有罪。 (4)一个目击罪恶的人,因为欲救一个所爱的人,听任旁人责备那冤枉的人。 C:(1)听任旁人责备一个敌人。 (2)错误是由一个仇敌故意引起的。 (3)错误是由她的弟兄故意引起的。 D:(1)犯罪者嫁祸于他的仇人。 (2)犯罪者早就布置好的,嫁祸于他的第二个欲害的人。 (3)嫁祸于一个情敌。 (4)嫁祸于一个无辜的人,因为此人不肯和他同流合污。 (5)一个被遗弃的情妇,嫁祸于她从前的情人,因为他不肯去欺骗她的丈夫。 (6)受了人家的故意陷害(错误的判罪)之后,努力恢复地位并设法报复。

续表

种　类	主要的即观众所同情的人物	其他必要的人物	细　目
34. 悔恨	悔恨者	受害人或罪恶	A:(1)为了一件人家所不知的罪恶而悔恨。 (2)为了弑父而悔恨。 (3)为了谋杀而悔恨。 (4)为了谋杀丈夫或妻子而悔恨。 B:(1)为了恋爱的过失而悔恨。 (2)为了犯了奸淫而悔恨。
35. 骨肉重逢	寻觅者	寻得的人	
36. 丧失所爱的人	眼见者	死亡者	A:(1)眼看骨肉被残而不能救。 (2)为了职务上的秘密,帮助将不幸加到自己人身上。 B:预见一个所爱的人的死。 C:得知了亲族或挚友的死亡。 D:听到所爱人的死,因失望而蛮性发作。

尽管普罗第的36种情节模式是通过对20世纪初以前作品的分析归纳得出的,但我们仍能发现,大部分现代影视剧的情节都能在其中找到所契合的模式。《三十九级台阶》的情节显然是模式11“释谜”中的A(1)细目“必须寻得某人,否则处死。”和B(1)细目“必须解释谜语,否则遇祸。”;与模式5“遁逃”中的A细目“违反法律(有时为不得已)的或因其他政治行为而遁逃。”的糅合。国产影片《天国逆子》的情节是模式15“奸杀”中的细目A(1)“为了情人害杀丈夫。”与模式27“发现了所爱的人的不荣誉”中的细目D(6)“发现了自己的母亲是害死父亲的人。”和模式4“骨肉间的报复”中的细目A(1)“父亲的死,报复在母亲身上。”的结合。而法国影片《老枪》则是模式36“丧失所爱的人”中的细目A(1)“眼看骨肉被残而不能救。”与模式3“复仇”中的细目A(2)“为被害的子女或后人复仇”,A(4)“为被害的妻子或丈夫复仇”的融合。

情节模式自有其合理性和实用性。它不仅仅适用于对作品情节的分析和归纳,作为一个剧作者,从这些模式中肯定会得到某些对创作有用的启示。实际上这些模式本身就是对人类极端的情感方式和人际关系的概括,也正因为如此,它们才会历久而弥新。

当然,对剧作者来说,重复模式并无不可,但更重要的是如何为模式寻找到真正有新意的具体的情节,是在重复中注入对生活的新的、独特的理解和感受。而不是完全照搬模式本身。

此外，对于东方语境下的剧作者，我们应该从东方传统、华语传统中的神话、传说、史传、小说、戏曲等文学作品中汲取营养，甚至可以尝试总结我们自己文化体系内反复出现的情节模式，借助这些情节模式结合当代的文化和现实生活，创造符合东方人思维方式和情感方式的故事来。

第五节　主题

一、主题与主题思想

关于剧作的主题有两种不同的定义。一种认为主题便是剧作者通过剧本中所表现的社会生活、塑造的艺术形象而传达出来的贯穿全剧的基本思想。如将《白毛女》的主题归纳为“旧社会把人变成鬼，新社会把鬼变成人”。

而悉德·菲尔德则认为“当我们谈论电影剧本的主题时，我们实际谈的是剧本中的动作和人物”。[①] 他列举说，《邦妮和克莱德》的主题便是“大萧条时期，克莱德·巴巴罗匪帮在美国中西部地区抢劫银行以及他们终于落网的故事。”[②]按这种说法，《白毛女》的主题应当是“穷人姑娘喜儿在地主黄世仁的欺凌下被逼成‘野人’。解放后在共产党和人民政府的帮助下终于获得新生”。

这两种定义似乎截然不同，但实际上它们分别说的是剧作主题的不同方面。剧作主题包含着情节主题和主题思想两个方面。情节主题就是悉德·菲尔德所说的“动作和人物”。而主题思想则是剧作中所蕴含着的思想观念和意识形态。情节主题是为表现主题思想而服务的，主题思想只有通过动作和人物才可能得以体现，两者间相互依存，共同构成剧作的主题。

此外对于主题思想的理解，从文学到电影，我们过去都往往偏重较严肃的哲理或观念，其实电影的主题也可以很感性。“青春是残酷的”这样的感叹也可以成为一部片子的主题，例如《阳光灿烂的日子》，你甚至可以创作一部影片来表达“爱情就像清晨的露水”，拓宽了对主题的理解，有助于我们自由地发现自己的创作动机，而不至于受到

① 悉德·菲尔德：《电影剧本写作基础》，中国文联出版公司1985年版，第9页。
② 同上，第9—10页。

过于严谨的主题的禁锢，造成主题先行的问题。

二、主题的作用

对于剧本来说，主题并不只是供人们在剧本完成后来总结和评价它的“社会意义”、“艺术价值”时才有用的。那样的主题其实是评论者眼中的主题，和我们剧作理论讨论的主题并不相同。剧作上的主题，是源头而不是总结，是吸附一切情节的磁铁，而不是从情节中归纳出来的结论。主题是创作过程中的目标和指南，它几乎从一开始就会影响和决定剧本的创作方向。正如我们前面所说，剧作者在从最初的动因出发开始构思一部剧本时，他首先碰到的问题并不是选择具体的事件和人物关系，而是要明确自己的创作目标，这个目标就是主题。面对同样的素材，剧作者想要表现的主题不同，便会有不同的选择：包括事件、人物关系、结构方式等等。

假如某剧作者想写一对打工仔打工妹的爱情故事，他在两人相爱后的情节选择上，可以有非常多的可能性。他可以做一个社会批判故事，表达“贫穷令恋爱都成为奢侈”这样的悲观观念，也可以做一个励志故事，传达奋斗改变生活的信念，也可以做一个类似陈可辛《甜蜜蜜》那样的现实主义＋浪漫主义的故事，赞美那些不因贫穷、富有、人生离合而消失的爱情。所以对于一个题材、灵感，究竟应该朝什么样的方向发展、编织，取决于作者想要传达的主题。

陈凯歌导演在《黄土地》的导演阐述中曾经谈到该片的主题和创作的关系：

“今年元月，我和摄影师、美术师一起为酝酿剧本修改事，到陕北体验生活，我们在佳县看到了黄河。

如果把黄河上游的涓涓细流和黄河下游的奔腾咆哮，比作它的幼年和晚年，那么，陕北的流段正是它的壮年。在那里，它是博大开阔、深沉而又舒展的。它在亚洲的内陆上平铺而去：它的自由的身姿和安详的底蕴，使我们想到我们的民族的形象——充满了力量，却又是那样才沉沉的静静的流去。可是，在它的身边就是无限苍莽的群山和久旱无雨的土地。黄河空自流去。却不能解救为它的到来而闪开身去的广漠的荒野。这又使我们想到数千年历史的荒凉。

一天清晨，我们看到一位老汉，在黄河边打起了两桶水，佝偻着身躯走去——毕竟有人掬起黄河之水，黄河之水毕竟要流进干旱的土地。

我们就是在那个清晨，明白了应该写什么，怎样写。在我们的影片所要展示的那个年代，引导着整个民族去掬起黄河之水的就是共产党。翠巧，是觉悟到了应该掬起黄河水的人们中的一个。即使那只不过是一桶水。人们的向往和现实生活之间总是横亘着艰难的道路，但是，现实中的每一个行动又总是放射着理想热烈的光辉。

热爱黄河而去歌颂黄河，对于每一个尚未丧失激情的人来说，都不难。如果我们清醒地看到，能够孕育一切的，也能够毁灭一切，那么，对于生活于旧中国民族整体中的翠巧而言，她的命运就一定带有某种悲剧的色彩。她所选择的道路是很难的。难就难在，她所面对的不是狭义的社会恶势力，而是养育了她的人民中的平静的，甚至是温暖的愚昧。较之对抗恶势力，这种挑战需要很大的勇气。因此，我们的影片就内涵而言，是希望篇。因此从形象的历史审美价值着眼，我们的更高的期望是，翠巧就是翠巧，翠巧非翠巧。她是具体的又是升华的。”①

陆川在创作《寻枪》时，也对主题进行了很深的思考。

“电影《寻枪》以中国西南边陲小镇上的民警马山丢枪，找枪的经历为剧情框架，展现了马山丢枪后人生信念的崩溃、挣扎与最终生命信念重建的过程。

《寻枪》是一个小故事，事件单一，时间跨度短，人物少，环境集中，然而它不因此而成为一部小电影。在我的内心中，它是一部真正有意义的电影，一部诗意的电影。它内核中包含的意义和精神是强有力和穿透性的。马山五天寻枪的经历，不是某个特殊个体灵魂挣扎的历程，而是反映了每一个中国男人、甚至是每一个中国人都可能会在自己生命历程中所必然要遭遇必然要面临的困境和焦虑。如果我们能将电影中这一层意义展示出来，在电影中将这一层精神展示出来，我们的电影将是一部伟大的电影。它蕴含着的力量将能够击穿每一个麻木的灵魂。”②

相比较上面两则深厚的关于主题的社会性思考，庄宇新的《爱情的牙齿》则感性、个人化了许多：

“这个故事诞生于倾听友人的一次生活讲述之后。

---

① 《凯歌自传》附录一，中国人民大学出版社2009年版。

② 引自网页 http://ent.163.com/edit/020419/020419_118997.html

我力图勾勒女人的内心史，主人公钱叶红有着随时代而变的身份，动乱年代的女老大，医学院的天之骄子，倒霉的女青工，平淡婚姻中的少妇……

但真正构成她内心体验的不是时代的风云，而是伤痛、爱情和记忆相互缠绕的复杂关系。经历了十年，三个男人之后，她忽然发现，伤痛是通往爱情的捷径。

所以在讲述七八十年代生活的电影浪潮中，本片的意图不在于时代的怀旧……”①

由上例我们可以看出，剧作者在创作剧本的时候都对主题有着深入的思考，剧本的主题都是鲜明的，能够概括得出的，与此同时，又是含蓄地埋藏在故事之中，需要观众在感性的观影过程中去领会的。剧本的主题对于剧作者来讲，接近于作者的创作“动机”，即作者为什么要选择这个题材，为什么朝着这样一个方向编织这个故事，作者想传达的思想和对生活、对社会的看法是什么？

波兰导演波兰斯基初到美国拍摄《唐人街》时，遵循美国的制片厂流程，将剧本交给了好莱坞编剧创作，完成后的剧本结局部分是这样处理的：

“当女主人公伊芙琳得知他的父亲克劳斯想雇佣男主人公杰克去寻找她的女儿/妹妹的消息后，她决心要杀死父亲。她知道这是唯一阻止罪恶继续的办法。于是伊芙琳给克劳斯打了电话，告诉他，她要在圣·帕迪鲁海岸附近的荒地上和他见面。克劳斯到达时适值大雨，当他沿着泥泞的道路去寻找他的女儿时，伊芙琳猛踩汽车油门加速，企图撞死他。他勉强逃脱，然后奔向附近的沼泽地，伊芙琳跳下汽车，拿出枪追他。她开了几枪！他藏在一个写有‘活诱饵’字样的大广告牌后面，伊芙琳看见了他，向那个广告牌的一角射击。鲜血随着雨水流了一地，克劳斯向后倒下死了！……伊芙琳因杀父罪在监狱服刑四年，而这期间她终于找到了自己的女儿/妹妹，平安地把她送回到墨西哥。”

由此可见，这一稿的结局是正义和秩序终于获胜，典型的好莱坞式的乐观结局。

波兰斯基却并不认同这样的结局传达的主题，对剧本结局进行了实质性的变动：

“当伊芙琳和她的女儿/妹妹来到时，克劳斯向那个年轻的姑娘走去。伊芙琳叫他走开，他不听。于是她掏出枪向他射击，打中了他的手臂，然后跳进自己的汽车夺路而逃。警察洛契开了枪，伊芙琳中弹身亡，子弹穿透了她的眼睛。克劳斯为女儿伊芙

① 引自网页 http://ent.sina.com.cn/m/2006-09-26/17121264185.html

琳的死吓呆了，他搂抱着自己的女儿/孙女悄悄消失在黑暗之中。”[①]

这个结局无疑是灰暗的，因为最恶的反派人物克劳斯逃脱了法网，从谋杀、争水丑闻和乱伦等罪行中逃脱了出来。波兰斯基坚持对情节做此变动的根本原因，是他并不认同编剧设计的情节所流露的“好莱坞”式的价值观：人能够掌握自己的命运，善终究能够战胜恶。《唐人街》的导演版结局，传达的无疑是一个悲观的观念，邪恶无处不在，只手遮天，渺小的个人很难能够改变。可见主题的不同，会对剧作情节层面产生剧烈的影响，甚至会改变主人公的命运，起死回生，或者由生转死。

在剧作过程中主题始终处于灵魂和统率的地位，它制约着剧作者的创造性选择在一个统一的创作目标下进行，主导着全部创作活动。在历史上，以“泰坦尼克号”沉没这一不幸灾难为题材的影片先后有七部之多。但它们并不是简单的“重拍”，不同的主题使它们都呈现出各自不同的风貌。这一事例也说明了主题在创作中的统率地位。

赖声川在他的《赖声川创意学》中引用了作家圣埃克絮佩里的一句话：“如果你想造一条船，不要抓一批人来搜集材料，不要指挥他们做这个做那个，你只要教他们如何渴望浩瀚的大海就行了。”[②]

造船如此，创作更是如此。创作剧本时不要草率动笔，而是厘清自己对主题的看法，再以此为航标固定人物的走向和情节的摘选。此外，要想修改一个不够满意的剧本，也要从源头思考，从主题的层面推敲它的问题所在，才能从根本上改变剧本的面貌。

三、主题的分类

这里借鉴罗伯特·麦基在《故事》一书中的分类方法，将主题划分为理想主义、悲观主义和反讽主义三种。

这样的划分无疑只是主题的一种划分思路，不是绝对，也不是唯一。探讨这样的分类方法只是为了帮助创作者厘清关于主题的思考，更清晰地认清自己的思想和情节走向之间的关系。

1. 理想主义

理想主义主题接近肯定句，陈述句，往往“表达的是乐观主义、希望和人类的梦想，

① 悉德·菲尔德：《电影剧本写作基础》，中国电影出版社2002年版，第68—69页。
② 赖声川：《赖声川的创意学》，中信出版社2006年版，第89页。

对人类精神的一种正面的看法，我们所希望的生活图景”[①]。理想主义主题通常相信以下的信条：人性本善；人通过自己的努力可以掌握命运。理想主义主题的影片最经常出现在好莱坞电影里，因为好莱坞电影的“造梦”使命令它们倾向于传递乐观的观念和情绪给观众，令人们在看电影的时候得到疲惫生活的安慰。善终将战胜恶，有情人终成眷属，只要努力每个人都有机会实现梦想……这些主题通常都可以划分到理想主义的范畴。《肖申克的救赎》就是典型的理想主义电影，如此戒备森严的监狱，漫长的二十年的岁月，也不能阻止一个渴望自由的人追寻自己的自由，而且他成功了。

2. 悲观主义

悲观主义接近否定句，“表达的是我们的愤世嫉俗、我们的失落感和不幸感，是对文明的堕落和人性的阴暗面的一种负面的看法，是我们所害怕发生而又知道它是时常发生的人生境遇。”[②]悲观主义主题往往倾向于相信以下观念：人性本恶；人无法掌握自己的命运。

美国影片《正午》就是悲观主义主题的作品。小镇执法官威尔·凯恩在卸任的当天，同未婚妻艾米举行了婚礼，两人预备开始蜜月旅行时，小镇迎来了几位不速之客，他们是当年被威尔抓捕如今刑满释放的恶棍弗兰克·米勒和他的朋友们。预感小镇将被卷入一场血腥仇杀的人们纷纷躲避，或者力劝威尔离开，但威尔执意留下，并开始在镇上寻找帮手，岂料不得升迁的警员哈维、当年审判弗兰克的法官等人全部与此事撇清了关系，新婚妻子也不支持威尔的坚守，孤立无援的威尔只得拿起自己的枪战斗。威尔独战群雄后，小镇重新恢复了安宁，镇民们纷纷涌来感谢，威尔却将身上的警徽摘下扔在了地上，骑马扬长而去……这个“扔警徽”的动作是《正午》著名的情节，它传达了对人性的悲观失望。拉斯冯提尔的《狗镇》也是对人性持悲观态度的影片。陈凯歌的《霸王别姬》除了质疑人性，也认为人是历史洪流的人质，难以把握自己的命运，因此也可以归为悲观主义主题的电影。

3. 反讽主义

相对于理想主义和悲观主义，反讽主义无疑更平和、客观一些。它既非否定、也非肯定，而是接近一种客观的描述。“它表达的是我们生存状况的复杂性和两面性，是一种既包括正面又包括负面的看法，是最最完整和现实的生活。”“反讽对观众的作用就

---

① 罗伯特·麦基：《故事》，中国电影出版社 2001 年版，第 146 页。
② 同上，第 148 页。

是那种美妙的反应：‘噢，生活就是这样’。”①

关于爱情的陈述，如果乐观主义电影说：爱情是美好的；悲观主义说：爱情是残酷的。反讽主义则会说：爱情既温柔又残酷，令人快乐也带来痛苦。

很多平和客观的电影都可以归入反讽主题。例如顾长卫的《孔雀》，对生活的馈赠犹如孔雀的羽翅，你刻意去追逐时求不得，你不再执著时它却静静地开放了，不悲观，也不乐观，一种世事通达后对生活的平实态度，哀而不伤。吕克・贝松的《杀手里昂》也属于反讽主题：里昂是个杀人无数的杀手，可是他却用爱和生命挽救了家破人亡的小女孩的身心，孰善孰恶，孰是孰非已经不再重要，在这个并不完美的世界里，还有新的希望像阳光下的植物一样在生长。

四、多义性主题与多主题

社会生活的丰富复杂以及人物和情节本身的多层次、多侧面决定了一部作品的主题可能不是单一的，甚至同一条情节主线，同一个情节主题也会蕴含有不同的主题思想，这便是主题的多义性。

如《拯救大兵瑞恩》一片中，情节主题只有一个：二战中，一群美军士兵奉命深入战场去营救兄长均已战死的瑞恩回家。情节主线十分明晰单一。但这一剧情中却包含了多个主题思想：战争与人；国家利益与个人的生命；士兵们的忠勇无畏……这些都是影片中的人物和他们的动作所体现出来的思想。

和多义性主题不同，所谓多主题是指在一部作品中存在着多个情节主题，多条情节线，并随之而产生了多个主题思想。如《泰坦尼克号》中，露丝与杰克的爱情故事表现了对生命的自由活力与纯真爱情的歌颂这一主题思想；号称永远不会沉没，象征着人类伟大的幻想和创造力的巨轮一步步驶向毁灭这一灾难情节主题则表现了人类与自然的对抗中的无知与狂妄导致自我毁灭的主题思想；生死关头船长与船共存亡、乐队演奏至沉没身亡、乘客的相互救助则表现了生命的尊严和责任……此外，船上优雅而令人窒息的头等舱里的贵族们与三等舱里尽情享受生命自由和快乐的“下层人民”之间的微妙对比等情节也都蕴含着各自的主题思想。几乎每一部多线结构的作品都是多主题的。

无论多义性主题还是多主题，并不意味着作品的主题思想是不确定的或者是多向的。在一部作品的多个主题思想中，总有一个是居于主导地位的，是作品的“中心思

---

① 罗伯特・麦基：《故事》，中国电影出版社2001年版，第149、153页。

想”。如《拯救大兵瑞恩》中的战争与人；《泰坦尼克号》中的对生命的自由活力与纯真爱情的歌颂。

五、主题的表达技巧

电影主题的表达，忌讳的是过于直露，光靠故事中的人物用台词将主题说出来，或者直接上字幕写出创作者想传达的主题，一定是过于刻意而达不到效果的。主题的表达，应该自然地存在于故事的进程之中，用情节做载体在其中流淌，令观众在投入地欣赏故事的时候不知不觉地领悟和认同。

1.用高潮动作表达主题

一部电影中的高潮不仅是一部电影情节上最精彩的段落，同时也是人物做出最艰难的抉择，使出最大力气的时刻，高潮中人物的行动往往揭示了人物的真相，也暗含了创作者对社会、生命的看法。观看一部电影，不到高潮戏结束，我们很难能概括出全片的主题，可是高潮部分结束之后，我们总是基本能够领会创作者的意图。

例如在电影《肖申克的救赎》中，高潮部分是安迪艰难而辉煌的越狱动作，当安迪历尽千辛万苦从污水管中爬出，在暴风雨中仰天长啸，大喊“Freedom”的时候，观众充分地领会到了整部电影的主题，那就是“自由”。在陈凯歌的《霸王别姬》的高潮戏，文庙批斗一场中，我们看到段小楼和程蝶衣这一对兄弟和怨侣相互揭发，像疯狗一样撕咬对方的伤口，段小楼在濒临疯狂的状态下还揭发出了自己妻子菊仙过去是妓女的事实，菊仙在绝望中上吊自杀……主人公在批斗中的举动传达了创作者的反思，在历史的洪流中人是否能把握自己的命运，还是根本就是历史的人质？《霸王别姬》深刻的思想性很大程度上是通过高潮戏来表达的。

2.用对抗力量表达主题

罗伯特·麦基在《故事》中指出，“故事进展是指将故事在故事的正面和负面价值之间动态移动的过程。……正面的思想及负面的对立思想一直在争论，它们之间的交锋便创造出一个被戏剧化地表现的辩证论战。在高潮时，这两个声音中的一个胜出，成为故事的主控思想（也即主题）”①。

例如《蝙蝠侠》这样的系列影片，就是蝙蝠侠代表的“正义”价值，和每一部影片中敌手代表的“邪恶”价值之间的对抗。正义在高潮部分历尽艰难战胜了邪恶，正义价值

---

① 罗伯特·麦基：《故事》，中国电影出版社2001年版，第141页。

得到了肯定和赞颂。《肖申克的救赎》中冲突主要来自于渴望自由的安迪和肖申克监狱的禁锢，本质上这是一组自由⟷禁锢的对抗关系，当安迪最终赢得了自由，自由战胜了禁锢的时候，影片也清晰地传达出了“自由”的主题。

这种思想的对抗落在情节上，会具体地呈现为人物和人物之间的对抗，最常见的是呈现为主人公和反派人物的对抗，例如安迪和典狱长诺顿之间的抗争。但也可能呈现为男女主人公，主人公和朋友之间价值的抗争，比如《风月俏佳人》中男主人公和女主人公终成眷属，本质上来讲是女主人公充满人情味的价值观取得了胜利，改变了男主人公原本的信条。

3.用人物的转变表达主题

影视剧中的人物并非一成不变，不论是主人公还是次要人物，都有可能随着情节的发展渐渐改变，这种人物的转变往往暗含着主题。《肖申克的救赎》中安迪的朋友雷德曾经和安迪有过一场关于“希望”的讨论，他认为对于无期徒刑的刑犯来讲，“希望”是痛苦的来源，是最可怕的事。可是在安迪的影响下，雷德慢慢地转变了，他的心里也开始点燃了希望的火光，这种力量终于指引他找到了自由。上面提到的《风月俏佳人》里的男主人公，是一个不讲情面的大财阀，却被一个率真充满人情味的风月女子莫名吸引，男主人公的性情和办事方法不由自主地发生了改变，他在生意场上也变得柔和有人情味儿了，并最终放弃了对古老家族企业的残酷收购，人物的这种转变，无疑传达着创作者看重的人性品质。

练习题

1. 研读一部电影作品，按三幕剧的剧作理论划分出影片的结构。
2. 研读一部电影作品，总结出它的主要冲突。
3. 观看一部希区柯克的悬疑电影，找出其中一个悬念片段，分析其使用的技法。
4. 选出三部最喜欢的电影，找出它们各自的主题，分析该主题是如何通过故事表达出来的。

第二章

人　物

本章要点

- 类型人物与性格人物
- 如何开发人物动作，如何建立内部动作和外部动作的关系
- 人物关系设置与叙事线的勾连
- 人物需求的设计与性格的塑造

第一节　关于人物

一、人物

和其他叙事艺术一样，影视剧也是以“写人”为其中心任务的。然而，并非只有人才是人物。叙事概念上的人物是指戏剧冲突的参与者，它可以是人，也可以是动物、植物，甚至是自然或超自然现象。如《大白鲨》中的鲨鱼，《老人与海》中的大海和鱼。

当然在影视剧中我们说到人物时，通常是指故事中的人。在叙事中，一切都是为人物服务的。没有脱离开人物的“纯粹的”事件；没有与人物无关的环境描写；而推动叙事的核心——冲突和对抗则更离不开人物，“一次戏剧性冲突必须是一次社会性冲突。我们能够想象人和人之间的，或者人和他的环境——包括社会力量或自然力量——之间的戏剧性斗争。但我们要设想一出只有各种自然力量互相对抗的戏可就很困难了。”[①]即便是像《西游记》、《狮子王》这样的作品，它所描写的也是一种“拟人化”的冲突对抗，实际上也是写人。

二、功能

影视剧人物按其功能可以分为两类：

第一类是具有叙事功能的人物：构成冲突的双方；参与事件并做出了某种推动剧情发展的行动的人物；或是不参与事件但其出场提供了某种使剧情有所进展的信息的人物。

影视剧中的主要人物都具备叙事功能，他们都是冲突的参与者，因为他们故事才

① 约翰·霍华德·劳逊：《戏剧与电影的剧作理论与技巧》，中国电影出版社1978年版，第207页。

得以发生和推进。如《喜宴》中的伟同、薇薇和赛门。

次要人物尽管很可能并不卷入大的冲突和对抗，但如果没有他们的存在和他们的行动，剧情也将失去足够的推进动力。如《喜宴》中第一幕出现的毛妹，那个精通五国语言的完美女子，她的出现对剧情主线没有关键影响，在第二幕第二幕她也几乎消失了，只是在大摆喜宴时以伴娘的形式再出现了一下。可是毛妹这个人物其实是伟同内心压力的具象化，是父母逼迫的实体形式，正是她的出现令伟同意识到来自父母的压力不能再逃避下去，必须想办法解决，因此他才决定和薇薇假结婚来试图解决问题。又如第二幕饭店老板，也即父亲的旧部，这个人物更是昙花一现，可是要不是他的出现，伟同就会如愿以偿地以最草率的形式公证结婚，也就不会有后面的大摆喜宴，更不会有这桩假婚姻的弄假成真了。因此饭店老板的角色虽然次要，却对剧情也有不可或缺的推动作用。

还有另外一些次要人物，他们出现在影片里，却不真正进入事件，但他们出现带来的某种信息也推动了剧情，这些人物也同样具有叙事功能。如影片《四十不惑》里孩子的生母，这位已经去世的女知青以她幻灯片上留下的影像出现，并不进入影片叙事时空的事件中。但当孩子在地下室里观看幻灯片上的母亲时，她的出现所带来的信息便对孩子、对男主人公都产生了巨大的影响，推动了叙事。

在影视剧中，还存在另一类人物，他们不具备叙事功能，他们的出现和他们的行动对主体叙事都不产生任何影响。这类人物在影视剧中也自有其作用。

首先，这类人物可以帮助我们接近主要人物，使主要人物的性格和心理状态能多侧面地展示，形象更加丰满。他们大多以影视剧中主要人物的“知心人”、倾诉对象或是“小插曲”中的人物等方式出现。如《乱世佳人》中的黑妈妈，《窃听风暴》中魏斯曼孤独地回到家中打电话叫来的妓女，她们都让我们看到了主要人物“正常状况”下不可能表现出来的“另一面”。如果影视剧中的主要人物在走过街头时停下来向路旁乞丐的碗里放进一些钱，乞丐这个“小插曲”中的人物便帮助展示了主要人物性格中的善良和同情心。

其次，这类人物还可能帮助我们对影视剧的主题思想有更多的了解。基斯洛夫斯基的《十诫》里那个经常出现的瘦高男人和我国影片《巫山云雨》中，焦灼烦乱的旅馆服务员陈青看到的那个莫明其妙地出现在旅馆门外，马上又莫明其妙地消失了的道士模样的人，便让我们感受到了弥漫于影片里那种神秘的宿命和超自然的力量。

影视剧中还经常需要这类人物来增添某种光彩或是趣味。像《三十九级台阶》开端里，当哈奈和安娜蓓拉从杂耍剧场跑出来时，从他们面前走过的由希区柯克自己扮演的胖先生；《孔雀》里姐姐拎着菜篮子走在街头，从侧面入画又出画的顾长卫扮演的瞎子，以及我们在影视剧中经常看到的服务员、司机或是太监等出现在主要人物周围的小人物。他们身上往往有某种喜剧性或是令人难忘的特点（如《莫扎特传》里看见皇帝兴奋得晕倒的莫扎特胖乎乎的丈母娘，库斯图里卡《亚利桑那之梦》里那个始终在背诵经典电影台词的男人），一出现便可以为影片增加情趣。

三、类型人物与性格人物

按照人物性格特点，影视剧中的人物分为类型人物和性格人物两类。

1.类型人物

爱·摩·福斯特把类型人物称作"扁平人物"，从这个名称上我们便可以知道这种人物最大的特点便是性格相对单一、固定和平面化。实际上他们也往往是根据一种简单的性格意念而制造出来的。在各种类型片中都充斥着类型人物，像"英雄片"中的周润发、狄龙和刘德华，他们的性格都像被"克隆"般地相似：豪爽任侠、快意恩仇、重情守义……"西部片"里的"原野奇侠"也个个都疾恶如仇，豪放多情。

正如福斯特所说，类型人物的第一大特点是他们容易辨认，容易被观众所记忆。不管是小马哥（《英雄本色》），还是许文强（《上海滩》），观众总能一眼便认出这位"英雄"。而他们"以不变应万变"的强烈性格特征也总能给观众留下深刻的印象。

类型人物的另一大特点是因其性格指向性的明确，容易赢得观众的认同。每一个人的心中都有各种愿望，而许多类型人物则正是因其满足了观众某一方面的愿望而容易被他们所认同和喜爱：武功高强的英雄正是观众惩恶扬善"侠客梦"的最佳化身；一身正气的包青天和李向南（《新星》）则代表人们铲尽天下不平的"青天大人"的理想；而纯情片的主人公更是实现无数人心目中爱情梦幻的"白马王子"或是"灰姑娘"。

类型人物还特别便于创作者把握和使用。"原因是这类人物不用重新介绍，不会离开轨道以至难以控制。它自成气候，宛如早已安排在太空或繁星之间的光环那样，不管放到什么地方都会令人满意。"[①]

将类型人物和性格人物区分开来的原因并不光是因为类型人物的性格相对比较单一和平面化。其实在类型人物身上也有相当丰富、多面的性格特征，如小马哥身上就既有单纯开朗、豪爽任侠的一面，又有软弱和委曲求全的一面。类型人物与性格人

---

① 爱·摩·福斯特：《小说面面观》，花城出版社1984年版，第60页。

物最根本的区别，在于类型人物性格的固定化。这种性格就像已经拍摄过的底片，上面的影像早已存在。也许这些影像是一下子便全部显现；也许它们像浸泡在显影液里一样，是逐渐显露出来的。但影像本身是不会改变的。小马哥一出场时的开朗豪爽，腿被打瘸后的软弱无助以及后来的疾恶如仇，虽然是随剧情发展而逐步显现的，但这些性格特征都是人物本身所固有的，而不是随剧情而发展变化的。

这种固定化的性格当然有许多局限，但很多时候它也会成为优势：我们不需要再为人物性格的发展和完成人物塑造而过多地消耗宝贵的叙事时间。可以把笔墨更多地留给事件和剧情的推进。

类型人物的这些优势使他们总能在作品中占据一席之地。不光是类型片，在其他的影视剧里我们也常常看到类型人物们的身影。如《三国演义》中的刘、关、张，《水浒》中的梁山好汉们以及刘慧芳（电视剧《渴望》）、郁无暇（电视剧《凤穿牡丹》）和“我爷爷”、“我奶奶”（《红高粱》）、静秋（《山楂树之恋》）等等。

除了主人公，多数影片的次要人物更容易用类型化的方式来设置。因为次要人物能够占有的剧本篇幅有限，没有过多的时间用来细致描摹他们的性格特质，他们的性格越是简单、鲜明，就越减轻叙事的负担。因此电影电视剧中总是会不断出现许多类型化的次要人物，比如主人公身边总有一个插科打诨的“丑角”式人物，性格讨喜，制造笑料，反派角色里常常有一个笨贼，干坏事却总是搞砸。不怒而威的父亲，慈爱的母亲，痴情善良的男三号，反叛的少男少女，妖艳刻薄的姨太太等等。

2. 性格人物

性格人物也即福斯特所谓的“圆形人物”。它的特征首先是性格复杂多面、充实丰满。性格人物是“艺术片”创作者最为偏爱的一类人物。和类型人物相比，性格人物显然要更有“深度”，也比较符合现实生活的真实情况。但对性格人物来说，重要的不仅仅是性格的立体“深度”，还在于这些“深度”不是在剧情开始之前便先天存在的，而是随着剧情的变化逐渐生成和变化的。如《莫扎特传》中的萨列里，剧情开始时他是一个热爱音乐、信仰上帝、感恩行善的宫廷音乐家，可是自从莫扎特来到维也纳，他的嫉妒火焰被这位天才人物点燃，他心中的愤愤不平，他对上帝的质疑，使他变得日渐的狭隘、阴险、狠毒，并最终成为一个疯狂的杀人凶手。而莫扎特也是在人生的苦难、世俗的嘲弄中，逐渐呈现出了他顽皮性格里非常高贵的那一面。

判断一个人物是不是性格人物最有效的标准不是看他的性格前后有什么不同，而是看这些不同之处是否是在剧情中生成的。

性格人物的性格，往往具有复杂的矛盾性。这种矛盾性通常体现为两种形态：

（1）可以是人物同时具有相互矛盾的一组或多组性格元素，就像鲁迅先生说的“罪恶底下的洁白和洁白底下的罪恶”，就像《史记》里项羽的英雄之气和儿女之情。美国电影《黑天鹅》里面的Nina一直是一个文静善良的舞蹈演员，在芭蕾舞剧《天鹅湖》中只擅长扮演“白天鹅”的角色。为了能够挑战“黑天鹅”的角色，她不停地开掘自己心灵里面的欲念、黑暗，终于在高潮部分的舞剧表演中达到了至高的美和至高的恶，但也为此付出了生命的代价。Nina这个人物并不是铁板一块的纯净女子，她虚荣、有欲念，内心有着一直压抑的疯狂，“黑天鹅”和“白天鹅”这两个完全矛盾的特质同时存在在她的身上，使她成为一个有内心张力性格丰富的人物。

（2）也可以表现为同一性格元素中的正面和负面。“倔强”这一性格，其正面是“执著”，其负面却是“偏执”。“温柔”这一性格，其正面是“温和”，其负面却是“软弱”。电影《乱世佳人》的女主角斯嘉丽，是一个乱世中支撑起整个家族的强悍女性，她的“强悍”对于她想要保护的人来说是一种坚强，可是对于那些她伤害过的人来说，却带有过分心狠手辣的负面。比如为了保全整个庄园，她不惜毁掉妹妹的爱情和幸福，用欺骗夺走了妹妹的爱人。

关于人的性格的矛盾性，列夫·托尔斯泰曾作过一段精彩的分析：“有一种极为常见而且流传很广的迷信，认为每一个人都有他独特的和确定的品性，认为人有善良的，有凶恶的，有聪明的，有愚蠢的，有精力充沛的，有冷漠疲沓的，等等，其实人不是这样。我们谈到一个人，可以说他善良的时候多于凶恶的时候，聪明的时候多于愚蠢的时候，精力充沛的时候多于冷漠疲沓的时候，或者相反。”[①]狄德罗也说过：“说人是一种力量与软弱、光明与盲目、渺小与伟大的复合物，这不是在责难人，而是为人下定义”[②]，所以剧本中对性格人物的展现，其实比类型人物更贴近现实生活，它是对现实人物复杂性的一种截取、浓缩。

那么具有矛盾性的性格人物，有没有鲜明主要的性格特征呢？答案是肯定的。性格人物的性格有矛盾，但是也同样有重心。人物性格的重心，在剧作中往往通过“压力”来测试。比如一个人在日常生活里不撒谎不能认定他一定诚实，只有在他撒谎可以求全，讲真话可能付出惨痛的代价时，他还讲真话，我们才能真正认定诚实是他的本质。

---

① 刘再复《性格组合论》，上海文艺出版社1986年版，第90页。

② 同上，第5页。

将人物置于强大的“压力”之下，看他在压力中做出的选择，也就看出了他性格的重心。《天下无贼》里主人公王薄是一个贼胆包天的“大盗”，他的“恶”显而易见，但是他也有心软的时候，也有善良的一面，这是他性格的矛盾性。究竟什么是他的性格重心呢？不到最后的高潮戏难以判断。在第二幕高潮戏中，我们看到王薄舍弃了自己的生命也要保护傻根的那笔血汗钱，在如此性命攸关的时刻我们看到了一个“坏人”身上的良心，所以我们可以说，王薄终究成为了一个善良的人，善良是他性格的重心。

对于剧本来说，高潮戏往往就是主人公压力最大的时刻，因此性格人物往往是在高潮戏中体现出了他们性格的重心，他们的本质。剧作其实就是这样一种机制，它把人物置于浓缩的强烈的戏剧性中，令人物无法逃脱，在故事里逐渐呈现出他们生命的力量和真相。

第二节 动作与人物性格

一、动作与性格

与情节相关的是人物的动作，而与动作相关的则是人物的性格。如亚里士多德所说：“有动作，就会有执行动作的人——他一定会具有某些明显的性格上和思想上的品质；因为我们正是借助于这些品质来分辨动作本身的。思想和性格是产生动作的两个当然原因，而动作又是一切成功与失败的决定关键……所谓性格，我认为就是通过它，我们可以赋予动作者某种品质的那种东西。”①

尽管“思想和性格”对动作如此重要，但亚里士多德也不得不承认，“性格只是动作的辅助物”②，而且只有通过动作，我们才有了解性格的可能。在影视剧中，这一点更为突出。由于电影的影像特质，视听性在剧本中至关重要。对于人物来讲，视觉对应的是动作，听觉对应的则是对白。观影经验告诉我们，同样一个信息，诉诸动作给观众带来的印象，往往强于诉诸对白。所以用动作来表现人物，是人物塑造中最重要的环节。悉德·菲尔德甚至在《电影剧本写作基础》里数度强调说：“动作就是人物！”③可

---

① 转引自《戏剧与电影的剧作理论与技巧》，中国电影出版社 1978 年版，第 16 页。

② 同上，第 15 页。

③ 悉德·菲尔德：《电影剧本写作基础》，中国电影出版社 2002 年版，第 45 页。

见动作设计对于人物塑造的重要性。所以我们在谈到某一个人物的时候，更重要的不是去归纳和“提炼”他的性格。而是将他描述为做了某件（些）事情的人——人物实质上就是他的动作，就是他干了什么。

影片《得克萨斯州的巴黎》的主角特拉维斯是一个性格十分怪僻的酗酒者，他深爱着妻子简，却又因酗酒和猜忌而常常虐待她。简无法忍受他这种自私、残酷的“爱”，将年幼的儿子亨特留给特拉维斯的弟弟沃尔特夫妇后离家出走。痛悔不已的特拉维斯四处寻找妻子，几年过去却一无所获。身心疲惫的特拉维斯晕倒在得克萨斯的荒原上。弟弟将他带回家中，在这里，特拉维斯逐渐地克服了自己的心理障碍，并开始学会与已经上学的儿子相处，亨特终于开口叫他“爸爸”。父子俩一起出发去寻找简。在休斯敦的一家“西洋镜俱乐部”里，特拉维斯找到了妻子，面对镜子后的简，他明白失去的一切已不可能找回。他把儿子留给简，自己悄然离去。

这是一部以刻画人物心理状态和性格为主要目的的影片。但我们看到的却是特拉维斯的动作过程：他疲惫而又忧郁地在荒原上寻觅；在瓦尔特带他回家时，他的种种怪僻举动；他与儿子逐渐接近、亲密的过程；以及他在“西洋镜俱乐部”不堪回首地讲述往事……特拉维斯的“思想和性格”正是依附于这些动作才得以存在并让我们“感知”。

下面的文字是《孔雀》中一段几乎没有对白以动作为主的场景：

33.街头 黄昏 外 夏

下班的人流上面，飘扬着一只彩旗做的降落伞。

降落伞系在姐姐的自行车后座上。她在车流中奋力地蹬着车，直视前方。降落伞飘在上空。

旁边骑车的人诧异地仰头望着降落伞。

街道两边的人骚动起来，有几辆自行车撞在一起。

迎着姐姐的降落伞，一个高大的青年刹住自行车，一只脚撑着地，匪夷所思地盯着迎面而来的姐姐和那只伞，他脸长得很硬，很冰冷。他是个工人，叫果子。他穿着上班用的劳动布工作服，屁股后面挂着电工包。岁数比姐姐大一两岁。

眼前的景观让果子百感交集，他自言自语地：我操他奶奶的！

姐姐带着她的降落伞从果子面前迅疾而过。

这一瞬间，果子眼睛里光彩顿生。

他抓起自行车掉了个头，好比调转战马，飞身跃上自行车座。一支火枪夹在他车座上。

果子骑车跟在姐姐旁边。

他骄傲地随从姐姐，迎接四周杂乱的日光。他真心认为自己是个勇敢的骑士。

姐姐忽然扭头看了果子一眼，又担心地回头看了一眼降落伞。

果子对姐姐会心地一笑。

姐姐没什么反应，回头目不斜视地朝前骑去。

妈妈和邻居阿姨提着菜、油瓶什么的走在路上。

两个人同时看到了迎面而来的姐姐和降落伞。

她们都愣住了，站在原地不动。

妈妈回过神儿来，扔掉手里的菜，拔腿向姐姐跑去。

妈妈迎面使尽全力拦住姐姐的车把，姐姐栽倒在地。

果子吃惊地瞪大眼睛。

人群围上来。

妈妈难堪地带着抽泣，疯了般把降落伞从自行车上撕扯下来，狠狠地扔到地上。

姐姐站起来，拍拍身上的土镇定地从人群中挤出去。

从这段剧本场景通过姐姐骑自行车让降落伞飞起来的动作，传递出的是姐姐内心关于飞翔的梦想，也即人物的戏剧性需求，同时，通过在最普通的街道上上演令路人瞠目结舌的一幕的这一动作，也同样刻画出了姐姐性格里非常勇敢、极端的特点。次要人物果子目睹姐姐的惊世骇俗之举，他的反应不是反感，而是非常兴奋，非常骄傲的陪同，也刻画出了果子率真的性格。整个场景结束于姐姐的母亲拦住姐姐的车把，撕扯姐姐的降落伞，母亲的这一动作也再清晰不过地表达了母亲的立场，她始终希望姐姐能过上“正常”而现实的生活，同时当然也刻画出了母亲这个人物保守、传统的性格特征。

二、动作与活动

提到动作，人们的概念首先是“干点什么”。的确，从广义上来说，人物的任何受其意志支配的活动都可以称为动作。但它们却不一定是“戏剧性动作”。

戏剧性动作区别于一般意义上活动的第一个特征是它的流动性。动作是处在剧情结构的因果关系链条之中的，每一个动作都是从别的动作中生发出来而又将引发别的动作。一场拳击赛只是人的普通活动，但在电影《洛奇》里，由于因果关系的存在，它便成为流动动作链里的一环，成为一个“戏剧性动作”。

戏剧性动作有别于一般活动的第二个特征是它的“爆发力”（或者说是动作性）并不取决于活动的强烈程度，而是取决于它对于剧情的“意义”和它引起的人物情绪上的反应。《得克萨斯州的巴黎》里面特拉维斯最强烈的动作并不是他在荒原上寻觅，也不是他在飞机上大吵大闹。而是他与简在“西洋镜俱乐部”里的相见。在动作里，人物活动的性质比活动的强度更重要。两个人安静的交谈、一个人自言自语或是独坐床头都可能成为一个有力的动作。贾樟柯在拍摄《三峡好人》时，有一场戏是女主人公（赵涛饰演）已经找到了丈夫，明天就能见到他了。这个等待天亮等待明天见面的夜晚，她心里千回百转，百感交集，贾樟柯和演员赵涛一起商量如何设计动作来展现这个人物，赵涛提出了这样一个动作设计：她想要站在电风扇面前，一边吹着风扇，一边缓慢的转动身体，直到天亮。在郁热的三峡边，电风扇枯燥的回旋着，这个女人焦躁的内心通过她的动作非常真切地展现了出来，于是这个动作用在了《三峡好人》的成片中。虽然只是吹电风扇这样看似极其日常的动作，对于女主人公来讲，却是她生命中很重要的“戏剧性动作”，因为经过了这晚之后，她就去见了她的丈夫，和他在长江边跳了一支舞，然后淡淡地提出了离婚。

三、外部动作与内部动作

所谓内部动作，是指人物的情感、意志等心理活动；外部动作则是指人物外在的形体动作或者是语言。

在小说中，人物的外部动作与内部动作是并列的两种动作。作家可以描写人物外在的身体活动、他们干了什么，也可以直接描写人物内心世界的情感变化、思想冲突等内部动作。而影视剧由于其表现手段的直观性，不可能直接描述人物的内部动作。即便是采用意识流等手法来表现人物的内心活动，也是将内心活动“外在化”，使其变为可以直观的外部动作。

在影视剧里，内部动作与外部动作不是两种并列的动作形态，但它们之间有着近似于“源”与“流”的关系。人物内在的情感、意志等心理活动的状态，是决定其外部动作的主要动因和依据。某种程度上可以说外部动作是人物内部动作的具体表现形式。

人物因为其复杂性，加上电影的影像表达特点，电影里的外部动作和内部动作的关系往往会呈现出下列情况当中的一种：

(1)外部动作与内部动作基本一致。

(2)外部动作与内部动作看似无关。

(3)外部动作与内部动作相反。

在电影《孔雀》里，姐姐想当伞兵的梦想破灭了，她内心的勇气开始崩塌，整个人走向了认输和幻灭。这种内心的状态很难通过外部动作精确地表达出来。编剧李樯选择了一个大雨中挽救蜂窝煤的日常场景，来体现姐姐内心的幻灭。

44.**家属院 日 外 秋 雨**

筒子楼前的一块空地上，堆了一堆煤。煤堆旁整齐地排着几行刚做好的蜂窝煤，还潮湿着。

姐姐、哥哥用铁铲在和着煤。

爸爸和弟弟一人提着一个打蜂窝煤机踩蜂窝煤。

自己家打蜂窝煤，是这城市里最日常的景观。人们舍不得买做好的蜂窝煤，买来散煤自己打蜂窝煤。蜂窝煤机是铁的，扎进和好的湿煤碾两下，煤进到蜂窝状的铁模子里，用脚一蹬，一个蜂窝煤就立在地上成形了，晾晒几天就可以用了。

忽然下起雨来，妈妈抱着一卷塑料布和一卷油毛毡冲下楼梯。

空地上，姐姐、爸爸、哥哥、弟弟正用砖头往煤堆四周放，阻挡煤被雨水冲走。

妈妈冲过来，甩开塑料布盖住打好的蜂窝煤。

爸爸、弟弟赶紧过来帮她。

这一家五口无济于事地狼狈地抢救着他们的煤和蜂窝煤。

屋檐下，一家人蓬头垢面地避雨，眼睁睁望着他们的煤和蜂窝煤，就像隔岸观火一样，无力回天。

煤被雨水冲得黑汤四溢，流血一样。盖在塑料布下的蜂窝煤也要完蛋了。

妈妈看着被雨水冲刷的煤，心如刀绞，拎起铁锹扑向煤堆旁，铲起地上的泥往砖的缝隙处糊。

爸爸、哥哥、弟弟茫然地望着妈妈，无助、寒怆。

姐姐睨视着，看了一会儿，她缓缓离开她的家人，走进雨中。

地很泥泞，姐姐摔了一跤。

她离开的样子像战俘。她战败了，主动投降了。“国破家亡”。

弟弟扭头，看着姐姐雨中的背影。

在大雨倾盆如同末日一样的画面里，一家人眼睁睁看着自己的心血付诸东流，这场景就如同姐姐的命运一样，任她如何努力，也抵抗不了现实的摧毁，于是姐姐触景生情，选择了放弃和离开，她放弃挽救蜂窝煤，甚至放弃目睹蜂窝煤被摧毁，很恰当地传达出了她对自己梦想的彻底放弃。这种外部动作的设计就和人物的内部动作基本一致。

在香港电影《孤男寡女》中，女主人公有一个奇怪的外部动作，一旦她感到焦虑伤心的时候，就会随手抓起一条毛巾一类的东西擦桌子，擦玻璃，擦身边可以擦的一切东西。这个动作看似和人物的内心无关，但其实却是一种内心状态的掩饰，同时也欲盖弥彰。李沧东的《诗》高潮段落里有一场戏，是警察最终来到家门口，带走了害死女同学的孙子，外婆美子却并没有阻止或质问警察，而是和其中一个在诗歌班结识的警察打起了羽毛球。羽毛球在空中抛过来，击过去，一拍，又一拍，好像击在心上一般，外婆美子打羽毛球这一看似无关的动作，其实表达了她内心深处对警察的支持，她其实是赞同孙子最终被绳之以法的。

人物也可以用更为极端的方式掩饰自己的内心，那就是外部动作和内部动作完全相反。比如杨德昌《一一》里面的小男孩喜欢同班的小女孩，却总是企图欺负她。《诗》里孙子害女同学跳河自杀，当外婆谈起女同学的死亡时孙子无动于衷，还轻松地看着电视，这样的动作只是为了掩盖他内心的恐惧不安。

第三节　人物关系设置与叙事线

一、确定主要人物

不管你是从一个事件，还是从一个人物出发来开始你的剧本。在写作之前，你都会确定一个中心人物。但一部影视剧中光有中心人物是不够的，你还需要一些主要人物和相对次要一些但仍“在焦点内”（如L.西格尔所说）的人物。足够的人物是讲故事的必要条件。这便出现了两方面的问题。

首先是在一部剧本中到底需要多少个人物？

我们还是先做一下统计。

片名	主要人物	其他“焦点内人物”
《三十九级台阶》	哈奈、帕梅拉、乔丹教授	梅穆里、安娜蓓拉、玛格丽特、农庄工
《肖申克的救赎》	安迪、雷德	汤米、典狱长诺顿、队长哈德利、布鲁克斯
《甜蜜蜜》	黎小军、李翘、小婷、豹哥	姨妈、陈师傅、“斋卤味”、泰国妹
《得克萨斯州的巴黎》	特拉维斯、简、亨特	沃尔特夫妇
《窃听风暴》	魏斯曼、德莱曼、克里斯蒂娜	文化部长、安全局上司
《饮食男女》	老朱师傅、家珍、家倩、家玲、锦云	锦云母、锦云女儿、温师傅、李凯、体育老师、家玲男友家倩情人
《杀手里昂》	里昂、马蒂尔达	缉毒警长、马蒂尔达父亲
《诗》	外婆美子、孙子	熙真、熙真母亲、诗人警察、诗歌班老师、孙子同学的父亲

从上面的统计中，我们可以看出在一部电影中，主要人物和其他“焦点内人物”的总数一般都在七八个以内，而主要人物只在四五人之内(《饮食男女》是个例外，但这部影片实际上是根据编剧王蕙玲的长篇电视剧《四千金》改编的)。这是由影片的叙事容量决定的。一部影片的放映时间只有 90 分钟上下，在有限的时间和长度里，你能交代清楚的人物是有限的。人物过多，不仅会占用太多的叙事空间，而且会令作品头绪繁杂，情节紊乱。当然，在群像式的影片(如李安的《饮食男女》、杨德昌的《一一》)中，主要人物会更多一些。

另一方面的问题是，如何确定哪些主要人物是剧本所必需的？

确定主要人物时，一般采用从中心人物和中心情节出发的原则。首先要考虑的是，他们是不是你讲故事所必需的？他们有没有你的故事所需要的某种功能？

我们以《三十九级台阶》为例：

假定我们是这部剧本的作者，我们已经先确定了中心情节：一起扑朔迷离的间谍案。并已确定以哈奈这个原本与间谍案毫无关系的加拿大人为中心人物。那么我们首先需要的是一个能把他引入事件中心的人：这个人当然与间谍案有着密切的关系，而且是一个正面人物，他(或她)在某一偶然事件中出现，碰上了哈奈并把他也拖入漩涡之中。此外，这个人物的性别和年龄也是一个问题。我们可以设想一个年纪不轻的男性特工，他当然能起到我们所需要的戏剧功能。但考虑到观众不会特别有兴趣关注两个男人的长谈，而且为了让观众先有一点小小的误会，这人最好是一个年轻女性，颇有姿色。于是我们先确定了安娜蓓拉这个人物。她注定不会是主要人物，因为我们并不想使哈奈仅仅成为她的帮手。她只有尽快地死掉，才会给哈奈制造更大的障碍，但她肯定算是“焦点内”的人物。

现在哈奈已经进入中心情节，他的对立面——乔丹教授是我们必须马上加以确定的主要人物。他是真正的障碍和威胁，哈奈最大的困境。乔丹教授不会立刻就亲自出马来为难哈奈，所以那两个杀害安娜蓓拉的杀手得一直承担他们的功能，我们不用太在意这两个人，甚至不用给他们找名字，因为他们只是哈奈对立面的“化身”，他们具体是什么人对哈奈并不十分重要。只能算是“焦点”边缘上面目不用太清晰的人物。

哈奈还需要一个帮助者，当然是个漂亮女人（不要忘了观众的需要），于是我们有了帕梅拉。但帕梅拉也许不会很快出场（这样当然有好处：我们可以让哈奈在她出现之前独自面对一大串的麻烦，毕竟我们不是在写一个“惊险爱情”故事，爱情只是佐料而不是主菜）。这也就是说哈奈还需要别的帮助者（当然也是女性），但她必须与帕梅拉有所差异，人物之间的差异也是我们必须考虑的因素。她会是一个已婚女人，富有同情心。她的丈夫肯定是自私和善妒的，这也是一种人物间的差异并且它会给剧情带来某种有意思的色彩。于是我们又确定了玛格丽特和她的丈夫。

还有什么人物是必需的？警察！对，警察。他们也是哈奈的“对立面”，并且会给他带来不少麻烦。我们可以确定一个或两个警察，他们一路追捕哈奈，最后也是他们帮助哈奈抓住了乔丹教授。这似乎没有什么不可以。但如果增加两个有名有姓而且几乎贯穿全剧的人物，对于我们想要写的一个十分紧凑的惊险片来说，头绪是不是太多了？我们已经没有空间去为他们写戏了。他们的戏剧功能由一群面目不清的警察（像两个杀手一样）就完全可以承担，观众不需要认识他们。

这样我们已经有了六个“焦点内”的人物：哈奈、帕梅拉、乔丹教授、安娜蓓拉和玛格丽特夫妇，两拨焦点边缘的人物：杀手和警察。依靠他们，我们已经足以发展和完成故事。当然我们还会需要其他一些“起作用”的人物，他们可能在某个时候参与剧情（像哈奈劫持帕梅拉诈称夫妻住店时碰到的女店主）；也许会帮助揭示和丰富主要人物的其他侧面（像乔丹夫人）。但对我们的故事来说他们不是必需的，可以留待写作过程中再予考虑。

剧作者在确定人物时，往往会从中心人物在生活中可能会有的人物关系中去寻找：中心人物的妻子、父母、朋友、兄弟姐妹等等。但必须注意，我们需要的是对故事有用的人物，而不是像盲肠一般真实但并无大用的摆设。

二、构置人物关系

确定主要人物实际上是构置人物关系的第一步。在主要人物确定之后，剧作者才能进一步根据他们在情节结构中的作用安排和构置人物间的相互关系。

所有的人物关系都是以中心人物为原点和核心生成的。最简单的人物关系便是中心人物与其冲突对象的两极关系（图 2—1）。如哈奈与乔丹教授，黎小军与李翘（《甜蜜蜜》）。

图 2—1 两极人物关系

在主角和冲突者两极关系的基础上生成的第一种人物关系便是三角关系，往往在一部剧本中会形成多个三角关系，如《甜蜜蜜》中的人物就形成了黎小军——李翘——小婷；黎小军——李翘——豹哥两组三角关系（图 2—2）：

图 2—2 三角人物关系

在影片开始时，是第一种三角关系在生成情节，推动叙事。但当李翘在按摩院认识豹哥之后，两个三角关系开始共同生成情节。而“斋卤味”和泰国妹也与黎小军、李翘构成了一组互相作用的三角关系。于是人物关系演变为一种以黎小军与李翘的两极关系为轴心的复三角关系（图 2—3）：

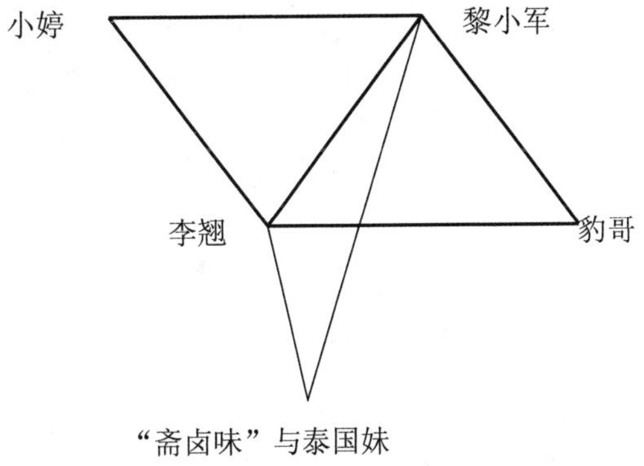

图 2—3 复三角人物关系

在影片中还有黎小军与姨妈；黎

小军与阿恩师傅两组关系，但它们都是与其他人物不直接相关的两极关系。这样实际上形成了一个以黎小军为中心的放射型人物关系（图 2—4）：

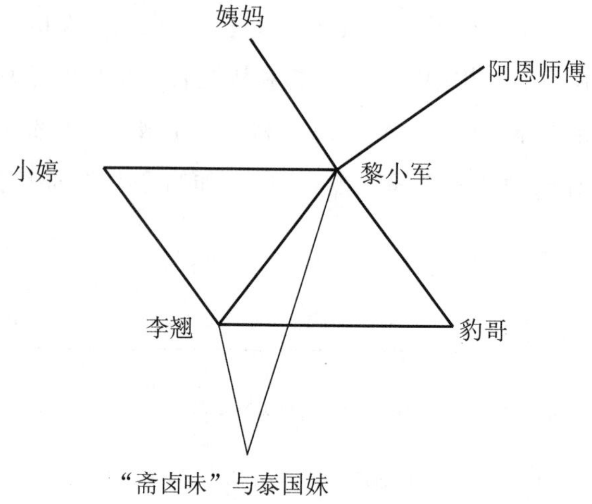

图 2—4　放射型人物关系

大多数电影中的人物关系都是《甜蜜蜜》的这种以中心人物为核心的，多个两极关系和三角关系组合而成的单层放射型人物关系。它的特点就是每个人物都与中心人物直接形成一个两极关系，并且从每一组关系中生成的情节都与中心人物直接关联。但在中、长篇电视剧和一部分电影（如《饮食男女》）中，由于采用多重复调式的多线推进的故事结构，人物关系会呈现为多层放射型。如《饮食男女》，它的基本人物关系是由老朱师傅与三个女儿、锦荣、锦荣母亲、锦荣女儿间复杂的复三角关系加上老朱师傅与温师傅的两极关系组合而成的单层放射型人物关系（图 2—5）：

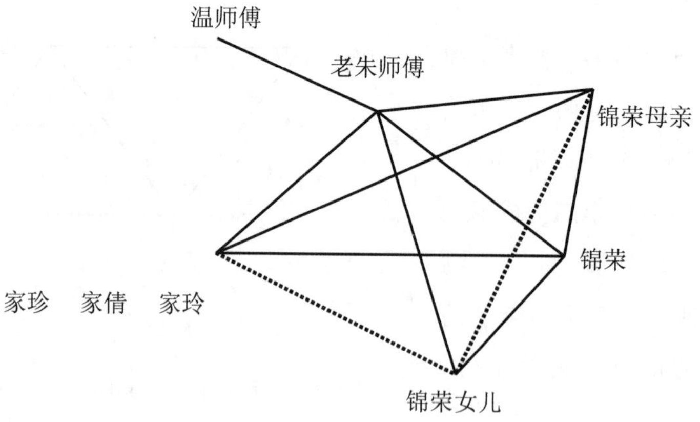

图 2—5　单层放射型人物关系

这一单层放射型关系里包含了老朱师傅——锦荣——锦荣母亲；老朱师傅——锦荣——家珍和家倩、家玲两个情节生成能力较强的强三角关系。老朱师傅——锦荣——锦荣女儿等情节生成能力较低的弱三角关系，以及老朱师傅与温师傅的两极关系。这些关系所生成的情节都直接对中心人物老朱师傅产生影响。

《饮食男女》中还有另外一层人物关系：因为三个女儿都形成了各自相对独立的情节线，由此又产生了家倩——李凯——家珍（李凯是家珍大学时的恋人）；家倩——李凯——家倩情人两组三角关系和它们组合的复三角关系（图 2－6）。家珍与体育老师的两极关系和家玲与男朋友的两极关系（2－7）。

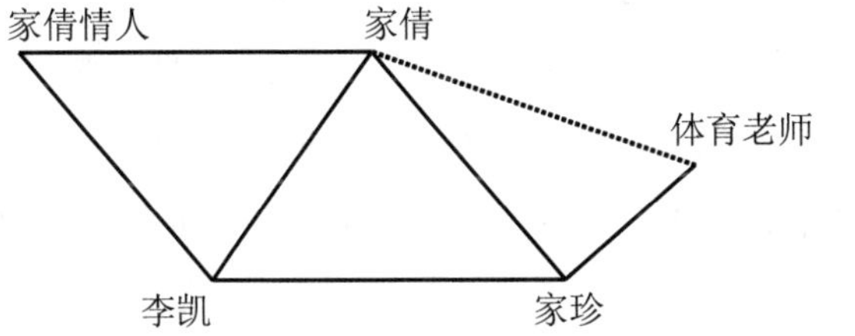

图 2－6 复三角人物关系

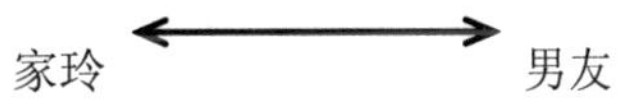

图 2－7 两极人物关系

这两组第二层的衍生关系通过三个女儿与中心人物老朱师傅相关联，它们生成的情节也由此对老朱师傅产生影响（在剧情的后半部，体育老师、家玲男友也直接与老朱师傅形成两极关系）。这两组关系与图 2－5 的单层放射关系的组合形成十分复杂的多层放射型人物关系（图 2－8）。

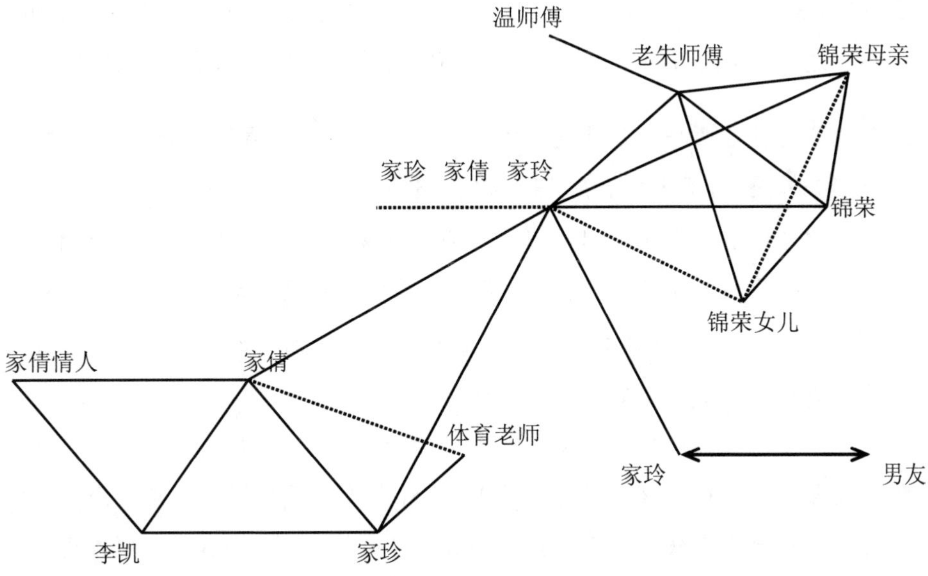

图 2－8 多层放射型人物关系

这样，我们可以发现，所有的人物关系都是以两极关系和三角关系为其基本型的。无论组合如何变化，人物关系的构置都必须遵循以下两条原则：

（1）人物关系的构成应以中心人物为核心，由人物关系所生发的情节线也应与中心人物相关联。如果一个人物与中心人物不能（直接或间接地）建立有力的联系，他就是一个可以考虑删减掉的人物。如《三十九级台阶》里乔丹教授的女儿这个人物，她对哈奈不产生任何影响，拿掉她也不会影响剧情发展。但有些像乔丹夫人这样有特定功能的人物，如果她身上所承担的戏剧功能无法糅合到其他人物身上，则应该保留。

（2）每一组人物关系都应该具备生成情节的功能。一般说来，比较主要的人物关系都应该形成相对完整的叙事线。较弱的人物关系也可以在需要的时候生成情节。这一点和主要人物的确定密切相关。剧作者应当尽量选择那些"有戏"的人物。人物之间潜藏着对立、冲突，或抵触的可能：他们或者干脆是对立面；或者有感情上的纠葛；或者对某件事有不同观点；或者性格有较大差异……这些都是形成冲突的潜在因素。

三、叙事线

叙事线即影视剧的情节发展线索，它与人物关系的设置密切相关。我们上面说过，一部影视剧中的主要人物关系都有能力生成相对完整的叙事线。这是因为人物间的戏剧冲突形成了事件间的因果关系，而因果关系的驱动又形成了剧情演变的过程，这一过程便是叙事线。

如从《甜蜜蜜》中的人物关系中可以形成黎小军与李翘之间；李翘与豹哥之间；黎小军与小婷之间三条叙事线。这三条线都可独立发展为相对完整的三个故事：

a. 黎小军与李翘两个大陆移民在香港相遇相爱却又不得不分开各走天涯。历尽悲欢离合，两人终于在异国他乡再次相遇。

b. 李翘和豹哥在按摩院相识后出于各自的需要而同居。尽管谈不上爱情，但两人间也渐渐开始相互依恋。豹哥在警方的扫黑行动中为保全兄弟不得不离开香港，李翘放不下两人的情意而决意伴他浪迹海外。但豹哥却在纽约街头死于一群小流氓之手……

c. 黎小军告别女友小婷孤身来到香港，希望能通过自己的奋斗站住脚，再把小婷接来。但在孤身打拼的日子里，他对小婷的思恋渐渐消退。经过了与李翘的相爱又分手之后。当小婷真的来到香港时，黎小军发现自己已经不爱她了。

几乎在每一部影视剧中，都会像这样存在着由不同的人物关系生成的多条叙事线索。这些叙事线在剧情中的不同安排组合便形成了不同的情节结构方式。

单线结构：

单线结构并非指在叙事中只存在一条叙事线索。而是说在多条叙事线中，有一条占据明显的主导地位，而其他叙事线则处于附属地位。它们尽管有时也生成大量情节，但这些情节都是为主线的推进和发展服务的，剧情沿着这条主线层层递进。《甜蜜蜜》的前半部分便采用单线结构。剧情沿着黎小军与李翘这条线发展，而黎小军与小婷的叙事线则完全处于从属地位。《三十九级台阶》也是典型的单线结构。

单线结构有叙事脉络清晰，连贯性强；冲突集中、紧凑等诸多优点。大多数影视剧都全部或部分地采用这种结构方式。

平行结构：

平行结构是指在剧情中除主线外，还存在一条(或几条)相对重要的副线。双线(或多线)同时平行推进，但叙事线之间是相互勾连、呼应的关系。如侯孝贤的影片《好男好女》中，就采用了三线平行的结构方式：

a. 现实线——女演员梁静在生活中的爱情故事。

b. 过去——这条线是影片的主线，它讲述抗战时期蒋碧玉与丈夫钟皓东从台湾奔赴大陆抗日。抗战胜利后，两人返回台湾，钟成了一名地下共产党员，印报、组织活动。四九年秋，两人被台湾当局逮捕。蒋碧玉后来被释放，而钟皓东则被枪杀。

c. 戏中戏——梁静正在参加排练，准备拍摄一部名为《好男好女》的影片，这部戏讲述钟皓东和蒋碧玉的真实故事。梁静扮演蒋碧玉。

这三条线在影片中同时平行推进。相互间则以女演员梁静贯穿呼应，三条线的三个故事以不同的方式完成了侯孝贤对男人和女人们的讲述。

《甜蜜蜜》的后半部分采用的则是双线平行推进的方式：一条线是黎小军与小婷离婚后移民美国的故事；另一条线则是李翘陪豹哥到了纽约，豹哥死在街头，李翘则逃过移民局官员的追缉，留在纽约。两条线平行推进，到最后又交织在一起。

网状结构：

所谓网状结构，是由我们前面所说的"多层放射型人物关系"形成的一种主线和多条副线交错发展，互相交织为网络状的情节结构方式。如《饮食男女》中便形成了至少六条以上的叙事线：

a. 老朱师傅与锦荣的恋情。

b. 老朱师傅与三个女儿的冲突。

c. 家珍与体育老师的故事。

d. 家倩与李凯和旧情人的故事。

e. 家玲与男友的故事。

f. 锦荣母亲与朱家的故事。

这几条线在剧情中交错推进，互相勾连。很难说某一条线占据了明显的主导地位，它们的复杂联系形成了一张“情节网”。

网状结构由于叙事线索庞杂，叙事容量较大，因此常被电视连续剧所用。如电视剧《媳妇的美好时代》就采用了这种结构方式。该剧共有五条主要线索：

a. 毛豆豆和余味的小夫妻生活。

b. 毛豆豆弟弟毛峰的爱情和婚姻生活。

c. 余味爸妈以及后母的三角关系。

d. 余味妹妹余好的爱情。

e. 毛峰妻子潘美丽的城市农民工家族故事。

该剧以毛豆豆和余味的小夫妻生活为主线，从主线人物的原生家庭中继续发散，进而引出毛家、余家多个人物的其他五条副线，构成了一张庞杂的情节网，既展现了年轻人的婚姻生活，也刻画了中老年人的婚姻和亲子关系，既展现了都市人的生活现状，也描绘了农村打工人群在城市里的拼搏生活，可以说是由点及面，真实细致地展开了一幅当代都市婚姻家庭生活的丰富画卷。

四、人物关系表

人物关系和叙事线确定之后，剧作者应当画一张人物关系表。许多人往往习惯于直接动笔写戏而不愿多做具体写作之前的案头工作。实际上一张清晰的人物关系表肯定会给你的创作带来很大的方便。至少它能将你头脑中关于人物关系和叙事线安排的设想固定下来，使你能直观地发现其中的问题并加以改进。对一个剧作者来说，“不要过于相信自己的大脑”是一条很有用的戒律，你脑袋里的想法与你能用文字表述的东西永远都是有差距的。大部分的问题都是在形成文字之后才可以注意到，所以你应当随时用文字把你的种种想法固定下来。

其次，人物关系表可以在写作的过程中不断提醒你自己关于剧本的整体构想，避免你无意识地“跑偏”。

人物关系表包括两部分：人物关系图和叙事线提示。假设你要创作一部名叫《甜蜜蜜》的剧本，你也许会画出一张这样的人物关系图表（图 2—9）：

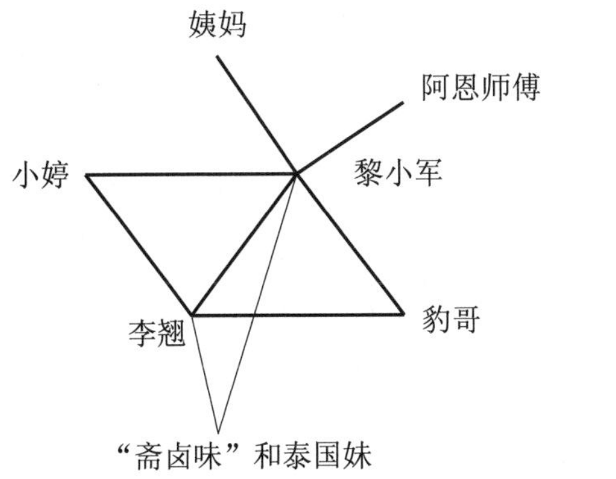

黎来港⟶找姨妈、打工⟶遇李（麦当劳）⟶语言学校（“斋卤味”）⟶过年卖邓丽君磁带⟶相爱、感情戏⟶同居股市、转折按摩院，李认识豹哥⟶分手⟶小婷来，婚礼⟶旧情复燃⟶豹哥出事，码头分别黎与婷分手⟶纽约，豹哥死⟶街头李见黎骑车，追。⟶邓丽君去世，商店橱窗前相遇。

a. 黎小军与李翘两个大陆移民在香港相遇相爱却又不得不分开各走天涯。历尽悲欢离合，两人终于在异国他乡再次相遇。

b. 李翘和豹哥在按摩院相识后出于各自的需要而同居。尽管谈不上爱情，但两人间也渐渐开始相互依恋。豹哥在警方的扫黑行动中为保全兄弟不得不离开香港，李翘放不下两人的情意而决意伴他浪迹海外。但豹哥却在纽约街头死于一群小流氓之手……

c. 黎小军告别女友小婷孤身来到香港，希望能通过自己的奋斗站住脚，再把小婷接来。但在孤身打拼的日子里，他对小婷的思恋渐渐消退。经过了与李翘的相爱又分手之后。当小婷真的来到香港时，黎小军发现自己已经不爱她了。

图 2—9　人物关系表

这张图表可以让你清楚地看到人物之间的关系构置；看到由人物关系生成的主要叙事线；提示部分还可以随时提醒你设想中的情节发展的粗略脉络。当然，在创作过程中，这些东西随时都可能因你的灵感而有新的变化。但至少你可以清楚地知道自己的构思过程，它会有助于你把握好方向。

第四节　分析人物

一、人物的形成

创造人物的第一步是分析人物。分析人物并不仅仅是指对人物在剧情中的动作和他在剧情中应该显示出来的性格特征进行剖析，还应该包括你对人物在剧情开始之前的种种因素进行的分析。如果在你的剧本里一个人物并不是从出生写到死亡，那你就必须明白，他在剧情开始之前就已经存在并且已经是一个有血有肉的人。剧情中的人物只是此前已经存在的人物的某一段生活。

悉德·菲尔德把人物的构成图解如图2—10所示：

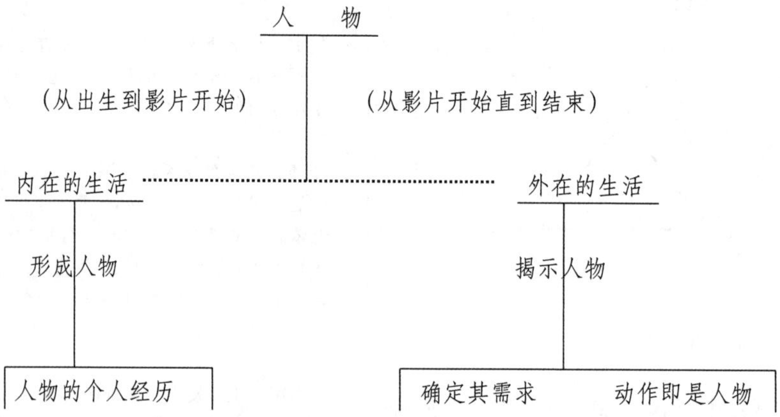

图2—10　人物构成

他特别强调要从内在的生活，即人物的前史或是出生来系统地阐述人物：

> 你的人物是男性还是女性，如果是个男性，那么在故事开始时，他有多大年纪？他住在什么地方？住在城市还是农村？然后——他出生在哪儿？他是个独生子，或者还有兄弟姐妹？他经历了一个什么样的童年生活，是幸福的呢，还是不幸的？他与父母之间的关系如何？他又是个什么样的儿童，是个开朗的、性格外向的孩子呢，还是个认真的、性格内向的孩子？……接下去，要追溯他的学生生活，直到进入大学后。然后问一下，他是结婚了，还是单身、丧偶、分居或离婚呢？如果他已经结了婚，那么他结婚有多久并且和谁结婚？是青梅竹马的恋人，还是萍水相逢的呢？是经过长时间恋爱的呢，还是没有恋爱过的？
>
> ……①

其实悉德·菲尔德的主张对我们并不陌生。在我国几乎每一个摄制组的导演和

① 悉德·菲尔德：《电影剧本写作基础》，中国文联出版公司1985年版，第21—22页。

主要演员曾经都要给他们将要创造的人物写“人物小传”。从剧情外人物可能的生活经历来阐述和理解人物，遗憾的是如今这种工作方式已经很少见到了。

或许对一个演员来说，只要将在剧情内的人物弄清楚便可以开始工作，但对剧作者来说这样是远远不够的。人物在剧情中的动作，他对某一事件的反应，他的某一句口头语……都不光是从剧情中就能找到答案的。只有从人物在故事开始前的“内在生活”中，我们才能更多地了解人物，找到他在剧情中动作的真正动因。

人物的内在生活，可以尝试从以下一些层面去探究和设定：

(1)生长环境：乡村、小镇、县城、中小城市、大都市的出生和生长环境，一定程度上会影响人物的气质和需求。在中国，南方和北方，东北和西北，江南和西南，等等更细致的生长环境的设定，也会带来不同的人物状态。

(2)家庭状况：人物所在家庭的组成，父母兄弟的状况，也会对人物性格和需求的形成产生影响。美国影片《心灵捕手》里的男主人公是一个绝顶聪明的数学天才，但是却安于做一名麻省理工学院里的清洁工。他拒绝使用他的天分，拒绝和任何人建立亲密的关系，这一切都根源于他曾经有一个不幸的家庭，父亲是个酒鬼，喝醉酒总是殴打他和母亲，家庭的悲剧造就了他古怪的性格以及整个影片的戏剧动因。

(3)幼年创伤：心理学上认为，人在童年时代，尤其是幼年时候的创伤很难治愈，并且携带一生影响深远，所以对人物幼年创伤的了解和设计，也是一种剧作思路。《沉默的羔羊》里的女主人公克拉丽斯在寻找连环杀人案凶手的过程中倾注了所有的力量，这一切都源于她幼年时代的一次创伤：她借住舅舅家农场时，曾经在清晨时分被屠杀羔羊时的惨叫声唤醒，她抱起一只羔羊夺路而逃，却最终没能挽救羔羊被宰杀的命运。这个幼年创伤导致她下定决心绝不让往事重演，她一定要抓住杀人凶手，不让那些“羔羊”一样柔弱的女子再次惨遭杀戮。

(4)少年经历：少年时代是一个很特殊的时期，对世界充满了幻想和渴望，然而却还没有成人的力量和思想，所谓的“青春残酷”正是这样一个特殊的阶段。人物在少年时代的经历也会刻在他的心灵深处。《美国往事》主人公“面条”少年时代和朋友的关系，以及他对少女黛博拉懵懂的爱意，都影响和贯穿了他后半生的历程。

(5)恋爱、婚姻状况：如果要写一个恋爱故事，我们得弄清主人公曾经有过怎样的恋情，因为这会对他在故事中的这一次恋爱带来影响。如果故事的主人公是已婚人士，我们也得设计好他的婚姻状况，以产生后面在婚姻里可能的戏剧性。《末路狂花》里的塞尔玛，就是一个一出场就已经为人妻的女人，可是我们慢慢发现她的婚姻其实就是她的初恋，她十六岁爱上了一个男人，后来就嫁给了他，因此她在婚姻里一直停留在一个被束缚的少女阶段，没有思想，没有自由。这才会引发后来她私自和路易斯踏上旅程的行动，这是她对过分控制她的丈夫的反叛。

（6）刻骨铭心的事件：人物的经历常常是以刻骨铭心的事件的形式保留在记忆里，这些事件可能会成为人物性格的成因、需求的根源、动作的动因。设计人物的过去，需要的不只是抽象的叙述，更多需要对事件的关注，如果那些在影片中不必展现的过去都以事件的形式准备充分，影片中的叙事也一定会有一个很好的影像基础。

有一次，为了创作一部描写一个模范司法助理员的电视剧，我收集了许多有关这位令人尊敬的长者的资料并且跟着他一起到他所在的那个名叫黑松驿的贫瘠山乡采访了半个多月。在我的采访笔记中已经记下了足够写一部长篇的“有戏”的故事。可我总觉得还有什么东西在阻碍我理解这位长者，使我无法动笔。直到临离开山乡前的一天深夜我们坐在炕头上，司法助理员和他的农民老伴儿说起小时候父亲带着他们一家逃难来到黑松驿，这里的乡亲们是如何宽厚地容纳了他们一家。说起他当兵在西北剿匪时，一次战斗中，连里的卫生员扑在他身上挡住了射向他的一排子弹。这位救了他性命的卫生员和他一样也是山里人。“……筷子粗的血从他的腿上喷出来，压都压不住，他是流血流死的……”说到这里时，司法助理员眼中满是泪水。这时，我突然明白我缺少的东西是什么了。在此之前困扰着我的正是我无法清楚地知道除了职责之外，是什么样的原因使这位司法助理员能天天跑几十里山路为农民们排解纠纷；使他一看到乡亲们有难处便寝食不安……现在我知道了这种东西就是一个农民的儿子对乡亲们朴素的“报恩”思想，而这些东西在他很久以前的生活经历中就已经形成了。

像这样对人物“内在生活”的了解或许不会都能在你的剧本中显现出来。但有一点是可以肯定的：你对人物了解得越多，你的选择余地就会更大，你所能传达出来的东西也就更多。如香港电影《月满轩尼诗》中的男主人公阿来，非常懒惰，终日沉迷于睡懒觉和侦探小说，41岁了还没有结婚，他在故事展开时的这种古怪状态最深层原因正是源自他的“内在生活”：他因为赖床没能见到父亲最后一面，他被母亲和姨妈两个女性溺爱养大，虽然人到中年，内心却始终像一个自暴自弃的小男孩，没能在心灵的层面长大成人。所以阿来这个人物在故事中需要的是爱情的唤醒，在爱情中他学会承担，成为一个真正的男人。

二、揭示人物

完成了对人物“内在生活”的探究，剧作者便可以对剧情开始之后的人物进行分析了。现在你的人物已经是一个有血有肉，正跃跃欲试的剧中角色。但他身上的许多东西都还潜藏着，需要你在剧本中，在人物自出场到完成其戏剧任务的过程，也即悉德·菲尔德所说的“外在生活”部分里把它们揭示出来。

剧作者首先应该明确的是人物的需求：

人物的需求，在罗伯特·麦基的《故事》中也称为人物的欲望，是指人物在故事展开的过程中想要什么。人物的需求是人物在故事中发起动作的动因，是带动情节往前发展的发动机。我们的人物只要有了一个坚定的需求，他就可以突破行进过程中的一轮又一轮障碍，发起一个又一个递进的动作，去实现自己的目标。

人物的需求可以很具象，具象到只是想要一条金鱼（伊朗电影《白气球》），一双鞋子（伊朗电影《小鞋子》），想要找到一条狗（国产电影《卡拉是条狗》）。人物的需求也可以很抽象，抽象到人物想要的是忘记过去（文德斯的《得克萨斯州的巴黎》）、抗衡时间带来的爱情的流逝（金基德的《时间》）、挑战上帝的权威（米洛斯·福尔曼《莫扎特》）等等。

人物在故事中可以一开始就有需求，即人物是带着自己的需求走入故事的，他一开始就具有发起动作的主动性，比如《白气球》里故事的一开始小女孩就是想要一条金鱼，如此简单的需求，却在持续了一个多小时的故事后也没能得到满足。人物也可以一开始没有需求，需求被故事开端时的一个事件所引发。比如《阳光灿烂的日子》里的马小军，原本只是在胡同里游荡的少年，直到有一天他偷偷撬开一户人家的锁，在房间里看到了米兰穿红色泳衣的照片，他的需求便被引发了出来，他喜欢上了这个叫米兰的女孩。人物的需求也可以在故事进程中转移，一开始人物的需求是一个违背本性的虚假的需求，人物在故事进程中越来越真实地了解了自己的内心，从而调整了自己的需求。比如美国影片《雨人》里的男主人公查理原本的需求是“钱”，他需要钱来挽救公司的危机，所以他从精神病院带走了哥哥，企图骗走父母放在哥哥名下的财产。但在和哥哥相处的过程中，查理和哥哥的手足之情慢慢地升温，他也开始明白，和哥哥之间的亲情才是他的需求，钱和感情相比太无足轻重。

值得一提的是，在剧作中，并非只有中心人物的戏剧性需求才需要加以了解。每一个“焦点内”人物的戏剧性需求剧作者都应该事先明了——它们和中心人物的戏剧性需求之间的相互作用，可以很有效地推进故事的进展。徐克电影《新龙门客栈》中男主人公周淮安和女主人公邱莫言的需求都是护送忠良后代逃出边关，而反派人物东厂曹少钦的戏剧性需求则和他们完全相反，要不择手段阻止他们过关。另一个焦点内人物龙门客栈老板金镶玉，身为黑店女老板，原本的需求是聚财敛钱，却在后来爱上了周淮安，认同了他所代表的有情有义的世界，于是随着剧情的发展，这一需求慢慢服从于中心人物周淮安的需求，金镶玉变为帮助周淮安实现目标的力量……人物之间的这种相互作用，正是形成冲突的秘密所在。

其次应该明确的是人物的状态：

a. 起始状态：在人物初次出场时，他是处于什么样的状态？如果你写的是一个运动员，那么在他进入剧情时，他是刚刚起步开始自己通往冠军领奖台的漫长历程？还是正经历着自己运动生涯中的一次惨痛失败？或者他正躺在病床上被伤病所困扰？

b. 最终状态：人物完成自己的戏剧任务时的状态。你的运动员是历尽艰辛终于战胜对手举起了冠军奖杯？还是被伤病或其他挫折中途击败，潦倒一生，只是偶尔在酒吧里从电视上看到别人在比赛时怅惘地回想起自己的冠军梦？也许他终其运动生涯也没有获得成功，但却在自己的学生身上实现了梦想？

c. 进展状态：当你明确了人物的初始状态和最终状态，你就会找到人物的戏剧性需求，并且知道这一戏剧性需求是否得以实现。这时，你便可以设定人物在剧情的各个阶段的不同状态了。如果最初这个运动员正为自己的冠军梦而奋斗，而他的最终状态是百感交集地看着自己的学生登上领奖台。那么你就可以在他的“外在生活”中给他设定几处不同状态的点(图 2—11)：

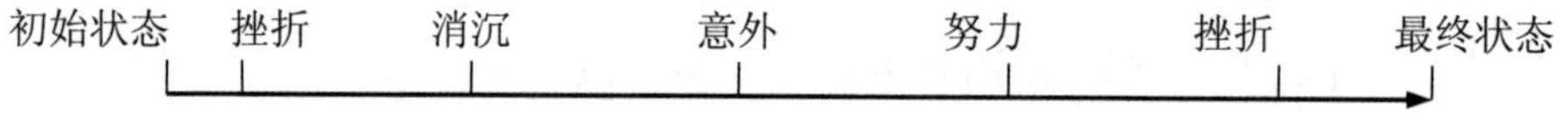

图 2—11　人物状态

在第一个点上他正经历一次惨痛的挫折，这次挫折或许是赛场上的失败，或许是伤病，它使人物的梦想无情地破灭了。

梦想的破灭导致人物进入一个不会太长的消沉状态时期，心灰意冷，性情怪僻。

“意外”这个点是人物状态的转折点。也许在剧情进展到这儿时，他偶然地发现了一个极具运动天赋的孩子。在孩子身上看到实现梦想的另一种可能，于是人物的状态开始往上走，他想方设法说服孩子接受自己的指导，两人开始为新的梦想而努力。

当然人物还会碰到新的挫折：孩子不愿再训练了；人物自己的伤痛使他几乎无法再支撑下去；或者是孩子跟人物当年一样也受了伤……这次人物当然不会放弃，经过又一番努力，他终于走出这一状态，实现了梦想。

把握人物的各种状态实际上便是明确人物的戏剧性需求，并为这一需求设置障碍。人物为了达成自己的目标，便会采取主动的行动去克服障碍，他的动作性便会不断地被激发出来。剧本创作是理性和感性兼具的创作过程，在构建故事框架的时候，我们需要在整体上对人物的状态变化有一个宏观的把握，才能形成人物清晰的变化脉络。

还有一个问题就是对人物本身特征的了解。

悉德·菲尔德把人物的生活分为三个基本组成部分：职业（professional）生活部分，个人（personal）生活部分和私生活（private）部分。

人物的职业会对他的日常生活、他的性格、他对某一事件的特定态度都产生极大的影响，甚至会决定你的剧本中将要出现的不同场景。在《拯救大兵瑞恩》中，米勒上尉的职业甚至成为士兵打赌的谜面。在剧作者心中，谜底早已设定：米勒上尉在战争前是一位中学教师、棒球队的教练。这一特定的职业生活背景决定了他对战争、对拯救大兵瑞恩这个奇特任务的态度和观点。

也许你所设想的剧情不会涉及到人物的职业，但你仍需对人物的职业生活有所了解和设定。同样是面对自己孩子的慈爱父亲，一个教师和一个政府官员或者是一个公司经理，他们的具体动作会天差地别。在确定其职业之后，你还需要对人物的职业生活有更多的分析。如果他是一个教师，那他是在大学、中学、小学，或者是在一所职业学校里任职？他讲授的是外语、工程，或者是戏剧课程？他是一心扑在工作上还是心有旁骛？他跟同事关系如何？与学生相处的情况又怎样？……这些，都会影响和决定你的人物。

和职业生活一样，个人生活，也即人物职业以外的生活状态也是决定人物的重要因素。它包括家庭生活和社交状况两个方面，也即他和父母的关系，他和恋人的关系或婚姻关系、子女关系、他和朋友的关系。这些方面的情形除了会直接影响人物的观点和他的行为习惯外，还能帮助我们丰富人物，揭示他的不同侧面。

悉德·菲尔德所说的人物“私生活部分”实际上是指人物的个人特征以及独处时的习惯：包括身体状况、外貌、个人习惯爱好和某些具有“商标”性的动作或语言。它们是揭示一个人物琐碎而又十分有用的因素。

你的人物是身材高大，一表人才呢，还是像达斯汀霍夫曼一样矮小而且貌不惊人。他的外貌会赋予他不同的动作习惯和自我感觉，也会直接影响观众对人物的印象，这些都是在剧作中会起作用的微妙因素。人物身体和外貌上的明显特征和特定的疾患还往往成为刻画人物的重要方面：像《巴黎圣母院》里的钟楼怪人卡西莫多；像《本杰明·巴顿奇事》生来衰老却随着年岁的增长越来越年轻的本杰明。

人物的个人生活习性如吸烟、酗酒或是饲养宠物，栽花种草等可能会帮助我们更好地把握人物。就像电视剧《雍正王朝》里那位天天在菜地里浇水种菜的巡抚诺敏，还有《杀手里昂》里走到哪里都捧着一盆植物的里昂，这些习惯的小点缀帮助塑造了这个人物，甚至是加深了他性格中的复杂性，比如喜爱植物的里昂，和杀人如麻的里昂，他的柔情和残酷，构成了这个人物完整而迷人的性格，而且这些习性还是潜在地形成冲突的因素。酗酒等过度的嗜好会引发家庭冲突，而当一个人碰上诸如经济上的困难等原因而不得不突然改变某种爱好时，也是"出戏"的好由头。

许多初学剧作者或者某些"理论家"往往会热衷于归纳和总结人物的"性格特征"，其实人物性格并不是几条定性式的分析便能概括的。人物的动作，他的所作所为才是揭示性格的有效手段。这些动作除了推动剧情，影响其他人物和事件的"大"动作，也包括人物身上的某些"商标"性的细小动作和语言。你的人物在大街上走路时是旁若无人、横冲直撞，还是规规矩矩、谨小慎微？他在碰到熟人时是大模大样地捶胸拍肩？还是哼哼哈哈、皮笑肉不笑？或者是点头哈腰，见谁都矮一截？他一人独处时是喜欢看书、发呆，还是一边打扫房间一边大声地唱歌？他的口头语是什么？他是说话言简意赅还是啰里啰唆？这些琐碎的习性和语言特点往往比长篇大论的倾诉衷肠和自我表白更能有效地揭示人物。

看看电影《美国美人》中的男主人公莱斯特在开端部分的私生活、个人生活和职业生活吧。

首先在电影的开头，我们看到了莱斯特居住的街区全景，看到了他生活的房间，他在清晨时分一个人倦怠地趴在床上，闹钟响了很久才伸手去迟缓地按掉。他睡眼惺忪、毫无生气地坐起身来，将一双光脚直接伸进了床边的皮鞋里。这一段无疑是"私生活"的描写，刻画出男主人公缺乏生机的生活状态。

然后是莱斯特的妻子出场，她打扮得非常妥帖考究，在花园里极其专注地修剪玫瑰花，莱斯特面无表情地在窗口注视着她，他的旁白说：仅仅是这样的看着她，我就感到疲倦。这一段戏传递的是男主人公的婚姻状态，也即个人生活的层面，他和妻子的感情已经相当淡漠了。

一家人催促着一起出门上班，妻子和女儿都上了车，妻子按动喇叭催促莱斯特，只见他一个人姗姗来迟地从大门出来，手一挥，手中的公文包突然开了，里面的东西悉数撒在了地上。妻子和女儿绝望而无奈地看着他。莱斯特一边捡着地上的东西，一边的旁白响起："我的妻子和女儿都认为我是个失败者，事实是，她们是对的。"这一段出门小事件以非常精练的手笔浓缩了莱斯特的家庭生活，他在妻子和女儿的心目中没有地位，他也安于这种卑微的状态。

上班后的职场戏也相当精练，一片很大的办公区域，一张小办公桌上，莱斯特作为一名编辑给作者打电话，一脸僵硬的职业微笑在电话挂掉之后立马消失了。从这里我们首先可以看出，主人公身为一个40岁的中年男人，却还只是一名公司的小职员。其次，主人公对他的工作已经没有热情，只是例行公事。紧接着，上司走过来，找莱斯特谈话，谈话中透露出了公司即将裁员的信息，而莱斯特的反应非常激愤，控诉了公司董事长的腐败，以及他对公司的不满。从这个场景我们可以看出，莱斯特的职业生活并不理想，他对他所在的公司没有认同感，同时他也即将面对失业的危机。

《美国美人》仅仅通过不到十分钟时间的叙事，简短的几场戏，就把主人公职业生活、个人生活、私生活的剖面一一呈现了出来，令观众了解了这个在生活的方方面面都了无生气的男人，他需要的是生机和热情。人物的状态非常清晰。

除了职业生活、个人生活和个人特征这三方面外，剧作者还必须注意人物所处的外部环境，尤其是社会背景。每个人物都是生活在特定的时代和社会背景之中的，这些因素肯定会对人物产生直接或间接的影响。这种影响可以决定人物的基本动作和戏剧性需求：同样是中年人的生活素描，以美国社会为背景的《美国美人》和以香港社会为背景的《女人四十》（许鞍华作品）其人物状态就千差万别。40岁的莱斯特生活在家庭的冷漠中，对事业也丧失了热情；萧芳芳扮演的40岁香港女人却生机勃勃，和老公恩爱和睦，和儿子亲如朋友，在公司里和老板关系融洽，老板事事都听她的，她的日子虽然艰苦琐碎，但却充满了烟火气，和《美国美人》里的中年男人周遭的冰冷空虚感大相径庭。同样是对爱情的追求，发生在同样的地点，上世纪80年代初的青年人和世纪末的青年人行为方式显然会大相径庭。这种影响也会决定人物的某些动作习惯，一个生性豪爽，满不在乎的人物在特定的社会背景下也会噤若寒蝉，一反常态，比如《霸王别姬》中段小楼这个人物在“文革”中的改变。

现在我们有了一个分析人物的图示（图2—12）：

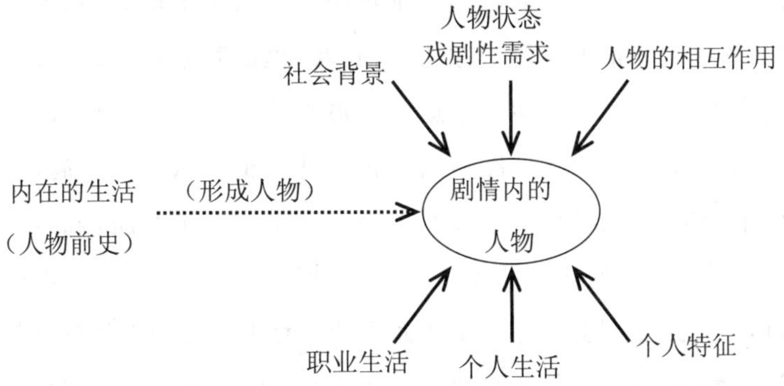

图2—12　人物分析

第五节　塑造人物

塑造人物是影视剧本创作最为核心的问题。在本节里，我们从以下四个方面来探讨塑造人物的基本方法：

一、始终让人物处于困境之中

塑造和揭示人物的最大秘诀便是不断地把人物逼入绝境，只有困境中的人物才是"有戏"的，才会在克服困境的冲突中完成自身形象的塑造。正如L.福尔曼所说，人物性格只有在人物发现自己处于左右为难的境地或是处在一种不得不做出断然决策的局面中时才"特别鲜明"。你越是加强人物所面对的困境，把他逼入几乎无法脱身的绝路，就越有利于你塑造人物。

影片《我的左脚》里的克里斯蒂生下来便患有"上肢痉挛性大脑皮质麻痹"，连父亲都认定他是弱智、低能儿，除了左脚能稍稍活动之外"纯粹是一团乱糟糟的东西"。这种无法改变的先天疾病使得克里斯蒂成了一个几乎毫无希望的人。而正是如此残酷的绝境使我们看到克里斯蒂在与命运抗争的漫长岁月里所显示出来的顽强意志和生命力。克里斯蒂的坚韧、固执和对亲人的感激，对生活的挚爱都是在他克服困境的努力中才得以显示和成长的。

在创作时，剧作者使人物陷入困境的方式主要有两种：

第一种是让人物一出场便处于某种令人绝望的困境之中。像克里斯蒂的残疾，对立面本身便是人物无法回避的最大障碍。还有一种更常见方式是人物出场时的初始状态是正常的平衡状态，但突然降临的灾难很快便打破了平衡，人物突然发现自己已经身处困境，失去了对生活的控制。像《末路狂花》里的塞尔玛和路易斯，这对好朋友原本只是出门去度假，在她们的生活中这只是再平淡无奇的一次出行，可是却在路途中遇到了企图强暴塞尔玛的男人，路易斯开枪杀死了他。从这一刻起，塞尔玛和路易斯一下子从原本的生活里脱轨而出，她们的旅行完全改变了性质，成为了一场疯狂的逃亡。两个弱女子失去了对生活的控制，陷入困境之中：她们不知道等待她们的这场逃亡有多艰难，不知道她们会在这条向死而生的末路上会走向怎样的结局。

在采用第二种方法时，剧作者必须尽快地让人物陷入困境。如果你的人物一大早起来，先吃完早点，然后去上班。在公司里跟往日一样忙碌一天，之后又和朋友一起去酒吧聊天，回家后看电视到了十二点，洗漱上床。这时才出了事：有个强盗拿着菜刀藏在床底下……观众可没有耐心看到这里。也许你的人物还在上班路上观众便已经失去兴趣，离开电影院或者是换到别的电视频道上去了。

人物的困境可能来自二个方面：

a. 由人物的对立面带来困境。这个对立面可能像《肖申克的救赎》里安迪所碰到的那样，是完全敌对的另一方，他所渴望的自由的反面——绝对的禁锢。也可能像《克莱默夫妇》里那样，并非敌对者的太太成了克莱默先生的对立面。但不管怎么样，对立面都要不断地造成障碍，阻止人物实现自己的戏剧性需求。

b. 困境来自人物自身。在影片《洛奇》里，史泰龙扮演的洛奇是一个穷愁潦倒的三流拳击手，依靠为一个童年时的朋友卖艺挣钱度日。他最大的梦想是"希望成为个人物"，这便是这个人物的戏剧性需求。影片的情节是洛奇出于巧合得到一个和世界重量级冠军比赛的机会。他希望自己能坚持十五个回合而不被击倒。经过刻苦的训练，他终于做到了这一点。看起来洛奇似乎有一个对立面：冠军拳手。但实际上冠军只是一个"对手"，是一个目标而不是对立面。洛奇真正的困境来自他本身，在他的目标和现实之间，最大的障碍是他自己的懒散和惰性，他是在跟自己对抗。像这样的出自人物自身的困境最常见于身有疾患的人物，如克里斯蒂(《我的左脚》)、生来衰老的本杰明(《本杰明·巴顿奇事》)……他们最大的困境便是自己身体上的残疾或病患。

c. 某种自然力量或超自然力量带来困境。前一种状况常见于灾难片中，如《天崩地裂》中的火山，《失落的世界》里的恐龙，《2012》的世界末日。后一种情形则多见于《第五元素》和《独立日》这样的科幻片中。

当人物战胜障碍，摆脱了他碰到的困境时，剧作者必须再为人物设置新的困境，要让人物自始至终处于困境中。如果你的人物开始万事顺遂，不再有新的麻烦，那你就该考虑让他退出故事了。一般说来，人物在剧情中会一直处在一个主要的困境里，直到结局。但他仍然需要不断地碰到新的，较小的困境。剧作者在设置这些较小的困境时还应当注意不要让人物总是碰到同样的或者近似的麻烦。这不仅仅是为了不致使观众感到厌倦，你的人物也需要不断变化的困境来使他的性格得到进展和揭示。如电视剧《来不及说我爱你》中的尹静琬，刚开始她是富商之女，不谙世事的大家闺秀，因为爱上了军阀慕容沣，在自己的婚礼上逃婚私奔而去，从此踏上了一条不归路，她本以为可以就此与他白头到老，却发现和他一起随军征战有许多困难需要克服，等到她经过努力赢得了慕容沣部下们的尊重，却惊闻慕容沣要另娶别人的消息。不堪忍受屈辱的静琬逃离了慕容沣的掌控,却在奔波中失去了和慕容沣的骨肉,她在这一连串的摧毁中存活了下来,并且回到家乡,请求父母的谅解。等到好不容易终于用真心忏悔赢得了父亲的原谅,一家人终于团聚时,却又遭到当年未婚夫许建璋的报复,父亲为了搭救静琬牺牲了自己的性命。在父亲故去的打击下,静琬险些垮掉,但是抗日战争打响了,民族的危难令她又振作了起来,看淡了个人的恩仇,前去说服慕容沣参加抗战……一个弱女子在乱世风云当中屡遭磨难,每一次的困境都推动着她的变化,正是这些不断变化的困境,使这个女性人物从弱女子成长成为了乱世中胸怀天下的女性。

除了给人物设置困境,剧作者还有一个重要任务:让人物解开困境。

在解决困境时,切忌随意地使用情节的偶合,解决困境的具体方式可以异想天开,但必须合乎逻辑,合乎情节发展的因果关系。如《三十九级台阶》里的"谜底"。尽管哈奈在影片一开场便是在这家杂耍剧场里看梅穆里的记忆表演,而最后又是在剧场里从梅穆里身上解除了困境。但这种偶合因为有中间情节发展的因果关系而合理化了。

解除困境时一定要通过人物自身的努力来解决问题。设想一下如果不是哈奈自己发现了梅穆里的秘密并在警察到来时巧妙地逼他说出来,而是梅穆里不愿再为乔丹教授充当工具,自动在台上说出真相,这样的解决方法就太无力了。

二、让观众同情你的人物

在一部成功的影视剧里,大多数人物身上总是蕴含着能吸引观众,惹他们喜爱或是同情,并使他们印象深刻的种种因素。这些因素可以是让观众对人物产生同情和怜悯,就像他们看到生下来便如此不幸的克里斯蒂(《我的左脚》),或是生来就未老先衰的本杰明·巴顿(《本杰明·巴顿奇事》)时的悲天悯人;也可以是对人物由衷地喜爱,像茜茜公主(《茜茜公主》)和叶问(《叶问》)这样的人物;或者像看到巴顿(《巴顿将军》)和斯巴达克斯(《斯巴达克斯》)这样的伟人时的敬仰之心……总之,观众需要一些能让他们产生认同感或是投注感情的人物来使他们不致失去对故事的兴趣。

十全十美的人物是不会令人喜爱的,所以当你的人物是一个好人时,你应当注意不要让他太过完美。刘慧芳(《渴望》)之所以会令人同情和喜爱不光是因为她的善良和忍辱负重,更因为她的一味委曲求全让观众又爱又急。而巴顿将军的个人魅力不只是来自他的坚韧意志和军事天赋,也来自他的一意孤行和专横狂放。

让好人令人同情的秘诀除了给他们"找毛病",更有效的办法还是让好人遭难,坏人暂时得志。刘慧芳千好万好,却偏偏碰上了王沪生;林冲英俊潇洒,武艺高强又有美满家庭,不意竟遭陆谦和高太尉暗害以致家破人亡,刺配充军。意外的灾难、突患绝症、身陷囹圄、遇人不淑等等，都是让观众同情好人的方法。

和“高大全”式的完人一样，十恶不赦的坏蛋也不会受观众欢迎，尤其当他是你的主要人物时。如果人物身上有太多负面因素，你必须想办法赋予他某些正常的感情和人性。波兰影片《杀诫》中的主要人物就是一个不讨人喜欢的坏家伙，他阴沉着脸在街头转悠，一直就没安着好心眼儿，一会儿想从桥上扔一块石头去砸下面开过的汽车，一会儿又心怀鬼胎地试图杀死站在街角执勤的警察……最后，他坐上一辆出租车。在车开到郊外时，先用绳子勒，又用石头砸，极其残忍地杀死了司机。这样的人物显然只会招来观众的仇恨和厌恶。但创作者显然不想让这位主要人物坏得太绝对。他们先是让他在街头转悠时表情复杂地凝视照相馆橱窗里的少女像，并走进去拿着一张皱巴巴的小女孩照片问营业员能否把它修补好。这些奇怪的举动让人物身上有了一些微妙的东西，它们吸引着观众继续关注人物。当这个杀人犯临刑前在监狱里跟律师说起他的妹妹（照片上的小女孩）是在乡下被一个喝醉了酒的拖拉机手撞死的时候，他阴郁的脸上第一次有了明显的感情流露，泪流满面。这一点让人心碎的人性流露当然不足以解脱他的罪行，但已经能够让观众同情他了。

有时候你的人物不一定是反面人物，但他的举动却很不讨人喜欢。改变这种局面的办法也是让观众对他心生同情。像《莫扎特》中的莫扎特，刚出场时他是个顽劣、淘气甚至有点下流的小个子，笑声尖锐简直能划破玻璃，但是当他被生活的困境一点点逼迫得无法呼吸的时候，这个矮小的男人性格里那种纯净、崇高的东西便开始散发出夺目的光芒，观众开始由衷地敬佩他，欣赏他在绝望中还能写出人世间最欢乐的音乐的这种强大力量。

三、保持人物的主动性

人物一旦进入剧情，便会接连不断地面对一个个事件，这时最大的危险便是他太容易失去主动性，被事件所淹没。

人物的主动性并非指他干了什么或是没干什么，而是说人物应当通过他的动作推动了情节的进展或是改变了情节发展的方向。

保持人物的主动性的方法之一是让人物主动做出行为而不是被动地对事件做出反应。用人物的行为引出事件，但这并不是总能解决问题的。剧本中的主要人物往往承担着“引出事件”的功能，我们在他的带领下才看到不同事件的发生。但如果他仅仅是一个观察者，处处出现却并不真正地参与情节，他的动作与前后发生的事件没有必然的因果关系，那他只是一个被动的叙事人，而这样的人物是缺乏力量的。

最有效的方式是建立事件与人物动作之间的因果关系，人物的动作参与事件并决定事件的发展方向。这样即使人物总是被动地碰上事件，也能保持其主动性并有可能转变为一个行为主动的人。在美国影片《塘鹅暗杀令》里，朱丽娅·罗伯茨所扮演的女主角便是一个被动地碰上事件的人，这位法律系女学生在影片开始时一如既往地过着自己的日子，上学、与自己的老师相爱。这时在华盛顿有两名法官被人暗杀了，法律系女学生出于专业上的兴趣对这一事件进行研究并写出档案推论谁是可能的凶手。她把档案给男友看，男友又把它转交给在联邦调查局工作的朋友。于是灾难突然降临，男友从餐馆出来时被炸死在汽车里。女学生知道接下来的便是自己，但却不明白是什么人要她的命，她所能做的只是对突如其来的事件有所反应。在影片的前半部分里，她都忙于逃避那个不知从何而来，也不知为什么要杀他的刺客的追踪。她总是被动地做出反应，但整个情节都是由她的被动反应所控制，她的每一动作都导致新的事件发生，改变着情节的方向。并且当她开始反过来调查谁在追杀自己时，她便逐渐重新夺回了行为的主动权，从受害者变成反抗者和攻击者。

记住，当你的人物被动地遭遇事件时，不要让他光是做出反应，你应当设法使人物的反应成为一种主动的行为，并且让他的行为成为以后事件的动因。

四、必需场面

如果我们把人物在剧情中的成长过程画成图，我们便会发现存在着几个关键的点。在这些点上人物的性格，他与其他人物的相互关系都应该发生一些重要的变化。这些变化促成了人物性格的进展，使人物从初始状态到达最终状态。剧作者必须特别留心这些关键点，找到形成它们的情节。这样的情节便是塑造人物的必需场面。

《我的左脚》是一部根据爱尔兰作家克里斯蒂·布朗生平创作的影片，讲述了克里斯蒂从一个先天残疾，只有“左脚有点活动”，并被医生断定为弱智的孩子，在家人的爱和帮助下，克服了超乎寻常的种种磨难，终于成为一个天才的画家、作家，一个男子汉的故事。我们先来找出克里斯蒂成长过程中的关键点（图2—12）：

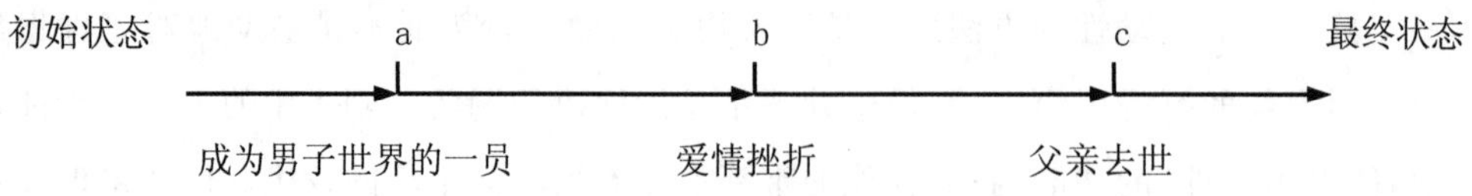

图2—12 人物成长过程

在克里斯蒂的成长过程中，有三处重要的转折：证实自己并非如众人所认定的是一个“废物”；对科尔医生的爱情遭受重创；父亲的去世。这三处转折便是人物成长的关键点，而在这三个点上所发生的情节便是塑造克里斯蒂的必需场面。

写作必需场面有三个步骤：

1. 明确人物在这一关键点上所完成的进展。

2. 弄清在这个过程中人物与其他人物间的相互作用。

3. 为完成这一进展寻找符合人物性格的具体动作。

我们据此来分析一下《我的左脚》中的三个必需场面：

场面 a：

内景 克里斯蒂家的房子 晚上

家里人都坐着，布朗先生神情沮丧地在看报，孩子们在做功课。克里斯蒂坐着，脚趾上夹着粉笔。他已经画完一条直线。镜头不动：克里斯蒂的脚画另一条线与第一条线交叉成 45 度角。

希拉：看克里斯蒂，妈妈，他在画一个三角形。

克里斯蒂画完那条线，看到大家都在看他，便举起脚去画完那个图形。他从其中一条线的半当中开始。

布朗先生：他起头的地方不对。

克里斯蒂试图把那两条线连起来，可是他停住了脚，那条线便歪歪扭扭的。布朗先生随后拿起粉笔。他画了一个三角形。

布朗先生：看，克里斯蒂，这是一个三角形。

克里斯蒂恼火地望望他。擦掉父亲画的线。

布朗太太：那不是三角形，那是字母 A。

克里斯蒂使劲地咕嘟一声表示谢意。这里有某种纯朴自然的自卫意味。这是他在本片中第一次发出的声音。父亲小心警惕地看着他，靠在椅子上，又望望布朗太太。所有孩子都望着克里斯蒂。汤姆从门外进来。

汤姆：什么事？

布朗先生：别作声。

汤姆（略带威胁性地）：我才说了句“什么事”嘛。

布朗先生：我才说了句“别作声”（他开始解腰带）。

汤姆（站着）：我才说……

父亲发出吼叫——

布朗先生:坐下。

汤姆坐下,被镇住了,有些不自在。

近拍:克里斯蒂观察家人之战。布朗太太急速跑出房间,拿了点钱回来。

布朗太太:拿着。

布朗先生:那是什么?

布朗太太:钱,去喝一盅吧。

布朗先生:你从哪儿弄来的钱?

布朗太太:从小精灵那儿弄的。出去买杯酒喝吧。

布朗先生:我不需要酒,我只需要自己家里人服从我。

克里斯蒂已经再次拿起那支粉笔,重新在地上画。他们都在观察他。他重新开始画三角形或A字。他完成两条边之后便停了下来。

布朗太太:继续画,克里斯蒂。

克里斯蒂从第二条线的外侧开始往回画另一条线,使它成为45度角。

布朗先生:如果这是该死的A字,那我就是阿道夫-希特勒。

克里斯蒂从线的顶端又开始往回画。

沙伦:他在画另一个三角形。

克里斯蒂画完那条线。他们全在观察。

布朗太太:这可是个字母M。

克里斯蒂发出另一次深沉的咕哝声。他立即开始画另一个字母。

近拍:他的脸,额上渗出汗珠。你可能以为他在生孩子。他画了一个稀奇古怪的半月形,然后继续把它画成毛毛糙糙的O。

布朗太太:O。

没有人说得出话来,全都被克里斯蒂弄得哑口无言。他继续在地上画,这种书写生发出奇妙的效果,仿佛是他发现了这些字母,仿佛这些字母是他自己新近构想出来的,由于迫切要求沟通才迸发出奇怪的字母系统。他写出字母T。布朗先生呆若木鸡,讷讷地读出那个MOT。克里斯蒂接着写出字母H。此时,所有的孩子都觉得克里斯蒂已经接近拼写"母亲"MOTHER的边缘了。年幼那几个不由自主地搂住她的腿。布朗先生独自站着,没有注意到在这个戏剧性事件中,他已经被孤立了。当克里斯蒂画字母E的时候,有一个孩子说"母亲",但是布朗太太伸出一个手指制止她,唯恐对寂静的任何骚扰都可能破坏不可思议的魔力。克里斯蒂额上的汗珠是半透明的。他用狂热的力量继续画字母R。他写完之后望着父亲，蔑视、愤怒和十年来的沮丧在一分钟内全都迸发出来。布朗先生惊愕不已；布朗太太和所有孩子等待他的反应。布朗太太神情安详，感到放心，内心的了解造就了人性。

布朗先生：好耶稣，神圣的耶稣，受苦受难的耶稣。（抱起克里斯蒂）你是布朗家好样儿的。克里斯蒂是布朗家的人。（把他当高脚酒杯似的高高举起）克里斯蒂·布朗：把钱给我，老伴儿。

布朗太太把钱给他。

外景 街道 晚上

布朗先生抱着克里斯蒂走到大街上，两个大儿子汤姆和本尼尾随。街上的门和窗纷纷打开，人们要看看出了什么事。布朗先生站在灯下成剪影。

布朗先生：这是克里斯蒂·布朗。我的儿子。天才。

他往前走。

内景 小酒店 晚上

布朗先生走进小酒店，扑通一声把克里斯蒂放在酒吧柜台上。

布朗先生：给这个男子汉来杯酒。

酒保给父亲倒了一品脱酒，给克里斯蒂一杯七喜汽水。

布朗先生：吸管。

酒保拿出一根吸管，人们围过去看克里斯蒂。他望望他们，然后用脚敲桌子，当父亲的不知道他要什么。

一男子：他要喝酒。

布朗先生把吸管放进酒里，克里斯蒂便喝起来。酒味好怪，人们大笑。克里斯蒂望着他们，发起火来，埋头用吸管喝了相当大的一口。人们对他鼓掌。克里斯蒂露出笑容并用脚敲桌子。他终于成为男子世界中的一员了。

场面 b：

内景 艺术画廊 白天

彼得：举办克里斯蒂·布朗的作品展览给了我极大的愉悦。许多人说，克里斯蒂是一个杰出的残疾画家。这是对克里斯蒂的侮辱。

克里斯蒂（高声叫喊）：这话说得对。

科尔医生握住他的手，克里斯蒂抬头望她。他的母亲看在眼里。

彼得：克里斯蒂单纯是一个杰出的画家，句号。他与每个画家必须做的一样，尽力运用他的素材。但运用得还不够充分。

当他讲话的时候，我们的镜头摇拍绘画。所有熟悉的面孔都在画中。克里斯蒂本人在画中也奇异地发展着。从一副诚实憨厚的神态到以克里斯蒂模样出现的潇洒的克里斯蒂。它与多里安·格雷背道而驰。

彼得（画外）：一个杰出的画家必须有灵感，而他必须在画布上用功夫才能得到灵感。你们今天在这个房间参观时，可以看到造就克里斯蒂·布朗的力量。他的母亲、父亲、他的兄弟姐妹，还有那位把他带来和公众见面的艾琳·科尔医生。

克里斯蒂为提到科尔医生而鼓掌。显然，他喝了不少酒。

克里斯蒂（盯视展区）：只有两种画，一类是宗教性质，一类是杂耍性质。

评论员：这是什么？

克里斯蒂：你认为它是什么？

评论员：看上去像耶稣基督，克里斯蒂。

克里斯蒂：这是自画像。

大伙儿哈哈一乐，可是布朗太太冷眼旁观，担心。她望望彼得。

克里斯蒂：妈妈！到我这儿来。

布朗太太（压低嗓门）：你喝得太多了。

克里斯蒂：我们是和朋友们在一起，妈妈，放松点。我们去吃饭，妈妈，你来吗？

布朗太太：不，克里斯蒂，这是你的好日子。

克里斯蒂：没有你，我不可能有任何成就，妈妈。

布朗太太：不，克里斯蒂，我还是和你父亲回家为好，他不大舒服。

克里斯蒂：不喝啤酒。喝好酒。

布朗太太：你父亲一辈子除了啤酒从来不喝别的酒，克里斯蒂。我要送他回家，你叫出租车好吗？

克里斯蒂：艾琳会开车送我回家的。

布朗太太：那么我最好动身了。

内景 饭店 晚上

克里斯蒂：我认为马尔卡希是一名杰出的画家。在这里。（指指心口）有气魄。

彼得：我同意克里斯蒂，托尼。

科尔医生:他帮了我不少忙。

侍者端酒来,他拿起酒瓶。

彼得:克里斯蒂,尝尝这种酒。

克里斯蒂(高高举杯):Intro ibo ad aitare dei .

彼特拉:他说什么?

彼得:拉丁经文。

克里斯蒂(忸怩地):我原以为这是乔伊斯的句子。(大伙儿笑)这是AI酒。

彼特拉:你能说出是哪年的酒吗,克里斯蒂?

克里斯蒂:我还没有那么老练呢。

科尔医生:目前还没有。

克里斯蒂会意地瞧她一眼。他用吸管喝了一大口酒。其余人看着,小心翼翼地摆平几分钦佩几分厌恶的心情。科尔医生为了扭转窘境,对克里斯蒂笑笑。克里斯蒂回笑。

克里斯蒂(冷不丁):我爱你,艾琳。

科尔医生(窘迫地):我也爱你,克里斯蒂。

克里斯蒂:不,我真的爱你。

科尔医生困惑地环视四周。

近拍:彼得在桌子下面握住她的手。

克里斯蒂:我爱你们大伙。

科尔医生:这样很好,克里斯蒂。

克里斯蒂:我甚至爱(稍顿)彼得。

科尔医生:我很高兴你喜欢彼得。克里斯蒂,(假装机密地)因为我们在六个月内要结婚了。

克里斯蒂完全呆了。一片沉寂。他一言不发,窘迫不已。

彼特拉:你对此有何看法,克里斯蒂?

克里斯蒂(尽力放松):恭……恭……(说不出这个词)恭……

他停住,气喘吁吁的。他的呼吸不匀。他结结巴巴的,开始往后甩脑袋,左脚上下晃,和癫痫病人差不多。他终于控制住了。

克里斯蒂(激动地):恭……喜彼得(冷酷地望着科尔医生)和艾琳的这个极……极……极(恼了)大喜讯。

他说完了，显然没有一个字是真心的。

克里斯蒂（微笑）：我很高兴你教会我说话，因此我才能说这些，艾琳。

托尼：哎，我们刚才说到哪儿啦？

彼得：议论马尔卡希。

克里斯蒂：马尔卡希空洞无物。

彼得：我认为你说过他气魄很大嘛。

克里斯蒂：我说过他空洞无物。（高声）拿威士忌来。

侍者端来威士忌。

科尔医生：不要激动，克里斯蒂。

克里斯蒂（绝顶认真地）：你不是我的母亲。永远记住。

侍者端着一瓶威士忌。克里斯蒂用吸管喝，抬头看。

克里斯蒂：我知道它的年份，十年陈酒，和我同龄。

托尼（对侍者）：别再给他酒了。

克里斯蒂（发号施令）：倒！

侍者倒酒。

彼特拉：拿走那瓶威士忌，托尼。

克里斯蒂：你要是碰它，我就用左脚踢你身上唯一生气勃勃的部位。

科尔医生：请你别说了，克里斯蒂。

克里斯蒂：你为什么说你爱我？

科尔医生：我是爱你，克里斯蒂。

克里斯蒂：啊，你指的是柏拉图式的爱。我一辈子除了柏拉图式的爱之外一无所有。明白我说的是什么吗？去他的柏拉图。让那没有百分之百承诺的爱情滚一边去。

鸦雀无声。科尔医生受到伤害，几乎哭了。

托尼（殷勤地）：那么说，你改变了对马尔卡希的看法啰，克里斯蒂。

彼得（尖酸刻薄地）：克里斯蒂是天才，托尼。这是天才的特权，托尼。

克里斯蒂：不想当天才，就想和你一样无聊而正常，彼得。（寂静冷场。克里斯蒂用吸管喝威士忌）咱们讨论大自然吧。

托尼：别做声了，克里斯蒂。

克里斯蒂：威士忌。

侍者走过去。科尔医生扭转脸去。

彼得：克里斯蒂，我不能让你走得更远了。

克里斯蒂：你要干什么？

彼得走到轮椅背后。

彼得：我要把你推出饭店。

克里斯蒂望着科尔医生，像小娃娃似的抓住桌子。

克里斯蒂：这是摆脱残疾人的时候，艾琳。

彼得：出去。

他推轮椅。科尔医生对彼得的做法大为惊异。

彼得：这东西该死的闸在哪儿？

科尔医生（强硬地）：彼得，别。

克里斯蒂：拉下帘子，彼得。

科尔医生（缓慢而审慎地）：彼得，别！

彼得找到闸，把克里斯蒂从桌子旁拉开，桌布扯了下来。他怒气冲冲地推走克里斯蒂。

科尔医生（站起来）：彼得，别，你这个讨厌鬼！

彼得停了下来，吓了一跳。克里斯蒂得意地望着他。彼得头也不回地走出饭店。克里斯蒂坐在那里，耷拉着脑袋。科尔医生坐下，仰头深深吸了一口气。彼得拿起杯子喝酒，泪水盈眶。托尼摇头。克里斯蒂像个残疾人。

场面 c：

内景 小酒店 白天

近拍：布朗家的人。希拉和她的丈夫，还有两个孩子。汤姆和妻子，她抱着一个婴儿。克里斯蒂正唱完“你永远不会孤独”。家人全都穿着丧服，但各怀心事，合着克里斯蒂兴致勃勃地唱最后一句。

克里斯蒂要了一巡酒。大家都有份儿。

希拉：慢慢来吧，克里斯蒂。

克里斯蒂：这是我绘画挣来的钱。给大家买酒喝，给玛索一杯。

邻居：要公平合理嘛。

克里斯蒂：你的老爸永垂不朽。

希拉：妈妈怎么生活呀？

汤姆耸耸肩。克里斯蒂瞅着，不高兴。

克里斯蒂：我们会安排的。全都不用发愁，给我们唱个歌吧。

那个邻居开始唱《凯文·巴里》

邻居："一个星期天早上，在孟德乔皋尔，凯文·巴里在高高的绞台上献出他年轻的生命，为了自由的缘故……"

克里斯蒂：啊，闭嘴！

邻居："才十八岁的青年，怎奈无人能抵制……"

克里斯蒂（大声喊）：别唱了，闭上嘴。（邻居不唱了）我讨厌殉难者。为爱尔兰而死。全是胡闹。

邻居：凯文·巴里有什么过错呀？

克里斯蒂：他已经死了，难道还不够吗？

邻居：他为爱尔兰献出了生命。

克里斯蒂：谁要他去找麻烦？爱尔兰永远得不到自由，它陷进那里（指指他的头）。

邻居：爱尔兰肯定会得到自由。

克里斯蒂：爱尔兰是吃自己猪崽的母猪。爱尔兰是个犯人。爱尔兰和自由完全是水火不相容的。

邻居：爱尔兰获得自由会比你能走路还要早。

现时，酒吧里的紧张气氛膨胀。汤姆站起来保护克里斯蒂。

克里斯蒂：不，汤姆。不要在埋葬爸爸之后。没有问题。

那邻居洋洋得意地望着。他对几个老友挤眼，他们全乐了。

汤姆：多嘴多舌。

克里斯蒂：没事的，汤姆。没有问题。

近拍：克里斯蒂的脚飞速攫住一条凳子，那个邻居把一品脱酒高举到头。砰的一声，那条凳子飞将起来，把酒壶打掉。小酒店里爆发混战。克里斯蒂在打斗中心。凡是他用脚能够得着的酒吧凳子等任何东西都被他扔向四面八方。突然之间，一个男子走过来，在克里斯蒂的两眼间打了致命的一拳。

男子：我不管你是否残疾人。

克里斯蒂踢那男子的膝关节，使他蜷缩起身子。克里斯蒂用脚抓住他的脖子。

克里斯蒂：汤姆！汤姆！

汤姆看见克里斯蒂抓住那男子，便走过去把他打昏。克里斯蒂把他摔倒在地，脸上泛起笑容。克里斯蒂看到另一个机会，便抓住一把酒吧高凳。酒吧男招待抓住凳子的另一端，展开了激烈的拉推之争。克里斯蒂从酒吧招待手里拉过凳子，把它扔到一面镜子上。

酒吧招待：到此为止，克里斯蒂·布朗，不许你再来了。你比你爸一周中任何一天都更糟糕。

克里斯蒂瞧瞧那面被砸得稀里哗啦的镜子。他的模样非常像父亲。

内景 克里斯蒂的小屋

克里斯蒂望着他母亲往火炉旁的晾衣架上挂洗好的衣物。她拣起一双袜子看了看，又放回洗衣篮子里。她拣起一条小裤子挂在绳子上。

内景 克里斯蒂的小屋 白天

克里斯蒂在画那幅我们先前见过的他父亲的肖像，他全神贯注，但忧心忡忡。本尼出现在他的肩后。

本尼：画得好，克里斯蒂。

克里斯蒂：不，不好。

本尼：为什么不好？

克里斯蒂：他没在那儿。我缺乏观察力。

本尼：什么？

克里斯蒂：观察力。不好。算了吧。不是个画家。

本尼：我觉得挺不错的，这是爸爸的形象。

克里斯蒂泄气、失望。本尼注意到先前出现过的自杀印记。

本尼：怎么啦，克里斯蒂？对不起，我不该问。

克里斯蒂：这是我做过的唯一正确的事，本尼。发自内心的。你肯帮我的忙吗，本尼？

本尼：做什么事？

克里斯蒂：写作。我自己的故事。

本尼：没问题。

在a点上，克里斯蒂完成了他一生中第一次重要转折：在此之前，他是一个没有能力表达自己的“废物”。面对他的严重残疾，家人们尽管都很关心他，但更多的是怜悯和失望，只有母亲一直发自内心地疼爱和关注他。而在此之后，他终于实现了自己“内心某处”的自己和别人是平等的愿望，成为男子世界的一员，拥有了表达自己，证实自己的能力。这是场面a中人物应该完成的进展。而在这一进展中产生作用的其他主要人物是布朗太太、布朗先生。

在b点，克里斯蒂经历了他成年后的第一次重大挫折。在此之前，年轻漂亮的科尔医生取代了克里斯蒂的母亲，成为对他影响最大的人。科尔医生帮助他学会了说话，让公众开始了解他的绘画天才。克里斯蒂爱上了科尔医生，这种爱使他忘却了自己的残疾。但在这一点之后，他不光失去了自己的爱情，更为残酷的是这一挫折还证实人们从来也没有真正地把他看作与大家一样平等的人。这一重创使克里斯蒂的人生再次陷入低谷。在场面b中，与克里斯蒂相互作用的人物是科尔医生、彼得，当然还有布朗太太。

在c点之前，克里斯蒂失去了父亲。父亲的去世对克里斯蒂来说是一个沉重的打击：在父亲走了后他才发现自己其实是多么爱他。同时这一事件也促使他真正走向成熟：他开始承担家庭的责任，并且做出了一生最重要的决定——开始写作。这一转折中，父亲是对他影响最大的人。

确定了必需场面中人物应当完成的进展和他与其他人物的相互作用之后，剧作者便可以选择具体的情节和人物动作了。首先你应当找出人物在这一场面里的初始状态和最终状态。如在场面a中，克里斯蒂的初始状态是“废人”，最终状态是拥有了表达自己的能力，成为男子世界的一员。他的动作必须要完成这一跨越，这便是你选择具体情节和人物动作的目标。剧作者要设法寻找那些符合整体剧情和人物状态且具有“冲击力”的事件，如在本片里的克里斯蒂拼写“母亲”这个单词；饭店里的失落和发泄；父亲葬礼后在小酒馆的大打出手。

练习题

1. 以《老男孩》为题目，创作一个虚构人物的人物小传。
2. 绘制出一部影片的人物关系图。
3. 创作一个动作片段，其中人物的动作有内部动作与外部动作的张力，人物的动作揭示出人物的性格特征。

第三章

剧本构成

本章要点

- 场景内部写作
- 时空交错的实现方式
- 开端和结尾的相互呼应，高潮的设计
- 台词与潜台词写作

第一节　剧本的构成

一、场景

一部影片（电视剧）最基本的构成单位是镜头。但一部剧本最基本的构成单位却是场景。什么是场景呢？

我们先看两段剧本：

24. 家里 日 内

爸爸、妈妈躺在床上午睡。

姐姐进来打量了父母一眼。

爸爸妈妈睡得很好。屋里死气沉沉的。

姐姐走到床边的椅子前，椅子上搭了妈妈的衣服。姐姐从妈妈的衣袋里掏出一把钱，犹豫了一下，抽出二十块钱，其余的钱放回衣袋里。

姐姐又看了爸妈一眼，婴儿一样蒙昧。

25. 走廊上/下 日 外

姐姐从屋里出来。

弟弟坐在走廊上，正用白粉笔涂抹他的白球鞋。

姐姐见弟弟这样刷鞋，意味深长笑了一下说：你怎么用粉笔刷鞋，一走路粉就掉了！

弟弟不好意思，“嘿”地笑了一下，拍拍自己的双手。白粉雾一样飘起来。

姐姐：你身上有钱吗？

弟弟愣了一下。关于钱的话题他们是疏于谈起的，这对他们有点陌生。

弟弟：有四块钱。

姐姐:借给我用一下,等有钱我再还给你!

弟弟:行!

弟弟起身掀起竹帘进屋去。

姐姐蹲下来,捡起地上的白粉笔,替弟弟往他的球鞋上蹭白粉。

弟弟拿着他的破铅笔盒出来,蹲到姐姐面前,打开他的铅笔盒。

是那种铁皮的铅笔盒,里面有几支笔、橡皮、塑料尺。下面垫了一层纸。

弟弟掀开垫底的纸,从里面抽出四块钱。

姐姐接过去:谢谢你!

姐姐起身背着一个军挎包从楼梯上下来。

弟弟趴在走廊的栏杆上喊她:姐!

姐姐仰头向走廊望去。

弟弟:跟跳伞有关吗?

姐姐点头,小声的:你小声点!

弟弟从裤兜里掏出两块钱。

弟弟:我还有两块钱呢,你用吧!

弟弟把那张两块的票子扔下去。

票子飘飘扬扬,蝴蝶一样。

姐姐跳起来把票子抓到手里。

姐姐仰头看弟弟惊讶地:你真有钱呵!简直是个资本家。

弟弟有些惊慌失措:我总共就这么多,不骗你!

姐姐:好吧,等我回来搜查你!

弟弟笑笑:搜吧!

姐姐笑笑离去。

弟弟注视着姐姐远去。

26. 武装部院内 日 外

姐姐背着鼓鼓囊囊的军挎朝球台走去,远远地听见胖姑娘娇声娇气的声音:哎呀,你慢一点,哎呀!

姐姐站住。

姐姐走到一棵树后,朝那边望去。

胖姑娘正和男伞兵打着球。一旁静悄悄地站着胖姑娘的姐姐捧着半块切好的西瓜,抿嘴笑着。

胖姑娘笨手笨脚地接球，两只丰乳在运动背心里招摇地晃动。她边接球边夸张地大呼小叫，逗得男伞兵哈哈笑着。胖姑娘的姐姐掰出一块西瓜上前递给伞兵。

姐姐见状，神情顿时暗淡下来，扭头回去。

27. 桥头 傍晚 外

桥上，白炽的路灯照着人流，有拖拉机开过。

姐姐站在桥栏前，从包里掏出两瓶酒和烟，丢进河里，"咚"地响一声。

河水黑亮。

28. 筒子楼走廊 夜 外

走廊上哥哥一个人泰然自若地喝着粥，一边看着《福尔摩斯探案集》，一边喂桌边的两只鹅。桌上其他碗筷没人动。

屋里传来妈妈悲痛欲绝的哀泣声。

姐姐走回门前停下来，踌躇了一下，掀帘进屋。

29. 家里 夜 内

为了省电，灯泡度数很小，屋里昏黄一片。

妈妈坐在床上哭泣。爸爸和弟弟低头坐在小板凳上。

姐姐的回来，再一次勾起了妈妈的伤心，抽泣声大了起来。

姐姐站在门口看着妈妈。

妈妈哭诉：我明明把钱放在兜里的，可我下班买菜的时候，发现少了钱。我也不知道怎么弄丢的！我来回在路上找了十几遍，怎么也找不着。

姐姐走到洗脸架边，绞了把毛巾，上前递给妈妈。

妈妈接过擦着脸。

姐姐一家沉默着。

院子里传来女人喊自己孩子的画外音：六子，快滚回来吃饭！

妈妈叹了口气：吃饭吧！

爸爸、弟弟这才站起来，弟弟下意识地和姐姐对视一眼。

（引自电影《孔雀》剧本）

86. 外景 巴顿农舍 雨 白天

阴雨连绵，农舍给人以阴冷荒凉之感。

87. 内景 巴顿农舍 楼上的走廊 白天

贝西从玛丽安房里端出一盘原封未动的饭菜。她看了看食物，一付心烦意乱的表情。

88. 内景 巴顿农舍 埃莉诺和玛丽安的房间 白天

玛丽安坐在窗边泪眼蒙眬地看着雨景。膝上放着威洛比的袖珍诗集。

玛丽安：离开了你，日子多么像严冬，

你，飞逝的流年中唯一的欢乐！

天色多么阴暗！我又受尽了寒冻！

触目的是隆冬腊月的一片萧索！

89. 外景 巴顿庄园 雨 晚上

每个烟囱都在冒烟。

（引自电影《理智与情感》剧本）

上面剧本中每个不同序号标明一个场景。我们可以看出，场景首先是一个空间概念，它指的是在同一个空间范围（如走廊、屋内、桥头等等）内所发生的情节。一般来说，这个空间范围是以人的视线（镜头）在不移动并且没有门、窗、墙等阻挡物的情况下所能看到（拍摄到）的范围来区分的。如操场和教室是两个不同场景；街道边和小商店内也是两个不同场景；一条街道的两边如果在人物视线内则是同一场景。严格说来，像同一套房内的走廊和不同房间，以及房门内外等情况也是不同场景（如《理智与情感》87、88 场），但有时为了保持人物动作的完整性和情节连贯叙述，也将这种情况作同一场景处理，如上面《孔雀》的 25 场，虽然走廊上和走廊下严格来讲是两个空间，但因为姐姐和弟弟两个人物在上下两个空间里有连贯的动作交流，因此也合并到一个场景，用“/”标注出来。

场景还是一个时间概念，正如上面的剧本，每一场景的情节都是发生在一个具体且是连续的时间段内的，如果空间不变而时间发生了明显的改变，如同一房间内的夜景和日景，即便它们连在一起，也应区分为不同的场景。场景中的时间一般分日（白天）、晨、黄昏、傍晚、夜等等，黄昏和清晨往往特别标注出来，因为这样的时刻天光很特别，拍摄时需要特别注意。

场景中还有一个重要元素：情节发生时的自然氛围。除时间不同带来的不同氛围外，自然氛围还包括雨、雪、雾等（如《理智与情感》86、89 场），如果电影或电视剧的时间跨度很长，也可以特别标注出季节，如冬、夏等。

在有的剧本中，地点、时间和氛围也放在叙述情节时再交代。如下面的剧本：

2. 黎明

海还在沉睡。

人也在沉睡。

晨雾中传来橹声。

一只小舢板靠近岸边。

船上有一对贫苦农民夫妇，那是千太和阿丰。

……

（引自电影《裸岛》）

总而言之，从叙事角度上看，场景是一段相对连续的物理时间内发生在同一空间范围内的情节。

那么，一部电影剧本应该有多少场景数呢？

片　　名	场　　数
《邻居》	91
《理智与情感》（片长 133 分钟）	190
《牧马人》	88
《城南旧事》	102
《男才女貌・第一集》	32
《女才男貌・第一集》	35
《裸婚时代・第三集》	34

从上面的统计中，我们可以看出，如果正常的话，一部 90 分钟长度的电影剧本，场景数应该有 90 至 120 场。一集电视剧（长度约 45 分钟）的场景数应该有 25 至 35 场。当然，这只是一种很不准确的统计方法，有很多因素都会影响场景数的多少。如节奏的快慢、题材的差异等等。在电视剧中，室内剧的场景就会少得多，而那些宏大历史叙事的长篇电视剧场景数则会相对多一些。

二、“一场戏”

在剧作和影片拍摄的过程中，人们习惯于把场景称为“一场戏”。一部影片场景数为 90 个，就说它有 90 场戏。但实际上“一场戏”与场景并不等同。“一场戏”这个概念是从戏剧中来的。在戏剧里，幕起幕落一次便是一场。古典戏剧里的四场，实际上相当于我们所说的起、承、转、合四个段落。在多场次戏剧里的一场,是指在同一个场景里完成的一个相对完整的情节。影视剧里的“一场戏”则是指相对完整的一个事件,但并不一定在一个场景内完成。如电影《肖申克的救赎》中著名的“莫扎特”的段落:安迪利用狱警上洗手间的时机,反锁了门,在警卫办公室里用扩音器播放出了莫扎特唱片里的歌声。这个段落是一个相对完整的情节,但却跨了十二个场景:

警卫办公室/外间办公室 日 内

安迪环顾着包裹箱,眼睛有些湿润。

哈德利:典狱长回来之前把这里收拾干净,不然看我怎么收拾你。

哈德利出去了。安迪摸着这些箱子,像一个热恋中的男子抚摸着自己心爱的女人。威利笑了

威利:干得好,安迪

安迪:只用了6年。(停顿了一下)从现在开始,我要每周写两封信而不是一封。

威利(笑着摇头):我想你是真疯了。你最好照队长说的赶快把这些东西弄出去。我出去一下,回来时,你应该弄好了吧?

安迪点了点头,威利拿着连环漫画进了厕所。

现在只剩下安迪一个人了,他穿梭在包裹箱间,像饿极了的人一下子发现了许多食物,不知从何下口。他看花了眼,打开箱,抽出书,抚摸着它们,闻着它们的味道。

他又打开了一个箱子。里面是一台留声机,灰绿色,上有“波特兰公立学校管理局”的字样。箱子里还装有一叠叠旧唱片。

安迪虔诚地抽出一叠,快速翻看着。有纳特·金·科尔的,有宾·克罗斯比的……

他翻到一张莫扎特的《费加罗的婚礼》,将其抽出,出神地端详着。它是如此美妙,因为这是他最最渴望得到的东西。

卫生间 日 内

威利坐在马桶上,膝上放着他的漫画。

警卫室/外间办公室 日 内

安迪将留声机搬到警卫办公桌上,将桌上东西一股脑推到地上。他将唱机接上电。红灯亮起,转盘开始旋转。

他将莫扎特的那张唱片从套中取出，放在转盘上，将唱针放在他最喜欢的那段上。唱针在唱片的纹理间发出嘶嘶的声音，音乐响了起来，欢快而华丽。

安迪坐进威利的椅子，沉浸在美妙的音乐之中。这是由苏珊娜和伯爵夫人演唱的二重唱"那柔和的风"。

卫生间 日 内

正在看漫画的威利停了下来，有些奇怪。他觉得好像听到了音乐。

威利：安迪？你听到了吗？

警卫室/外间办公室 日 内

安迪朝卫生间看了一眼……笑了。他决定孤注一掷。

他忽然起身，将前门锁上，然后将卫生间的门也锁上。他走到办公桌前，找到扩音器的麦克。他鼓起勇气，将所有的开关都打到了"开"。一声短暂的回响……

各处扬声器 日 内、外

……莫扎特的音乐在整个监狱里响起。

卫生间 日 内

威利赶紧起身，裤子都没来得及提上。

肖申克监狱，各个地方 日 内、外

犯人们停下手中的活儿，被这突如其来的音乐惊呆了，边听边仰头盯着扬声器。

所有人都原地不动，听着这音乐，像被施了定身术一样。

警卫室/外间办公室 日 内

安迪靠在椅子里，手臂挥舞着似乎在指挥乐队，完全沉浸在音乐之中。肖申克不复存在。它已经从人们的头脑中消失了。

操场 日 外

镜头跟随几组人群，他们都被这音乐吸引住了。

雷德（画外音）：我根本不懂那两个意大利女人在唱什么。事实上，我也不想知道。此刻意在声外。我想她们歌唱的是美妙得无法形容的东西，美妙得令你心碎。

镜头对准雷德。

雷德（画外音）：告诉你，那歌声似乎会飞，飞得又高又远，穿越云霄，超乎这个灰色世界里所有人的想象。它就像一只美丽的小鸟飞进了我们这个毫无生气的笼子，它的到来让我们忘记了围墙的存在……虽然只是短暂的一瞬……但就在那一刻，肖申克的每一个人都感受到了自由。

监狱走廊 日 内

镜头快速跟拍诺顿，他走进大厅，后面跟着哈德利。

雷德（画外音）：这件事令典狱长大为恼火。

警卫室/外间办公室 日 内

诺顿和哈利德破门而入。安迪抬起头，脸上露出优雅的微笑。我们听到威利拼命敲着卫生间的门：

威利（画外音）：让我出——去！

（引自电影《肖申克的救赎》剧本）

三、段落

影视剧里的段落相当于古典戏剧里的场，它是指由一个或几个事件构成的相对完整的情节过程，或是一次大的戏剧冲突过程。它有时就是“一场戏”（如上面的“莫扎特”段落），但多数情况下由不止“一场戏”构成。

有些剧本里干脆用章节标明段落的划分。如《邻居》由序、尾声和中间四章组成。丹麦影片《破浪》则更是用标题分为婚礼、蜜月、孤独、疾病、犹豫、忠诚、殉难和葬礼八章，每一章便是一个段落。这些段落的划分虽然并不严格地对应为起、承、转、合四段，但基本上是按剧情结构的不同阶段划分的。如《破浪》中的婚礼段落便是影片的开端；蜜月、孤独、疾病、犹豫、忠诚五个段落组成了影片的进展（对抗）阶段；殉难段落是影片的高潮；而葬礼段落则是结局。

在一个段落内部，实际上也存在着类似的情节发展过程，有着自身的小结构。“莫扎特”段落这一段便由安迪抚摸留声机和碟片（开端）、安迪播放莫扎特音乐（进展）、安迪将扬声器打开，肖申克监狱的犯人在音乐中感受到了自由（高潮）、典狱长破门而入（结局）四部分组成。《破浪》中的婚礼段落也由等待新郎（开端）、婚宴（进展）、卫生间内两人结合（高潮）与婚宴结束（结尾）四部分组成。当然很多时候这一过程并不一定十分完整明确。

从场景到“一场戏”、到段落、再到前面结构里讲到的“幕”，再到全剧，便构成了一部剧本。

第二节　场景写作

一、场景中的元素

场景中最基本的元素是场景内所发生的事件、人物的动作以及时间、地点、氛围等等。但在创作一个场景时，你首先应当考虑的不是这些东西。你得先弄清楚这一场景的目的。

所有场景的目标都是推动叙事前进，但不同场景又有各自具体的目的。创作一个场景的目的不外三个方面：这一场景内发生的情节；人物的状态和相互作用；你想向观众传达的感觉。

如果你在写一个爱情场景，你首先得确定这一场景在完整情节中的位置。它是一个交代性的开始，用来让男女主人公相遇？还是一个冲突场景，男女主人公正在发生争执？或者它是一个高潮场景，男女主人公正在经历一次生离死别？一般说来，场景可以分为以下几种：

a. 交代性场景。通常用在某一完整情节段落的开始，用来交代人物关系，进入事件。也有的用在段落中间来交代事件的某些内容。

b. 冲突场景。完整情节段落的进展和上升阶段的场景，其目的是展示冲突、对抗，推动情节的上升。

c. 高潮场景。段落内情节上升的最高点。

d. 回落场景。情节回落过程中的场景，其目的是减缓冲突，放松紧张状态。

如果你已确定创作的是一个高潮场景，男女主人公将在这一场景中生离死别。这便是这一场景的目的。接下来，你便可以选择场景的时间、地点和氛围了。

场景的时间一般分为日景（白天）、夜景、黄昏、晨景、傍晚等等，你不用太精确。影响你决定时间的因素很多，你要考虑上下场景间的连续性。一般说来一个连续的动作所发生的时间跨度不会太大。一个人白天从教室里拿了书包，走出教学楼时也应当是日景。有时候你还需要顾及到拍摄的方便。一部影片里如果夜景太多，或者是有很多需要特殊光效的晨景、黄昏场景，都会给拍摄带来麻烦。

在选择地点时也会有上面的问题。一个好的剧作者要学会合理地使用场景，不能写一场换一个地方，既不合理，也会给拍摄带来困难。你为场景选择的地点还必须有好的视觉效果，尽量避免过于单调和封闭的空间。

但这些都是次要的，要紧的是你要写的戏在什么时间，什么地方发生最合适。比如我们写一场两个人的告别戏，会有很多种选择：可以是在房间里的告别；可以是站在窗口看着爱人远去；也可以是站台上的洒泪出走。什么样的情景最符合你的情节？如果是站台上，那么时间和氛围呢？是晴朗的白天，站台上人来人往？还是深夜的末班列车，只有清冷的路灯伴着送行的姑娘？或者是清晨，远去的身影融进晨雾？在进行这样的选择时，剧作者一定要不断地追问自己，同样的情节和对话，怎样才最有表现力？

电视剧《情深深雨濛濛》里有一场男女主人公的车站告别，有执手相看泪眼，还有远去的列车，挥泪追逐，还有在追逐中跌倒，撕心裂肺的哭泣……大卫·里恩的电影《相见恨晚》里也有一场相似的生离死别，但男女主人公却只是坐在站台上的小咖啡馆里，深情悲伤的相对，一个不识趣的中年女人还聒噪地坐下来跟他们交谈，这个中年女人的打搅令所有的抒情都成为不可能，列车就要启程了，男主人公站起身来，用手轻轻地在女主人公的肩上按了一按，拿起大衣走出了咖啡馆。所有的深情和嘱咐都只在那个微小得几乎不被看见的小动作中。列车开走了，那铁轨的咔嚓声仿佛声声都刻在女主人公的心坎上，中年女人还在继续对女主人公滔滔不绝，可是她却什么也听不见了……这两种不同的场景设计方法，没有优劣之分，一个抒情，一个隐忍；一个释放了情感令分别催人泪下，一个压抑了情感令分别耐人寻味。不同的场景设计，和场景中人物的性格，剧本的整体风格都有密切的关系。

这样我们便发现，尽管所有的场景都是创作者根据剧情的需要“想象”出来的，但在这样的选择中仍然有一些必要的原则：

首先，场景必须要符合现实生活的可能性。

这一原则要求你所选择的场景要符合剧中人物生活的现实可能性。一个模特儿可能会出现在酒店、健身房、酒吧这样的场所，而一个下层市民则不大可能在同样的场景中经常出没。

这一原则还要求你所写到的场景是要能在现实生活环境中寻找到或可以搭建的。这对拍摄非常重要。

其次，场景选择必须要有利于拍摄。

这是一个技术性的原则。剧本是为拍摄而创作的，这就要求它具备“可拍性”。这一原则我们可细分为场景集中原则；场景可替代原则；内外景、日夜景合理搭配原则等等。目的都是一个：要尽可能地方便于剧组拍摄。

再次，场景选择必须要符合艺术需要。

这是一个艺术性原则，也是一个超越一切的首要原则。换言之，只要是真正出于必需的艺术表现需要，再困难，再贵，再不现实的场景都是可以写的。如电影《2012》中火山喷发，山崩地裂的场景，《阿凡达》里纯粹虚拟的潘多拉星球的美妙世界。当然，作为创作者，你还必须清楚它的可行性和投入产出比，把握适度。

时间、地点、氛围确定之后，剧作者还有一个任务：找出场景中可能会“出戏”的其他因素。像《我的左脚》中克里斯蒂在饭店中爱情受挫的场景。这里面都有什么东西可供你使用呢？克里斯蒂的轮椅？当然，不管他走到那儿，这个轮椅都会带来一些戏。但这不是场景内的因素。一个饭店里会有什么？侍者，酒，桌子……对，它们看起来似乎跟情节没有关系，但只要你留心，它们肯定会有出人意料的用处。我们可以再看看这一场戏，注意其中的酒、侍者和餐桌的戏剧作用。

在每一个场景里面都会有这样的因素。大街上的行人、路旁的小摊贩、站牌上贴的小广告，甚至一盒火柴、一件衣服或者是电话……它们都可能蕴含着可利用的戏剧因素。很多时候甚至正是这些场景内不起眼的因素使场景得以顺利进展。如《甜蜜蜜》中新年夜里黎小军和李翘在黎小军的小屋里一起吃馄饨过节的那个场景。这个场景的目标便是让两人捅破那层感情的窗户纸。而推动情节达到目标的则是一件旧棉衣。深夜李翘告别时，黎小军找出自己的旧棉衣给她穿上，他笨拙地帮她系着纽扣，李翘往后仰着想避开他额前的头发，两人的视线在一刹那间相遇时，终于抑制不住内心的感情，紧紧拥抱在一起。

二、场景写作

现在我们可以开始写戏了。注意一个原则：不要让事情发生得太顺利！为场景的目的寻找一些障碍，增加一些紧张气氛，至少这样会“有趣”一些，也能让观众注意力更集中。如果你的人物要在这一场里向女友表白自己的爱慕之情，千万不要让他顺顺当当地跪下便掏出戒指来。或许他一心想着要说出自己的心里话，而女友却想起了另一件事，滔滔不绝地跟他说着，不容他有开口的机会，好容易女友说完了，可电话铃偏偏响了起来，电话刚接完，厨房里的开水壶又叫唤开了……最后，他只好不顾一切地拉住女友，把戒指给她戴上。

另外，每个场景都有明确的指向性，这是必须达到的目标。但每一场景都是与之联系的更为广阔的社会生活的一部分，因此它还可能会有一些情节以外的言外之意。像《三十九级台阶》里，哈奈从警察局跳窗逃出后闯进一个会场，场内的人们正在讨论苏格兰的前途；《我的左脚》里父亲的葬礼后，克里斯蒂和邻居关于爱尔兰自由的激烈争论。这些内容与情节没有必然的联系，也不会推动叙事的进展，但它们却为影片增加了"厚度"，增加了"生活质感"。让观众能感知到在剧情这一小座露出水面的冰山下面相连着的巨大山体。

有一些场景并不具有太多的叙事功能，它们只起过渡或是连接的作用，这种场景通常称为过场戏。其实，剧作者并不需要太多地考虑场景间是否需要一个空镜头来过渡的这类问题，这是导演的工作。而且，我们在一部影视剧中所拥有的叙事空间是如此宝贵，所以不应当轻易地让一个场景仅仅承担过渡的任务。有时候，过场戏正是你弥补人物塑造或是叙事上某些因为"没有空当"而不得不放弃的内容的好时机。

贾樟柯的《小武》剧本里，有一场非常短的过场戏，只有一句话：

电影院前 下午 外

一辆装着苹果的三轮车路过小武身边，小武乘小贩不注意顺手拿了一个。

后来的完成台本丰富了这场过场戏，增加了不少信息。增改后的剧本为：

电影院前 下午 外

一辆装着苹果的三轮车路过小武身边，小武乘小贩不注意顺手拿了一个。

小贩已经走远，但好像发现了什么，又折了回来，凝视着小武。小武伸手将偷窃的苹果递过去，小贩没有接苹果，也没有理睬他，转身向远处走去。

电影院前的小广场人来人往，高音喇叭里一个男人机械的声音：下午5点，下午5点放映最新香港一男三女暗恋式喜剧片《星光俏佳人》。

小武站在离电影广告牌不远的地方，肩上搭着西服，用手不断地将手里的苹果抛在空中，然后接在手里。

小武将苹果再次抛到空中。

突然一只手伸过来，从空中夺走了那个苹果，然后就向人群中跑去。小武拔腿就追，两个人在电影院前的广场上绕着瓜果摊、台球桌、广告牌追来追去,很快,抢苹果的人跑回了小武刚才站立的位置,这时才看清是吴胖子。吴胖子一挥手将苹果抛了出去。

小武伸手接住苹果,不停地喘着粗气。

吴胖子:跟我搓麻去吧!

小武:你有病啊!

吴胖子:怎么了,跟你闹一闹也不行了?

小武:不行。

吴胖子有点儿不高兴:你变态了吧!

小武不理他,径直上了街边通往汾杏商场二楼的台阶。

这一修改,增加了小武和卖苹果小贩之间的一场幽默的小插曲,增加了县城电影院非常具有历史感的特殊景象的描绘,又让吴胖子出来和小武追逐了一番,侧面写出了小武突然之间的变化,的确,他就是变得有点怪怪的,喜怒无常的,呆呆的……他变得像个陷入爱情的少年了。这个过场戏,经过修改,不仅增加了一些丰富的细节,还为陷入爱情的小武写出了他的微妙情绪。

场景写作时还应当注意适当的剪裁。每一个场景内的戏都有自己的开端、进展和结尾。初学者往往会将它从头写到尾。而实际上真正需要这样做的场景是非常少的。比如说你要写一场站台送别的戏,你只需要写人物站在车旁告别,也即是场景的中间部分就行了。如果没有特殊的原因,你用不着从他们走进车站写起,也用不着写送别后人物如何穿过地下通道走出车站。进入场景的最好方式实际上是在这一场景冲突最激烈时切入,在冲突还没有完全回落时离开,但这不是绝对的规则。剧作者剪裁场景的依据应该是选取它足以推动叙事的那一部分,无论是开端、中间部分还是结尾。

第三节　时空处理

一、蒙太奇

我们前面说到,每一个场景内的动作都有从开端到结束的完整过程,但在大部分的场景中,我们都只选择其动作的某一部分而不是完整地表现场景内的人物动作。如下面的段落:

孟真家傣楼上 凌晨

雾气漫上楼来，四周一片寂静。

孟真从楼内出来，她扣着衣扣，望着漫天的雾气，深深地吸了一口气，而后陶醉在这种寂静中。

温泉池 凌晨

穿上筒裙的孟真站在池边。雾气和热气弥漫四周。孟真走进池内。

她深深地吸一口气。

孟真把头没入水中。

筒裙在水面上铺展开来，宛如一朵睡莲。

孟真的头从水中冒出，光滑洁净的脸上冒着热气。

孟真甩甩长发，水珠横甩出去，格外美丽。

孟真沉浸地闭上眼睛。

孟真家傣楼上 凌晨

小竹凳上放着那叠色彩鲜艳的傣装。阳光洒在孟真的脸上，她盘坐在小竹席上。多婆婆坐在她的身后，拿起梳子。梳子在孟真长长油亮的黑发上梳动着。

长长的头发被卷起。

长长的头发被系成髻。

一朵小小的粉色鲜花插在发髻上。

孟真望着小圆镜中的自己，脸颊上不由泛上一丝红晕。手拿镜子的翠翠陶醉地望着孟真，双手举着的镜子渐渐落下来。

孟真（不好意思地）：翠翠。

翠翠：姨，你真漂亮。

孟真（有些沉醉）：姨呀，是当年村寨里最漂亮的。

多婆婆满意地站起身，拿起一条筒裙。

晨光中穿着筒裙的孟真格外地清丽。多婆婆满意地咧开嘴笑着，走进门内。

翠翠：姨，婆婆说你在家的时候，每天晚上都有人在楼下用竹竿捅你，是不是就因为你好看？现在没人来捅我，是不是我难看？

孟真（弯下腰，理理翠翠的头发）：这是我们傣家的风俗，是有人找你求爱。你呀，这么小就想这些。（起身）走吧，咱们准备上课了。

两人走下傣楼。

第一个场景中只写本场景中人物动作的开始——孟真走出竹楼；第二个场景则是该场景人物动作的中间部分——孟真走进温泉池中沐浴；第三个场景选择的是动作的中间到结束部分——多婆婆给孟真梳妆，孟真和翠翠走下傣楼。在这个段落里，人物的动作是连续完整的：孟真起床后到温泉池内沐浴，然后梳妆打扮准备去给孩子们上课。但实际上这个动作不光跨了三个场景，而且中间出现了物理时间的不连续。即便在同一场景内，在空间同一的情形下，我们也发现动作的时间是被压缩或者说省略了的。如第三个场景中多婆婆给孟真梳头和孟真穿筒裙的时间过程就被省略了。

除了上面这种连续动作中的时间剪裁和时空转换外，影视剧中更为常见的则是非连续动作之间的不同时空的连接。但这样的时间或空间的不连续并不会造成人物动作或情节的不连贯，其奥秘就在于影视剧视听语言的蒙太奇技巧的使用。

和结构一样，蒙太奇也是一个建筑学术语。它的原意是"构成"、"装配"，借用到影视视听语言中，则是指镜头之间的分切和组接。蒙太奇最基本的功能是叙事功能，也即把一系列时空连续或是不连续的镜头和场景连接起来，使之构成完整连贯的人物动作和情节发展过程。它的基础在于观众接受心理的能动性：由于情节发展的因果关系和观众对人物动作连续性的基本常识，观众便能够"自动地"在心理上弥补被省略和中断或是打乱了的时空，完整地理解它的连续性。

在利用蒙太奇技巧来结构和处理时空时，必须注意连接部的逻辑关系，注意其因果联系，并不是所有放在一起的东西都能被理解和接受的。

时空处理的蒙太奇方法有以下几种：

1.因果连接法

这是影视剧中最为常用的时空处理方法，即利用动作本身的连续和情节的因果关系来"掩饰"时空的中断和省略。如上面例子中的三个场景间就利用孟真的连续动作把中断和省略掉的物理时间以及变换的空间连接为一个完整的时空中的人物动作。

这种方法还常用来连接同一场景的人物动作中被省略掉的时间过程。如第三个场景里孟真梳头和穿筒裙，就是依靠动作的因果联系而使时间过程的省略不会带来动作的"断开"。

2.平行式处理

平行式处理是指平行或并列地去表现两个以上的戏剧动作。它用在同一场景中时可以使同时发生的两个以上戏剧动作得以分别展示，并在一定程度上扩展和延长了剧情和动作的物理时间。如《战舰波将金号》中著名的“敖得萨阶梯”场景，美国影片《魂断蓝桥》中玛拉在滑铁卢桥上自杀的场景也使用了平行式处理方法：

桥上，一长队军用汽车亮着车灯，轰轰隆隆地向桥头驶来。

玛拉转过头去，望着驶来的军用卡车。

车队从远处驶近。

玛拉迎着车队走去。

车队飞速行近。

玛拉迎面走去。

车队轰鸣，越来越近。

玛拉迎着车队走，越来越近。

玛拉宁静地向前移动，汽车灯光在她脸上照耀。

玛拉的脸，平静无表情的眼神。

巨大的煞车闸轮声，金属相磨的尖厉声。

车戛然停止，人声惊呼。

人们从四面八方向有红十字标记的卡车拥去，顿时围成一个几层人重叠的圈子。

（镜头推近）人群纷乱的脚。

地上，散乱的小手提包，一只象牙雕刻的“吉祥符”。

在不同场景间使用平行式处理，可以将同一情节线上不同时空发生的戏剧动作有机地连接。如格里菲斯的《党同伐异》中著名的“最后一分钟营救”段落里主人公被押往刑场的场景和他妻子带着赦免信坐在车中急切地往刑场赶的场景之间的平行处理。也可以用于不同情节线上不同时空场景的连接，如《三十九级台阶》中哈奈挟持着帕梅拉住进旅馆，下面的场景却是乔丹教授在自家大门前与妻子告别。

3.人物语言连接法

人物语言连接就是利用人物语言之间的某种因果关系将不同场景连接在一起。它可以是“说曹操，曹操到”式的叫板式连接。上一场景中提到某个人物或某一事件、某个地点，下一场景便表现相应的内容。如电影《卡萨布兰卡》剧本中的例子：

汽车内 内 日

他们走到汽车旁，镜头化入雷诺的汽车，正驶过麦迪那(卡萨布兰卡旧城)狭窄而弯曲的街道。

雷诺：……自然，像司特拉斯少校这样一位重要人物，是不会仅仅为了两个信使被害而远道来到卡萨布兰卡的。

司特拉斯：(和蔼地微笑)上尉，我想，你是个很聪明的人。也许你能说出我到这里来的真正原因吧？

雷诺：让我猜一猜。也许和维克多·拉斯罗有关系。

司特拉斯：你实在很聪明……拉斯罗到达这里没有？

雷诺：今天早晨，从奥兰到达这里。同来的有一位漂亮的女人。否则的话，他的行装是很轻便的。

司特拉斯：(现在是一副谈公事面孔)雷诺上尉，不能让拉斯罗先生离开卡萨布兰卡再走远了，对德国政府来说是头等重要的事。

雷诺：自然。

司特拉斯：(随便地，但密切注视着这个法国人)拉斯罗先生准备为一张出境护照付一笔骇人听闻的贿赂，这是尽人皆知的事。

雷诺：(直截了当地)我准备拒绝。

司特拉斯：(微笑)这样我们就彼此了解了。也许我们要和拉斯罗先生谈一谈。你看在什么地方谈好？

雷诺：人人都到里克饭店去的，少校——我刚才是否已经说过了？

里克饭店门口 外 夜

场景化入有“里克饭店”字样的电灯招牌；然后镜头往下移，看到一对男女正在由那扇旋转的大门走进里克饭店，音乐声和笑声从饭店里传出来。

上一场戏中提到了“里克饭店”，下一场马上出现里克饭店的电灯招牌，这样的连接既流畅，也强调了里克饭店的重要性。

也可以是利用两个场景间人物对话的“连续”来连接。如上一场景中两个工人在谈论陷入困境的工厂，而下一个场景是厂办公室里厂长们正在开会讨论工厂的出路。

4.道具连接法

道具连接法是利用同一件特定的道具将不同时空连接在一起。如日本电影《情书》中就常常用信件将渡边博子和女藤井树所在的不同时空连接在一起。常用的连接道具除书信、照片、车辆等等，还有某些在剧情中有特殊意义的物件，如下面的例子：

外景 大地 白天 1966

距肖申克监狱半里之遥的地方。州警察和监狱警卫在灌木丛和泥泞的小溪中搜索着。一个警察用一根长棍子从小溪中挑起了一件狱服。

雷德（画外音）：他们唯一找到的是一套沾满烂泥的狱服、一块肥皂和一把已经坏得不像样的鹤嘴锄。

一名州警察从杂草中发现了那把鹤嘴锄，冲一名摄影警察展示着。闪光灯一亮。

一张静止的黑白照片，照片上收获甚微的警察们提着安迪那已经发了臭的狱服和那把破鹤嘴锄。

镜头推进至鹤嘴锄。

雷德（画外音）：我记得曾经说过，如果是用它的话，600 年才能在这儿的墙上挖出一条隧道，而安迪只用了不到 20 年的时间。

内景 安迪的牢房 夜 1949

我们再一次看到安迪用鹤嘴锄在墙上刻着他的名字。突然，一块巴掌大的水泥块掉下来，摔在地上。他低头看着它。

（引自电影《肖申克的救赎》剧本）

“鹤嘴锄”这一特殊的物件，成为了现在时空（1966 年）和过去时空（1949 年）之间的连接，使叙事开始顺利地回溯到过去，去探究安迪的越狱之谜。

5. 相似造型连接法

相似造型连接法即在前后场景间存在某种画面造型的相似性或是人物动作的相似，利用它转换场景。前者如李安《色戒》的现实和闪回部分的转场处，上一场是麦太太坐在凯瑟令咖啡馆的玻璃窗前，玻璃窗上叠影着上海街道上的人群。从玻璃上的人影重重叠化，出现郊外一边唱歌一边行走的另一些人群，从这里进入麦太太的闪回。后者如下例：

机场 日 外

一架正起飞的飞机从机场塔台上空飞过。

宋杰和老曹抬头看着塔台上空越来越高的飞机。

工地 日 外

宋杰和老曹抬头往空中看着。突然一片沙土从天上洒下来。两人忙躲闪开，但仍弄得灰头土脸。

原来是工地上的塔吊正从头顶转过。开塔吊的工人伸出头骂："干什么呢，找死啊！"

老曹没好气地："你他妈才找死呐！瞎了你的狗眼，没看见宋总啊？"

二、闪回与前闪

从时空处理的不同方式上，剧作的结构可以分为时空顺序式结构和时空交错式结构两种。所谓时空顺序式结构又称为线性结构，其特点是按照人物动作和情节发展的物理时间顺序线性安排剧情，推进叙事。简单地说就是按时间先后从头到尾地讲故事。在这种结构方式中，时空处理相对比较简单，剧作者可以集中笔墨于情节间环环相扣地展开和推进。大部分的影视剧都采用这种结构方式。

但时空顺序式结构的不足也是显而易见的，由于叙事的线性推进，使其叙事时空受到一定的局限，对剧情和人物的"前史"难以作充分的交代。相应地也不太有利于揭示人物的心理活动。闪回和前闪技巧的使用，正是为了弥补上述时空顺序式结构的不足。

所谓闪回，就是在顺序推进的叙事过程中片段插入发生在过去时空的少量场景或情节段落。其特征是片段性，即所插入的场景和段落尽管可能具有相对的完整性，但并不构成独立成形的情节线索。如下面电视剧《人间四月天》剧本的例子①：

火车上 日 内 1967 **年**

幼仪手中握着列车长还给她的是一张小照片，照片中是志摩那一脸少年子弟的踌躇满志，神气夹着几分稚气。是了！这就是她此行的缘起；她这一生悲欢得失的主题。记忆像翻箱底一样整个被掀开，幼仪清楚忆起当她初次看到徐志摩这张从杭州一中毕业时拍的照片，是她去读苏州第二女子师范的那个夏天……

---

① 引自王惠玲：《人间四月天》，中国对外翻译出版公司 2000 年版，第 15—17 页。

南翔张家院 日 外 1915 **年**

(闪回)

夏蝉唧唧,一大片树荫覆盖张家院子里那口大池塘,一双白皙舒展的天足一脚踩进烂泥塘里。

幼仪:不哭了! 拿给你!

幼仪最小的妹妹把一个小玩艺儿掉进池塘里去了,正哭闹着。

墙头上坐了几个顽皮的孩子一看见幼仪的天足就编口诀笑她。

孩童:——大脚丫,嫁傻瓜,大脚丫,嫁傻瓜……

幼仪徐徐抬起半身也不生气,显然不以一双天足为耻。

幼仪:没看过是不? 可得看个够啊?

墙头上的孩子嘻嘻哈哈一阵推挤都栽到墙外去了。

张家正厅 日 内 1915 **年**

嘉傲:……他写这篇《论哥舒翰潼关之败》的时候不过十三岁。

嘉傲把文章递给张父,兴奋之情溢于言表,七弟八弟围坐在桌边奇文共赏。

张父:(展阅,颔首)嗯! ……(借机训勉儿子)看看人家在你们这个年纪时候写的文章,惭愧不?

张母:你见过这人?

嘉傲:见过! 我去杭州一中视察的时候看到他的文章,打听了才知道是个学校里的高才生,我把他请来谈话,果真是一个人才,这一篇是《论小说与社会之关系》,简直把梁启超的文风模仿得惟妙惟肖,还有这一篇是《镭锭地球历史》,是科学方面的论文……

张父又接过文章要细读,张母这就忍不住要打岔了,文章在七弟八弟手里传阅。

张母:文章不能当饭吃! ——家里是做什么的? ——是做官还是经商,有没有一点家业? 兄弟姊妹多不多? 这要是大家庭人多嘴杂相处不易,也得考虑!

张父看看张母一眼摇头。

张父:八字还没一撇呢!

张家偏厅 日 内 1915 **年**

张母踩着双小脚，匆匆的步子往偏厅走去，跨进偏厅。

张母：找到了！——

张母扬着手上的八字，交给六婶。

大姐踮着小脚端坐在一旁，头像秤砣一样低低地垂着。

六婶手中拿着两张八字拼来凑去，啧着嘴一脸为难。

张母：怎么样？——

六婶：这还真不好说！

张母：又不是外人！——您就直说吧！

六婶：（摊着命纸）哎呀！不教我说我也憋不住了！自个儿瞧瞧，这是忌煞俱全，孤寡行克的命格呀！不挨过二十五，绝对不能嫁！硬嫁了也是要克夫的。

大姐一听捂着脸就跑出偏厅。

张家偏院 日 外 1915 **年**

幼仪牵着幺妹进偏院，正好看见大姐跑出来。

幼仪：怎么啦？大姐？

大姐委屈地看着幼仪什么也没说就哭着跑开，幼仪不解，回身看向偏厅。

张家偏厅 日 内 1915 **年**

六婶：我是替你们家大丫头着想。

张母：（心急的）我知道，可是——那就没希望了？——

六婶：不是我说，这么好的人家我也替你着急啊！

幼仪牵着幺妹要她别出声，她躲在偏厅窗外，偷听母亲和六婶的谈话。

六婶：（突然）——幼仪呢？幼仪今年不也有十五六了吗？有没有幼仪的八字？

张母有备的神情，从口袋里掏出幼仪的八字。

张母：我都拿来了！我就是想万一——

门外站了一会儿才刚弄清楚怎么一回事的幼仪，心惊肉跳地听见自己的名字。里面一阵嘀咕，什么也听不清楚，然后就听着六婶突然拍掌叫好。

六婶：哎呀！这就合上了！

张母：（喜出望外）是吗？

六婶：是——(反复看着两人的八字)合是合上了(遗憾的)哎呀！可惜了！——她怎么不属狗啊？属老鼠太糟糕！

张母：(让几张命纸支配得全无主张)这又是怎么回事？

六婶：鼠猴相克啊！要是属狗那就是天赐良缘了。

张母闷着气一言不发，两个女儿都是她自己生的，她无话可说。

六婶：真是可惜了，这是个好人家……

张母(一咬牙，做了决定)：把幼仪改成属狗吧！

六婶：嘎？——

张母：(理直气壮的)：这么好的机缘，狗急了也要跳墙啊！

幼仪再也憋不住慌张的跑进来。

幼仪：娘！——

张家大厅 日 内 1915 **年**

张母把一只小银盒交到幼仪手上。

张母：先看看照片，我和你爹都看过了。——长得不错，白白净净的。一看就知道是——

张父：(阻止张母)你教幼仪自己看。

幼仪虽是被动的心情，但同时仍有几分少女的羞怯与期待，想到那会是一个可能成为她丈夫的人，幼仪听见自己的心跳像打鼓一样咚咚响。小银盒握在手里，四哥的声音在耳边。

嘉傲：他是学校出了名的才子，家世人品四哥可以担保，喜不喜欢就得看你自己，千万不要勉强。

幼仪迟迟不肯打开小银盒，她心里惦记的是师范学业。

幼仪：——我想——要是能迟两年，把师范念完——也许更好些！

张父张母互望，再看看嘉傲，对幼仪的答案有些失望。

幼仪聪敏又顺从的个性当下便可以体会到，家人都希望成这门亲事的心情。

幼仪：我是说——如果——

张母：书一读还有完吗？你大姐现在已经是这样了！家里总不能留两个老姑娘。

张父：不是这个说法。做父母的总希望能替你们挑个好人家。机缘可遇不可求。

嘉傲：书是要读的，不过，他可以教你。我都说了他是个才子，你还怕嫁过去没书可读吗？——还是先看看照片，也许长得是个吊鼻小眼儿，你一看就厥过去，那就免谈了！

窗外的阳光让一只银色的饰盒显得光灿夺目，而里面锁着的仿佛就是幼仪的未来。幼仪抱定了顺从接受命运安排的心情，打开手中的银盒，跃入眼中的就是志摩那张从一中毕业拍下的照片。幼仪凝视照片中那个挂着金丝框眼镜的男孩，这张陌生却讨人喜欢的脸将会成为她未来的丈夫，当她这么一想，突然间觉得这个人变得不一样了，那照片里的笑容仿佛是冲着她来的，幼仪羞怯地急忙把盒子盖上，惹来满屋子的笑声。

剑桥火车站 日 内外 1967 **年**

一张照片，一生的命运，幼仪顺从了命运的安排，今天才会来到这里。

列车长：Cambridge！——Cambridge！

车即将靠站，幼仪伏在车窗上向外看，对车窗外的景物完全没有一点印象，半个世纪前她是怎样懵懵懂懂地来到这陌生的地方？如何走上她生命中一段最艰辛的路？

这段戏从徐志摩少年时代的一张照片开始引入幼仪的闪回，回忆结束时又回到那张照片上，使整个回忆段落成为一个插入的整体。

作为一种主观化的意识流技巧，闪回一般用来表现人物在某一瞬间对往事的回忆。它可以帮助揭示人物的内心活动，同时还拓展了顺序式结构的叙事时空，既补充了剧情，又为人物现实时空中的动作作出解释和说明，如《最后一滴血》中兰博面对警察手中的剃刀时不断地回想起自己在越战中被俘时审讯他的打手用刀子划开他胸脯的惨痛经历；又如前苏联影片《这里的黎明静悄悄》中的女战士在战场上对各自战前幸福生活的回忆。这些片段的闪回都在交代人物和剧情"前史"的同时有效地揭示了人物的内心活动，使人物的动作更加合理，具有很强的冲击力。

在使用闪回技巧时，有两点必须注意：

首先是不要将闪回看作是一种"取巧"的纯粹交代和说明性的方法。剧作者应当十分谨慎地使用闪回，决不能一碰上需要交代和说明的内容时便不分青红皂白地滥用闪回。要尽量依靠人物的动作来完成说明和交代，而不要轻易地让自己的剧本中出现停滞的说明性的闪回段落。

闪回也应该是有动作性的，除了闪回段落本身的冲突和进展之外，更重要的是闪回的内容与现实时空中的情节及人物动作间应当形成一种张力，它们之间是互相补充和互相推动的。如《这里的黎明静悄悄》一片中，战场上的严酷环境促使女战士对和平时期的美好生活更加神往；而回忆中安详宁静的校园，和睦幸福的家庭和她们各自的爱情又反过来成为她们与德军殊死搏杀的动力。

其次，在使用闪回时要为人物进入回忆构置起恰当的情境。现实情节与闪回段落之间的时空转换可以利用各种连接方法：特定的道具、人物对话、环境的相似等等都可以成为闪回的契机。但重要的是把握住人物的心理状态，用特定的情境把人物“逼”进对往事的回忆之中。巨大的精神压力、特定的环境、突如其来的打击或其他的命运转折、某个人物的出现或者死去……都是促成闪回的有效情境。

和闪回一样，前闪也是人物心理活动的直接展现，它是在现实时空的情节中插入人物想象中将要发生的情节和人物动作的片段。如日本电影《生死恋》中大宫与夏子分别后度日如年，他按捺不住对夏子的思恋，决定让夏子坐飞机来相会。这时现实时空中的大宫正在办公室内工作，随后的段落便是他想象中的场景：夏子收拾衣物出发；大宫在林中、海滩上奔跑；夏子在林中、海滩上奔跑；两人跑近，在海滩上拥抱在一起……但随即这个想象中的场面消失了，只有大宫一个人站在海边，同时响起夏子的画外音：“我还是决定不来了……”这里插入的片段便是前闪。

与闪回不同的是前闪并不具有交代和说明的功能，它主要用于揭示人物的内心活动。但前闪也可能是对将要发生的剧情一种暗示性的表现。如影片《巫山云雨》中，长江边上的信号工麦强因一起离奇的“强奸案”而与县城里的旅馆服务员陈青之间产生了一种微妙的感情。

影片结尾时，朋友马兵来到信号台，对麦强说起陈青在“强奸案”发生后的艰难处境，接下来的场景是麦强走下江岸，跳进长江中向对岸的县城游去，湿淋淋地出现在陈青面前。这个闪前段落既可以看作是麦强的一种想象，也可以说成是将要发生的动作的提前暗示。

三、时空交错式结构中的时空处理

时空交错式结构又称交叉时空结构，其特点是在剧情中存在着两个以上的叙事时空，并且每个时空的情节都形成了独立完整的情节线。我们先来看看影片《我的左脚》的叙事结构：

现实时空	过去时空
克里斯蒂到城堡参加自己作品的朗读会，碰到护士玛丽，对她一见钟情。玛丽看克里斯蒂的手稿。	
	克里斯蒂的童年生活。
玛丽看到“地狱图”。	
	克里斯蒂的少年时期，初恋失败，开始显示绘画和写作天赋。
克里斯蒂与玛丽的“试探”。玛丽看到科尔医生的画像。	
	克里斯蒂在科尔医生的帮助下学会说话。爱上科尔医生。感情受挫。
玛丽看到克里斯蒂父亲的画像。	
	父亲去世。克里斯蒂真正的成熟。开始写自传小说。
克里斯蒂请求玛丽留下。读书会。玛丽终于回到他身旁。	

影片中并存着现实和过去时空，两个时空中都形成了独立的情节主线：现实时空中是克里斯蒂对玛丽一见钟情并终于得到了她的爱。过去时空中则是克里斯蒂的人生经历。两个时空中的情节都被打散为几个段落并交错安排。从局部来看，这种结构中的过去时空段落往往以闪回的方式出现，但其自身的统一和连续完整使它突破了闪回的片段性而最终成为可以独立存在的另一时态的完整情节。

在时空交错式结构的不同时空中，总有一个时空是处于组织叙事地位的，它引出其他时空的情节并将其串连起来，这一时空通常是现实时空。如《我的左脚》中，现实时空中玛丽阅读手稿不仅使她了解并最终爱上了克里斯蒂。这一动作还引出了过去时空中克里斯蒂的人生经历并将其串连为整体。又如克里斯托弗·诺兰的《记忆碎片》，主人公莱纳患有“短期记忆丧失症”，他将所有的线索刺成文身，写在纸片上，拍成照片，来寻找妻子死亡的真相。他的记忆碎片的闪回不断穿插在他寻找真相的现实时空之中，由破碎渐渐呈现出清晰的线索。这种起组织叙事功能的时空我们称之为组织时空，而由它引出并串连的时空则称为插入时空。这两个时空之间也应当形成互相补充、互相推动的关系。

需要注意的是时空交错式结构中的插入时空往往会占据比较多的叙事篇幅，成为情节的主体。如《我的左脚》、《泰坦尼克号》等影片中过去时空的情节都占据了大部分的篇幅。但是，组织时空绝不应当成为单纯的组织和串连者。它自身必须是有进展的，完整的情节动作。《我的左脚》中现实时空的起点是克里斯蒂参加读书会并对玛丽一见钟情，终点是玛丽爱上了克里斯蒂。它有完整的从开端、进展、高潮到结局的情节过程。《泰坦尼克号》中的现实时空尽管没有这么复杂，但从打捞队员发现露丝戴着“大海之心”钻石的画像到最后老年露丝将钻石投入海中，也形成了一条有进展的情节线。而在《魂断蓝桥》中，尽管过去时空的爱情故事是由罗依站在滑铁卢大桥上的回忆引出的。但现实时空中罗依的全部动作就是站在桥上追忆往事，这只是一个没有真正进展的点。影片《拯救大兵瑞恩》中的现实时空也只是老年瑞恩来到墓地，回忆起往事，回忆结束时他又离开了墓地。这样的没有真正进展，不构成情节线的时空尽管也有组织和串连过去时空的功能，但并非真正的时空交错式结构而只是一种“倒叙”的时空顺序式结构。

由于时空交错式结构中常常将剧情的结局在现实时空中部分地展现出来(如《我的左脚》中一开始我们便知道克里斯蒂成了一名天才的作家)，这使得剧作者有可能在一定程度上避开对情节因果关系的展示而着力于人物刻画，因此这种结构常常被以塑造人物为主的作品所采用。时空交错式结构大大拓展了影视剧叙事时空的自由度和表现力，它可以增加叙事的丰富性和灵活性，令不同的时空可以自由地衔接，它也常常通过未来事件的前置，引起观众对前史的好奇，强化了故事的悬念。如日本影片《告白》，在故事的开端就展现给观众一个结果，老师的小女儿在游泳池边被杀害了，嫌疑人是班上的两个男学生。观众就会急切地想知道，究竟谁是真正的凶手，凶手又是出于什么样的理由要杀死可爱的小女孩。时空交错同时还在结构上调整了单时空叙事的原有结构，产生出别具特色的结构感。很多时空交错式的电影都会在时空交错的结点上产生小高潮，甚至电影第三幕的大高潮也在这种时空交错的张力中应运而生。例如电影《记忆碎片》最终的高潮，其实恰好就是记忆和现实两个时空短兵相接的地方，莱纳终于发现，其实凶手不是别人，正是他自己。

时空交错式结构由于其心理机制是人的记忆和现实、虚幻和真实的关系，因此它还使人们有可能建造一种“纯粹的心灵上的时间和空间”，脱开时间顺序和绝对的因果关系的束缚，创造一种新的时空观念。正如法国剧作家罗布·格里叶所说：“大家都知道老式电影的线性情节，即把观众早已料到会发生的事情连成一串，一个环节不缺……实际上，我们的心灵比这走得快——有时也会走得慢一些。心灵活动的方式更多样化，内容更丰富，而不是那么肯定：我们的心灵会跳过一些情节，会准确地记住一些'不重要'的细节，还会重复和倒回去。心灵的时间有它自己的特性和间隙，有它自己的癖好和暧昧的地方……"[①]。罗布·格里叶的名作《去年在马里安巴德》就是一部几乎不考虑故事的时间顺序而只遵循心灵时空的影片。影片里的男主角X在一座满是雕像和没有尽头的长廊的奇特建筑里碰到了女主角A，他一次又一次地告诉A他们去年曾在一个名叫马里安巴德的地方相遇并且相爱，要求对方离开那个"也许是"她丈夫的人与自己离开。A开始并不相信他，但X不断地叙述他们去年在一起时的细节，在A的想象（或是记忆）中，这些情景越来越逼真。最后，A终于相信他们的确去年曾在马里安巴德相爱，于是离开丈夫，与X私奔了。

用授予这部影片"金狮奖"的威尼斯电影节评委们的评语来说，这部影片使现实的东西和幻想的东西共存于一种新的时间向度中，创造了新的时空观念。

或许像《去年在马里安巴德》这样的影片只是特殊的例子，但时空交错式结构的确可以帮助我们将一些比较抽象和理性的东西表现出来。如克里斯托弗·诺兰的另一部电影《盗梦空间》可以说是多重时空交错的叙事结构。剧本构建了六层时空：如果我们把其中小组计划盗梦的现实时空作为组织时空及参照物的话，这六层时空按照梦的深度依次是：现实时空、第一层梦境、第二层梦境、第三层梦境、第四层梦境、迷失层。在这部电影里，较深的梦境比浅层梦境的空间更单纯：第一层梦境的空间是整个城市，第二层是一个酒店，到了第三层就只有白茫茫大雪中的一个堡垒。各层时空的时间感也完全不同。一层梦境与另一层梦境的时间大约放慢了二十倍，在现实世界是十小时，第一层梦境就成了一个星期，第二层梦境大约就是六个月，第三层梦境就变成了十年。如此繁杂而逻辑清晰的设计，几乎是把极其精密抽象的理性承载在了时空关系里，由此可见对时空交错的探究，可以令电影达到人类理性思考的相当深度。

此外，多视点的时空交错式结构还可以让人们看到同一事件或人物的不同侧面。如《公民凯恩》中传媒大王凯恩神秘的一生和他与妻子的微妙感情就是通过不同的当事人或知情者的回忆逐步展示的。又如《记忆碎片》传达出了人的记忆也会撒谎、自欺欺人这个事实。而日本影片《罗生门》则通过法官的讯问，从武士、武士妻子、强盗和樵夫四个人的不同角度回溯武士被强盗杀死的经过。由于每一个视点都有不可避免的

---

① 转引自路海波：《电视剧编剧技巧》，南开大学出版社1985年版，第178—179页。

主观色彩，这种结构方式往往也被用于表现一些特殊的主题。《公民凯恩》就说明了我们是不可能真正深入到一个人的内心世界中去的。《罗生门》中四个当事人都在叙述中拼命地美化自己而扭曲事实真相，则在深刻地揭示了人的自利本性的同时证明了真理的相对性和东方式的不可知论。

在使用时空交错式结构时，剧作者需要注意以下几点：

1.叙事的统一完整

首先，时空交错式结构中的各个时空都应当形成自己完整的动作线，因此，在将其分解和组合时要注意保持其情节的完整和统一。初学者不妨在写作前将不同时空的情节都分别梳理一遍，看看它们是否能相对独立地构成完整的情节线。如《我的左脚》中的现实时空情节可以梳理为：克里斯蒂一家来到卡斯图威兰勋爵的城堡──→碰到照顾他的护士玛丽，对玛丽一见钟情──→把小说的手稿给玛丽看──→试探玛丽──→要求玛丽放弃约会留下来，遭拒绝──→读书会，玛丽离去，克里斯蒂的痛苦──→玛丽重又回来，两人相爱。

尽管并没有大的冲突和起伏，但它仍然构成了一条独立的情节线，完整地讲述了一个故事。在实际处理时，各个时空的情节线一般都不会完全地使用，都要进行必要的剪裁和省略，但这种省略不应当影响其叙事的完整性。

其次，在组织时空和插入时空中，一般来说有一个时空是主要的叙事时空。这一时空通常为插入时空，它不一定占据大部分叙事篇幅，但一定集中了全剧的主要冲突，并完成叙事和人物塑造的主要部分，如《泰坦尼克号》中船上的过去时空。

然而有时候剧中的各个时空都相当重要，很难区分究竟哪一个时空是主要的叙事时空，这种情形一般出现在多主题的作品中。如日本影片《情书》，片中的现实时空表现了渡边博子在男友藤井树登山遇难后的痛苦以及她如何挣脱往事对自己的影响的过程；而过去时空则描写了男女藤井树纯真美好的中学生活和他们间的朦胧爱情。这两个时空各有各的主题，也有各自的主要矛盾冲突。它们都是主要叙事时空。

此外，在将各时空的情节线拆开并重新交叉连接时，要注意拆分后每一段落的相对完整性，尤其是主要叙事时空中的情节，它的每一段落都应当有统一的“思想”，并有相对完整的情节过程。如《我的左脚》中的过去时空分解为克里斯蒂的童年生活；少年时期及初恋；对科尔医生的爱和痛苦；父亲去世，开始写作四个主要段落。它们各有侧重而又相对独立完整。

2.视点问题

作为一种主观化的叙事技巧，时空交错式结构作品中的插入时空一般都是出自于某一个或某几个人物的主观视点。因此在具体处理时，要注意视点的统一，你所选择的事件都应当是在这个主观视点内的事件。也就是说，它们都是叙述者所经历的和能看到的。在《泰坦尼克号》中，过去时空的视点是老年露丝的回忆。但影片开始时杰克赌牌赢得船票以及片中大量的露丝“不在场”的情节，显然都不是这一视点中所能出现的。剧作者显然是忽略了他所选择的主观视点而局部地使用了全知的客观视点，从而造成了叙事的混乱。

3.不同时空间的穿插连接

运用时空交错式结构时最容易出现的错误之一便是时空混乱，尤其是在多视点叙事或者插入时空本身不是按时间顺序排列时更易出现混乱。要避免这种情况的出现，首先要明确组织时空的叙事顺序。一般情况下，组织时空中的情节都应当按时间顺序排列推进，保证全剧的主导时空的统一有序。如《南行记——边寨人家的历史》中的两层组织时空都按时间顺序排列：现实时空中是老年艾芜与王志文的对话顺序；过去时空中则是中年艾芜重游故地，寻找老阿月的动作顺序。《情书》中的组织时空也严格按渡边博子给藤井树写信，与女藤井树的通信往来，与秋场的爱情等情节的时间先后顺序推进的。

其次，插入时空由于心灵时间的无序性，叙述者并不一定按先后时序回忆，以及多视点所带来的时空重叠等原因，有时会出现时间顺序上的倒错。这时避免混乱的方法是注意其情节间的因果联系，只要因果关系明显就不会让人不知所云。这里所说的因果关系有两方面，一方面是插入时空情节内部的因果关系；另一方面是插入的情节段落与相应的组织时空情节间的因果关系。

此外，不管是插入时空还是组织时空，其单独的情节段落都不宜过长。如果叙事在某一时空停留过久，势必会影响另一时空叙事推进的连续性。清楚而必要的重复是观众连续接受的前提。如电视单本剧《南行记——边寨人家的历史》中的这一片段：

(过去时空)刑场。老阿月、艾芜分别站在两根高高立着的木桩旁。老阿月画外音：“阿月到了茅草地……”艾芜：“茅草地？”老阿月：“她去找她另一个哥哥。”

艾芜无限疑惑，走近老阿月，问：“哥哥？”

老阿月(侧)：“是哥哥。”

艾芜明白了，他不知如何是好，他望望天，几声闷雷声，他自我解嘲地：“这天，好像要下雨呀！……”

(“过去的过去”时空)河边,满地白霜,阿月昏倒在地,静静地躺着。

阿月躺着,一支枪口进画,(左进)紧接着一双男人的脚进画。阿月惊醒,愣住。

廖海娃正望着她:“阿月,你还认识我吗?”

阿月看看他,吃力地摇摇头,又昏过去。

廖海娃(正面)看着躺在地上的阿月追问:“你,你不认识我了!”说完,突然感觉难受,他“嗵!”地跪下,掏出烟枪,放进嘴里。

阿月醒过来,转脸望着。

犯了烟瘾的海娃贪婪地抽着。

阿月清醒,警觉地看着他。

廖海娃狠劲抽着。

阿月猛地爬起。

阿月从正在抽烟的海娃面前跑过(左出)。海娃猛然惊醒,急忙起身追去(左出)。

丛林中,阿月(自右至左)拼命跑着。

阿月跑着。

海娃追着。

阿月还在跑着,不时回头看看。

海娃还在追着。

阿月从石头后面跑出,她累得抱住一株满是青苔的大树,喘息了一下,又匆匆逃去(左出)。海娃追来,判断了一下,也向左跑去(出画)。

阿月(背身右进)拼命跑向悬崖边。

高高的悬崖上,阿月跑来,看看悬崖下涛涛的河水,阿月惊慌万分。海娃追来:“阿月,你别跑!”怕阿月往下跳,他连叫:“阿月!阿月!”

阿月(正面)指指海娃,(背面)又指指脚下的急流,大声说:“你再往前走一步,我就从这儿跳下去,我宁死,也不嫁给你的侯德武!”

海娃喘息未定,急急地说:“阿月,你听我说,你听我说!”

阿月(背面)面对海娃,大声斥责:“你这个狗东西,你非要把我带回去献给你的侯德武,你不得好死!”海娃连连叫着:“阿月!阿月!”他边说边往阿月跟前走来:“我不是来害你的,我是来救你的,我再也不回侯德武家给他当打手了!我廖海娃别的不会干,枪是会打的。叫打他的左眼,绝不打他的右眼。

从今往后，我听你阿月的吩咐，上刀山，下火海，我都愿意呀！”阿月哭着大叫：“你，你别靠近我！”“阿月！”海娃“咕咚”一声跪在阿月面前：“上有天，下有地，中间有良心！”他狠劲抓住自己的衣襟，紧盯着阿月。“我，我不要听！”阿月哭喊着。“阿月！”海娃更急。阿月泣不成声，猛地转身：“我不要听！”

海娃突然烟瘾犯了，他异常痛苦：“阿月，你看，我烟瘾犯了，再不去过烟瘾……”（画外阿月的抽泣声）

脚下是湍急的河水，阿月渐渐转过头来。海娃画外继续说：“马上就，就不行了！”他痛苦地呻吟。

海娃趴在石头上，被烟瘾折磨得痛苦万端。

阿月定定地看着。

海娃趴在阿月脚下，异常痛苦地对阿月：“阿月，你是知道这鸦片烟瘾犯了……是……是什么滋味，但是，从，从今天起”说着，他拔出别在腰间的烟枪，“我发誓，我戒烟”他奋力将烟枪扔出。一阵又一阵的痛苦使他满地乱滚，呻吟声不断。

阿月：“好，我信！你要干什么？”

海娃泪流满面，他抬头望着阿月：“阿月，我知道你的性子，我不敢让你做什么，我只求你好好活，活着，为家人……”

阿月紧紧盯着他，听着他说（海娃画外音）：“报仇，也为我廖海娃……”

海娃忍着万般痛苦：“……出……出口恶气！阿月，从今往后，我一定听你的。我不听，你再走，我廖海娃绝不拦你！如果拦你，我三辈子做人家的狗！”说完，已感到死去活来。

阿月满眼含泪，一字一句地：“那好，我别无所求，我活下去，就是要杀了侯德武！”

（现代时空）书房内。艾老与王志文对望。

王志文：“艾老，您的作品总是与众不同的，就说这个起誓、赌咒，一般别人都是指天对地，海枯石烂。而您这个廖海娃，他就是用扔烟枪来起誓的。而且阿月，还居然真信了。”艾老：“哦，当时在云南，是这样，很多人都抽鸦片。我们一般请人到家来都说，请坐一坐；他们说，请躺一躺，就是请客抽鸦片。所以呀，对烟鬼们来说，要起誓赌咒，把鸦片枪扔了，这就行了，就算起誓了。”

（“过去的过去”时空）廖海娃身穿兽皮做的背心。他烟瘾又犯了，他呻吟，翻滚，痛苦万分。

小溪边，茅草屋。

阿月来到溪边，洗衣服。屋内，隐约可见痛苦的海娃。

阿月捶打衣服，直身回头望望草屋方向，又回头继续洗衣，她唱起了戒烟歌。

“鸦片，鸦片大坏蛋。”

海娃使劲咬着一把稻草，似乎听到了阿月的歌声：

“抽得人亡家财散。”

阿月边洗边唱。

海娃听得认真了，“哥哥要是有血性”，他渐渐起身。

他爬到门边，向外看着，歌声继续：“戒掉大烟是好汉。”

阿月(背身)一边捶打衣服，还在唱着。

海娃爬出门，站起，欲下去。(画外歌声)

阿月拧干衣服，转身欲走。歌声继续。

阿月晾洗好的衣服，海娃出门向她走来。歌声继续。

阿月(背面)边晾衣服边唱着。海娃走来(背面右进)站在阿月身后。他猛地拦腰抱起阿月。阿月拼命挣扎，狠狠地咬了海娃的手臂。“啊!”海娃痛得捂住手臂，放开阿月。他紧盯着阿月。阿月害怕地连连退着(右出)。

阿月(左进)哭着跑到草棚旁，她回头，看着海娃。

海娃猛地抱住自己的头，哭了起来。

阿月也哭了，她转过头去。

海娃抱头痛哭。

阿月哭着，回头看看海娃，转身进屋。

海娃渐渐抬起头来。

海娃起身，也向草屋跑去，他慢慢进门。隐约可见屋里海娃将阿月按倒。阿月叫了一声。

孩子吃着奶。

阿月温柔地看着，又转过头来。

海娃幸福地笑了。

夕阳照进雾气缭绕的原始森林。

海娃、阿月背着柴禾和猎物，相搀相扶着走过小桥。

他们过着几近原始的生活。

阿月用极美的方式洗着长长的头发。

草屋旁，小溪边。

阿月晾衣，海娃哄孩子，共享原始的天伦之乐。

阳光照进密林。

阿月、海娃躺着。

海娃醒来，看见大睁着眼的阿月。觉得奇怪，正想亲热，阿月开口："海娃，你答应过我，什么时候带我去报仇？"海娃不置可否地笑笑。

阿月："什么时候带我去！"海娃（背面）猛地扑上，阿月拼命挣扎。

（过去时空）群山，草场，水塘边。

艾芜和老阿月（右至左）边走边说着。艾："那后来阿月和海娃，就……"

艾芜、老阿月往前走着（正面）。

老阿月："啊，后来阿月就和海娃一起过了。她活着，成天寻思的，就是要替钟家报仇雪恨哪！你知道，海娃他，"她回转头："他也是很可怜的。"艾芜若有所思，点了点头。

（"过去的过去"时空）河边，茅草屋，静静的，一切似乎都显得安宁而平和。

阿月满含热泪，质问："你还准备拖多久？你还要我等多久？"

海娃无可奈何："这……我……"

阿月泣诉，追问："我问你，到底什么时候带我去报仇？"

（现代时空）艾老书房内，艾老与王志文对坐。

王："艾老，我觉得，自古以来就有两种最强烈的情绪，在追随着或者说是纠缠着我们人类，一种是爱，还有一种是恨，而爱和恨，偏偏又喜欢走它们的极端，所以呢就成了许多艺术家手下爱不释手的宝贝。"

艾老："确实是这样，我们作家，非常注重爱和恨，你们拍电视的，不也一样吗？"

王志文笑了笑："艾老，您是不是因为爱谁或者恨谁，才开始编小说的呢？"

艾老："也可以这么说吧，漂泊中我见了很多人，总觉得是泪多爱少，那么从我心里，我总是希望人类能够爱多一些……"

王志文静静地听着。艾老画外音："……恨得少些。"听完王志文若有所思地："爱多一些，恨得少些？"画外，两声枪响。

（“过去的过去”时空）黑洞洞的枪口，射击。

阿月射击完，海娃又帮她装上子弹，指着缺口和准心：“这儿，对着这儿。”阿月举枪瞄准。

一个用兽皮做的人形靶，写着大大的一个“侯”字，被两发子弹击中。

（引自《南行记——边寨人家的历史》为完成台本，其中各个时空为笔者标注。）

如果仅仅从插入时空的叙事清楚出发，这一片段中只需用开头过去时空中艾芜与老阿月的对话就足以引出海娃追阿月，发誓，共同生活，准备复仇的全部情节。而中间几处穿插的现代时空与过去时空的场景，其目的与其说是讲故事的需要，不如说是为了照应这两个时空，以免因为插入时空（“过去的过去”时空）的段落过长而影响了这两个时空的连贯性。

四、套层结构

套层结构又称“戏中戏”结构，是时空交错式结构的一种特殊形式，其特征是在作品的剧情中又“套”有一个与剧情或剧中人相关的“戏中戏”。如影片《法国中尉的女人》，其剧情是讲述一个电影摄制组在拍摄一部关于19世纪英国维多利亚时代一个英国女子和法国中尉奇特爱情故事的电影的过程中，扮演男女主角的两位演员之间的感情纠葛。而剧中摄制组正在拍摄的那部也叫“法国中尉的女人”的电影就是“戏中戏”。我国台湾的影片《好男好女》、《暗恋桃花园》，法国影片《舞会小提琴》以及费里尼的名作《81/2》等都是采用了这种结构方式。

在套层结构的作品中一般都有三层时空：

第一层是现实时空。如《法国中尉的女人》中摄制组拍摄电影的过程和男女演员的感情纠葛。《好男好女》中女演员梁静本人的爱情生活。在三层时空中，现实时空往往是组织时空，由它来引出和串连另外两个时空的情节。

第二层是“戏中戏”时空。如《法国中尉的女人》中正在拍摄的同名影片的场景；《好男好女》中梁静正在排练的也叫“好男好女”的电影的场景；以及《舞会小提琴》中那位犹太导演正在筹拍的自传影片。“戏中戏”时空其实也是现实时空中的一部分，但由于其明确的虚拟性，也形成了一层单独的时空。它既是插入时空，同时也承担了组织时空的功能，作为现实时空与过去时空的“搭扣”，引出过去时空的情节。

第三层是过去时空。如《法国中尉的女人》中发生在维多利亚时代的爱情故事：《好男好女》中发生在上世纪40年代钟皓东与蒋碧玉的故事；《舞会小提琴》中导演童年时期与母亲一起躲避纳粹屠杀的故事。

和一般的时空交错式结构不同的是套层结构的各个时空间常常并不一定存在情节上的统一性和必然的因果关系。如《好男好女》中现实生活中梁静的爱情与她正在排练的电影之间并无因果关系；而过去时空中钟皓东和蒋碧玉的生活则更是毫无关联的另一个故事。它们之间不是依靠情节的因果联系而是依靠人物进行串连的。这也是这类作品的主要人物经常是演员、导演、作家等特殊职业身份的原因所在。但在这些没有直接因果关系的情节的后面，隐含着更深层的相互关联，它们常常是从不同的方面在表现着同样的主题。如《好男好女》中的"当男人为他们的斗争（不论是革命还是利益分配）而死去时，女人们承受着更大的悲痛走出来抚慰创伤、见证史实。"这一思想正是通过三层时空中情节的相互折射、补充和隐喻来表现的。

第四节 从开端到结尾

一、说明与进展

在写作开端时，剧作者首先要注意的是避免静止的、图解式的说明。我们先来看看《破浪》的开端部分：

1. 教堂 内景 日

教堂里，两名牧师在跟贝丝谈话，贝丝脸上露出甜蜜的微笑。

贝丝：他叫简。

牧师：我不认识他。

贝丝：他在海上钻井平台工作。

另一牧师：你知道，我们是拒绝跟外乡人结婚的。

牧师：你知道结婚意味着什么吗？

贝丝：是两个人在上帝面前的结合。

牧师：你认为自己在上帝面前能够承担你和另一个灵魂婚姻的责任吗？

贝丝：我能够。

牧师：你能举例说明这个外乡人带来任何有价值的东西吗？

贝丝（想了一会儿）：他们的音乐。（贝丝说完得意地笑了）

牧师(显然对她的回答感到不满):你先出去等一会儿,贝丝·麦克奈伊。

2. 教堂前 外景 日

贝丝走出教堂大门,来到教堂前的院子里,陶醉地闭上了眼睛,呼吸着新鲜的空气。然后她睁开眼睛,冲着镜头甜蜜地微笑着。

音乐起,伴着欢快的歌声。

山峦起伏,云雾缭绕。远处,一架直升机向前景飞来。叠印字幕:第一章 婚礼

3. 乡村广场 外景 日

身披洁白婚纱的贝丝与嫂子陶陶和一些亲戚朋友来到村外的海边广场,等待新郎的到来。结婚仪式马上就要开始了,可是还不见新郎的身影,贝丝显然十分着急。海边的春天乍暖还寒,贝丝只穿着婚纱,不安地在广场上来回走动,眼睛急切地望着远方的天空。

贝丝:他迟到了!

陶陶:可是他会来的。你把大衣穿上,要不会把婚纱弄脏的。(陶陶边说边拿着大衣追赶贝丝)

贝丝(挣脱陶陶,生气地):他迟到了!

陶陶:别犯傻(她追赶上急躁不安的贝丝,试图给她穿上大衣),快来把大衣穿上。

贝丝:大喜的日子别让我扫兴!

贝丝再次挣脱了陶陶。随着一阵轰鸣的马达声,一架直升机出现在他们的视野。

飞机刚一降落,贝丝就迫不及待地朝飞机跑去。

舱门打开,一行人走下飞机。新郎简也在其中,他英俊潇洒,身材高大魁梧,留着长发,脸上露出喜悦的神色。贝丝朝他跑去,简也快步走向贝丝,准备拥抱他,可是贝丝好像是受到了委屈,一把将他推开,两只手不停地朝简的胸部捶去。过了一会儿,两人还是紧紧拥抱在一起。

飞机上的其他人正在陆续下来,他们都是简在钻井平台上一起工作的朋友,来参加简的婚礼,其中一个人手里拿着一只提包。

泰里(简的一位好朋友,对那个拿包的同事):把酒瓶拿出来。

他们朝一排停放整齐的小汽车走去,各自上车,车队朝位于村子另一边

的教堂开去。

4. 教堂 内景 日

教堂里参加婚礼的人们。简站在讲坛的前面，他的好朋友泰里站在他身边，看到简的领带有些不整，就顺手帮他整理了一下，可是简又将领带恢复了原样。泰里再次给他整理，简又一次将领带复原。

简（小声地）：这是我的婚礼。

贝丝的母亲和嫂子陶陶坐在第一排长椅上，后景是前来参加婚礼的其他人。

牧师（站在讲坛后，对所有的人）：请大家起身迎接新娘到来。

所有的人都站起来，唱着圣歌，转过身看新娘步入教堂。

贝丝身披洁白的婚纱，手里捧着一束鲜花，在爷爷的陪伴下缓缓走向讲坛。贝丝面带喜悦的微笑，她的爷爷却面带忧郁之色。贝丝并没有注意到爷爷的神色，她边走边看着简，满面的笑容就像手中那束绽开的鲜花，情不自禁。

歌声停止，牧师开始诵读婚礼致辞。

牧师（一只手放在脑门上）：上帝啊，我们在这里期待着您的到来，我们钦佩您——创造了一切善良和完美事物的造物主（将手从脑门上放下来）。基督喜欢教堂，并为此献出了生命。我们的义务是赞美基督，并向他奉献我们的生命。也许我现在说这样的话不合时宜，不过我仍要说，你，贝丝，在自己的生活中已经表达了对上帝的这份爱心和诺言。我们经常在这里看到你，你在这里奉献了时间和精力跟上帝交谈（贝丝微笑地点点头）。我知道你这样做，并不是仅仅为了在尘世做个好人，而是还由于爱，为了存在于天上的上帝。

婚礼仪式结束，人们纷纷走出教堂。刚才为婚礼致辞的牧师站在大门口，前来参加婚礼的人跟他握手道别。牧师跟贝丝和简握握手，接着跟贝丝的母亲、嫂子和父亲等握手。

泰里（一边跟牧师握手一边说）：您的致辞真精彩，牧师。

人们陆续从教堂里出来，外面天气晴朗，遍地春光。长老会的几个成员在议论着什么。泰里看到美妙的天气，似乎感到缺少点什么。

泰里（像是自言自语）：敲响教堂的钟声啊！

站在他身边的一个牧师：我们的教堂没有钟。

泰里感到奇怪，他朝教堂的顶端望去，镜头跟随他的视角，拍摄教堂的顶端，果然，教堂的顶端没有钟。

泰里：真可笑。

泰里感到不可思议，跟一同事相视而笑。

刚才还是晴朗的天空，突然下起雨来，人们纷纷朝村子跑去。

这一段落中似乎包含了开端中所应具备的一切因素：剧情的时间、地点、主要人物和一个开了头的事件——贝丝和简的婚姻生活；从开头牧师和贝丝的对话以及简乘坐的直升机姗姗来迟，而教堂顶端竟没有钟这些带有暗示性的细节中，我们还可以发现剧情的悬念：贝丝和简也许会碰上什么不测之祸。但这些并不足以保证它成为一个能吸引观众并起到它在叙事中相应功能的成功开端。原因在于它仅仅是说明性的而不是进展性的。

开端部分通常被看作是为叙事做准备的说明和介绍。因此人们会认为在开端里只要能尽量迅速、清楚地将时间、地点、人物、事件起因等叙事的“基本条件”交代出来就行了。但开端的功能并非只是说明，它是整体剧情中的一个点，并且是极为重要的一点。因此它和其他部分一样，应当是一个有进展的动作。而上面的示例中尽管该说明的都有了，但我们却看不到情节的因果关系链条的始端，看不到叙事推进的方向。造成这种情形的原因在于在这个段落中人物的动作都是单纯说明性的，它们是静止的而不是进展的。贝丝与牧师的对话说明了她即将结婚，新郎简是一个在钻井平台上工作的外乡人，而这是不符合村子的惯例的；这场戏和海边广场等直升机的戏说明了贝丝单纯的性格和她对简的挚爱；婚礼过程中介绍了人物间的相互关系……但这些都不是进展性的动作，它们都是在为叙事做准备而不能直接推进叙事。

一个成功的开端应当是由真正有进展的动作构成的。波兰影片《柯利亚》的开端就是一个范例。影片开端段落由十个场景构成：

场景1：大提琴手路卡和其他乐师一起在殡仪馆里演奏安魂曲，这位潦倒乐师脚上的袜子都破了洞却仍兴致勃勃地挑逗着女歌手。这一场景快结束时路卡向伙伴借了一百块钱。

场景2：布拉格街头，路卡背着大提琴急匆匆地上了公共汽车。

场景3：另一个殡仪馆。路卡赶来打另一份工。

场景4：在搭朋友的车回家的路上，路卡和朋友说起他也想买一辆汽车。

场景5：回家后路卡百无聊赖地打电话找女友约会，但两次都被拒绝了。他翻看报纸上的汽车行情。

场景6：路卡在墓地揽修复墓碑的活儿。

场景7：殡仪馆，女歌手主动地挑逗路卡。

场景8：路卡与女歌手在家中幽会。

场景9：路卡在墓地为人修葺墓碑。

场景10：墓地管理员家。墓地管理员告诉路卡有一个苏联女人愿意出一大笔钱找人假结婚。

我们来看看这部影片是如何建置它的开端的：

场景1和场景2、场景3都是以介绍为主的，它们的任务是让主要人物路卡出场并让观众开始关注他。我们得知路卡是布拉格的一个穷愁潦倒的风流琴师。影片是怎样告诉我们这些信息的呢？首先是动作，这名大提琴手是在殡仪馆演奏，他当然不会是一个春风得意的人；场景1结尾处他还向同事借钱，而且显然这不是第一次了；但困窘的生活并不妨碍他在工作时不失时机地挑逗女歌手。传达信息的还有一些细节，像路卡脚上穿着破了洞的袜子等等。

在场景4里影片开始进入情节了，我们了解到路卡的一个心愿：他想买辆小轿车，哪怕是二手货。这是人物的戏剧性需求，它建立了人物动作的一个目标。

场景5对人物和剧情都极为重要。路卡回到家中，还没进门就收到一叠账单；他嘟嘟哝哝地抱怨着走进家门，马上便拿起电话想找一个女人约会，但接连两个女人都拒绝了他的邀请。从墙上的照片上我们还可以得知路卡原先是国家乐团的演奏家。这些都让观众感觉到他的孤独和失意并且开始产生一个悬念：人物的命运，他为什么会落到这般境地？他的命运会有什么样的改变？这一场景里还交代了一些“头绪”，路卡收听的“欧洲自由电台”表明了故事发生的时间和社会背景：上世纪80年代末剧变前夕的布拉格，人们关心的是自由和民主。

场景6、7、8中路卡在墓地揽活，跟女歌手约会，都在为剧情建立特定的情境，也是对人物状态的补充交代和加强。

场景9和场景10里俄罗斯女人娜塔莎和她的儿子柯利亚尽管还没有真正出场，但我们已经知道她们将改变路卡的生活。路卡面临选择，是否跟娜塔莎假结婚以换得一大笔钱来实现自己买车的梦想？人物关系初步确立；“总悬念”（路卡会不会答应假结婚？这桩交易会给他的命运带来什么样的变化？）已经建立起来；主要的情节线也已导入，叙事有了明确的方向。

到这里，影片开端的建置完成了。这个开端当然首先是说明性的，但它同时又是进展的。殡仪馆演奏、借钱、挑逗女人、答应假结婚等一系列真正推进叙事的动作不仅说明了人物的状态，建置了人物关系，它们还形成了人物的戏剧性需求并设置了剧情的总悬念。这些动作已经开始形成情节的因果链条，叙事已经开始推进了。

记住，一切动作都含有说明性的因素。剧作者应当利用进展性的动作和一切可利用的视觉因素构成开端，尽量避免图解式地用对话和其他静止的"伪动作"来说明。

二、开端和结尾

创作开端时剧作者还必须注意开端与结局间的联系，开端和结局是一条情节因果链互相呼应的两极。如果说结局是剧情发展的必然方向的话，那么开端部分就必须建置起导向这个必然的基本动因。在此之后再导入的其他戏剧动因都是次要的。在情节的因果链条上，最初的环节，即开端是至关重要的，如果开端不能提供一个强有力的基本动因，后面的情节只能沿着一条过于简单，以至令人不能相信的因果线来发展动作的话，那将是十分危险的。像百集电视剧《京都纪事》中，仅仅依靠一张金家的"祖传秘方"在作为推进剧情的基本动因，其结果是庞杂的故事结构因为没有足够牢固的支撑而处处摇摇欲坠。

一部影视剧的结构也可以描述为一个脆弱的或是假象的平衡状态很快被破坏后，经历了一系列的冲突和变化，又重新达成一个有所变化的新的平衡状态。如《饮食男女》，开始于朱师傅一家的"团圆饭"，随着二女儿家倩提出要搬出去住，这种早已危机四伏的合家团圆的平衡状态很快便被打破。到影片的结局，女儿们各得其所，朱师傅也和锦荣结了婚并有了他们的后代。全家人又达成了新的平衡状态。在顾长卫的《孔雀》中，开始的平衡状态是一家人在走廊上吃饭。而最后的结局是人近中年的哥哥、姐姐和弟弟带着家人一起去动物园看孔雀，但这个时候他们已经经历了人生的幻灭和蜕变，对生活有了释然的态度。在头尾的两种平衡状态之间潜藏着的必然联系是剧作者应当事先便了然于胸的。

在写开端之前，剧作者必须先明确剧情的结局。

悉德·菲尔德把这一点比作是炒菜，在进厨房前你就应当知道你要炒的是什么菜，这样你才可能开始。同样，在动笔之前剧作者也应当清楚剧本的目标：最后的解决是怎样的。

开端的主要功能之一是建置起剧情的"总悬念"，而这一悬念将在结局部分得以解决。很难想象一个在不知如何解决的情况下设置的悬念能得到有效的控制。《三十九级台阶》中的记忆大师梅穆里之所以在开端中出场并占据了很大篇幅决不是由于他的奇妙表演的魅力，而是因为他便是解开悬念的钥匙。

为了让故事的高潮达到在意料之外却在情理之中的效果，为了让故事的结局得到观众的认可，开端需要为结局部分做好适当的铺垫。这种铺垫可以是物件一类的道具性铺垫，比如开端部分出现一把枪，高潮部分这把枪打响。也可以是一句或几句台词的铺垫，如《美国美人》的开端第一场男主人公莱斯特就说，“一年之后，我死了”，结局便是他的那场死亡。这种铺垫还可以是空间上的准备，比如《风月俏佳人》里开场女主人公逃避交房租从旋转楼梯上爬了下来，而男主人公在开端就交代了他有恐高症，高潮部分男主人公带着玫瑰花战胜了他的恐高症从旋转楼梯爬上了顶层，向女主人公浪漫求婚。开端部分甚至还可以定下结局的基调，比如《天下无贼》虽然叙事轻松幽默，却早已在开端拜佛的场景里预示了悲剧的基调，又比如《末路狂花》里在开端早早出现的那把枪，也是在预示着这不是一部寻常的旅行电影，而是一个会充满暴力和疯狂的故事。

悉德·菲尔德说，“开始是一条河流，结尾是一片海洋。”[①]这就是开端和结尾的遥相呼应，正是这种呼应，使我们的影片成为整体。

三、开端的类型

开端的主要类型有三种：

第一种类型是像《三十九级台阶》、《杀手里昂》那样，以一次真正的冲突来开始。用冲突来引出主要人物和事件。如下面的剧本：

1. 承州大街主街道 大雪 夜 外

淡入。

北地，承州城，隆冬，寒夜，大风雪。

字幕：军阀混战时期。承州，承军大本营。

寒风呼啸，大雪漫卷，承州城笼罩在一片白茫茫中。几辆军车在深夜的街道上疾驰而过，打破了周围寒冷的死寂。

---

① 悉德·菲尔德：《电影剧本写作基础》，中国电影出版社2002年版，第73页。

2. 某辆军车车厢内 夜 内

几名年轻貌美的女子坐在军车内,每一个人都惊恐万状。有的瑟缩着身子,微微地颤抖着,有的低声地呜咽着,有的吓得大声哭喊着。

年轻女子甲:我们又没有犯错,为什么要把我们抓进来!

年轻女子乙:我好害怕啊,我们会不会死……

年轻女子丙:不会的,他们一定抓错人了……

坐在窗边的一个衣衫单薄的女子,叫尹静琬,她在此刻的女子中并不显眼,她面色苍白,嘴唇上没有一丝血色,白皙的双手紧紧捏握着,将脸庞无力地倚向窗玻璃,眼睛里有着说不出的凄惶。

她是如此地安静,不那么引人注目。

3. 承州隐蔽小公馆院落 夜 外

军车不觉已经转入一个院落,院门口伫立着森严的岗哨,一见了车子,立正上枪行礼。这院子的两侧都是极高大的树木,如今只剩干枯的枝杈浴在风雪里,一缕单薄的月光射下来,却只显得整个院落更加冰冷。

4. 景:承州隐蔽小公馆客厅 夜 内

十几名年轻女子从军车上鱼贯而出,被送进小公馆客厅里。那公馆是旧式西洋小楼,屋子是简洁而时髦的西式布置,墨绿色的沙发,茶几上甚至还放着一瓶折枝菊花。

众女子长相都有些相似,面容白皙清秀,年轻貌美,打扮入时。她们待在房间里,有的缩在沙发上,有的坐在地上,有的无措地抱着头低声啜泣,有的惊恐万状地互视着,就像一群待宰的羔羊。

年轻女子甲(低声的):他们为什么要抓那么多的女孩子,而且都是差不多的年纪?

年轻女子乙(低声的):真倒霉,摊上这样的无妄之灾……

房间里的一名卫戍近侍大声喝止她们的声响。

卫戍近侍甲:安静!

顿时屋子里一下子肃静下来,鸦雀无声。

衣衫单薄的尹静琬依然面色苍白,她虚弱而无力地半倚在墙角,身子在微微发抖。但是在这群女子中,仍然并不显眼。

就在此时,死寂的房间里忽然传来了走廊上皮靴的声音,显然是有人往这边来了，屋子里的人都惊恐万分眼睁睁瞧着那两扇门。

门砰的一下开了，一名副官和数名卫戍近侍簇拥着一人进来，为首的那人一身的戎装，只没有戴军帽。乌黑浓密的发线，衬出清俊英气的一张面孔，年纪只在二十七八岁上下，眉宇间却有着一种冽然之气。

房间里的卫戍近侍纷纷敬礼。

卫戍近侍（齐声道）：督军。

众女子纷纷惊讶地望向那个被称为“督军”的男子，目光中难掩震惊，还夹杂着一点仰慕的神色。

年轻女子甲（低声的）：啊，督军！他就是慕容四少！

年轻女子乙（仰慕的）：他就是江北六省的主帅慕容四少啊……

慕容四少的目光如同火焰一般，扫射整个客厅。那几个低声议论的女子也慌忙紧闭了嘴唇安静下来。

慕容四少的目光穿过那些年轻的女子，目光最后直直地盯在了角落里虚弱的尹静琬的身上。（观众和他的视线一致，和他一起聚焦在静琬身上，第一次完全清晰地发现了静琬）

慕容沣紧紧盯着她，过了片刻，方一字一句沉声吐出几个字来。

慕容沣：尹静琬……

无力地倚靠在角落里的尹静琬低垂着头，恍若未闻。

他的嘴角微微一沉，突然几步上前，将她拽了起来，如同拽起一只无力的纸偶。

她本就虚弱，轻飘飘就像个纸人一样，软弱无力地瞧着他，模糊视线里只有他衣上锃亮的肩章闪着冰冷的金属光泽。

他的声音如夏日闷雷，隆隆滚过，咬牙切齿。

慕容沣：你告诉我……

他全身都散发着森冷之意，屋子里的人都惊恐万分地盯着他，他那样子就像是困境中的野兽，眼里仿佛要喷出火来。

慕容沣：你把我们的孩子怎么样了？

屋子里的卫戍近侍和女子们都屏声静气，惊恐万分地等待着女子的回答。

尹静琬此刻孱弱得就像是一缕轻烟，然而她竟然笑了，静静的笑淌了一脸，在那样苍白羸弱的面孔上，仿佛绽开奇异的花朵。她轻轻地吐出一行令他发疯的句子——

静琬：你永远也别妄想了。

慕容四少推开她，在绝望一样的暴怒里，拔出腰间的佩枪，咔嚓一声子弹上膛，对准了她……

客厅里的女子们发出了阵阵惊呼。慕容四少身边的沈副官焦急地喊了一声，督军！

可是令她们更加震惊的是，那角落的尹静琬，竟然缓缓地迈开步子，上前几步，伸出手来，将他的枪轻轻地拿到自己的额头前。

静琬（一字一句的）：你开枪吧。

慕容沣用力地抵住她的额头，手指就要扣动扳机。

客厅里一片慌乱，年轻女子们发出惊呼声。身边的沈副官和众军士也慌忙劝阻。

沈副官：四少！请四少三思！

卫戍近侍们（齐声）：请督军三思！

而慕容四少举着佩枪的手微微颤抖着，仿佛站在绝望的深渊边上，神色里有着无边的痛楚……

窗外弥漫的飞雪。

屋内传来一声枪响。

淡出。

（引自电视剧《来不及说我爱你》第一集剧本）

这一开端由慕容四少派部下大批搜捕和尹静琬容貌相似的年轻女子开始，直到四少和尹静琬的正面交锋，生死相逼，引发了一次完整的冲突。由冲突引出了男女主人公，刻画了男主人公的深情和蛮横，女主人公的表面柔弱内心刚强；交代了时间、地点并制造了很强的悬念。这样开端的优势是显而易见的，它的动作是进展性的，能从一开始便推动叙事；也有利于人物的“亮相”。在使用这种方式时，切忌专为人物“亮相”或是吸引观众而设计和使用孤立的冲突。剧作者必须注意开端的冲突与剧情的因果联系。你所选择的冲突应当是全剧主要矛盾的一部分，它足以引发一系列相关的对抗，并指向高潮。如上面的示例中的冲突，而这正是全剧的核心冲突。它生发的情节线也是全剧的叙事主线。

另一类型的开端是利用一段富于视觉感染力的场面来开头。如《断箭》中的拳击段落；《真实的谎言》片头的枪战打斗以及《拯救大兵瑞恩》中的奥马海滩登陆战等等。

这种方式能从视觉上很快抓住观众，吸引他们的关注，它特别适合于以情节为主的动作片。但必须注意两点：

首先，这样的视觉段落要由主要人物的动作构成，并能为全剧构置起戏剧性情境。《断箭》中的拳击本身便是两位即将互为对立面的主要人物之间的对抗；而《拯救大兵瑞恩》中极其惨烈的登陆战斗则蕴含着影片的内在冲突：战争与个人的关系。

其次，这样的视觉段落尽管可能占据不少篇幅，甚至像《拯救大兵瑞恩》中那样，持续了二十多分钟。但由于视觉性段落本身说明性功能较弱，一般不可能真正建置起叙事的戏剧前提，因此需要在它后面尽快地补上这一点。《断箭》中两位飞行员从拳击台上下来走进将军的办公室领受任务；《真实的谎言》中施瓦辛格扮演的特工在一场枪战打斗后回到家中却在对妻子隐瞒自己的真实身份；《拯救大兵瑞恩》中登陆战斗之后紧接着的后方总部发现瑞恩兄弟已相继战死三人。其实这些补充部分才是真正的开端，是叙事的起点。

开端的第三种类型是用快速的解说性场景引导人物出场，构置人物关系。如影片《我的左脚》：

内景 克里斯蒂的小屋 白天

1960年。

一只脚寂然无声地挪到一个唱片架子上。它的大脚趾和第二个脚趾从架子上挪开一张唱片，把它翻转过来看了一眼，是莫扎特的《唐·璜》。那只脚熟练地把唱片抽出封套，从内封套中取出一张塑料薄膜唱片，随后，那只脚把唱片放在旋转着的转盘上，同样轻巧地拿起唱针放到唱片上。然后，那只脚以闪电般的速度让唱片停住。

特写：克里斯蒂·布朗的脸。他二十八岁，神色正常，他双目紧闭，一串汗珠在他那宽大的前额上流淌。他从唱片上挪开脚，音乐几乎同时开始。克里斯蒂睁开眼睛，眼珠明亮清澈而且热情奔放，音乐在以下场景中延续。

外景 都柏林 白天

当一辆白色的罗尔斯·罗伊斯汽车开过一条市中心街道时，这段咏叹调加强。人行道上的人们伫立观望。第二辆罗尔斯·罗伊斯尾随前一辆而去。显然是汽车匮乏，大部分行人都骑脚踏车。那辆罗尔斯·罗伊斯在红灯前停在一辆旧式福特汽车旁。这两辆大轿车一起开到都柏林郊区。现在道路比较狭窄，几个小孩望着汽车驶过。

内景 布朗太太的房间 白天

五十开外的布朗太太在聆听那段歌剧，她无可挑剔地穿扮整齐，在镜前分别试戴两顶做工精细考究的帽子。

内景 楼下起居室 白天

一行人从镜前的空间走进后面的一个小房间。大约有十五个人尽力做好出门的准备。有三个小孩，四个少年，三个青年和五个成年人。尽管地方狭窄，动作兴奋激烈，情绪却是愉快的。本尼穿了一套特迪仔的服装。

汤姆：你不能穿这身。

本尼：什么？

汤姆：这套衣服，这可是第一流的，本尼，第一流的。

外景 都柏林街道 白天

一群孩子站在巷子里等待。这是都柏林的穷人区。邻居们站在门外聊天。突然之间，孩子们跑到马路的一头。左邻右舍们倾巢而出。那两辆罗尔斯·罗伊斯在拐角转弯时，像两只高贵的天鹅出现在破衣烂衫的孩子当中。那首咏叹调继续。两辆罗尔斯·罗伊斯在窗外停了下来，孩子们无不欢欣雀跃。

内景 克里斯蒂的小屋 白天

一只手从唱片上把唱针拿开。乐声戛然而止。布朗太太望着克里斯蒂。她拿着一件正式的晚宴外套。

布朗太太：我得给你穿戴起来了，克里斯蒂。

我们看见布朗太太着手给克里斯蒂穿戴。她把他的轮椅往前推，脱掉他的外套和衬衣。

外景 克里斯蒂家的房子 白天

一名司机敲敲克里斯蒂家的房门。孩子们开始高声有节奏地喊“克里斯蒂，克里斯蒂，克里斯蒂”。

内景 克里斯蒂的小屋 白天

布朗太太：你必须穿上这件。（一件有蝴蝶领结的假衬胸。克里斯蒂扭转身）为了我，克里斯蒂。（克里斯蒂仰起头）布朗太太给他套上那件有蝴蝶领结的假衬胸。你现在已经喝得不少了，克里斯蒂，你明白吗？（敲门声接连不断)没有人愿意去开门吗?

她离开房间。克里斯蒂用脚趾挟起一只茶壶保温盖。那下面有一瓶威士忌酒,插着一根吸管,克里斯蒂用吸管吮了一口。

外景 克里斯蒂家的房子 白天

孩子们在门前转来转去,反复有节奏地唱"克里斯蒂,克里斯蒂,克里斯蒂。"克里斯蒂在他母亲推着的轮椅上出现了。响起热烈的欢呼声,克里斯蒂微笑。他母亲把他推向罗尔斯·罗伊斯汽车,小伙子们都涌上前去,拍拍克里斯蒂的背。他们到达汽车跟前,克里斯蒂的哥哥汤姆把他从轮椅上抱起来,放在汽车后座上。布朗太太和他们一起上车,随后,克里斯蒂的兄弟姐妹们上了第二辆罗尔斯·罗伊斯。全体人员,包括本尼都是郑重盛装。

内景 罗尔斯汽车,布朗家的街道 白天

汤姆:就像是皇家举行婚礼,克里斯蒂。

当那辆罗尔斯汽车把那群孩子抛到后面之后,车子里一片沉寂,克里斯蒂的母亲望着克里斯蒂,以微笑鼓励他。

外景 城堡区域 白天

正在上演木偶剧"庞奇和富迪"。我们听见剧中驼背的滑稽角色庞奇在发号施令,吼叫"就得这么办",他把一个男孩抡了好几圈,然后把他摔到窗户外。全体孩子哄堂大笑。

卡斯图威兰勋爵的脸,他是基尔鲁德里脾气古怪的勋爵。他望着孩子们的时候,面带一丝笑意,同时眼神中流露出一抹忧伤,显然不是由于他们都是残疾人。

庞奇在编造另一个谎话,愣要说那是确有其事。卡斯图威兰勋爵领着孩子们有节奏地反复用一句话去攻击他。

一只手搭在卡斯图威兰勋爵的肩上。他望望那仆人,当他一边往外走一边自言自语的时候,仿佛还在和庞奇打仗。

外景 城堡区域 白天

那辆罗尔斯大轿车从车道开过来,直达前门。卡斯图威兰勋爵走过去迎接克里斯蒂。

内景 城堡 门厅 楼梯 白天

布朗全家和卡斯图威兰勋爵走进门厅。

卡斯图威兰勋爵：欢迎光临寒舍。（克里斯蒂对他微笑）十分欢迎。

克里斯蒂抬头瞥见护士玛丽正下楼梯。

玛丽：你好，我叫玛丽。今天傍晚由我来照料克里斯蒂。（玛丽非常漂亮，因而克里斯蒂宽颜而笑）我得把他领到威林登房间。

布朗太太：你有把握能单独照料他吗？

玛丽：不会有问题的。

汤姆（嚷嚷）：别太肯定。（玛丽把克里斯蒂推走）小心这家伙！

卡斯图威兰勋爵领布朗一家走向柑橘园。

内景 威林登房间 白天

克里斯蒂坐在轮椅上进了威林登房间，这里布置得像个林木青葱的花房。他听见外面坦诺厅的观众集合声。

克里斯蒂：我要火柴。

玛丽：什么？

克里斯蒂（暴躁地）：我要火柴。

玛丽：我不吸烟。

克里斯蒂：我要火柴。

玛丽：我不是聋子。听见你说的话了。你要火柴。我没有火柴，你得等我到外面去找。别因为我照料你而以为我是你的母亲。

克里斯蒂：我不要听令人心烦的心理课。我只不过需要火柴。

玛丽：我去给你弄来。

她走了。克里斯蒂闪电般迅速地从轮椅里取出一瓶威士忌酒，咬开它，放在桌上，然后用嘴从上衣口袋里取出吸管。他把吸管放进酒瓶，喝了一大口。他听见玛丽往回走，便把桌子上的酒瓶推开，吐掉吸管。

玛丽：火柴。（把火柴放到桌子上）还要我为你做什么？（克里斯蒂盯着她看，他的意图很明显）直接从瓶子喝酒没意思。（克里斯蒂对她莞尔，她往玻璃杯里倒了些威士忌）帮帮我的忙，克里斯蒂，别喝醉。喝一杯，可是，为了你的母亲，别喝醉。

克里斯蒂：我挺好。（沉默。他们坐着互相观望）我在什么地方见到过你吗？

玛丽：可能。

克里斯蒂：你挺好（他进展顺利）。

玛丽：多谢。（沉默良久，他们互相观望）你有酗酒的毛病吗？

克里斯蒂：是的，我老是喝不够。

玛丽：我以前听说过。做一个杰出的作家不是非当酒鬼不可嘛。你多大了？

克里斯蒂：你多大了？

玛丽：是我先问你的。

克里斯蒂：你说起话来像个孩子。

玛丽：我二十七岁。

克里斯蒂：我二十八岁。我的样子像吗？

玛丽：你写了一本书？

克里斯蒂：啊，这没什么。

玛丽：听说这本书很了不起。我愿意看看。

克里斯蒂（感到疲乏，含糊地）：待会儿他们要念这本书吗？

玛丽：你说什么？

克里斯蒂：待会儿，读。

玛丽：我不会在这儿了。你出去登台之后，我的任务就完了。

克里斯蒂：留下来。

玛丽（辩解）：我有约会。

克里斯蒂：另一个残疾人？

玛丽：不是，事实上不是。你怎么这么放肆？

稍顿。

克里斯蒂（低声）：我是我爸的儿子。

玛丽：什么？

克里斯蒂：没什么。

坦诺厅里变得异常安静。克里斯蒂和玛丽望着它。突然之间爆发出经久不息的掌声。

这个开端段落集中地介绍了剧情中的几乎所有主要人物。迅速地建置了人物关系并且在玛丽出场后便开始推进了剧情。这种集中介绍人物，通过人物带出事件的开端经常用于以塑造人物为主要目的、人物关系较为复杂的剧作，如《邻居》这样的群像戏，在长篇电视剧中也常采用这种开端方式。

四、高潮设计

特吕弗说："一个伟大电影结局的关键，是创造一种'壮观场面和真理'融为一体的效果。"[①]罗伯特·麦基说："最后一幕的高潮是你想象力的飞跃。没有它，你就没有故事。在你实现这一点之前，你的人物都像是等待良医疗救的痛苦的病人。"[②]可见高潮的重要价值。高潮是整部电影的吸铁石，有了它，你就有了人物的基本动作，有了主题的表达载体，有了它，你才能够逆向推理回去，去设计人物的性格、转变、去为结局所需要的一切重要因素早早地在开端部分做好铺垫。

从开端到高潮，其实整个叙事是在制造一种必然性，令观众在看到结尾部分的时候信服地认同整个故事的走向，认为故事是合理的，人物的命运是必然的，进而认同人物在故事中的遭遇传递出的对社会人生的看法。所以高潮部分的设计，可以说是主题表达最重要的载体，也是全片成败的关键所在。

在写作高潮部分时，我们要注意以下几点：

(1)从意义上讲，高潮应该是第二幕价值的一次剧变。如果人物在第二幕还是个迷茫困境中的人，第三幕高潮中他将发起最大的动作破茧而出。例如《肖申克的救赎》中第二幕的安迪可以说经历了监狱中最绝望的时期，无辜的汤米被杀害了，唯一可以证明他无罪的人被典狱长灭口，安迪失去了用正当形式获得自由的最后机会。那么在第三幕高潮，他需要用自己的主动性去赢得自由。

(2)高潮要注意加快节奏。情绪、各种交代性情节，都在前两幕已经积聚，高潮要把握节奏，解释性的场面、情绪的准备，都应该在前面全部铺好。例如《窃听风暴》的高潮段落，作家德莱曼的妻子已经背叛丈夫供出了打印机藏身的地方，安全局专员已经赶往他家进行最后的搜查，眼看着就要抵达了，这个时候监听者魏斯曼要做的只有两个选择：去帮他，还是袖手旁观，在这个十分紧张的高潮时刻，没有别的空间可以再给主人公去犹豫，去酝酿情绪，这些准备都应该在第二幕中铺好线索。

---

① 罗伯特·麦基：《故事》，中国电影出版社 2001 年版，第 365 页。

② 同上，第 362 页。

(3)高潮中不能再有起关键作用的巧合或新的力量。试想,如果故事已经进入高潮时刻,突然天上掉下一块石头砸死了主人公,观众会作何理解?他们会相信这是主人公不可逆转的命运么?如果作者要表达的主题是“生活是荒谬的”,那么这块石头实现了这一效果。如果主题不是这样,那么这块石头就是一个不该出现的巧合和新的力量,它破坏了叙事的必然性。李沧东的《诗》里高潮中出现了一个中年警察,他坚持调查这桩原本已经被学校和学生父母掩盖下去的案件,终于还是来到外婆美子家带走了犯罪的孙子。这个警察不是高潮中突然从天上掉下来的一个好警察,而是在美子学诗的过程中早就认识的诗歌爱好者,一个早就铺垫过的刚正不阿的警察。他的出现并不让观众觉得难以接受,而是在情理之中。

高潮部分情感力量和剧烈程度一定是全片最强的,但这并不意味着一定是情节表面的强度。对于一些商业性较强的电影来讲,高潮可能会是壮烈辉煌的视觉高峰,但对于艺术电影来讲,高潮有可能是表面平淡,内部暗涌的形式。例如《诗》的高潮,美子和警察打羽毛球的场景。又如意大利电影《儿子的房间》的高潮,只是始终摆脱不了丧子之痛的父亲送儿子的女朋友回家,一路上把悲伤释放的过程。描绘切·格瓦拉年轻岁月的《摩托日记》的高潮,也只是年轻的切·格瓦拉跳入河中,在人们的呼喊中渡过了一条宽阔的河流,对于看惯了商业大片的观众来讲,游过一条河流不算什么剧烈的情节,可是对于《摩托日记》的主人公,他已经在渡河的过程中实现了生命最重大的转变,从此走上了革命的道路。

第五节　剧本的语言

影视剧本中的语言大致可分为两种:剧作语言和剧本中的人物语言。

一、剧作语言

一部影视剧实际上便是一个用画面讲述的故事。剧作者必须明确他所创作的剧本不光是给别人阅读的,更重要的是,它是要拍成影视剧的。因此在写作时就必须考虑到剧本的画面感。正像苏联剧作家格里戈里耶夫所说的:“当我写作电影剧本的时候,在我的眼前就出现了一个小小的银幕,就像是在剪辑台上。而我感觉到了它。我在用语言写作自己的影片。”①

剧本的语言应当是能够直接转化为画面的描述性语言而不是像小说中常用的那种叙述性语言。我们从两个方面来分析这一点。

1.景物描写

我们先看看下面几段景物描写：

院子 外 日

院子里的树，树叶落光了，风摇曳着枯枝，空中彤云密布。院子里的花都已败落凋零，连菊花也开败了，墙角落里积了大堆的枯黄叶子，一片萧瑟气象。

有人敲门的声音。穿着棉袄裤的英子从北屋开门出来，穿过庭院，走向门道。

英子开了门，看见一个庄稼汉牵了一头毛驴子站在门外。

（引自电影《城南旧事》剧本）

外景 林肯纪念堂 黎明前

尼克松抬头望去：眼前是一个超现实场景。林肯纪念堂已经变成了一座异教的神庙。宽敞的大理石台阶上燃烧着熊熊火焰，半裸的孩子们裹着肮脏的毯子睡在巨大的石柱下。一台手提收音机里模模糊糊地传出亨德里克斯的演奏。尼克松踏上台阶，在东倒西歪的睡者中拾级而上。

（引自电影《尼克松》剧本）

一个小城市家属院的筒子楼 黄昏 外 夏

筒子楼有宽敞向阳的公共走廊，铁栏杆护着。家家户户都在走廊搭着小厨房。从远处可以清楚地看见每家每户，人们在走廊里来来往往走动着。

夏天黄昏开饭的时分，光线还很明亮。筒子楼的住户们在自家门前的走廊上吃饭，围着小饭桌。天气闷热，不少人手拿蒲扇。

（引自电影《孔雀》剧本）

环境景物描写是形成剧本“画面感”的一个基本途径。但这并不意味着要毫无疏

① 罗伯特·麦基：《故事》，中国电影出版社 2001 年版，第 461 页。

漏，精确细致地把画面中的一切东西都写出来。剧作者必须明白自己只是影片创作过程中的一环，不要试图去完成别的合作者（导演、摄影师、美术设计……）的工作。如果你写到一座城门，你只需要写“城门口”或是稍加描述地写“破败的旧城门”便足够了。更加细致的东西是导、摄、美在拍摄时的事情。

但剧作者也有自己的任务。

首先，你应当描述出这一环境的整体感觉，如上面的“眼前是一个超现实场景”，院子“一片萧瑟气象”等。

其次，场景中某些重要的有剧作作用的元素要准确地描述，如上例中人们手中拿的蒲扇，如收音机里播放音乐的名称等等。

2. 人物动作描写

人物动作的描写包括基本的场面调度和人物对话时的动作和神态两方面。如下面的示例：

井窝子旁 日 外

独轮水车吱吱哟哟地一辆来一辆往。宋妈和英子一前一后走来。宋妈的竹篮里，满装着猪肉、冬笋、对虾，英子手里提着两尾鳜鱼。英子把手里的鱼交给宋妈。

英子：宋妈，你先回，我在这等妞儿。

宋妈：早点回，可别到吃饭了还找不到你的影儿。

英子“唔”了一声，留了下来。

英子的眼睛一亮，看到一身红棉袄裤的妞儿，在那边闪了过来。妞儿走到英子身旁，笑了笑，指指后面。

妞儿：你就住在那条胡同里？

英子：嗯。

妞儿：第几个门？

英子（伸手指头算了算）：一、二、三、四、第四个门，到我家去玩玩。

妞儿（摇摇头）：你们胡同里有疯子，妈不叫我去。

英子：怕什么，她又不打人，我带你走。

妞儿：别介，一会儿我爹就要找我吊嗓子了，赶明儿见。

妞儿走了，英子也走了，到分手时，英子对她招了招手，妞儿对英子笑了笑。

惠安馆门口的胡同里 日 外

英子跳跳蹦蹦地走着，突然停步，随着她的视线，我们看到，那个辫子甩在胸前的大姑娘倚在门边，她咬着辫梢笑看着英子。

英子不由地对着她的眼神，慢慢走上台阶。

大姑娘伸出揣在棉袄里的手，来拉英子。

大姑娘：几岁了？

英子：七岁半。

大姑娘：上学了吗？

英子：没哪。我生病，耽搁了念书。

她低下头来撩起英子的辫子看她的脖子。

大姑娘（喃喃的）：不是，你看见我们小桂子没有？

英子（不懂她说什么）：小桂子？

大门里闪出一个妇人。

妇人：秀贞，别把人家小姑娘吓着！（又对英子说）别听她的，胡说呢，回去吧。

秀贞：我不胡说，我跟她玩玩。

英子的手被秀贞拉着，随着她往里。

妇人：在这玩不要紧，可别赖是我们姑娘招的你。

英子：我不会的。

里屋 内 日

秀贞把小英子带到屋里。她拿起没有做完的衣服，朝小英子身上左比右比。

秀贞：妈，您瞧，刚合适，那么就开领子吧。（说着又找了绳子，绕着英子的脖子量。英子任由她摆布，只管看墙上的那张画。秀贞也随着英子的眼光看那张画。）

秀贞：看我们的小桂子多胖，那阵儿才八个月，骑着大金鱼，满屋里转，就这么淘……

（引自电影《城南旧事》剧本）

在描写人物动作时，要注意语言的具体和准确性。所谓具体，就是要直接描述人物的举动，而不要概括地叙述或是形容。准确性则是要准确地传达动作的状态。如一个人走进会议室和踱进会议室，或者是冲进会议室；两人互相看看和互相凝视，或是互相瞪着、盯着，秀贞是咬着辫梢笑看英子，还是摸着辫梢笑看英子，这些动作状态的细微差异都应当准确地描述出来。此外，人物的性格、身份或特殊特征要尽量通过简洁的动作清楚地表现出来，比如上例中秀贞的“疯”，通过她看英子的神情，她拉英子进屋比衣服尺寸的奇怪举动，很有效地表现了出来。

二、人物语言

1. 对话

影视剧中的人物语言包括人物对话、独白、内心独白和旁白等等。其中，对话是最基本也是最常见的一种人物语言形式。在一部影视剧本中，人物对话通常会占据三分之二甚至更多的篇幅。可以说，如果一个剧作者不会写人物对话，他是注定写不好剧本的。写作对话时应当注意下面几点：

(1)对话的动作性。

许多人误认为对话只是人物形体动作一件替代品或是补充，只有在人物外部形体动作无法表现时才需要用对话来代替。实际上对话也是动作的一种，甚至是比形体动作更为重要，更能推进叙事的动作。

所有对话都是某个具体场景内的对话。我们上面说过，每一场景都承担着推进叙事的任务，都有自己的叙事目标，而这也是对话的目标。比如某一场景所叙述的是两个人物因某一事件而发生争执，这两人的争执便同时也是对话所应达到的目标。对话应当通过引发和推进人物之间的戏剧冲突来推动叙事的进展。如下面的这一场景：

> 依尔沙：山姆。
>
> 山姆抬望，震惊。依尔沙招呼他过来。山姆犹豫了一下，——然后把钢琴推了过来，接着是依尔沙餐桌的近景。山姆把钢琴推过来时，他脸上有一种奇怪的恐惧表情。说实在的，依尔沙也不像她力图掩饰的那样镇定。在这种神态的背面，有一种神秘的、深沉的感情。
>
> 依尔沙：你好，山姆。
>
> 山姆：你好，依尔沙小姐。我从来没有想到会再看见你。
>
> 依尔沙：真是很久不见了。那时候到现在，塞纳河从奈夫桥底下流过了很多很多水了。
>
> 山姆：是的，依尔沙小姐。从桥底下流过了很多很多水了。（他坐下来准

备弹琴)

依尔沙:山姆,弹几支从前常唱的曲子吧。

山姆开始弹一个曲子。他有些心神不定,仿佛在等待什么。但尽管如此,他还是开始弹奏了……

依尔沙:里克在哪里?

山姆:(躲闪)我不知道。整晚上没有看见他。

依尔沙对他宽容地笑了一笑。山姆显得很不自在。

依尔沙:他什么时候回来?

山姆:今晚不会回来了。他不来了。哦,他回家了。

依尔沙:他经常这么早回去么?

山姆:他从来不——我是说——(尴尬地)哦,他有一个女朋友在——蓝鹦鹉饭店——他经常到那里去的。

依尔沙:山姆,你越来越不会撒谎了。

山姆:别去缠他,依尔沙小姐。你只会给他带来不幸。

依尔沙:(温柔地)山姆,为了怀念过去,你把它再弹一遍吧!

山姆:我不知道你指的是什么,依尔沙小姐。

依尔沙:弹吧,山姆,弹《时光流转》。

山姆:我记不得了,依尔沙小姐!(他当然记得。但他不愿弹这个曲子。他仿佛更有些害怕。)

依尔沙:我把调子哼给你听。(她哼着)

山姆:我实在记不起来了!

依尔沙:我想你大概是记不起来了。让我来弹。

山姆:不,依尔沙小姐。现在我记起来了。(他非常柔和地弹奏了起来)

依尔沙:唱吧,山姆。

山姆:歌词我背不出了。

依尔沙:(温柔地)我念给你听,(她把第一句歌词念给他听)你一定要记住……

于是山姆接着唱下去:

你一定要记住,

接吻终究是接吻,

叹息却只是叹息。

赌场入口处:里克摇摇晃晃地走出来。他听到了歌声,面色苍白。

里克:怎么——山姆!我跟你说过再也不许弹这个曲子。

他突然站住了,既不讲话,也不移动。他的视线看见了钢琴旁的山姆和依尔沙。接着是山姆和依尔沙的近景,山姆回过头来看着里克,停止了弹奏。依尔沙即使不回过头来看,也已经知道是怎么一回事了。她知道回过头来会看见谁。她慢慢地转过头来。她屏声息气。

(引自电影《卡萨布兰卡》剧本)

写作对话的第一步是明确对话的目标。这一段人物对话是要让人物言归于好还是心生嫌隙?是要引出某一事件还是导致某种危机?只有确定了目标你才可能使对话具有动作性。上例中的对话目标,其实是想引出一段往事,为了制造悬念,这段刻骨铭心的往事不能轻易地说出来,所以对话的双方都采取了迂回的方式。虽然充满了欲言又止和隐晦的暗示,观众还是能够通过这段对话感觉到依尔沙和里克一定有着不同寻常的过去。

然而并非指向目标就等于动作性。动作性的实质是戏剧冲突,没有任何冲突直指目标的对话是无法真正推动叙事的。如上例中,虽然对话双方的态度都很柔和,但是却能感觉到其中的冲突意味,因为山姆和依尔沙对往事的态度并不一致:山姆逃避往事,害怕依尔沙的重新出现会再度毁了主人里克的生活,依尔沙则很坦然地怀念着往事,不断地迫使山姆去回忆,还请求他、诱导他弹奏那首刻骨铭心的旋律。这段对话表面风平浪静,其实两人却在暗中较劲,最终山姆失败了,他终于还是弹奏了那支《时光流转》,进而引发了一轮更大的冲突:里克和依尔沙的亲自碰面。

人物对话应当避免单纯的说明和交代。在不少影视剧里,我们经常能看到这样的对话:

袁亦方:"按说大家都很需要,我跟他们说过几次了,看看咱们楼道,喜队长一家四口,三代人住一间房……"

喜风年:"别说这话,老袁,凡事总得有个先后,落实干部政策嘛。这些年四人帮把你们整得够苦的啦!"

袁亦方:"那几年要是没有你这个劳改队长照顾,我们可能到不了今天啦!"

一句话说得喜风年热乎乎的,他摆摆手:"嗨,别提了。那时候,我虽说落了个同情走资派的名儿,可我从来没有不把你们当走资派,也没少训你们,得了，就那么当子事！”

这段对话里几乎每句话都是在交代和说明人物“前史”。对话的双方对这些话中的“信息”都了如指掌。他们的话不是给对方说而是给观众说。这样单纯交代性的对话毫无动作性，往往导致叙事的停滞。

毫无疑问，对话应当有说明和交代的功能，尤其是一些无法在剧情中通过人物动作来表现的人物和故事的“前史”，只有通过对话来交代。但应当在特定的情境下通过动作性的对话来完成，使这些说明成为动作的有机组成部分。如《我的左脚》中克里斯蒂一出场时观众对他一无所知。他的年龄，他所做过的事等等信息都是通过他和护士玛丽的对话来交代的。

玛丽：火柴。（把火柴放到桌子上）还要我为你做什么？（克里斯蒂盯着她看，他的意图很明显）直接从瓶子喝酒没意思。（克里斯蒂对她莞尔，她往玻璃杯里倒了些威士忌）帮帮我的忙，克里斯蒂，别喝醉。喝一杯，可是，为了你的母亲，别喝醉。

克里斯蒂：我挺好。（沉默。他们坐着互相观望）我在什么地方见到过你吗？

玛丽：可能。

克里斯蒂：你挺好（他进展顺利）。

玛丽：多谢。（沉默良久，他们互相观望）你有酗酒的毛病吗？

克里斯蒂：是的，我老是喝不够。

玛丽：我以前听说过。做一个杰出的作家不是非当酒鬼不可嘛。你多大了？

克里斯蒂：你多大了？

玛丽：是我先问你的。

克里斯蒂：你说起话来像个孩子。

玛丽：我二十七岁。

克里斯蒂：我二十八岁。我的样子像吗？

玛丽：你写了一本书？

克里斯蒂：啊，这没什么。

玛丽：听说这本书很了不起。我愿意看看。

克里斯蒂（感到疲乏，含糊地）：待会儿他们要念这本书吗？

玛丽：你说什么？

克里斯蒂：待会儿，读。

玛丽：我不会在这儿了。你出去登台之后，我的任务就完了。

克里斯蒂：留下来。

玛丽（辩解）：我有约会。

克里斯蒂：另一个残疾人？

玛丽：不是，事实上不是。你怎么这么放肆？

稍顿。

克里斯蒂（低声）：我是我爸的儿子。

玛丽：什么？

克里斯蒂：没什么。

但这样的交代并不让人感到别扭。原因就在于这是一段有动作性的对话。克里斯蒂来到城堡是为了出席卡斯图威兰勋爵为他的小说举办的读书会，玛丽是勋爵请来照顾他的。克里斯蒂对玛丽一见钟情。这种特定的情境使克里斯蒂和玛丽互相了解对方情况的对话具有了合理性。而两人之间的互相试探，克里斯蒂想方设法让玛丽注意自己，这种微妙的戏剧冲突使这段对话充满动作性，剧情也因此得以推进。

（2）对话与人物个性。

符合人物身份，体现人物个性是对话的基本要求。“设身处地”是剧作者写好对话的秘诀。所谓“设身”并非就是说剧作者在写一个人物的对话时，要假定这个人物就是自己，而是说一定要让人物说符合他特有的身份和个性的话。

人物的身份包括人物的职业、信仰、社会地位、家庭状况等社会性情况。一个机关干部和一个警察；一个佛教徒和一个无神论者；一个德高望重的上层人士和一个引车卖浆的下里巴人；一个为人夫、为人父者和一个单身汉……他们说话的方式，遣词用句，说话的内容都会有很大的差异。我们看看下面这段对话：

宋蕉英兴奋地：“董事长，你看，北京人也跳起了‘迪斯科’，他们也在‘现代化’了。”

许景由：“亚里士多德说过，人是爱玩耍的动物，任何人都抵御不了享乐的诱惑。他们现在也不承认自己是禁欲主义者了。”

……

许景由风度翩翩地和宋蕉英旋转着下了舞池。

许景由叹息着对宋蕉英:“我这个儿子,我觉得和他沟通感情非常困难。”

宋蕉英撒娇地:“他好像比你还要老。”

许景由:“他要重新确定自我。人是可以改变的,这是唯物论者的观点。”

如果不是宋蕉英在叫他“董事长”,你会认为这位许景由先生是企业家吗?或许他更像一个喜欢卖弄的哲学教师吧?这样的对话,以及所谓“小孩说大人话”、“农民说教授话”等等,就失败在不符合人物的身份。

除了上面所说的人物身份外,还要考虑人物语言的地域特征。适当地运用方言词语也是写好对话的一种方式。

“设身”的另一个主要内容是对话要体现人物的个性。所谓闻其声知其人,王熙凤之所以为“凤辣子”,李逵之所以为“黑旋风”,我们不用看其人、观其行,只要听到他们所说的话便行。体现“个性”不能只停留在抓人物的“类性”上。一写农民便木讷憨厚;一写南方人便男人“娘娘腔”;一写大学教授就满口书香……正像夏衍先生在说到这一点时所列举的,同是大户人家小姐,林黛玉与宝钗的话大不相同,史湘云的话又与探春不同。即使都是丫环,袭人的话与晴雯的话也大不一样。这种差异源自于每个人的不同出身、年龄、处境、性格和教养。而这正是人物的“个性”。

(3)对话与特定情境。

“设身处地”中的“处地”就是指人物对话还要符合场景的特定情境。要在什么场合说什么话,见什么人说什么话。

首先说场合。同样的人物,同样的话题,在不同的地点所说的话也是不一样的。一对恋人花前月下的喁喁私语与他们在大街上情不自禁的感情交流显然会有所差别。一个说话大大咧咧,口无遮拦的家庭妇女在特定的场所,如庄重的大会堂内,她的说话方式也会有微妙的改变。

说话的对象不同也会改变人物的说话方式。贾宝玉在林黛玉面前的细心呵护;在贾母面前的娇憨放纵和他面对贾政时的噤口结舌,都是由于说话对象不同所致。

特定的情境对人物语言的影响还在于它为人物规定了说话的“情势”。懦弱的书生在特定情境下可能会义无反顾,豪气勃发。而铮铮铁汉在某些时候也会柔声细语。《得克萨斯州的巴黎》中的特拉维斯本是一个怪僻而不善表达自己的人。他与儿子亨特久别重逢时都不知说什么好。但当他在“西洋镜俱乐部”里找到妻子简时,他竟足足说了十几分钟的话。正是特定的情境给了他倾诉的可能和机会。

再来看看电影《卡萨布兰卡》的一段重场对话戏:

他（里克）完全屏止了气息。这是一个沉重的打击，一个强烈的震动。

好大一会儿，他只是看着她，你能明白，他在想些什么。他挪步前行，他的眼睛凝视着她。一个特写镜头跟着他移动，他穿过餐厅。依尔沙也直视着里克。山姆完全惊住了。他把琴凳放在钢琴上，悲叹地埋怨——

山姆：都是你搞的！

他（山姆）迅速推走了钢琴。依尔沙没有注意他的话。她仍然望着里克。在这同一个时候，雷诺和拉斯罗从酒吧柜走过来。

我们看到他们三个人在餐桌前（依尔沙，雷诺和拉斯罗），雷诺和拉斯罗正手挽着手走过来。

雷诺：（对依尔沙）你看我替你找回来了什么——一个在外面晃荡的警卫员。

她好像什么也没有听见，雷诺朝她注视的方向望过去。

雷诺：哦，你刚才问起的，里克，他来了。

现在里克走进镜头。

雷诺：里克，我亲爱的朋友，这儿有几位漂亮人物。让我来介绍——

里克：你好，依尔沙。

依尔沙：（低声地）你好，里克。（她把手伸向他，里克握她的手。）

雷诺：哦，你已经见过里克了，小姐？（里克和依尔沙都没有答他的话）好，那么，你大概也认识——

依尔沙：这位是拉斯罗先生。

她讲这话时，脸上表情很尴尬——好像不敢讲，但同时又宁愿由她自己来讲，而不让别人来代讲。里克把拉斯罗打量了一下，然后对依尔沙看着，微笑。从他的笑容里，你可以体会出一种嘲笑的神情。

拉斯罗：你好。

里克：你好。

拉斯罗：在卡萨布兰卡，我听到许多关于里克的传说。

里克：（回头看他）在世界各地，我也听到许多关于拉斯罗的传说。

拉斯罗：你愿意和我们一起喝酒吗？

里克：我愿意。可是我从不喝酒，除非单独一个人的时候。

拉斯罗：（他们坐下时，笑着说）好呀“独斟独酌，乐在其中”这句老话，有了新的意义了。（他在找话题）这个饭店很有趣——我祝贺你。

里克：我也祝贺你。

拉斯罗：祝贺我什么？

里克：哦——祝贺你的工作。（他为什么看着依尔沙？）

拉斯罗：谢谢你。我要努力。

里克：我们都要努力。可是你的努力已经得到了成功。

雷诺：我不明白——你们两个。里克，她早些时候就在问起你，那种问法使我非常妒忌。

依尔沙：（向里克）我不知道你是否还是从前的样子，让我想想看，我们最后一次见面是在——

里克："晨曦饭店"，是吗？

依尔沙：真好。你还记得！是啊，那是德军进入巴黎的一天。

里克：这是不容易忘记的一天，是吗？

依尔沙：是。

里克：每一件小事情我都记得很清楚——德国军队穿的是灰色的，你穿的是蓝色的。

依尔沙：我把那件衣服收起来了。等德国军队撤退的时候，我还要穿呢。

雷诺：里克，你现在变得很有人情味了。就为这一点，我想，我得感谢你，小姐。

拉斯罗：我不想使人扫兴，——但是时候不早了。

雷诺：（看看他的手表）是啊。而且，卡萨布兰卡晚上要戒严的。警察局长总不该过了戒严时候喝酒，给人抓住处罚自己。

拉斯罗：（向侍者示意）我们差不多是最后一批客人了，希望没有因为我们过分久留而使你不方便。

里克：哪里的话。（他从侍者手中取过账单）

拉斯罗：哦，请让我……

里克：哦，今天是我的东道。

雷诺：又打破了一个常规。这是最有趣的一个晚上。（他们都站起来）

拉斯罗：（一边给依尔沙披外套，一边对里克）我以后还要来的。

里克：随时欢迎。

依尔沙：（把手伸向里克）请你代我向山姆道晚安。

里克：好的。

依尔沙：世界上还是没有人能像山姆那样弹《时光流转》这个曲子呢。

里克：这个曲子他好久不弹了。

依尔沙：（停顿了一下，微笑）晚安。

里克和拉斯罗彼此点头道了晚安。拉斯罗和依尔沙走向大门，雷诺和他们在一起。

这场戏，是男女主人公里克和依尔沙多年后重逢的重场戏。这对爱恨交织的怨侣终于重逢时，一定有千言万语想要说，尤其是对于里克来讲，因为从前面的山姆和那首歌的铺垫很明显地可以看出，里克还依然深爱着依尔沙。如果给予他们的情境，是一个四目相对周围无人的场所，他们一定可以倾诉衷肠，把所有的爱和疑问都表达出来，但是编剧并没有如此设计。他让山姆知趣地离开了，把空间留给他俩，正当他俩可以交流时，却又故意让雷诺和拉斯罗不合时宜地走了过来。原本的私密空间，一下子变成了公共空间，很多话语势必沉入水底，再也说不出来，但是也会有一些深沉的情感压抑不住，成为耐人寻味的潜台词。还有一层情况，是拉斯罗这个人物，他作为依尔沙这时的男伴，在里克眼里是个情敌，而且是一个强大的情敌，因此他的嫉妒也可想而知。所以这一出戏变成了里克和依尔沙的欲言又止，含蓄深藏，也变成了里克和情敌拉斯罗之间的暗中较劲。而雷诺这个人物，充当了一个幽默的调剂品，增加了场景的趣味性。

在写一场对话之前，剧作者应当想办法为人物的对话制造适当的情境，这是让对话不显得突兀和生硬的关键，也能够产生一些意想不到的或深沉、或紧张、或幽默、或有趣的效果。

（4）"形散而神不散"

生活化和口语化是影视剧人物对话与话剧台词的最大区别。话剧的特定艺术形式要求它的台词要高度凝练，富有逻辑性。而观众在看话剧时也十分清楚地知道他们是在"看戏"。因此像下面这样的台词才能存在于话剧舞台上：

汤姆：我们在往哪儿走？

琴：　到一个很高的地方去。那里的风是纯粹的白色。

汤姆：什么也没有，只有一团空间在我们面前。

琴：　生活将永远是单调的老一套么？但是我们的生命的狂欢跳跃又已经开始了，汤姆。我们是合坐在一个木马上。古老的管风琴的乐音正在消失，九个画中美人正在打着拍子。越来越快。汤姆，我们的面前是龙，我们的背后是粉红猪。

这样的对话除非在特定的情形下，一般是不应该出现在影视剧中的。影视剧极其自由的时空变换，画面上逼真的生活影像都决定了人物之间的对话不应该是经过“提纯”后的逻辑性极强的“台词”或诗化的美文。生活化和口语化成为影视剧对话的明显特征。

生活化和口语化首先要求对话不要太有逻辑，目的性不要太强。就像夏衍先生所说的，要符合生活真实自然的状态，不要“太有准备”，句句都直奔目标。但“散”不是目的，如果一段对话光顾了散乱，不光影响其动作性，其实也并不显得真实。像这段对话：

女编辑：“你还有什么要求呢？……我们已经给你出版了一本书……”

廖星明手里的书：《在数学王国的漫游》。

廖星明：“我还有很多要写，这是我的选题……”

女编辑：“那你就继续写下去……”

廖星明：“我需要时间。”

女编辑：“时间？你不是写了一本？”

廖星明：“它用了我整整一年。我不能全力以赴。不然，我一年能写五本，甚至更多……每天八小时上班，路上挤车子挤掉三小时，剩下的，阅读和写作的时间太少了，尽管……我每天只给自己五小时睡眠。”

……

女编辑：“你今年多大年纪？三十四五了吧？”

廖星明：“……二十八。”

……

中年女编辑显然受了感动。她低头去看那张选题。

女编辑：“《鸟类的眼睛》、《自然界是一名光学工程师》、《城市的声音》……你的兴趣真广！”

廖星明：“是人们的需要太广。现在，国家开始重视教育，而孩子们，包括很多大人，连最普通的科学常识都不了解。昨天我去看莎士比亚的《无事生非》，连剧场的笑声都慢半拍……观众对莎士比亚的幽默一下子反应不过来……中国还缺少最基础的文明教育……”

女编辑："这么说，你最迫切需要的是时间。很多事，忙不过来……"

廖星明："事儿实在太多。比如说，我住在苏州河北工人住宅区，就是旧上海的棚户区，这几年，工人们都在自己盖房子，我还得帮帮忙，工人们，住在一起，像一个村子里的人……有时，还有一些别的事，像写写情书什么的……"

女编辑："情书？"

廖星明："在厂里，小伙子和姑娘们，他们经常发生一点什么纠葛，有时完全是误解。上午还很好，下午就闹崩了……这就需要解释。有些小伙子不会表达，连封信也写不清楚……就找到我……"

女编辑："这么说，你还代写情书？"她显得异常快活。

廖星明："出版社能不能给我创造点条件，听说可以把作者从厂里借出来……"

女编辑："好吧，我给你反映反映。"

像这样的东拉西扯，毫无动作性可言的对话不仅不能推进剧情，而且也并不"生活化"。生活中的对话尽管零散，没有很强的逻辑性。但也并非毫无逻辑和目标。而影视剧对话的"生活化"也并非原样照搬生活，它们是一种不露痕迹的选择和提炼，是散文式的"形散而神不散"。如《我的左脚》中饭店一场，克里斯蒂和科尔医生、彼得等人谈到了克里斯蒂的画；谈到了画家马尔卡希；谈到了威士忌酒……但在这些表面散乱的话题后面，始终有一个"魂"：克里斯蒂对科尔医生的爱情和他的失落。这是对话的目标，是写对话时剧作者必须时时想到的东西。又如《简·爱》的最后一个场景：

简从小径的另一头走来，停下来远远地望着他。

罗彻司特摸索着在长凳上坐下。他感觉到有人："谁在那儿？费太太，是你？那儿有人吗？"

简还是远远地望着他，没有回答。

罗彻司特听了一会儿，自语："唔，好了，啊，那儿没有人，你怎么当有人呢？嗯？"他伸手摸摸狗的脑袋。

简走近了，她走到他身旁停住。

罗彻司特："那儿有人吗？我说，谁呀？"

简："是我。"

"简？"他完全不敢相信。

"是的。"

"简?"他充满了希望。

"是的,是的。"简微笑地坐到他身旁,看着他。

罗彻司特:"笑话我吧。"

简说不出话,只是抚摸着他的手。

"是你,简,真是你,你是来看我的? 没想到我这样,唔?"他伸手摸着简的面颊,忽然触着泪珠,"唔,怎么,哭了? 啧! 用不着伤心。能呆多久? 一两个钟头? 别就走,还是你有个性急的丈夫……在等你?"

"没有。"简赶紧回答。

"还没有结婚,这可不太好。"他有几分不自然,"简,你长得不美,这你就不能太挑剔。"

"是的。"简说。

"可也怪,怎么没人向你求婚。"

"我没说没人向我求婚。"

罗彻司特沉默了一下说:"懂了,是啊,那好,简,你应该结婚。"

"是的,是这样。你也该结婚。你也跟我一样,不能太挑剔。"

"是啊,当然不。那……你几时结婚呢? 我把阿玳尔从学校接回来。"他说,高兴起来。

"什么结婚?"

罗彻司特:"见鬼,你不是说过你要结婚?"

"没有。"

罗彻司特停了一下说:"那么早晚……有个傻瓜会找到你。"

"但愿这样。"简用手抹着从他闭着的眼角流出来的泪水,"有个傻瓜早就找过我了。"她把头靠上他的肩膀,"我回家了,爱德华,让我留下吧!"

罗彻司特搂住她的肩。

他们就这样静静地,长久地坐着。镜头渐渐升起。林荫、鲜花、小径,宛如一幅美好的图画。

在这一场景里,对话和动作的目标便是简的最后一句话"我回家了,爱德华,让我留下吧!"但对话到达这个目标却颇费了些周折。两人言语的试探既指向目标,又不直奔目标。这便是"形散而神不散"。

(5)“上口”与“入耳”

在谈到如何写人物对话时，夏衍先生特别强调对话要让演员说起来“上口”，也要让观众听起来“入耳”。他所说的实际上也是对话要“生活化”、“口语化”的问题。

要做到“上口”，首先要避免书面式对话。如生活中人们说话实际上很少使用长句，说话也不严格遵循书面语语法。但影视剧中却常常会出现那种“只要纸上分明，不顾口中顺逆”语法严谨的复杂长句。像《小兵张嘎》中嘎子说的那一句“你就是那个用笤帚疙瘩下了鬼子匣子枪的罗金保叔叔吗?”通则通亦，却不符合生活真实。

对话用词也要“口语化”，要符合生活中的用语习惯。像上面示例中廖星明说的“我每天只给自己五小时睡眠。”这样“文绉绉”的用语方式显然是太书面化了。

“上口”还要慎用过长的长话，一个人长篇大论，影视剧中并非不可出现这样的情况，但一定要有特定的戏剧情境——合适的听话者，讲话人强烈的倾诉欲望和恰当的时间、地点都是“长篇大论”的必要条件。如果使用得当，长话也会有很好的艺术效果。如《得克萨斯州的巴黎》中特拉维斯在“西洋镜俱乐部”的倾诉;《巴顿将军》中一开始时巴顿的长篇演讲等都是成功的例证。但如果不顾情境如何地乱用，则会适得其反。如下面这段话：

廖星明和黄毛在江边走着。

廖星明:“她虽然是我的妹妹，但她已经不值得你爱了……”

黄毛:“……”

廖星明:“你记得吗？我们曾经多次争论过物质和精神。……前些日子我碰到一个熟人，他刚从日本回来，他说，日本是个充满口号的国家。我们国家，过去也有很多口号，革命的、空洞的、到处都是口号……现在呢，好像都没有了，太安静了。我倒觉得，应该有一点口号，讲一点精神，使人们从个人的贫困、不幸中挣脱出来……”

这样莫明其妙，言之无物的长篇大论既不真实，又缺乏真正的感染力。不如不用。

“入耳”的第一个要求是浅近明白，让观众能听清，听明白。影视剧是“一次过”，一般不会重复观看的艺术。如果对话意思深晦或是绕弯子太多，会直接影响观众的接受和理解。

另一方面，“入耳”还要求剧作者相信观众的理解能力。不要总担心观众理解不了自己的意思而非要借人物之口来解释一番。像这一段对话：

夏茵茵在人行道上匆匆地走着。她跳上电车。

电车上人很少。她的表姐，就是那位我们在前面见过的烫发女子，发现了夏茵茵。

烫发女子："茵茵！"

夏茵茵："……表姐。"

烫发女子："阿姨好吗？"

夏茵茵："好，……表姐，你幸福吗？"

烫发女子："幸福？"

夏茵茵："妈妈说你过得很幸福。"

烫发女子："幸福，这个词好像很生疏了。过去曾经谈起过它……"

夏茵茵："你不愁吃，不愁穿。也不用刷马桶，不用被煤炉的烟熏得掉眼泪……"

烫发女子："茵茵，你今天怎么啦？……幸福嘛，那是年轻人的事，你们的事。"

夏茵茵："你才三十几岁啊。"

烫发女子："反正，青春已过。像你那么大的时候，好像每天都有好事在等着你，有人跟我说过，每天早晨起来，太阳也跟昨天不一样。现在呢，每天都一样……"

夏茵茵："怎样才能生活得更有意义呢？每个人都不能逃避衰老，逃避死亡……"

烫发女子："对我来讲，世界越变越小了……"

夏茵茵："如果你不拒绝他呢？不拒绝那个叫苏平的人？"

烫发女子："你说什么？不拒绝？！"

夏茵茵："表姐，请原谅……"

烫发女子："是啊，假如当初不拒绝……生活已经过来了，难道能够假如吗……每天早晨太阳都跟昨天不一样，这话好像是他说的……"

电车停站了。

夏茵茵："表姐，我下去了……"

夏茵茵从电车上跳下来……

除了这样生硬别扭地“借嘴”发议论，点题明志外，我们还能看到像《我的左脚》中布朗太太对克里斯蒂说“你日逐一日地更像你父亲了，外表强硬，内心软弱……”这样提醒式的对话。这样的对话都是应该禁用的。在剧本中，应当是你的情节而不是表白说明了你的观点。同样，应当是人物的动作表明他是一个什么样的人而不是他说了什么或是别人解释了什么。

要做到“上口”和“入耳”，要从对话的细节做起。不少初学写作者在写对话时，说话者总是反复地叫听话者的称谓，“茵茵，……”，“茵茵……”，而只要注意观察，很容易发现实际生活中人们是很少这样说话的。

(6)对话与画面

在话剧和广播剧中，由于场景和人物形体动作的虚拟性或是根本看不到，台词往往要承担解说人物动作，交代情节进展的任务。而作为一门视听艺术，影视剧中大量的信息完全可以通过画面来准确、清楚地传达给观众。因此在写作人物对话时，剧作者一定要考虑语言与画面之间的配合，避免二者的信息重复。

不重复画面，并非是说对话与画面一定要“花开两朵，各表一枝”。而是指对话与画面应当互相补充，互相加强。而不要图解画面，将观众已经看清的东西又用对话解说一遍。

影片《我的左脚》中克里斯蒂的画在艺术画廊展出一场中，对话和情节的目标都是克里斯蒂在科尔医生的帮助下，不光学会了说话，也恢复了对自己的信心，从内心里认定自己与普通人是平等的：

> 彼得：举办克里斯蒂·布朗的作品展览给了我极大的愉悦。许多人说，克里斯蒂是一个杰出的残疾画家。这是对克里斯蒂的侮辱。
>
> 克里斯蒂（高声叫喊）：这话说得对。
>
> 科尔医生握住他的手，克里斯蒂抬头望她。他的母亲看在眼里。
>
> 彼得：克里斯蒂单纯是一个杰出的画家，句号。他与每个画家必须做得一样，尽力运用他的素材。但运用得还不够充分。
>
> 当他讲话的时候，我们的镜头摇拍绘画。所有熟悉的面孔都在画中。克里斯蒂本人在画中也奇异地发展着。从一副诚实憨厚的神态到以克里斯蒂模样出现的潇洒的克里斯蒂。它与多里安·格雷背道而驰。

在这里，彼得和克里斯蒂的对话与画面（绘画中的克里斯蒂形象的变化），就形成了互补和加强的关系。

有时对话与画面的“背道而驰”也会产生一种戏剧张力，更能互相加强。比如一段伤感的谈话放在室内也许会很平常，可如果这是一间新婚的洞房，屋内陈设充满喜庆气氛，而新娘和别人的谈话却是关于刚刚死去的新郎呢？如果这一段对话是在节日的大街上，街上到处都是欢乐的人群呢？

(7)潜台词

所谓“有张力的对话”不光指对话中的冲突和对抗，它还指对话应当有超出话语本身的更多内涵，要求对话应当有“潜台词”。作为人物的一种外部动作，对话跟人物的内心动作间总是存在差异的。人们能说出来的，往往只是内心活动的一小部分。这就要求对话要尽可能让观众感知到那些未能说出的部分。如影片《黄土地》中，翠巧从黄河边上挑水回来，顾青问她挑水的地方有多远时，翠巧回答：“不远，十里。”以及顾青和翠巧父亲说起村里人刚娶的媳妇年龄太小时，翠巧父亲不以为然地说：“啥小？十四了。”这样的对话的含义远远超出了话语本身，让观众能从中感知更多更深的意味。

在上面示例的《卡萨布兰卡》对话场景里，里克和依尔沙的几句对话就尤其凸显出潜台词的力量。我们来详细分析一下：

依尔沙：(向里克)我不知道你是否还是从前的样子，让我想想看，我们最后一次见面是在——

这句台词是依尔沙的公共话语，故意显得很自然、大方的样子，如同和里克是一个多年未见的普通朋友。

里克：“晨曦饭店”，是吗？

里克的这句台词有两层含义：第一，我记得我们过去的一点一滴，第二，我不怕在公共场合讨论我们的私密关系。

依尔沙：真好。你还记得！是啊，那是德军进入巴黎的一天。

依尔沙赶紧用“德军进入巴黎”这一公共话题来化解刚才里克透露的私密信息。又一次把他们的关系拉回普通朋友。

里克：这是不容易忘记的一天，是吗？

里克的表面意思：德军占领巴黎是不容易忘记的一天，他的潜台词实际是：你离开我的那一天是不容易忘记的一天。

依尔沙：是。

依尔沙的意思：德军占领巴黎是不容易忘记的一天。她还是在公共层面上和里克交谈。

里克：每一件小事情我都记得很清楚——德国军队穿的是灰色的，你穿的是蓝色的。

里克再一次固执地将话题拉入深情的私密，他的潜台词：我一直不能忘记你。

依尔沙：我把那件衣服收起来了。等德国军队撤退的时候，我还要穿呢。

依尔沙再次拉回公共话题，她的表面意思：我无法忘记德军占领法国的耻辱，她的潜台词：拜托不要在此刻的场合谈论我们的过去。

因为人物有了深沉的情感，编剧又给他们设定了难以倾诉衷肠的特殊情境，所以人物的话语就有了耐人寻味的潜台词，“晨曦饭店”不仅仅是晨曦饭店，“蓝色的衣服”也不仅仅是蓝色的衣服，它们都有了丰富的含义。

(8)台词的营养

同样是影视剧台词，有些台词听过即忘，有些台词却被观众经年累月地传颂。《乱世佳人》结尾里斯嘉丽说：Tomorrow is another day!（“明天又是崭新的一天!”），《肖申克的救赎》里安迪说：Get busy living，or get busy dying.（“忙着活，或者忙着死”），杨德昌的《一一》结尾小男孩说：“我觉得我也老了”……好电影总是给我们留下很多难忘的台词，一部不太能留下印象的电影往往它的台词也写得较呆板，缺乏营养。

一句台词，在目标一样的情况下，可以写成千差万别的形式，例如要表达爱意，可以用很直白的方式说我喜欢你，也可以像《小武》里的小武那样只是唱出一首原本唱不出来的流行歌，也可以像《四个婚礼一个葬礼》里的休格兰特那样长篇累牍背诵文学名著只为了引用一句“我爱你”。赞美一个人很美，可以直接说我觉得你很美，但也可以说“那天清晨我看见你从我家楼下走过，你扎着马尾辫穿着红裙子，晨光中你的样子很美。”后者可能会比前者更打动人因为它有画面感，让人浮想联翩。

一句单薄呆板的台词可能只实现了对话目标的60%，换一种说法却可能实现了对话目标的90%，这中间的差距就是营养。编剧应该字斟句酌笔下的台词，令它们都能够达到尽可能好的效果。我们来看看比利·怀尔德剧本《公寓春光》里的一段台词：

富兰(忧伤的):就是不知道要多久才能把自己熟悉的人从心里抹去?要是也能发明一种器械,专门抹去这种感情,那就好了!(富兰斜靠在椅子扶手上。)

巴特:我理解你的心情,库比利克小姐,你以为世界的末日来临了——但是,事实并不如此。真的,我也有过和你相同的经历。

富兰:你也经历过?

巴特:唔,也许并不完全一模一样……我曾经试图用枪来结束自己的生命。

富兰:为了个姑娘?

巴特:不,不仅于此。她是我一个好友的妻子……我热恋着她,可是我又很清楚这是绝望的……所以我决定结束一切。我到当铺里买了一支0.45英寸口径的自动手枪,驱车来到伊顿公园……你熟悉辛辛那提市吗?

富兰:不,不熟悉。

巴特:我停好汽车,装上子弹……报上老是看到持枪自杀,可这并不那么容易,……我是说,朝哪里射呢?……射这儿或者这儿,或者这儿……(巴特用竖起的手指,点了点太阳穴,口部和胸部。)

巴特:你知道,我最后射到哪儿?

富兰:哪儿?

巴特(指了指膝盖):这儿。

富兰:射到膝盖里?

巴特:唔,我坐在汽车里,正设法鼓起勇气,一个警察把头伸进了我的汽车,说我违章停车。我惊恐万状,把枪往坐垫下一塞,结果砰的一声,枪走火了。

富兰(不由得放声大笑起来):这真糟透了!

巴特:是啊!直到一年之后,我这膝盖总算能弯曲了。可是,开枪后三星期,我就不再为那个姑娘而悲伤了。现在她依然住在辛辛那提州,已经有四个孩子,体重增加了二十磅。每年圣诞节她总是给我送来一张果酱饼。

富兰(顿时疑虑满腹):你该不会编出这套谎话来逗我高兴吧?

巴特:怎么会呢?这儿不是那张果酱饼吗?(巴特从圣诞树下取出那张

果酱饼来给她看。）

巴特：你还想看看我的膝盖吗？（他开始卷裤腿。）

富兰：不，谢谢，要不公司里那帮家伙又会胡乱猜疑我是怎么发现的了。

巴特：那就随他们的便吧！我现在可要准备吃饭了。这果酱饼倒可以当一道甜食。你就坐在这儿，好好休息，这一天已够你累的了。

富兰（嫣然一笑）：是，护士。

巴特兴高采烈地朝厨房走去。

这一段对白，巴特的目的是想要安慰为情所困挣脱不出去的富兰，如果干巴呆板地写，大可以让巴特直接说，一切都会过去的如何如何，可是这样的台词很苍白，对于富兰和观众都会没有说服力。比利·怀尔德给巴特设计了一套非常具有故事性，视觉感、细节感都很强的台词，引人入胜地感染了富兰，尤其是后来那张“果酱饼”，是个很生活化的细节，令人更加相信这一切是真的。富兰果然被这段动人的台词安抚了，原本愁眉不展的她露出了笑容。这就是台词的力量。“果酱饼”在影片结尾处还起到了前后呼应的幽默效果，当富兰在结尾离开了前男友一路奔到巴特家时，巴特问：谢尔德雷克先生怎么啦？富兰答：我准备每年圣诞节送他一张果酱饼。言下之意就是她已经终于告别了过去。这张“果酱饼”就是台词的营养，每个编剧的台词里都应该有他秘制的果酱饼。

2.独白与旁白

独白实际上就是人物将自己的心理活动直接用语言表达出来。独白一般采用画外音的形式，即人物不动口。如电视剧《雍正王朝》中八王爷联合八旗旗主逼宫一场中，面对突如其来的政变，雍正焦灼复杂的内心活动便是用独白来呈现的。

永信：“当然要说！皇上刚才说了两个人，三件事，臣王几个听了都有异议。一个李卫，什么人？不过是皇上在潜邸的一个小厮奴才，大字也识不了几个，皇上竟派了他两江总督！还叫他试行什么新政，乱出告示，竟把叫花子也用上了，这不是在扫咱们大清朝廷的脸吗？还有一个田文镜，更是不像话，专一和康熙先帝爷选拔的官员们作对，和士绅们作对，专横跋扈，弄得天怒人怨。皇上却一味地庇护他，反而把一些清官忠臣杀头的杀头，革职的革职……新政既然好，为什么有这么多人反对？这都是臣王等不明白也不赞成的地方，请皇上给大家伙儿说清楚！”

勒布、诚诺接着附和起来："对！请皇上给大家伙儿说清楚！"

大殿中立刻又骚乱起来。

胤祯这才回过神来，心里狠狠地说："好哇，原来是逼宫来了……"。想到这里，眼中立刻闪出寒光向永信逼去："永信！这话是谁教你说的？！"

永信开始还怯了一下，接着又硬了起来："皇上，这话还用得着人家教吗？您看看，这满殿的人谁心里不是这样想的？！"

胤祯心中一寒，举目望去——

右边的四把椅子上，简亲王勒布皓首轻摇，果亲王诚诺两眼望天，睿亲王都罗则低眉闭目！

胤祯额上的青筋开始跳动起来，接着又把目光转向左边的椅子。

允祥那把椅子仍然空着，允祀等人这时都板着面孔，目露寒光！

胤祯的手捏紧了御座的椅把，目光越过这些人向满殿的大臣望去。

一片冷漠而熟悉的目光——"这是科举朋党一案的人！还有八爷党的人！"

自己的人呢？胤祯的目光充满了苍凉。

张廷王正忧急地望着自己——"这是自己人！"

马齐也惊惶地望着自己——"也算一个！"

众官员中也有面露忧急惊惶的人——"这些也是忠诚之臣！但在这个时候都敢挺身而出作仗马之鸣吗！"

胤祯的手都有些微微颤抖了……

他的画外音："原来是策划好的……朕太大意了……太大意了……"

独白常用于人物内心冲突比较激烈，外在动作难以尽现的情况。也用于人物内外不一，如内心痛苦，表面却强颜欢笑等场合。它的作用在于可以直接揭示人物内心，弥补外部动作表现力的不足。

旁白则是剧作者或是剧中人物说明剧情、抒发感慨的解释性语言。

剧作者的旁白往往起一个不出场的叙述人的作用。如《邻居》的序幕部分：

一条筒子楼的楼道。

每间房门口都立着一个炉子，一张课桌。黝黑的墙上挂满锅、盆、菜篮、碗架……再高处甚至吊着两辆自行车。昏暗的楼道灯亮着。地上堆着蔬菜、杂物、土簸箕。拴在桌腿上的公鸡低头啄食，徘徊在垃圾间的花猫打着呵欠。

人们正紧张忙乱地做着午饭，有的把菜刀剁得山响，有的端着盆穿梭来去，互相拥挤着，嘻嘻哈哈地笑着。炒勺铿锵、油烟蒸腾……

旁白："故事发生在一个普通的建工学院，一座普通的教工宿舍楼里。别看房子简陋，这里的居民却各有千秋。"

206室门前。

一本《中国菜谱》丢在桌上，一把锅铲在炒勺里飞花似的翻动。一对穿戴入时的青年夫妇。男的边挥舞锅铲，边给打下手的女方下达命令。

旁白："冯卫东，当年红卫兵第一支队司令。现在是建筑系助教，楼道里的烹调专家。"

字幕：冯卫东——XXX 赵季萍——XXX

一个四十开外的女医生走到205室门前开锁，向赵季萍点头微笑。

旁白："校医室的大夫明锦华，四十多岁了还是单身。她这双美丽而忧郁的眼睛，告诉了我们什么呢？"

这个叙述人有时也以一个剧中人的面目直接出现，如《肖申克的救赎》中的黑人雷德。雷德的旁白除了叙事外，还可以直接评说人物，抒发感慨，如《肖申克的救赎》中安迪入狱后和黑人雷德的第一次交谈，令雷德对他有了初步了解，安迪走开后，雷德望着他走远，场景里出现了雷德的旁白：

他们握了握手。安迪慢慢地走开了。雷德望着他走远。

雷德（画外音）：我现在能明白为什么有些家伙觉得他恃才傲物。他有着儒雅的气质，举手投足都和这儿的其他人不同。他漫步着，像是在公园中的游人，看上去，没有任何担忧与顾虑。他像是披着隐身衣一样，将自己与这个地方的一切隔离开来。（继续玩球）是的，平心而论，从那一刻起，我就开始欣赏他了。

剧中人物旁白的功能主要是补充叙事，如《东邪西毒》中几个人物的旁白。在这样的时候，旁白的发出者往往也是剧情的叙述人，如《牧马人》中的许灵均：

许灵均从楼上眺望着天空。空漠的蓝天，飘浮着几丝白云。马路上像玩具般的小汽车络绎不绝。

旁白："卅年了，'爸爸'这个称呼，对我来说是太陌生了。他给我留下的只是一些痛苦的记忆……"

一连串的叠印镜头：

许景由和沈淑缜吵架的朦胧形象。

在吵架声中，许灵均被婆姨迅速抱出屋子。

许景由痛苦地抱着头，沈淑缜躺在床上饮泣。

许灵均在床上躺着，睁大着惊呆的眼睛。

许景由拍了一下桌子。幼小的许灵均吓得捂住耳朵。

旁白："我是这个钟鸣鼎食之家的长房长孙。但又是这个不幸婚姻所结下的苦果……"

在影片里，许灵均的旁白成了串连情节的绳索。《肖申克的救赎》中雷德的旁白也串连了整部影片的情节。

人物的旁白还常用于剧中出现的书信、纸条等不易用画面表现的文字性物件内容的展示。如《甜蜜蜜》和日本影片《情书》中，信件内容的旁白甚至也起到了连接情节的作用。

无论是补充叙事还是评说人物、抒发感慨，旁白的功能都是说明性的。而独白则是人物动作的一种，这是它们之间的最大区别。

独白和旁白作为画面和对话的补充，使用得当会有很好的艺术效果，但一部影视剧的剧情应当主要依靠人物动作来推进，任何单纯说明性的手段都只是迫不得已时的弥补。剧作者使用旁白和独白时，不妨先问问自己：如果不用它们，是不是就无法表现？这些旁白或独白会不会只是画面的图解？比如徐静蕾在改编茨威格的小说《一个陌生女人的来信》时，就并没有独具匠心地将原小说中丰富的内心活动转化成人物的动作和电影画面，而是直接把女主人公大量内心活动以独白的形式直接呈现了出来。对于小说这一文学形式来讲，茨威格的文学表现力使他的这部小说隽永动人，而徐静蕾呈现出的电影却没能完全利用电影独特的影像叙事能力，使这部电影在展现女主人公内心的深度和力度上较为苍白。

旁白和独白不能成为寻找不到动作性的借口，对白也如此。所以麦基在《故事》里才说："对电影对白写作的最好忠告就是不写。只要能够创造出一个视觉表达，就决不要写对白。写作每一个场景需要攻克的第一道难关应该是：我如何才能以一种纯视觉的方式写出这个场景，而不需诉诸一行对白？遵循回报递减定理：你写出的对白越多，对白的效果就会越少。"[1]

---

① 罗伯特·麦基：《故事》，中国电影出版社 2001 年版，第 461 页。

练习题

1. 研读一部电影开端部分的第一个段落，记录此段落的每一个场景，分析此段落的内部结构。
2. 研读克里斯托弗·诺兰的一部时空交错式电影，分析其组织时空的方法。
3. 以“重逢”为题目，写作一段剧本台词，注意其中台词与潜台词的设计。

第四章

电视剧本写作

本章要点

- 电视剧的题材选择
- 电视剧剧本的策划案、人物介绍写作
- 电视剧剧本的大纲、分集梗概、分场、每一集剧本的创作规范
- 电视剧本的场景内部设计技巧

第一节 不同体裁电视剧的剧作特征

一、电视剧的分类

由于所持标准，划分角度不一，电视剧有多种分类方法。

一种分类法是依据题材的不同类别进行划分。这种方法由于范畴的不一致，很容易产生混乱。如有人将电视剧分为历史剧、现代剧、传记剧、战争剧、爱情剧、儿童剧，等等。其中有些概念显然不在同一范畴，其内涵是相互交叉和包容的。还有人将电视剧分为社会问题剧、情节剧、宣传剧等等，也同样存在混乱。其实按题材分类比较科学的方法应该是将其再往细分，即先确定题材的角度，再按不同范畴分门别类。如按题材的时代范畴，分为历史剧、现代剧等；按题材的内容和表现社会生活的不同方面，分为家庭剧、战争剧、爱情剧等等。

第二种分类法，是按戏剧分类的方式，把电视剧分为电视喜剧、电视悲剧、电视正剧、电视悲喜剧等等。

第三种分类法是从电视剧的创作出发，按不同的结构方式分为戏剧式电视剧，电影式电视剧、小说式电视剧、散文式电视剧等。这种分类法对总结电视剧的创作规律有其独特作用。但对于剧作者，尤其是初学写作者来说，更为实用的分类法是第四种：按电视剧的不同体裁来分类。

按体裁，电视剧可分为电视小品剧、电视短剧、电视单本剧、电视连续剧、电视系列剧。

二、电视小品剧、短剧的剧作特征

按我国中央电视台1988年10月开始实行的对播出电视剧的规格和长度“规范

化”、“标准化”的规定，电视短剧指长度为三十分钟的短电视剧。电视小品剧长度为十五分钟，而一般看法则是将长度（指单集长度）少于三十分钟的电视剧都统称为电视短剧。国内播出的电视短剧许多长度都在十分钟左右，长度五分钟以下的电视小品剧也不在少数，甚至如颇有影响而每集长度仅为一两分钟的《广而告之》这样的节目也被公认为电视小品剧。

电视短剧和电视小品剧因为具有许多共同的特征常常被并称为“短剧”，仔细区分，它们仍有所不同。电视短剧能比较全面地运用戏剧元素进行叙事，有完整的情节结构，也较重视人物形象的塑造。电视小品剧则情节十分简单，甚至没有相对完整的情节。其重点也不在叙事和塑造人物上，而是更注重“意境”的传达或生活哲理的阐明。两者相比，电视短剧更具备“剧”的特征。

电视媒介的节目栏目化、分割化安排及其日常性固定播出的特点，逐渐形成了电视观众收视体验日常化和片段化的倾向。加之随着信息社会的发展，人们越来越需要在更短的时间获取更多的信息。电视短剧、小品剧也呈现系列化的趋势。小品剧在《广而告之》一类栏目中一般都是成系列播出，如“下岗再就业”系列，“社会公德系列”等等。短剧有《多棱镜》系列，北京台的百集短剧《咱老百姓》等。

电视短剧、小品剧有如下艺术特点：

1.“短、平、快”

“短”是指其时间长度的短暂，一两分钟，十余分钟，最长不过三十分钟左右，一晃而过。

“平”是指电视短剧和小品剧多表现普通百姓生活中的细小事件，情节简单，主题浅近明白。

所谓“快”，则是指短剧、小品剧能迅速捕捉社会生活热点，迅速表现百姓所关心的社会和生活问题。

电视短剧、小品剧虽然长度短，题材小，但其艺术和主题思想绝不“短小”。优秀的短剧和小品能小中见大，小中见深，使人于小事之中感受到时代的脉搏，看到人生的纷繁足迹，其艺术冲击力和思想深度都不逊于其他体裁的电视剧。

2.反映社会问题，蕴含人生哲理

电视短剧、小品剧往往通过表现社会生活的某一侧面或是百姓日常生活中的件件小事，反映一个社会上普遍存在的问题，或阐明一个富于哲理的观点，发人深思。如《广而告之》系列，将社会公德教育隐含于一个个小故事中。又如短剧《帽子》，通过一个每天换三顶不同式样的帽子以迎合世人而疲于奔命的年轻人的故事，揭示了一种俯就现实，迎合他人而泯灭了自我意识可悲的人生心态。其中蕴含的人生哲理令人回味无穷。

3.简洁明快，富于情趣

电视短剧和小品剧因其篇幅所限，一般不可能完成复杂的叙事和人物性格塑造，所以它注重情节简单明了，人物性格特征鲜明，主题浅近易懂。如短剧集《多棱镜》中的《司机王宝》、《送奶姑娘》、《今天他姓险》等短剧，都用极少的人物和简单的情节，简洁明快地颂扬了人生的美好，鞭挞了生活中的种种丑恶现象。

但短剧和小品剧也不因其简明而成了一杯平淡的白开水，它们总是力图截取生活事件中最为生动的一刻，力图从平淡生活中发现人生的诗意并将其富于情趣地展示出来。如短剧《将军》中的老将军与司机下棋时的"顽皮"，抽烟时甘受司机管辖，车祸中自己受了伤却竭力为司机辩解等生动而富于生活情趣的场景，展示了一位和蔼长者宽厚的胸怀。而小品剧《飞了》中妈妈把新鞋藏起来想等"六一"再给孩子穿，便骗孩子说新鞋飞走了。孩子信以为真，将家中的鞋都从窗户里扔出去放飞。妈妈发现鞋不见了，去问孩子，孩子小手一摊，十分认真地告诉妈妈，鞋子全飞了。这个小故事中充满孩子天真的童趣，含义也很深，可谓短小隽永，韵味无穷。

4.春风化雨，朴素动人

电视短剧和小品剧没有大起大落的情节起伏，也没有曲折动人的人物命运，但它们真切朴素的生活气息和新颖精巧的艺术表现同样具有独特的艺术感染力。小品剧和短剧对观众的影响没有如雷贯耳般的震撼，而是春雨润物式的日积月累，潜移默化。如《广而告之》中对社会真、善、美的宣扬，对生活中丑恶现象的鞭挞，一次看过或只看一集也许对人不会有太多影响，但日积月累，一点一点的感受便会形成巨大的影响力。

正是这些艺术特点决定了短剧和小品剧的剧作特征：

1.题材

短剧和小品剧的选材首先要求剧作者具有强烈的社会责任感和敏锐的洞察力。能从生活中准确及时地捕捉人们最为关心的事件和问题，从日常生活小事中去寻找素材。

选材还要符合短剧、小品剧的艺术特点，着眼于生活中的细小事件，情节过程不太复杂，人物关系简单。但要有典型性，有"味道"，能窥一斑而见全豹。

2.主题的提炼

如何提炼主题，确定作品的立意和创作角度是短剧和小品剧剧作成败的关键。同样的素材，创作角度不同，立意不同，便会产生不同的艺术效果。如短剧《心灵》是根据女青年陈燕飞不顾自己有孕在身，下水舍己救人的事迹创作的。编导最初的立意是歌颂陈燕飞美好的心灵，因此起名为《闪光的心灵》。但在创作过程中，编导却更为那些陈燕飞救人时在岸边和渔船上袖手旁观，漠然相对，说怪话甚至趁火打劫偷走陆燕飞提包的人的所作所为震惊。于是决定将立意从歌颂式改为展示式，在赞扬陈燕飞高尚行为的同时也展露那些卑下者丑恶的行径。片名也随之改为《心灵》。

创作角度的选取，立意的高低是考验剧作者艺术眼光的试金石。它要求剧作者能透过生活事件的表面，把握其内在本质，努力开掘生活的底蕴，找到最佳的着眼点和切入角度。例如《将军》一剧，作者立意于歌颂我们党的优良传统和将军的伟大人格。但是在剧中没有展示将军战场上浴血奋战的风采，也没有百万军中叱咤风云的威风。而是以将军的日常生活为切入点，塑造了一个和蔼长者的形象，取得了好的艺术效果。

3.细节

精彩细节的选取是电视短剧、小品剧创作中的重要一环。短剧和小品剧不可能有情节大起大落，要想以小见大，要在有限的篇幅里成功地完成叙事，就必须从小处入手，以细节取胜。用生动、准确的细节描写在有限的篇幅里最有效地展示人物的性格特征，推动剧情的发展。生动的细节不仅会增加短剧的生活真实感，而且能直接表现作品的主题。如《重负》一剧中，王大妈生活的困窘，内心的苦楚都由她在食堂买饭时只买馒头和菜汤的细节展示给观众，同时这一笔也有力地表现了该剧的主题：对子女只顾自己享受而视父母为负担的丑行的谴责。

可以说，电视短剧和小品剧是细节的艺术。

4.剪裁

所谓剪裁实际上就是对素材的选择，是一种“舍弃”的技巧。剧作者要学会舍弃那些似是而非或与自己的总体构思不尽相符的东西，选取最有表现力的素材。如《重负》一剧中舍弃了王大妈与儿子、儿媳的正面冲突而集中笔墨于她生活的困窘和内心的痛苦。《找石花的小姑娘》也舍弃了小女孩父母之间的争吵打骂而只描写他们给女儿带来的心灵创伤。

对短剧和小品剧来说，恰当的剪裁就是要惜墨如金。短剧和小品剧的场景都极少，剧作家必须学会用有限的场景完成叙事。因此，多数短剧都将捕捉和表现人物最为生动的行为和感情变化的瞬间作为首要任务，通过人物带动叙事。

5. 结构

电视短剧和小品剧在结构上一般采用“横断面”开放型的结构方式。

由于不可能完成复杂多变的叙事和人物的成长变化，短剧和小品剧更多的是通过一人一事的简洁表现来反映社会现象或阐明人生哲理，因此往往只取生活的某一横断面。不以纵向的情节链条为联结贯穿的主线，而只把这一横断面上发生的事件和人物的心理、精神状态展现出来。整体结构上也不一定呈现为完整的开端、进展、高潮和结局，而是相对开放式的结构。如《人与人》、《吉祥胡同甲5号》等短剧集，其每一集都只截取一个人物或一个家庭生活的某一横断面，故事情节没有此前的发展，也没有明确的结局。主人公们都带着生活的困惑、矛盾或是希望继续走向未来。这种开放式的结构契合了生活的自然流程，也为电视短剧、小品剧的系列化创作提供了基础。

三、电视单本剧的剧作特征

电视单本剧是指长度为一到三集（每集长约四十五分钟）的电视剧样式。

单本剧是几种电视剧体裁中发展较早的一种，在电视剧创作的发展过程和探寻电视剧艺术规律方面都起着十分重要的作用。

电视单本剧的艺术特点有：

1. 注重反映现实生活

单本剧由于创作周期短，相比连续剧和系列剧更灵活快捷，而容量又比短剧、小品要大，能完整地完成叙事，较为丰满地塑造人物而成为几种电视剧体裁中最有利于反映现实生活的样式。它可以及时捕捉现实生活的种种变化情状，并将其较为完整地表现出来。我国的电视单本剧中，现实题材的剧目占有绝对的主流地位。关注现实、关注社会，及时而又深入地反映现实生活成为单本剧的一大艺术特点。涌现出了《新闻启示录》、《太阳从这里升起》、《一个医生的故事》、《白色山岗》、《汉家女》等一大批反映现实生活的力作。

2. 艺术的整体性

电视单本剧由于其篇幅关系，不利于叙述复杂的长篇故事和表现曲折的人生经历。但也正是这种局限使它能在一定程度上摆脱电视剧的大众化、通俗化的制约，获取了较大的艺术自由，可以充分利用各种艺术手段将一部单本剧营造为一个和谐统一的艺术整体。

在其发展过程中，单本剧曾被广泛地称作“小电影”。除了时间长度的相似外，这一称呼很大程度上也是因为单本剧可以像电影那样，具有艺术的整体性，可以自由、完整地表达创作者对社会人生的独特体验和理解，达到较高的美学境界。我国的《巴桑和她的弟妹们》、《丹姨》、《秋白之死》、《南行记——边寨人家的历史》等单本剧的经典之作就以其和谐、完美的整体艺术魅力为人称道。单本剧的艺术整体性使它在各种电视剧体裁中脱颖而出，成为公认的“艺术样式”。有不少国家在对电视剧进行艺术评奖时甚至只评单本剧。

3. 艺术的实验性

电视单本剧以其艺术上的自由和灵活成为电视剧艺术实验的先锋，单本剧在电视剧的结构、造型、节奏及电视剧艺术语言上所做的开拓和探索曾对电视剧艺术的成型起了决定性的作用。

单本剧的艺术探索和实验贯穿了整个中国电视剧的发展历程，从《新闻启示录》的“边缘风格”到《希波克拉底誓言》的象征性手法，到《好人燕居谦》的心灵开掘，再到《南行记——边寨人家的历史》的时空交错和造型语言，到《阿明的故事》的“反戏剧性结构”……单本剧的开拓性实验极大地丰富了电视剧艺术的表现力。

电视单本剧的剧作特征：

1. 人物关系

单本剧一般人物不宜过多，“焦点内”人物在五至七人之间，而主要人物则只有一两个。像《好人燕居谦》、《一个叫姚金兰的女人》、《朱自清》、《阿明的故事》等剧的主要人物都只有一个。从人物关系上看，单本剧的人物关系多为两极关系和单三角关系。人物集中，关系简单，有利于单本剧集中笔墨推进情节，揭示人物。

2. 人物塑造

单本剧一般无法表现人物的性格形成和发展的完整经历，因此人物性格特征要集中、鲜明，大多只揭示人物性格中最为生动独特的一面。如《希波克拉底誓言》中王医生的正直认真，全医生的冷漠和明哲保身，玉医生的自私和不负责任。三个主角各有其鲜明性格特征。但这种鲜明和集中并不等同于“扁平人物”的单向性和固定化，而是集中于性格某一方面的变化，同样具有性格的流动性。

单本剧冲突不会太复杂，也无法充分展示对抗的上升过程，因此通常采用将人物放置于矛盾冲突的“爆发点”前的一刻，在激烈对抗中充分展示人物性格魅力的方式来塑造人物。如《好人燕居谦》，主人公是一个普通的“县志”办公室工作人员，生活平淡无奇，但剧作者选取了他人生中最为惊心动魄的一刻——生死关头，情节一开始燕居谦就得知自己身患绝症，已不久于人世。在这人生矛盾最集中、最激烈的时候，他性格中最为光彩，最具魅力的一部分如岩浆般喷发出来。当他一面任人将吊唁自己的悼词和挽联贴满四壁而自己却视死如归地拥坐其间，夜以继日地赶撰县志时；当他终于大功告成，于曙色中纵声高喊，绕庭歌舞时，一个独特而又极具魅力的人物便生动地出现在观众面前。

3. 结构

电视单本剧艺术风格的多样性，首先就体现在其艺术结构的复杂多变。它没有什么规范的结构程式，因此，如何根据题材，风格的不同而选择不同的结构形式便成为单本剧创作中的关键。

一般说来，电视单本剧多采用封闭式的整体结构，讲述一个完整的故事，但仔细区分，其中又有多种具体方式：

戏剧式——以戏剧冲突为结构核心，以矛盾冲突推动剧情发展。开端、发展、高潮、结局，环环相扣，结构分明，如《乔厂长上任》、《走向远方》等。

电影式——运用电影式的时空交错手段，充分发挥蒙太奇结构功能，如《太阳从这里升起》、如《南行记——边寨人家的历史》。

小说式——以小说讲故事的叙述方式来安排结构，不刻意安排戏剧矛盾，也不多用时空交错的手法，如《遗落在湖畔》。

散文式——如散文般“形散而神不散”，以人物情感、意境为主，结构松散，情节淡化，如《桑巴和她的姐妹们》。

电视式——兼具多种电视节目特点，纪录片、新闻报道、政论性兼而有之，时空极其自由，如《新闻启示录》。

四、电视连续剧的剧作特征

电视连续剧是指长度在三集以上，分集播出，且主要人物和情节具有连贯性的电视剧样式。

由于能最大限度地适应电视媒介传播和观众观赏心理等方面的独特要求，最能充分发挥电视所长，因此许多人认为电视连续剧是最具电视特征，最能将电视剧与其他艺术形式区别开来的一种创作样式。的确，电视连续剧不光在时间自由、艺术容量、播出方式等方面有其他体裁所无法比拟的优势，而且在电视剧的生产和经营上，也有很大优势。虽然长，但正因为其故事人物的连续，连续剧可以采用“流水线”式的创作方式，也可以采用“室内剧”生产工艺，这些现代化、大规模的电视剧制作方法，为满足电视节目的无穷需求提供了有效保证。从生产成本来看，电视连续剧虽然总体成本较高，但如果分集来看，其成本远远低于同类题材的单本剧。人物的连续、场景、服装的多次反复使用，基地化的生产方式等，都极大地降低了连续剧的生产成本，使其成为一种经济的样式。从经营上讲，由于连续剧节目时间长，又能满足观众的喜好，所以也往往成为节目市场上的“抢手货”。

因为这些其他体裁所不具备的优势，电视连续剧在我国虽然起步比较晚，但很快便成为最主要的一种电视剧创作样式。

电视连续剧的主要艺术特征有：

1. 庞大的时空构架

“长”是电视连续剧最为明显的特征和优势，我国连续剧从最初的《敌营十八年》的九集发展到几十集一部甚至上百集一部。韩国电视连续剧《人鱼小姐》等都是百集以上，美国电视连续剧《佩顿·普赖顿》和英国电视连续剧《加冕典礼街》都在千集以上，其播出时间长达十余年。

电视连续剧的长，使它拥有庞大的时空架构，可以讲述像《大长今》那样连绵数十年，甚至更长时间的复杂人生经历，可以跨越时空，展示人间百态，可以像《三国演义》纵横千里，气势磅礴地尽现壮观历史，也可以像《红楼梦》那样工笔细描，细说红尘风流。

“长”还使电视连续剧拥有极大的艺术容量和表现生活的自由，众多的人物、复杂的矛盾冲突、曲折变化的事件、千姿百态的人生世相，都可以在电视连续剧庞大的时空构架中得到充分展示。

2. 叙事与写人

时间和人物的连续性是连续剧的主要特征，电视连续剧既可以展开一个复杂事件曲折发展的过程，又可以细腻描写人物的心理变化，性格成长经历。在叙事和塑造人物形象两方面都有充分的艺术表现力。有的作品以叙事为主，以事件为推动剧情发展的主因，在曲折的情节发展和激烈的矛盾冲突中来表现人物性格，如《三国演义》全剧以三国争霸的复杂历史事件为主要表现对象。三国间的智谋争斗、战场上的胜负得失成为推动剧情的主因。人物是从属于事件的，在情节发展和矛盾冲突中表现刘备、关羽、张飞、曹操、周瑜等人物的性格特征。在这种以叙事为主的电视剧中，人物性格一般变化不大，或者干脆以类型人物为主，如关羽的忠义、张飞的豪爽鲁莽、周瑜的心高气傲，特征鲜明，一以贯之。

还有的作品以写人为主，主要描写人物的人生经历、人物性格的形成、变化和发展。从人带事，事件是由于人物的性格特征或是随人物的发展而出现，人物的性格成长决定着事件的冲突变化。如电视连续剧《铁梨花》，从主人公铁梨花的少女时代一直写到老年，铁梨花的女中豪杰、侠义柔肠、坚忍不拔的性格是随着她的人生经历逐渐形成和发展的，而不断发生的各种事件则又是由铁梨花这个人物带出来的，铁梨花从订婚、被抢婚、离家出走、生子、隐居、抗日、回家、再次离家，人物不断增加，事件随之出现，但这些都是为了塑造铁梨花这个人物才存在的。

在大多数的电视连续剧中，叙事和写人往往互为主导，复杂交错，人物、事件互相引导、交织。事件表现和塑造了人物性格，人物性格的变化发展又引出新的冲突，新的事件，外部事件的矛盾冲突和人物性格的变化发展一起推动剧情的发展。

3. 广阔的社会生活场景与丰富的思想内涵

电视连续剧庞大的时空架构，巨大的艺术容量和自由丰富的艺术表现手段，使它成为一种可与长篇小说相媲美的，最能展现广阔社会生活场景、表现丰富思想内容的电视剧样式。从一部优秀的连续剧中，我们往往能看到一幅千姿百态的时代风俗画卷，了解到社会历史在某一时期的发展变化。如从《大长今》中我们可以看到韩国社会尤其是宫廷中数十年间的风云变幻，而通过《情满珠江》我们可以了解我国南方从“文革”到改革开放时期的变革与发展，通过《金婚》我们看到了从 1956 到 2005 年中国普通家庭的变迁和日常生活长卷。

电视连续剧在表现丰富思想内容上的优势很大程度上也来自于它的艺术容量，能够有如此大的篇幅讲述人生、社会的变迁，当然也就先天具有优势可以传递更加复杂、深厚的价值和思想。思想内容的表现并不是直露的宣传，而应该是从社会历史的变迁，从丰富可信的人物形象中自然流露的。如《激情燃烧的岁月》对军人品质的歌颂，对那个激情燃烧、情怀高尚的年代的怀想。又如《蜗居》中通过对第三者现象的描述传达了对于当今社会离婚率高、第三者现象多见，婚姻关系出现的信任危机等现象的揭示和思考。而这些思想或情怀，都是在人物的曲折命运和激烈的矛盾冲突中自然表现出来的。

电视连续剧的剧作特征：

1.选材

电视连续剧的创作中，应当选取那些适合连续剧艺术特点的生活材料，这并不是说只有大事件、大人物、大时代现象才能成为连续剧的创作素材。只要有复杂的矛盾冲突、有生动的人物形象，不管是个人的成长过程，社会的复杂情状，还是历史事件，都可以成为连续剧的创作素材。

选材中既不能片面求“大”，但也不能太“小”。单薄的任务，狭小的生活场景、缺乏变化的人物性格，都不适合于连续剧的创作。由于电视剧的时长长，所以对素材的素质有特定的要求，需要素材本身具备充分的延展性，容纳复杂的人物命运起伏和社会变迁。许多创作者将改编长篇小说作为创作材料的主要来源，正是因为长篇小说人物众多、事件复杂、社会生活场景广阔、思想内容丰富。而这些，也都是连续剧选材的基本要求。

2.结构

电视连续剧的结构往往采用局部的开放型艺术结构与整体的封闭式结构结合的形式。

电视连续剧之“连续”，就要求它采用开放型的情节结构，从一点细小情节或从一个主要人物生发出来，将众多的人生情状、事件冲突连接起来，不断地发展演绎下去。如连续剧《媳妇的美好时代》，就是从女主人公毛豆豆的初恋失败开始写起，写她在失恋后相亲认识了男主人公余味，从相识到相恋，到结婚，到描绘他们小夫妻磕磕绊绊点点滴滴的生活，毛豆豆和两个婆婆的关系，毛家和余家其他人物的副线故事也跟着展开

总之，连续剧如果具体到某一集，甚至某一段落，肯定是开放型的结构。只有留下伏笔、留下悬念或新的情节线索，故事才能发展下去。但从整体上看，连续剧再长也是要结束的。因此，全局结构又往往是封闭型的，或大团圆，或主要事件结束，总是有一个明确的结束感。

3.悬念的设置

电视连续剧要吸引观众连续收看，首先靠的就是悬念的设置。整体上要有大的悬念，如人物的命运、战争的胜负、事件的发展等。具体到每一集，也要在这一集结束时留下小悬念，吸引观众。

如连续剧《潜伏》，整体上的悬念是地下党波澜起伏谍战的进展，而在每一集快结束时，人物的命运便突然处于危机之中，造成观众的期待。又如日本连续剧《血疑》，总

体上以幸子的命运，她的生死和她与父亲、养父以及光夫的感情冲突为悬念，而又常以幸子的病情突变作为每集的小悬念。

悬念的设置讲究出新，讲究变化，如果总是人物突然陷入绝境，下一集又绝处逢生，或像《血疑》那样，总是病情突然危急，又总是有大岛茂及时相救，便会失去效果。

4.人物的命运感和人情的渲染

电视连续剧展现人物曲折命运和渲染人物感情变化的特点是它深受广大观众欢迎的重要原因。由于电视的家庭性、日常性特征，电视观众对屏幕上所展示的人物命运的关心往往超过了他们了解事件变化的愿望。可以说，人物的命运是连续剧最大的悬念。

因此，电视连续剧往往在人物的命运变化，人与人的关系纠葛、感情冲突上大做文章。同时又细腻、深入地反复感染人物感情，使观众逐渐与人物产生感情和思想上的共鸣和认同，并吸引他们关注人物命运的变化和事件的发展。像毛豆豆和余味的婚姻，她和婆婆的关系（《媳妇的美好时代》）、铁梨花在乱世中的侠肝义胆和军阀赵元庚的兴衰（《铁梨花》），以及余则成惊心动魄的间谍之路（《潜伏》）等，都深深吸引着观众，使他们欲罢不能地与主人公一起去体验时代和人生的点点滴滴。

5.总体的统筹安排与“集”的观念

电视连续剧的创作讲求对情节变化、任务命运冲突的整体统筹安排。要做到情节曲折跌宕、冲突不断展开，一波未平一波又起。总体上有一个开端、发展、高潮和结束的戏剧结构，但同时也要有“集”的观念，注意每一集的相对独立性。每一集要有自己的“戏核”，有悬念，集与集之间环环相扣，才能构成一部优秀的作品。

例如连续剧《我的青春谁做主》是围绕钱小样、青楚、霹雳三个表姐妹和她们的母亲，展开的一场关于“我的青春谁做主”的斗争。故事的前五集，就各有每一集精彩的“戏核”：

第一集：钱小样离家出走，在去往北京的途中搭了方宇的车，两人不打不相识。

第二集：姥爷病逝，全家人参加葬礼。霹雳已经离婚的父母在霹雳面前假装还是夫妻；小样投奔方宇，被奶奶误认为是方宇的女朋友。

第三集：霹雳发现父母离婚事实。

第四集：青楚到昭华地产调解退房纠纷，认识了周晋。

第五集：青楚发现周晋陷入一桩谋杀案，并且决定涉足这个案子。

有的连续剧如《英雄无悔》等，全剧从整体上看，冲突激烈，人物命运曲折，堪称精彩。但开头部分因交代人物和事件太多太平，没有吸引人的冲突，缺乏小高潮、小悬念，使许多观众失去兴趣。许多所谓的“慢热戏”，实际上犯的都是这种只注意整体的起、承、转、合而缺乏“集”的观念的毛病，尤其是电影创作者或短篇电视剧创作者在拍连续剧时，更易有此疏漏。

五、电视系列剧的剧作特征

电视系列剧也是一种分集播出的电视剧样式，它与电视连续剧的区别在于，它虽然也具有人物的连贯性，由几个主要人物贯彻全剧，但故事却不连贯。电视系列剧每一集都是一个独立的完整故事，集与集之间大多并没有情节上的必然联系。

电视系列剧的艺术特征有：

1.连贯与独立

电视系列剧的每一集都有完整的故事，都可独立成篇。如果拆开来看，类似于一个个单本剧。我国的系列剧《南行记》第一部《边寨人家的历史》就曾作为单本剧参加了首届四川国际电视节并一举夺魁。

那么，电视系列剧靠什么来形成“系列”？它的连贯性又体现在哪些方面呢？

首先是主要人物的连贯，不管一个系列有多少集，有多少独立的故事，其主要人物始终不变。如《我爱我家》中的一家子，《武林外传》中客栈里的那帮活泼搞怪的主人公。

其次，故事背景相同，如《武林外传》，每一集故事都发生在一个叫“七侠镇”的普通小镇，一间不起眼的江湖客栈里。而《炊事班的故事》中的故事都发生在当代空军某基层连队，甚至大多数的时候就发生在连队的炊事班里。这样，同样的时代背景，相同的故事发生地点便使同一系列的各集故事具备了某些连贯的因素。

再次，风格相同，系列剧的集与集之间虽然没有情节上的必然联系，但却肯定有相同的艺术风格。如《炊事班的故事》和《东北一家人》、《武林外传》的喜剧风格，美国系列剧《欲望都市》的爱情浪漫风格。

此外，同一部系列剧的各集还必须具有相同的主题思想。主题的统一，也是其统一构筑的一个基本要素。如《包公》一剧中每一集包公都碰到不同的案件，人物、情节各不相同，但其主题思想都是一个：惩恶扬善。

2.人物的“面具”化

电视系列剧以情节取胜，并不长于塑造人物形象。尽管主要人物贯穿全剧，但由于各集的独立性，系列剧中不可能表现人物曲折生活历程和性格的发展变化，加之主要人物在剧中更多的只是充当一种特殊的“引戏员”，起引导观众进入剧情和连接各集的作用。因此，系列剧中的人物虽然要求性格鲜明，但并不要求深入形象，挖掘心理活动变化。他们往往都是“面具”化的扁平人物，性格特征鲜明却缺乏发展，缺乏深入的形象开掘，而更多地依靠角色的类型化风格来吸引观众。如《欲望都市》中凯莉知性、独立、敏感的性格，又如《武林外传》中的吕秀才害羞酸腐的性格，郭芙蓉泼辣热情的性格，既无此前的形成，也没有更多的发展，在故事中也绝少细写其心理变化，客栈中的各个人物，都是典型化了的人物，是一张张脸谱化，各具特色的面具。

3.通俗与类型

由于电视系列剧主要靠情节取胜，缺乏深厚的思想内容和丰满的人物形象塑造，因此它是电视剧诸样式中最受大众化和通俗化要求所制约的一种体裁，甚至可以说它在本质上是一种通俗剧样式。在我国迄今为止的电视系列剧作品中，大多也都是通俗剧。

电视系列剧在其创作中吸收和学习了电影类型片的经验，几乎每一个系列剧都可以划入一种类型。如惊险侦探剧（《神探亨特》、《老干探》等）、神话剧（《西游记》、《聊斋》）、喜剧（《武林外传》）、情景喜剧（《我爱我家》）等。

电视系列剧的通俗性和类型化，既是一种局限，同时又是一种独特的优势。

电视系列剧的剧作特征：

1.人物的设置

电视系列剧的主要人物贯穿全剧，起着连接各集和推动每集故事发展的作用，因此，主要人物的设置是否合理，直接关系到全剧的成败。

系列剧的人物设置要考虑以下几个因素：

首先是剧情的需要，如《炊事班的故事》，故事既然发生在某基层连队炊事班，主要人物当然是炊事班班长、副班长和几位炊事员。考虑到剧情要涉及不同人的思想意识差异和冲突，炊事员当然得年龄不一，层次不一，性格不一，搁在一起才会热闹，才会有故事。

其次是人物性格的差异和互补，电视系列剧的人物要在一起经历各种事件，当然需要性格上各有特色，相得益彰。如《欲望都市》中四个性格各有亮点的都市女性：凯莉知性、萨曼莎狂野、米兰达干练、夏洛蒂梦幻，她们由于性格的不同，在生命旅途中遇到了不同的爱情故事，对待同一个问题的观点也会不同。又如《武林外传》中的郭芙蓉和吕秀才这对恋人，一个野蛮冲动，一个文质彬彬，由此引发了无数笑料。人物性格的差异有利于形成性格冲突，增加情节的变化和情趣。

再次，要考虑观众的心理，系列剧人物缺乏性格发展，也没有太多的心理描写和感情渲染，因此，观众能否与角色产生共鸣或认同，就全看人物设置是否符合观众的心理需求。包公的大公无私，李冬宝的嬉笑怒骂却又不失真诚善良，都反映了某一时期观众的特定心态。另外，人物设置上注意性格搭配，避免"和尚戏"等，也是基于对观众心理的考虑。

系列剧的人物关系不像连续剧那么复杂，一般也都是以两极关系和单三角关系为主。此外，系列剧中一般没有固定的中心人物，而采用几个主要人物"轮流坐庄"的方式。

2. 结构

电视系列剧在结构上多为整体的开放式结构和局部的半开放式结构相结合。

从局部来说，系列剧每一集都是一个独立的完整故事，是封闭的戏剧式情节结构。但每一集从人物来说，又处于一种开放状态，连接着前、后集。人物性格处于一种相对恒定的无发展、无结果状态。所以，电视系列剧的单集是一种半封闭结构。

从整体上看，由于人物的恒定开放状态，电视系列剧也总是处于一种可以无限地发展下去的可能中。人物没有性格发展，也就无所谓结束。他们总是可以再次进入一个新的故事，开始下一集，所以，电视系列剧的整体结构是开放的。

3. 悬念

系列剧因为情节不连贯，所以从总体上并没有一个"总悬念"而是各集有各集的悬念。但在有的作品中也会设置一个不是十分强烈的悬念来贯穿始终，如《欲望都市》中凯莉和她的 Mr. Big 在爱情上的分分合合数度纠葛，但这样的悬念不会成为剧情推进的主因。

第二节　电视剧的题材分类

正如前文所说，依据电视剧的题材来分类在理论界尚无十分清晰的划分，但这样的尝试对电视剧创作实践是极有价值的。电视剧是艺术，更是商品。在消费文化的长时间影响下，电视剧正在形成各种拥有相对稳定欣赏群体、趣味的类别。虽然各种题材的电视剧彼此交叉给科学分类带来了困难，但是探讨其中规律却对掌握市场走向和运作方式有着特殊的价值。

一、按题材的时代范畴划分

按照电视剧题材时代的不同，我们可以把电视剧分为历史剧和现代剧。上世纪90年代以来，历史题材的电视剧大量出现，“历史”作为回避现实矛盾的大空间成为了电视剧制作者或抒发主张或谋求市场的必然策略。一方面，历史本身的陌生性给电视剧的创作提供了较为自由的空间，既有符合历史真实的历史正剧《武则天》、《唐明皇》、《雍正王朝》、《走向共和》等，也可以有戏说历史甚至虚构的《大明宫词》、《少年天子》、《还珠格格》。另一方面，历史又并不意味着与现实的隔绝，历史题材的电视剧恰恰站在纵横古今的桥梁上，既回避了现实的质疑又不致沦为陈朽，一度热播的香港电视连续剧《金枝欲孽》就被称作“清宫里的办公室故事”。

古典名著改编剧是历史剧中比较特殊的一类作品，由于这类电视剧的原型小说本身就是充满艺术魅力的不朽经典，并有大投资保证精良的制作，所以均得到了观众的普遍关注。上世纪80年代后，四大名著陆续搬上银屏（《三国演义》1994年、《水浒传》1998年、《西游记》1988年、《红楼梦》1987年），而后在新世纪又陆续重新翻拍：2010年的新《三国》，新《西游记》，新《红楼梦》，2011年的新《水浒》。这些电视剧不仅在中国，甚至在“大中华文化圈”都掀起了看电视读名著的风潮。根据对2003年上半年电视剧收视率的统计，综合排名前10名中古装戏占了6部之多：港台《射雕英雄传》(2)、《孝庄秘史》(3)、《封神榜·忠义乾坤》(4)、《风云必胜》(5)、《倚天屠龙记》(6)、大陆《射雕英雄传》(8)，但其中的5部真正的卖点却是名著的影响力，真正原创性的古装剧只有一部《孝庄秘史》。在急需利益最大化又缺少优秀原创的当下电视剧市场，名著改编剧无疑是质量和收视的保证。但在名著改编作品中如何把握“忠实”与“创新的关系”一直都是创作的重心。古典文学经典经过时间的考验已经成为系统的审美整体，如果一味创新则是把现代话语权凌驾于读者的感情之上。改编名著时应该遵循“尊重原著”的原则，只有吃透原著精神才能达到既忠实经典又摆脱搬演的匠气之嫌。1994年版电视剧《三国演义》就是因为过分拘泥原著而饱受诟病，而过分戏说则会差之毫厘谬以千里，好的名著改编剧应该是原著精神和现代审美趣味的契合。

谈到历史剧，很多人把它和古装剧等同起来，其实不然。古装剧的时限在清代以前，那时的人们从衣食起居到思维方式都和现代人迥异，而历史剧涵盖古装剧的同时，近现代的历史也是内容之一，这其中包含了大量的革命历史题材作品。作为国家意识形态的表达，革命历史题材电视剧无论是在资金投入还是发行渠道方面都有其他题材所无法比拟的先天优势；作为现有政治秩序对信仰和历史的回望，这一类作品又在意识形态上起着感染教化的作用。我国政府一直重视电视剧的政治意义和政治效果，主管部门还采用行政导向的手段保证主旋律电视作品的播出。虽然革命历史题材的电视剧在每年两万多集的电视剧总产量里面数量并不占优，但是因其题材的特殊性仍是社会主义精神文明建设的主力军。由于革命历史题材电视剧的编剧往往都是传记小说家出身，习惯历史性思维而艺术思维欠缺，拍出作品往往欠缺细节，可看性较差。因此在进行此类电视剧创作时不仅要注意把握史实，还需要注意把个人命运和历史背景结合起来，多从生活中提炼生动的细节，方能拍出有血有肉的精品。

历史剧既有正说，也有戏说。90 年代后期，出现了大量戏说的历史题材电视剧，《还珠格格》就是其中的代表。1999 年，一个嬉笑怒骂全无皇家风范的公主小燕子成了当年国内最大的明星。世纪末的焦虑、生活的乏味压抑都随着这样一种解构历史的电视产品得到释放。“史”的严肃被消解甚至虚化为背景，观众在消费电视产品的狂欢中愉悦感官。还是以《还珠格格》为例，据各省市电视台汇总的情况，该剧在各地播出几乎都创下超高收视率，甚至达到各台电视剧收视率之最。其中北京有线台 1998 年 11 月播出《还珠格格》，平均收视率高达 44%。1999 年 6 月底，《还珠格格》第二部在北京电视台播出，引发又一轮收视高潮，平均收视率达到 48%。上海台播出《还珠格格》第二部收视率最高达到 55%。湖南经济电视台播出《还珠格格》，平均收视率高达 45%，最高收视率突破 58%，为该台电视剧收视之最，《还珠格格》第二部平均收视率超过 50%，最高点突破 65%，创下开台以来节目收视新纪录。戏说历史剧的需求是如此之大，让诸如《宰相刘罗锅》、《铁齿铜牙纪晓岚》、《康熙微服私访》等同类作品在市场上都有不俗反响。但是争议也接踵而至，历史该不该戏说，这样的讨论一直伴随着戏说剧的热播。北京电视台播过的《尚方宝剑》中屡屡作为背景的两幅字竟是当代书法家欧阳中石之作，落款清晰可辨，其他戏说剧中也是硬伤处处。作为一种唾手可得的公共资源，历史剧是观众最便利的历史信息来源，戏说剧究竟要给观众怎样的历史？把历史虚化为背景固然是一种可行的叙事策略，但在创作过程中编剧也应尽量尊重大众心中的历史定位，不能为了效果完全超越有限的历史记录。换言之，戏说不是以牺牲艺术质量为代价的胡说，剧作者应该做负责任的“戏说”。

现代剧是与历史剧并列的另一大类，顾名思义，现代剧是以现代生活为题材，反映现代情感的电视剧。由于贴近观众生活，现代剧上几乎不存在观赏隔膜，因此更能打动人，1990 年的《渴望》就是这类电视剧的收视典范。《渴望》用善恶对立的人物和惩恶扬善的道德主题讲述普通人的悲欢离合，用现在的眼光看剧作未免幼稚，但在娱乐方式匮乏的当时却创造了收视奇迹，随后出现了大量以《渴望》为样本的关注普通人生活的电视剧。近年来现代情感题材的电视剧尤其受到观众欢迎，如反映房价飞涨和家庭危机的《蜗居》、关注都市年轻人婚恋生活的《媳妇的美好时代》，反思现代化生活方式给人们生活带来改变的电视剧《手机》，展现近年来大众热议的“裸婚”现象的《裸婚时代》等等。这些现代题材的电视剧，适时展现了现代人的新生活、新观念，也对当今热点的话题、现象进行了刻画和反思，视野新鲜、贴近生活，非常具有生命力。

二、按题材的内容划分

按题材的内容可以把电视剧分为家庭伦理剧、言情剧、武侠剧、谍战剧等等，以下简要介绍其中比较成熟的几种类别。

1.家庭伦理剧

家庭伦理剧是以道德伦理观念为主要表达内容的电视剧，上世纪90年代以来中国社会经历着巨大的变迁，文化转型带来的精神动荡成为最受关注的主题。从1990年《渴望》到《孽债》、《牵手》、《贫嘴张大民的幸福生活》，再到《空镜子》、《中国式离婚》，再到《家有九凤》、《金婚》、《王贵与安娜》，伦理剧在业界和普通观众中都有不俗的评价。伦理剧在中国有着深厚的文化渊源，中国传统文化就是伦理文化，从文明诞生至今，中国人始终生活在政治法律、血缘尊卑盘根错节的伦理关系里。伦理亲和作为中国传统理法的内核，自然就成为最符合中国人审美传统的电视剧题材。另外，家庭化和参与感这一电视媒介的特质也为伦理剧提供了得天独厚的土壤。电视剧是一种易得的廉价消费，观众把电视当作家庭的成员，表现普通人悲欢离合的伦理剧就是最理所当然的选择。近年来家庭伦理剧对人性的表现、精神世界的开掘都达到了前所未有的深度，但也存在着题材私密化、狭小化的趋势。对人性的揭示是伦理剧的长处，但在进行这一题材作品创作时也应注意个人命运与宏观背景的结合，尊重社会的伦理道德价值，避免为了迎合观众窥看欲而对个人私密生活过分开掘。

2. 言情剧

言情剧就是以爱情为主要内容的电视剧，它往往沿袭了文学的叙事模式，围绕着“情”的萌芽、相爱、阻碍、抗争，走向或大团圆或悲剧的结局。爱情是人类永恒的主题，言情剧中的爱情也往往是超越一切的精神力量，因此在言情剧中很少被政治历史渗透而更多地推之为背景。民国戏中有民国爱情剧，如《像雾像雨又像风》、《来不及说我爱你》。当代戏中有都市生活言情剧，如《马文的战争》、《双面胶》、《裸婚时代》等。为了配合唯美的视觉风格，言情剧选择演员也尽量向年轻、形象出众的靠拢，这就衍生出了电视剧特有的青春偶像剧类型。例如早期的青春偶像剧《将爱情进行到底》就让王学兵、李亚鹏等青年演员迅速成为一线偶像明星。但是在我国，由于国内电视剧叙事传统偏向"社会化"叙事的特点，类似日、韩那种极度纯爱，不食人间烟火的青春偶像剧在国内很难有存在的空间，国内的青春偶像剧往往呈现出社会质感较强，同样注重偶像人物背后的工作、家庭背景的特点。例如可以归为偶像剧的连续剧《男才女貌》，女主人公苏拉就是一个独立自强的女白领，在城市里打拼，比日韩偶像剧的女主人公更有脚踏实地的气质。而男女主角的爱情故事，也和他们的家庭有着密不可分的关系，比日韩的青春偶像剧更重家庭伦理。

3. 警匪剧

在 2000 年前后，曾经出现过一次警匪片的浪潮，从电视剧生产的数量和影响力来看，警匪片在那几年是与言情片不相上下的重要电视剧形态。虽然犯罪和打击犯罪不是社会生活的主流，警察和罪犯也是社会角色中数量相对小的群体，但它们永远是戏剧化矛盾冲突最外化、最突出的部分。我国的警匪剧还往往把目光投向社会转型期的重大犯罪事件，例如《永不瞑目》、《生死卧底》、《重案六组》、《黑冰》、《黑洞》等，这些作品因其题材的重大和对时代性的敏锐把握都有不俗的市场回报。警匪剧作为一种发展较成熟的类型在剧作上有比较固定的规律可循，首先故事大都发生在拥挤的城市，这是一种隐喻性的设置，代表着现代人生活的无序、不安和孤独，观众需要在电视里看到英雄惩恶扬善，通过英雄（警察）的行为替代性地对抗恐惧。富于视觉冲击力的打斗戏是警匪剧的另一特点，但由于经费和政策的限制我国的警匪剧在这方面表现得并不突出，而是用十分复杂的人物关系建构取而代之。国外警匪剧偏好单骑英雄，而我们往往把正反力量设置为复杂的两个阵营，包括警察（警察的家人、朋友、工作助手）和罪犯（显性和隐藏的罪犯）等。与一开始警匪剧中正反人物脸谱化不同，现在的人物性格更复杂，两个集团中间往往因为某些变故而产生某种情感或利益上的联系，反派人物也从一开始的穷凶极恶变成有七情六欲且有高尚外表做掩护。这样的设置往往能比较好地撑起电视剧的长度保持戏剧性，并且能够保证电视剧按照商业规律来扩展。由于近年国家广电总局严格控制涉案剧的数量和播出时段，因此在进行此类电视剧创作时特别要注意把握政策导向，不要过多涉及暴力血腥。

4. 武侠剧

武侠剧是中国独有的电视剧品种，这类作品吸收了动作片的打斗之美，融入行侠仗义、纵横江湖、快意恩仇的“武侠精神”，在影视类型中独树一帜。剧中不被世俗礼法约束拥有绝对力量的侠客寄托了观众对于社会公正的向往和潜在的暴力宣泄心理，而这种意识的宣泄又和“替天行道、行侠仗义”的东方伦理观结合起来，形成武侠剧特殊的魅力。上世纪90年代后期，新武侠电视剧开始成为最有市场号召力的电视剧类型，特别是根据香港著名武侠小说家金庸的小说改编的武侠电视剧，成为中国各地电视屏幕上的常胜冠军。1999年春节，甚至出现10多家省级卫星电视台同时播放《天龙八部》的景观，其覆盖的密度远远超过了当年的《渴望》。根据对2003年上半年电视剧收视率的分析，香港版《射雕英雄传》(收视率7.89，排名第2)凭借34%的市场占有率牢牢占据榜首。近年来，内地也不断有武侠小说重新翻拍的作品产生，比如新《射雕英雄传》、新《天龙八部》，新《倚天屠龙记》等。但是武侠剧始终是在金庸、古龙、梁羽生等武侠小说家的小说改编上做文章，原创的武侠剧还有待发展提高。

5. 军事战争剧

军事战争剧是以军事战争为题材，围绕军事战争背景展开人物命运纠葛的题材类型。随着电视剧市场的繁荣发展、电视剧的投资日渐增大，我国电视剧的拍摄规模和历史视野也在增大。大气魄、大场面、大历史视野的军事战争剧在近几年广受观众的喜爱。军事战争剧可以细分为三个小类别：

(1)战场戏：真刀真枪，以军事演练和战争为直接描述对象，往往赞颂军人热血男儿的精神，也歌颂男人之间生死之交的友情，如《亮剑》、《士兵突击》、《我的团长我的团》等。

(2)军事谍战戏：谍战戏在近年来可以说是屡创收视热潮，创作跟风最厉害的一个类型，但是随着政策的微调已经初步告一段落。谍战戏由于其在剧作上先天的优势，容易制造出勾人心魄的悬念，铺排明争暗斗、假戏真做，偷天换日、跌宕起伏的情节，因此广受观众的欢迎。谍战剧出现了不少精良之作，从早期的《古城谍影》、《暗算》，到后来的《潜伏》，再到新近的《黎明之前》等等。

(3)军旅情感剧：这一类作品故事发生的背景是军事战争或军旅生涯，但重点不是在于刻画军事事件，而是军旅人物的爱情、婚姻生活。比如《激情燃烧的岁月》、《幸福像花儿一样》、《在那遥远的地方》等。

6. 励志剧

励志剧顾名思义，是以人物的奋斗拼搏为主线的电视剧作品，早在80年代曾经风靡我国的日本电视剧《排球女将》就是以女主人公小鹿纯子在排球事业上的拼搏为主线的故事。韩国电视剧《大长今》也是以大长今在宫廷中从小宫女奋斗到“大长今”的脉络为主线的励志剧。近年来国内也出现了不少展现年轻人在都市中为明天而奋斗的励志作品，以赵宝刚的《奋斗》为典型代表。连续剧《奋斗》以陆涛、夏琳、向南、杨晓芸、米莱几个年轻人在都市中的奋斗为主线，同时也刻画了他们之间的爱情纠葛，整部剧的整体精神是奋斗向上的，充满了年轻人的朝气和斗志，他们在爱情里的独立自主、对自我尊严、个人事业的强调，也有别于一般偶像剧的爱情处理。在《奋斗》之后，还有《我的青春谁做主》、《杜拉拉升职记》等都是口碑较好的励志剧。这一类的励志剧往往是将励志题材和青春偶像题材巧妙地结合，让偶像有生活气，而励志故事也有了青春浪漫的特质。

第三节 电视剧本的策划

在电视剧项目的实际操作中，有时编剧并不介入前期的策划工作，事实上大多数的策划案也都不是编剧完成的。但由于策划与剧本创作的密切关联，编剧也必须了解和熟悉相关流程和重要因素。

一、制约剧本策划的因素

剧本是一剧之本，也是电视剧运作的开端。制片人找到现成可拍的剧本固然省时省力，但这种运气并不常有，通常电视剧的运作从剧本策划开始。通过剧本策划确定符合制片方要求的可拍选题，然后编剧据此进行创作直至完成剧本。

剧本策划决定着一部电视剧的方向，这并不是一个闭门造车的过程，而是一个各种因素制约下的必然选择。除了艺术因素（如题材的深度、艺术性、创作者的偏好等等）之外，它还受到市场和政策两大因素的强力制约。

1. 市场制约

作为一种商品，电视剧也是通过被消费体现价值，即最大可能地占有市场。观众作为电视剧产品的终端消费者，他们的好恶就决定着市场的占有率。如何策划出吸引观众的电视剧，应该从如下几个方面考量。

第一是观众心理。有的电视剧找了不少专家学者来策划，结果却是叫好不叫座。了解什么是观众的真实需求才能生产出有市场占有力的电视剧产品。通过调查，我们发现观众的收视选择和对电视剧的价值评判之间出现了差异。以2002年北京市场各类电视剧的收视情况为例，排名前五位的分别是情景喜剧与方言剧、传奇剧、侠义公案剧、时代变迁剧、动作剧，而代表主旋律的军事革命题材电视剧却被挤出前十。其中每播出一百分钟所获的收视时间情景剧与方言喜剧为46分钟，而军事革命题材仅仅是25分钟（数据来源：央视—索福瑞媒介研究）。这并不代表军事革命题材作品质量上的低下，相反这其中不少都是严肃精致的大制作。“受众两种选择的差异由于电视媒介在高度社会化的同时又高度家庭化而显得特别突出。”[①]一方面，观众根据社会伦理价值抽象出对某一作品的价值评价；另一方面，电视剧是一种心理负荷很低的消费品，观众在家中完全可以抛弃社会价值评价而只依靠私人趣味按动遥控器。从上世纪80年代开始，通俗电视连续剧逐渐成为中国电视剧的主导形式，它用一种娱乐叙事的方式呼应着社会经济的发展和观众口味的转型。

第二是要了解行业趋势。电视剧行业存在着跟风的习惯，制片方希望通过模仿走红的剧种降低市场风险。例如当年《渴望》在取得收视奇迹之后，一大批例如《风雨丽人》、《文化圈》等类似的家庭伦理剧纷纷出现，但都没能再现《渴望》的辉煌。《雍正王朝》、《康熙帝国》的走红也带动了大量的历史正剧上马，但2003年历史正剧全面败落，制作精良的《走向共和》仅有2.71的收视率。观众对电视剧的审美能力日益成熟，他们不再听从某一种题材的煽动和牵制。因此电视剧的策划要建立在对市场供需仔细分析和大胆预测的基础上，避免盲目跟风带来的损失。

第三是要了解收视人群的构成和特征，收视群体由于性别、年龄和教育背景的不同都会有收视趣味的差异。在中国，女性观众对电视剧的偏好程度高于男性观众。2002年，女性观众每天收看电视剧的时间为57分钟，而男性观众为49分钟。（数据来源央视—索福瑞媒介研究）2002年《不要和陌生人说话》就是作为第一部关注家庭暴力的电视剧吸引了大量的女性观众而在收视榜上名列前茅。在观众口味日趋多元化的今天，只有明确自己的消费主体才能有的放矢，制作出有市场竞争力的电视剧产品。

2. 政策制约

观众虽然是电视剧的终端消费者，但并不是电视剧产品的直接购买者。事实上，是各电视台买下电视剧的播出权，然后在特定时间推向观众。而观众并不能完全用自己的趣味左右电视剧的播出单位。除了迎合市场需求，电视剧策划不能避免地要受到

① 苗棣、范钟离：《电视文化学》，北京广播学院出版社1997年版，第101页。

社会权威即国家政策的制约。如前所说，电视剧随着经济的发展经历着通俗化的转变，观众的实际选择也受制于本能（弱点），但这一切都有政策底限。国家广电总局出台的电视剧相关管理法规有：《电视剧制作许可证管理规定》、《广播电视管理条例》、《关于核发〈广播电视节目制作经营许可证〉和〈电视剧制作许可证〉的通知》、《电视剧审查暂行条例》、《关于进一步加强电视剧的引进、合拍和播放管理的通知》、《电视剧管理规定》等等。

电视剧市场是在政策的框架下形成的，因此每一次政策的调整都会给市场造成巨大的影响。为了保证宣传的需要，政策往往会引导通俗剧给主旋律题材让位。近年对涉案题材电视剧的控制也给涉案剧的发行造成了困难。而广电总局对电视剧播出古装戏所占比例的明确限制和对现实题材电视剧的鼓励也必定会直接对生产创作产生影响。

尽管有时候反其道而行的“逆向策划”也有可能取得市场成功。但对编剧来说，在剧本策划时一定要注意回避敏感题材，把握政策走向。

二、策划案的完成

一个策划案应该包括剧本定位、人物介绍、故事梗概及市场分析、主创人员简介乃至于预算、宣传企划等方面。在这里我们只介绍与剧本创作相关的剧本定位、人物介绍和故事梗概。

1. 定位

电视剧的定位决定着电视剧的未来方向，应该包括所有可行的因素，给剧本找到最好的实施方案。

让我们先从一个案例入手：

案例：《兄弟》策划之产品定位

我们熟悉市场

统观 2000 年以来的收视分析，公安题材电视剧一直稳居前列！

经过 2001 年的历练，电视剧市场又进一步重整。公安题材的电视剧在这些年仍然一路走先，从《刑警本色》、《英雄无悔》、《黑冰》、《九·一八大案》，到最近热播的《黑洞》都成为全国观众收视热点。

众多影视演员更是在这类剧中脱颖而出：

濮存昕在《英雄无悔》中演绎出了警察本色；

王志文在《刑警本色》与《黑冰》中的表现，更为观众回味无限；

陈道明在《康熙王朝》之后出演《黑洞》，从帝国之君到纨绔子弟，这种巨大反差，并没有因为《康熙王朝》的宏伟而压住他在《黑洞》中的出色表现，这种影响力不仅来源于个人的高超演技，更要有《黑洞》这一引人题材的强力支撑。

公安题材这一永保长春的题材，在本年度必将继续释放耀眼的光芒。

敢想敢做

这是中国第一部假币戏，假币在近年来百姓的日常生活中异常猖獗，已经是无人不知无人不晓，它是百姓最棘手的话题，也是百姓最关心的题材。

这是一部孪生兄弟亲情戏，纯正、炽热、沉重、痛苦而又惨烈的兄弟之情，男人与男人之间感情，在这里一览无遗。

这是一部公安侦破剧，突如其来的刑事案件，数目巨大的假币案件，猖獗的制假犯罪活动，机敏骁勇的公安干警，凶狠毒辣的罪犯，在这里展开了激烈的斗争。

这是一部现代剧，在我们这座现代都市里，有罪恶，也有正义；有贪婪，也有追求；有污秽，更有醇醇真情。

这是一部人性剧，醇厚惨烈的兄弟亲情，加上极致感人的真挚爱情，以及突如其来的刑事、假币案件，在公安侦破题材的框架中，更为深刻地开掘了亲情中的内涵，以侦破为切入点，剖析这光怪陆离的社会，意欲给观众留下无尽的思考。

真正反映贴切百姓生活的实际问题

融入扣人心弦的悬念情节

加上震撼惊人的警匪交锋场面

不乏感人肺腑的情感故事

再塑骁勇刑警力劈制假黑手的正义之剑！

这些，我们想到了，我们就要做到！

观众想看什么，我们就做什么

《兄弟》经过近6个月的积极准备，现已经确定基本雏形，在公安部的大力支持下，组织编剧下到浙江、广东、河南等假币案集中地进行实地体验生活，参加案件实际侦破工作。同时，公安部还精选了多年来的代表性案件，作为剧本创作之用。

贴近百姓,融入最真实的案件资料,我们要做观众最想看的东西。

目前,本剧剧本创作已经完成。其故事创意和完成剧本极具可看性和震撼力。加之强力创作班底和明星阵容,相信会是近年公安题材电视剧中极具竞争优势的力作。

在这个策划案中包含着几个方面的定位:

(1) 对市场的定位。如前所说,对市场的定位即是找到电视剧的卖点。首先,通过市场调查确定公安题材拥有稳定的收视群体;然后是演员的明星阵容,一批有实力有市场号召力的明星会是收视的保证。第三考虑政策因素,反假币是以往公安题材从未涉及的领域,除了新鲜之外,假币犯罪还由于其行业特殊性少了很多暴力血腥的元素,这样就把重心从动作的较量转移到智力和情感的较量上,更合乎政策要求。

(2) 主题定位。除了扣人心弦的故事,一部优秀的电视剧还应有真挚动人的情感和精神追求。《兄弟》把主题定在情与法、黑与白的较量上,"再塑骁勇刑警力劈制假黑手的正义之剑!"这样维护社会正义呼唤正气的电视剧自然能打动观众。

(3) 风格类型定位。"亲情戏"、"公安侦破剧"、"现代剧"、"人性剧",《兄弟》集合了几乎所有类型剧的收视点,再辅之以真实的案例,保证了可看性和震撼力。

2. 人物介绍

作为一个电视剧项目的推广文案,策划案中的人物介绍并非创作过程中的人物分析。它只需简单介绍人物和人物所涉剧情。在大多数策划案中,还要列出拟请扮演人物的演员。

如下例:

电视连续剧《逐日英雄》主要人物介绍及拟请(确定)演员

1. 欧阳汉强 出生于名门之后,祖上世代为官,20岁时被国民政府云南省政府委派到日本学习飞行技术。思想激进,具有强烈的爱国主义精神,因不满日本航校对中国学员的歧视,号召中国学员起来反抗,并积极要求回国参加抗战,他带领中国学员历经千辛万苦终于回到了自己的祖国,投入了如火如荼的抗日战争。他驾驶着战机,击毁了号称"大和之魂"的日本功勋战机后迫降于游击区,并加入了中国共产党。作为中国空军驱逐机上校大队长,带领中国空军参加了闻名中外的"腾冲保卫战"、"怒江战役",率部参加因全歼日军唯一的装甲纵队而被称为世界战争史奇观的"松江大歼灭战”，当打完最后一颗子弹后，为保护战机驾机坠入滇池，其战机也是世界上唯一保存下来的一架P－40战机。

——聂远　扮演

2. 向婉婷　昆明女中校花，品学兼优、相貌出众；因奸人所害，被迫加入国民党军统，经过残酷的培训成为了少校情报员，是一个曾经让日军和亲日分子、汪伪集团闻风丧胆的杀手。在抗日战争中，利用其智慧窃取日军的情报，为中国军队抗击日本帝国主义提供了宝贵的信息，但其终因厌恶国民党内部的明争暗斗、腐败无能、消极抗日而毅然脱离了军统，回到家乡参加了“腾冲保卫战”，从此成了抗日游击队中的一员。在“松江大歼灭战”中，为彻底炸毁日本装甲部队，不惜点燃了自己的身体，为中国空军指示打击目标。

——朱茵　扮演

3. 阿部花子　阿部归一的女儿，上官云天的妻子，为了找寻上官云天，摆脱了日本法西斯的禁锢，历经千辛万苦逃到了中国，并生下一子，其后，在战争中与云天失散，为了躲避战争，却成了妓院的歌妓。后来为了不受毛德仁的控制而出家当尼姑，却不曾想被其兄阿部健雄逼为慰安妇。当得知丈夫牺牲在滇池的消息，纵身跃进滇池。

——王黎雯　扮演

4. 上官云天　名将之后，祖上是戍边大将，20岁时被国民政府云南省政府委派到日本学习飞行技术，具有强烈的爱国主义精神，因不满日本航校对中国学员的歧视，和欧阳汉强一起号召中国学员起来反抗，为了回国参加抗战，不惜自残身体。他和欧阳汉强回到了自己的祖国，参加了如火如荼的抗日战争，是闻名遐迩的“跛腿飞将军”。首次带队出战就以击落六架日机自己无一伤亡的辉煌战绩，极大地鼓舞了全国军民的抗日斗志，并成为了中国空军“击落日机第一人”，打破了日军不可战胜的神话。作为中国空军驱逐机上校大队长，参加了“腾冲保卫战”、“怒江战役”，“松江大歼灭战”，为了抗战的胜利，驾驶战机撞毁了既是自己的老师、岳父，也是日本空军大佐阿部归一的战机。

——贾一平　扮演

5. 向家刚　向婉婷的父亲，黄埔军校学员，地下党员，曾经是红军团政委，地下党昆明市委委员，宣传部长。在日本人横行而国民政府昏庸的环境中，不顾个人的安危，宣传抗日。目睹了女儿蒙冤入狱而自己却无能为力的痛苦，经历了曾经是同志的叛变，在血与火的历练中，他指挥抗日游击队，协同国民党参加了“腾冲保卫战”、“怒江战役”、“松江大歼灭战”，为了挽救人民的生命财产，献出自己宝贵的生命。

——王奎荣　扮演

6. 上官烈　上官云天的父亲，国民党三〇〇师师长，一〇一军军长，陆军上将。刚正不阿，抗日名将。在民族危亡的关键时刻，不顾军统特务的威胁，挺身而出，为了打击日本帝国主义的嚣张气焰，亲自率队参加“腾冲保卫战”。在反法西斯的战场上抱着炸药包冲向日本的坦克纵队，以身殉职、壮烈牺牲。

——王学圻　扮演

7. 欧阳儒修　欧阳汉强的父亲，云南省政府副主席。力主抗日，在民间积极筹款组建中国空军。后被汪伪汉奸政府胁迫为其服务，欧阳儒修坚决拒绝，并以生命的代价救护上官烈逃出日、伪的樊篱。为祖国的民族解放战争慷然捐躯。

——拟请　濮存昕

8. 司徒光明　归国华侨，地下党员，上官烈的副官。为保全云南地下党组织，作出了不可磨灭的贡献。

——张锦程　扮演

9. 向家舒　向家刚姐姐、上官烈妻子。是中国千千万万妇女的代表，当民族利益和尊严遭受践踏的时候，她不顾生命危险，放弃安逸舒适的生活，利用她在当地的影响，组织人民，抗击倭寇。

——拟请　何赛飞

10. 李淑兰　进步青年，正直，单纯，曾经是叛徒楚君祥发展的党员，好心办了错事，在楚君祥的指示下发展进步青年为党员，而致使他们惨遭杀害，后来终于发现楚君祥的真面目，并及时通知了向家刚，才避免了一场大屠杀，最后与向家刚一起战死沙场。　——拟请　张延、何晴

11. 梁必成　上官烈的副官，一员猛将，对上官烈忠心耿耿，最后在抗击法西斯的战争中战死疆场。

——拟请　黄智贤、王烨

12. 楚君祥　40岁左右，原地下党昆明市委委员，组织部长，后投敌叛变，并骗得进步青年李淑兰的信任，唆使其团结进步青年，而后杀害进步青年，破坏了昆明的地下党组织。

——拟请　侯耀华

13. 毛德仁　云南军统特务头子，国民党中校军官。阴险狡诈，因派系之争被迫脱离军统，为了自己的利益周旋于国、共、日本、汪伪汉奸之间，带领日军装甲纵队企图进入中国境内，从而发生了"松江大歼灭战"，并向日军出卖了向家刚领导的游击队，致使向家刚在战斗中牺牲，最终被觉醒的向婉婷击毙。

——侯勇　扮演

14. 阿部归一　日本佐世保航空学校教官，飞行联队长，大佐，一个纯粹的日本军人。虽然对侵华战争不满，认为战争就是炼狱，但以服从命令为天职，最终他也战死在自己的战机上。

——拟请　徐天明

15. 阿部健雄　阿部归一的儿子，欧阳汉强、上官云天日本航校同学，日本陆军少佐，日本法西斯的代表、战争狂，杀人狂。鼓励其手下士兵对中国人民的屠杀和掠夺，并企图把日本装甲纵队开进中国境内，最后剖腹以"谢"日本天皇。

——拟请　边缘

16. 麦克　中国空军美国志愿航空队上尉飞行员，雇佣兵。麦克到中国抗战是为了每月八百到一千五百美金的工资和打下一架日本飞机五百到八百美元的奖金，还有儿时奶奶讲述的一个中国皇帝和一个美丽中国姑娘的传说。麦克和他的战友们既不憎恨他们的敌人，也不热爱他们为之战斗的人民。麦克对向婉婷一见钟情，惊呼其为"东方维纳斯"。血与火的战斗，中国人民前赴后继的牺牲精神深深地感动了麦克，为了中国人民抗战的胜利，也为了痴情追恋的"东方维纳斯"，麦克参加了驼峰航线的飞行。

五十八年后人们在一座白雪皑皑的峰顶发现了麦克驾驶的那架运输机。人们似乎看见麦克依然坐在驾驶室里，依旧年轻英俊，人们说麦克永远二十三岁。

——拟请牛汉生（央视4套五洲同乐主持人）

3. 故事梗概

和人物简介一样，剧本策划案中的故事梗概往往并非为创作而写，而只是为了宣传和推广，所以通常会比较简略，如下例：

三十集电视连续剧

《来不及说我爱你》故事梗概

乾平女子尹静琬掩护一名陌生的年轻男子躲过了一场严密的搜查，后来才意外地发现，这名男子竟然是承军主帅慕容沣。

静琬回到家中，和许家公子许建璋平静快乐地恋爱着，但是不久，却传来了建璋在承军地界被捕入狱的消息。静琬只身前往承州，恳求慕容沣释放建璋……

承州。当静琬面对慕容沣说出了此行的请求时，却遭到了他断然的拒绝。但是静琬的出现，却令慕容沣心生一计……

在静琬的协助下，慕容沣平定了一场叛乱，然而，静琬也因此在乱枪中受伤……

慕容沣在和静琬的朝夕相处中爱上了静琬，可是静琬却太害怕被这黑暗而甜蜜的力量吞没了，她狠下心来说，她并不爱他。

静琬回到了自己的生活中，和建璋的婚期临近了。成婚当日，传来了承军战事节节失利，承州岌岌可危的消息。当建璋前来迎亲的时候，尹家的新娘却突然消失了。

静琬穿越千难万险，来到了慕容沣的身边。她的出现让慕容沣恢复了勇气，迅速扭转了战局。而静琬也跟随慕容沣一路征战，不离不弃，将士们都钦佩赞叹"慕容夫人亦英雄"。

蒙受夺妻之辱的建璋在仇恨中改变了，他要整垮慕容沣，报仇雪恨……他阴谋促使承军腹背受敌，令慕容沣陷入困境……

一直以来，程司令的千金程谨之，深深爱慕着慕容沣。她来到慕容沣面前,向他提出程家愿意倾其全力帮助承军,条件只是,慕容家和程家联姻。慕容沣动摇了……

然而此时,静琬却已经有了他的孩子……静琬不能接受这样的侮辱,她逃离了他的软禁,然而却在风雪奔波之中流产了……慕容沣明白,他就这样永远地失去了她……

静琬回到乾平,跪求父母的原谅,一片淳淳的孝心终于得到了家人的谅解。她加入了红十字会,救治伤员,运输医疗物资,成为了一名进步的新女性,过上了全新的生活。

日本侵华战争打响,许建璋投靠了日本人成为了大汉奸。他集结手里的兵权,与日本人的兵力遥相呼应,对慕容沣形成包围之势,只要他一旦宣战,就势必面临沦陷……

慕容沣难以逃出生天,只好暂时采取了不抵抗的政策,陷入了痛苦的心理挣扎……

而此刻的静琬,却在爱国志士的鼓励下,赶赴承州,说服慕容沣抗日救国。

慕容沣和静琬重逢了……静琬劝说他,抛弃过去的小情小爱,胸怀天下,做一个保家卫国的英雄。慕容沣的爱国之心被唤醒了,他决定对日宣战,誓死保卫国土。

承军顽强抵抗,承军主帅英勇就义……

八年后,重庆。静琬成立了孤儿院,到处募捐,收养战争孤儿。一日,她在新闻宣传片的画面上发现了慕容沣的身影……静琬只身来到北地,寻找慕容沣。

火车站,许建璋看见了静琬,不由得停下了脚步,却因此倒在了爱国志士的枪下……

静琬找到慕容沣的时候,他成了一名普通的工人,正在抢修轰炸中损毁的桥梁,而身边的工人们欢呼着,日本宣布投降,抗战胜利了……

第四节　电视剧本的创作流程

电视剧本的创作大致包括故事大纲、人物分析、分集故事大纲、分场大纲、完成剧本等流程。

一、故事大纲

在剧情构思和人物关系设置基本定型之后，剧作者紧接着要做的工作便是为即将创作的剧本写一份故事大纲。这样做有两方面的理由：

首先，剧本创作并不是一个随心所欲的过程。作为一种以拍摄为目的的生产活动，它受到的最重要的制约之一是时间长度的限制。一部电影的放映时间大约是90分钟；一集电视剧的长度是45分钟。剧作者的时间长度的概念十分要紧，你必须在限定的时间内完成你的情节（从另一方面说，你必须保证你的剧情有足够的长度）。如果你跟着感觉走，花了二十场戏还没有写完开端部分，或者你设想中的高潮部分应该在最后阶段出现，但你在时间长度还不到三分之二时就把它写完了。你将不得不回头再来，白白耗费时间和精力。而故事大纲可以帮助你在写戏之前做好统筹安排，控制你的剧本长度。

我们先看一则故事大纲：

两集电视剧《偏心眼儿》故事大纲

一大早，石膏矿大门前等着拉货的车就排成了长龙。等着拉货的人们围着调度员，嚷嚷着希望能尽早装上货。张俊芳也心急火燎地挤在人群里。

尘土飞扬的公路，张俊芳坐在装满石膏矿石的拖拉机挂斗上。好容易赶到水泥厂，卸了货。会计却告诉人们，今天厂里还是没有钱给大家结账。货主们都失望地散去。张俊芳却不肯走，坚持要见厂长。她抱着破挎包蹲在厂门口，过往的人们见她这个“拥军模范”居然像叫花子一样守在门口，都围过来看热闹。厂长赶忙出来将她请进厂里，但一时实在是没钱付给她。张俊芳也只好作罢。

市场里的个体户们对张俊芳发起要搞的“拥军基金”议论纷纷。许多人似乎都不太愿意像张俊芳那样把自己辛辛苦苦挣下的钱拿出来拥军。眼见自己一生最大的心愿难以实现，张俊芳十分着急。她听市场里卖粮食的大龙说现在贩东北大豆可以挣大钱，便把自己所有的本钱都交给大龙，托他去东北买大豆。希望能一下挣够成立基金会的钱。

张俊芳一身疲惫地回到家中，女婿保国正给她搬煤块。张问起外孙女叶子的情况，保国似乎不愿多说。

保国家里，妻子彩霞正拿着叶子的化验单在抹眼泪。叶子的病已经确诊，医生说再不住院治疗就危险了。但他们夫妇工作的厂子现在正不景气，家里根本拿不出那么多钱，两口子急得不行。保国提议彩霞把叶子的病情告诉母亲，向她求助。彩霞却不愿去求已经很久没有来往的母亲，认为她根本就是个六亲不认的人，为自己的名声把钱都用去拥军，对家里人却不管不顾。

保国无奈只好自己来找张俊芳。听说外孙女病了，张俊芳十分着急。但她的钱都用去贩大豆了，一时又没有别的办法，只好让保国等两天。保国误以为她是在推脱，有些不高兴。张俊芳心中委屈，却又无法说清。

张俊芳又来水泥厂，想要回货款。厂长听说她是为给外孙女治病，答应过两天先凑一笔钱给她。张俊芳回到自己的小店，却见彩霞正气呼呼地堵在店门口。一见她便厉声责骂，说她无情无义，根本就不配做母亲、外婆。张想要解释，彩霞根本不听。

张俊芳心中十分凄苦，但她仍如约来到营房，看望新入伍的战士。小战士沈东刚来部队，家乡就发了水灾。张俊芳一边安慰他安心训练，又找指导员要来了他家里的地址。

水泥厂的钱终于送来了。张俊芳先到邮局以沈东的名义给他家里寄了钱。又拿着给叶子住院的钱送到女儿家。彩霞却根本不让她进门，把她给的钱都扔了出来。张俊芳难过地捡起钱，到医院找院长打听叶子的病情。院长告诉她，叶子的病只有做骨髓移植才能根治。张俊芳不顾年老体弱，自己做了骨髓穿刺检查，希望能把自己的骨髓移植给叶子。但检查的结果，她的骨髓却跟叶子不相配。

张俊芳挨家挨户地找自己的亲戚，求他们帮叶子一把。总算找到一个侄子的骨髓与叶子相配。

眼见母亲为叶子的病如此奔忙，彩霞对母亲的怨愤稍有化解，但仍固执地认定她从来就不是一个好母亲，并怀疑自己不是她的亲生女儿。

大豆迟迟贩不回来，没有了周转的资金，张俊芳的小店眼看要难以为继。她带着在店里帮工的小姑娘骑三轮车去外地批发水果。回来的大坡上，两人都累得不行，实在无力把车蹬上坡。一辆路过的小轿车停在身旁，车上下来白发苍苍的老将军帮她们把车推上了坡。张俊芳认出老将军是她当年去淮海战役前线支前时见过的陈团长。两人谈起往事，都感慨不已。

大龙鼻青脸肿地从东北回来。他带去贩大豆的钱都被人骗走了。张俊芳又气又急，一下病倒了。

得知张俊芳生病，保国让彩霞去看看母亲。彩霞却认为母亲为了拥军都“钱迷心窍”了，被骗也活该。坚决不去看望。

沈东等战士都来看望张俊芳，帮她收拾屋子。战士们离开了，张俊芳仍不愿躺下休息，她还等着女儿能来。夜深了，彩霞还是没来。张俊芳一人靠在床头，看着空荡荡的家，想起死去的丈夫，眼泪流了下来。

大龙因为自己上当把张俊芳的钱也搭进去了，心中十分内疚。天一亮就到张俊芳家来“请罪”，却发现张俊芳昏倒在屋里。

彩霞赶到医院，面对刚苏醒过来的母亲，两人一时都不知该说什么好。彩霞劝母亲不要再玩命拥军了。两人话不投机，又争吵起来。

气急败坏的彩霞找到医生，让他趁母亲抽血化验时给自己做一下“亲子鉴定”，看看自己到底是不是张俊芳的亲生女儿。

病房里，张俊芳跟叶子讲起当年牺牲在解放战争中的自己的恋人，讲起自己为什么会这么玩命地拥军。

叶子的病情突然恶化，医院决定马上给她做骨髓移植手术。但那个侄子却临时变卦，以张俊芳做生意挣了大钱却从不照应亲戚为由，不愿给叶子移植骨髓。

彩霞又是伤心，又是急怒，转而指责是母亲害苦了一家。

张俊芳百口莫辩。她来到老伴的坟前，向他倾诉自己心中的苦楚。

回到医院，张俊芳找院长要开安眠药。院长猜出她的想法，赶忙劝解。两人正说着，医院突然热闹起来。

一长队军车一辆接一辆地开进医院大门，战士们跳下车便争相要求医生给自己做骨髓穿刺。原来是部队得知了张俊芳外孙女生病急需骨髓移植的消息，战士们都赶来想回报“张妈妈”多年对部队的支持。

看着战士们年轻而热切的面孔，张俊芳感动不已。彩霞也惊呆了，她开始理解母亲所做的一切。

叶子的手术成功了。彩霞做的“亲子鉴定”结果也出来了。看着母亲诧异的眼睛，彩霞愧悔不已。她跪到母亲面前，请求她的原谅。母女俩多年的误解与隔膜终于化解。

市领导对张俊芳被骗一事十分关心，责成司法机关一定要把钱追回。张俊芳表示要把追回的钱都用作“拥军基金”的第一笔启动款。已经成了张俊芳“拥军徒弟”的大龙也带领个体户们也纷纷捐款。

“拥军基金”成立大会，当战士方队齐声问候：“母亲好！”时，泪水充盈了张俊芳的眼眶。

从这份故事大纲中我们至少可以看出几点：

a. 人物关系：中心人物“拥军模范”张俊芳、主要人物大龙、彩霞夫妇、叶子等。她们形成了以张俊芳为中心的单层放射型人物关系。

b. 情节结构方式：单线推进，顺序叙事。

c. 主要情节和矛盾冲突：中心人物张俊芳的主导动作是拥军，她在剧情中的戏剧性需求是建立拥军基金。而她碰到的障碍来自两方面：经济上，做生意的钱收不回来；托大龙贩大豆又让人骗了；更要命的是偏偏这时外孙女又得了重病。感情上，亲友们，尤其是女儿的不满和怨恨。这两方面的因素构成了该剧的主要矛盾冲突。

d. 风格：从梗概中，我们能看出剧作者追求的真实、生活化的风格。

除了这几点，我们甚至还能看到在剧本中将要写到的主要场景和一些重要场景的连接方法。显然，写作故事大纲是对未来剧本的一次完整的构思和想象。和画人物关系表一样，它也能帮助我们发现问题并加以改进。事实上，该剧的剧作者在写完上面的大纲后便发现了不少问题。首先，剧作者根据大纲进行估算，结果发现戏太长了，已经超出了上下集的容量。于是他进行了压缩和删减，去掉了一些不必要的人物和事件（如贩水果途中碰到老将军这一段），这样也使得剧情更加紧凑和集中。其次，剧作者发现自己没有能尽快地完成开端的建置，让观众入戏。于是他决定把石膏矿的一场戏拿掉。一开场便让张俊芳去讨债……在完成这些调整后，剧作者发现自己的思路更清晰，也更有把握了。

写作故事大纲时，首先需要注意的是，你不是在写剧情说明。像下面的这一段：

上世纪20年代，时局动荡，世道离乱。在这个特殊的历史时期，山野乡村上演了几多可歌可泣的传奇故事。晋陕交界处，纯洁善良的女孩徐凤志（陈数 饰）与村学堂老师柳天赐（孙强 饰）相互爱恋。然而柳家父母临近关头悔婚，原来凤儿的爹徐孝浦（吴连生 饰）是个盗墓贼，专干刨人祖坟的折寿生意。当年他还吹牛说自己的女儿是能够感应到藏宝墓地的传奇女子铁梨花，由此导致了女儿半生的坎坷。

未几，凤儿落入军阀赵元庚（巍子 饰）之手，成为了这个蛮横男人的五姨太。在这个幽深院落，勾心斗角、权术阴谋接连上演。凤儿时刻不忘逃出这个弥漫着死亡破败气息的院落。乱世之中，一个女子的传奇故事就此展开……

（电视剧《铁梨花》剧情简介）

这样的剧情说明可以用来作为影片的宣传介绍。但却不是创作用的故事大纲。故事大纲应该直接叙述你构思中的剧情，而且得按未来剧本的情节结构来叙述。比如你不能说“在这个幽深院落，勾心斗角、权术阴谋接连上演。”而应该直接写你构思中这些勾心斗角和阴谋的具体事件，写人物的动作。

另外，写作故事大纲时，剧作者要特别注意你的整体剧情结构的安排。你的开端是不是及时建置完成；发展部分的冲突和对抗展开的时机是不是恰当；各个想象中的情节点和高潮是不是在它们应该在的部位……当然，还得记住估算一下戏的长度。尤其是长篇连续剧，在故事大纲已经可以看到集的概念，甚至每一集主要的场景和情节。故事大纲要合理分配叙事任务，以便在固定的集数里完成开端——进展——高潮——结局的建构，为写分集大纲做好准备。

我们来看看下面的案例：

四十集电视剧《我的孩子我的家》故事大纲

挺着大肚子的幺婶带着大大小小五个孩子在厂门口跪成一排，这是一种威胁。

厂长早已铁了心，不管幺婶再闹出什么幺蛾子，他都不会更改厂里开除幺叔的决定，毕竟他的酒醉失职给厂子造成了巨大的损失，而且医院诊定幺叔是酒精中毒，已经丧失劳动能力。可是幺婶现在居然在厂门口跪了下来，他就不得不出去看一看了。

幺婶见到厂长的第一句话是，你帮我个忙，朝我肚子上踢一脚吧。

厂长愣了，幺婶说现在全家指着幺叔的工资都活不起，幺叔再一被开除，肚子里的孩子生下来也养不了，不如痛快点踢掉。厂长知道幺婶是在威胁他，拂袖而去，但是他走不了，幺婶望着厂长笑笑，说你要动不了手的话，我自己来吧。她突然开始狠狠地打自己的肚子，是真的打，鲜血已经流了出来。

厂长吓坏了，连忙嚷着要送幺婶去医院，可幺婶就是不动弹，宁可死在厂门口，厂长万般无奈，只好答应幺婶等大儿子林繁长大了接他爸的班，幺婶得到了这个答复才昏了过去。

幺婶再次醒来时已经在医院了，幺叔含着泪告诉她，好险，孩子终于保住了。幺婶叹口气，没想到，自己又生了两个孩子。幺叔以为幺婶糊涂了，说，是一个，不是双胞胎。幺婶看着幺叔，说，是两个——加上你，以后，你也得靠我养活了。

幺叔从厂里开除的同一天，幺婶也辞了职。她知道，靠她原来的工资，是喂不了家里这八张嘴的，她得想办法，让全家都吃饱肚子。

幺叔和幺婶原本有五个孩子，按繁荣昌盛起的名，大儿子林繁，大女儿林荣，老三林昌，老四林盛，生老五的时候繁荣昌盛起完了，幺叔想了半天，居然想出了个很诗意的名字，林静。

对于跪在厂门口的这件事，五个孩子是有不同的反应的，老大林繁和他爸一样，老实得近乎窝囊，倒也不觉得什么，老四林盛从小聪明伶俐又贴心，别说跪，就是撒泼打滚也是拿手好戏。老二林荣是个姑娘家，老三林昌是这一带有名的打架王，都不免感到有些丢脸，但反应最激烈的还是老五林静，这个才八岁的小姑娘居然极为刚强，被幺婶扇了两个耳光还不跪，最后还是林繁和林盛按着她跪下的。这不是幺婶给林静的第一次屈辱，也不是最后一次。

幺婶做了两个决定，第一，五个孩子都必须做事了。第二，刚生下来的老六养不起，得送人了。

然而老六这孩子却也出奇，好不容易找到个合适的人家，幺叔抱着老六送过去，可是刚出生不久的老六到了别人家，居然小手死死抓着幺叔就是不松手，幺叔忍不下心，又把孩子带了回来。幺婶骂幺叔没出息，自己亲自抱着孩子去送，然而幺婶只要抱着老六一跨出门，老六就撕心裂肺地哭起来，而哪怕脚步刚刚跨回门槛，老六顿时破涕为笑，如此几次，幺婶叹了口气，这孩子这么小就知道恋家，怕是送不出去了。

幺婶指挥下的全家大劳动开始了，幺婶选择的活计是做豆瓣酱。洗蚕豆、蒸蚕豆、给蚕豆剥壳、洗坛子、拌佐料、发酵……五个孩子在幺婶的率领下忙得热火朝天，幺婶奖惩分明，完成工作有奖，完不成要罚。老二林荣总是完不成交给的定额，幸好老大林繁会悄悄把自己完成的分给她一部分。孩子们一起奋斗，虽艰苦，但也有温馨和有趣的地方。然而，就是这样，一家人的生计也只能勉强维持，而这时幺婶更是大显神通，买的原料，她总能用最便宜的价钱买到最好的，卖的时候，把胸前的衣服故意往下拉一拉，又能卖到最高的价钱。城里其他的人看着幺婶风骚热辣像一阵风似的刮来刮去，男的暗地流口水，女人则又羡慕又妒忌，各种关于幺婶的闲话开始传播，幺婶却不在乎这些，她发现她反而可以利用这个名声，让家里人活得更好一点。但真正为幺婶感到羞耻的，却是她的五个孩子，还不算老六，因为她还太小。

生活总是这么艰难，幺婶和供销社的老刘搭上了关系，从老刘那里，幺婶居然可以拿到免费的黄豆原料和一些粮票。老刘是有名的色鬼，幺婶在其他人口中，更像是皂布进了染坊，越洗越脏。但是只有幺婶自己知道，她从来没让任何人真正占过便宜，老刘几次对她下手，都被她想各种办法躲了过去，幺婶最常用的法子，是答应了老刘，但在关键的时候，让自己的孩子冲进来找人，而把两人冲散。

对幺婶的行为最感到耻辱的，是老五林静，这孩子从小内向倔强，这一次，幺婶又勾搭老刘进了屋，和林静说好，在二十分钟后，让她装作找幺婶闯进去，然而林静过了二十分钟，却就是故意不进去，她居然要借这个机会考验她的母亲，看她到底是不是人们口中的那个荡妇。时间在一分一秒地过去，屋里传来一阵厮打声后，幺婶脸色铁青地自己出现在了门口。林静的心一下子升腾上去，母亲通过了她的考验，她不是那种人，林静快乐地向母亲奔过去，想对她说，自己原谅了她所做的一切事情，会做她最贴心的女儿，但是她迎来的，是幺婶结结实实的一个大耳光——因为林静没进去，幺婶差一点就被老刘真占了便宜了。

但这一耳光彻底把母女刚升起的温情打散了，幺婶后来看着林静总是阴郁地看着她，处处和她作对，不禁叹气，没想到，自己在家里养出了一个小仇人。

幺叔是帮不上幺婶忙的，因为他在忙着戒酒，酒精中毒是一种病。幺叔是酒厂的人，是喝厂子免费酒喝惯的，可是现在再买酒就得家里自己掏钱了，但是幺婶想尽了一切办法，幺叔的酒就是戒不了，瘾发的时候求生不得，求死不能，后来幺婶也就放弃了，听别人说，酒精中毒的人戒了酒还有可能有生命危险。于是幺叔就继续地喝着酒，一言不发地，窝窝囊囊地活下去，在家里就只像是一个影子。

在这样的岁月里，幺婶居然把一家子人都养活了，包括一直想送人却始终没送出去的老六，幸好，孩子们也都渐渐地长大了。

家里即将迎来第一件大喜事，老大林繁满十八岁了，虽然林繁的性格像极了幺叔，老实忠厚忍让，平时不显山不露水，像是家里另一个影子，但是毕竟可以进厂子接他爸的班了，总算家里有一个按月固定往家拿工资的人了。

林繁在为了上班做新衣服，意气风发的时候，老三林昌和老四林盛来找大哥，让大哥为他们出头，他们被人欺负了。

事情是从老六引起的，老六被街上的小孩欺负，老三和老四帮妹妹打架，却反而被赶来的小孩哥哥暴打，他们一口气出不来，当然想到了他们有一个更大的大哥——林繁。

林繁没当回事，把刚做好的新衣服一放，就跟老三和老四去，那些小孩见到林繁这么大的人出现，很快作鸟兽散，他们把罪魁祸首——小孩的哥哥堵在了巷子里。林繁教训了他几句，转身就想离开，然而那个小孩突然掏出把自制的尖刀，向林繁后面扎过来，林繁下意识用力一推，小孩摔了出去，头撞在了石头的尖角上——他死了。

林繁、林昌、林盛惊慌失措地跑回家里，幺婶听说林繁失手打死了人，很快做出了决定，林繁不能去坐牢，第一，他满十八岁了，杀人是可能要偿命的。第二，家里不能少林繁这份工资，否则就活不下去了，自从林静上次的事后，供销社的老刘一直对幺婶爱搭不理的，最近甚至彻底断了和幺婶的联系。林繁的工资是全家的活命钱。

于是必须有一个人来顶林繁的罪，幸好在巷子里只有林家的人。让谁去顶这个罪呢？让谁去好像都不合适，于是最后只有——抽签。

林荣、林昌、林盛和林静，幺婶做了四个签，谁抽中谁去，当然，幺婶在做签时故意做了手脚，林荣和林静两个女孩子是抽不着的。而抽签结果是——老四林盛。

林盛脸都白了，他想办法作弊把签换掉了，换到了老三林昌的手里，而这一幕被幺婶看在了眼里，幺婶却并没有说出来，林盛毕竟是她最偏爱的儿子，于是最后的决定，是林昌代替林繁去认罪，说是他把人家孩子打死了。

林昌头脑简单，好打架，讲义气，既然自己抽中了签，于是在幺婶的安排下投案，自首，进了少年犯管教所……在这过程中，他一直都是懵懵懂懂的，一直到了过年的时候，他一个人孤零零地在铁窗中，想到家里的孩子们正在热闹地准备过年，幺婶总会想办法给大家在这几天弄点好吃的……林昌突然扑向铁窗，大声嘶吼，不是我干的，放我出去……但是，他现在的声音，谁会注意呢？林昌哭到没有了力气，他的泪水和心，变得和铁窗一样冰冷。

林繁打死人的事情刚刚结束，林荣又闹出了女流氓事件。

林荣的错误来自于她的恋爱。林荣从小便好高骛远，悲哀的是她眼高手低。她觉得母亲以及身边的一切都太土，想要追求更高的东西却不知道更高的东西究竟是什么，而且就像林繁酷似父亲一样，林荣的骨子里其实酷似母亲，她是一个标准的小市民。

林荣爱上了班上的班长，班长来自高干家庭，恰好林荣也正处于她青春年龄的黄金时间，虽然她没向班长挑明爱意，但是总还觉得班长对她有好感，这一切在那个夜晚轰然崩塌……她无意发现了班长居然在偷窥女厕所。

而有人发现了，众人赶来，班长正无处藏身而看到了林荣，班长把林荣一把推了出去，林荣的心里正震惊得糊里糊涂的，于是大家发现了偷窥的女流氓——是林荣，并将其拉去游街。游街的终止是闻讯赶来的幺婶像豹子一样从这些人手里夺回了女儿，然而林荣望向幺婶的目光里却没有感激，只有愤怒和仇恨。

由于有了母亲的坏名声，林荣很快被认定是和母亲一样的破鞋，四处遭人唾骂，林荣却始终没说出背后的班长来，第一是她还在糊涂着，她似乎潜意识里还维护着自己想象中的爱情，第二，她现在说出来也没有用，也没人相信。

于是林荣从学校退学了，并带着心中的阴影藏在了家里，说是藏，是因为她很少再抛头露面，性格也变了，她受的伤太深了。

没被送出去的老六在家里从小就是个可有可无的角色，由于从开始就没想要这个孩子，想把她送人，所以幺婶连名字都没给她起，喊起她来就用“喂！”“那个！”等来代替。老六一直生活在被送走的恐惧中，只要在家里她就觉得安心，出去就很害怕，死死地抓着父母或哥哥姐姐的手不松开，有时候她在外面玩，正玩得高兴，突然发现身边没了熟悉的亲人，就会一下子怕得放声大哭。她就像是家里养的一只猫一样，不被人重视，却始终守在屋子里面，这就是她的幸福天堂了。

老六渐渐长大了，她有一天在外面遇到邻镇的教师，教师看她可爱，问她叫什么名字，老六只有摇头。教师觉得很奇怪，兴之所至，知道她姓林，便给她起了个名字叫林雨虹——雨后的彩虹吧。老六兴奋地往家里跑，我有名字，我从今以后有名字了！

然而半路跑得太快摔了个跟斗，起来把名字忘了，老六号啕大哭，旁边路过的人都问，你是不是丢了什么了？老六哭得更厉害了——我把名字丢了。

然而，在这天晚上，大家正在吃晚饭的时候，老六一把推开门，平静地对家里所有人说，我有名字了，我从今以后，就叫做林雨虹。

大家都震惊地放下筷子，而这个刚得到名字的老六林雨虹却又行若无事地依偎在床边了。

林静是家中的逆臣，从那个耳光之后，她开始事事都与幺婶作对，每天都想着离开这个家。如果说林盛是幺婶最疼爱的儿子，林静就是幺婶最头疼的女儿。而这段时间，老大林繁的工资突然开始莫名其妙地总丢，每隔几个月，就会有一个月的工资不见了。幺婶骂过林繁，也想尽了办法，在内衣缝了兜装钱，把钱一领到就马上拿回家，可就是这样，林繁的工资依然还在丢，有时候刚拿回家，转眼就丢了，幺婶明白，家里是出了内贼了。

幺婶并不声张，她静静地观察家里每个孩子的一举一动，她终于有一天在林静的书包里发现了一叠钱，于是幺婶胜利地认为自己人赃并获，要从林静的手里把钱拿回来，可林静像发了疯一样捍卫着自己这些钱，因为这些钱是班级的捐款，暂时由生活委员林静保管，明天一早就要交给老师。

幺婶不相信林静说的话，她觉得这只是林静的谎言，她掰开林静的手指，甚至掰出了血而夺走了这些钱，并惩罚她一晚上罚站，不许吃饭，幺婶在半夜想起来，想让林静回去睡觉时吓了一跳，在夜里林静仇恨的目光，就像狼一样。

林静第二天走进学校，面对着老师和同学的目光，林静松开手，书包里所有的东西散落了一地，而两行泪水在她无言的脸上流淌下来……

幺婶后来知道了林静这些钱的真相，她并没有太内疚，而是跑到学校去，本来是该道歉却演变成了对老师的指责，责怪他们不该把钱交到这些小孩子手里。而这幺婶和老师的对骂，很快成为了班级里其他孩子的取笑对象，他们对着林静唱着自己编的顺口溜，不断地笑话她，说她是破鞋的女儿……林静脸色铁青，似乎一瞬间什么都不顾了，突然一拳打碎了窗户的玻璃，拣起其中最尖的一块，跑到幺婶身边，让她离开，幺婶还在喋喋不休，林静举起手里的玻璃，向幺婶狠狠扎了下去……

夜里，装作白天只是发生了一件小事的幺婶睡不着了，她哭了，没想到，她养的女儿成了仇人，她做的一切都是为了这个家，为了这些孩子，在这个时

候，其他孩子都睡着了，只有懂事超过实际年纪的老四林盛出现在幺婶身边，给她安慰。

老四林盛不愧是幺婶最偏心的儿子，从小就聪明伶俐，只要一个眼神，他就懂大人们想要什么。小时候幺婶为了家庭生计出去跟人胡搅蛮缠时，一定会带上林盛，她只要使个眼色或偷偷掐林盛一把，小林盛立刻就会号啕大哭或者撒泼打滚，与幺婶一起造成对方欺负孤儿弱母的假象。而在家里最艰难的时候，林盛经常在回家时会变出几根胡萝卜，一把青菜，或者半瓶盐，幺婶默认了不去追究这些东西的来源。但随着林盛渐渐长大，拿回家的东西越来越多，甚至后来只把钱拿回家。幺婶开始觉得这事不对了，问了林盛几次也旁敲侧击了几次，林盛都笑嘻嘻地让幺婶不必担心，钱不是偷来的，而是他有赚钱的办法。而林盛在学校的学习成绩又特别的好，被认为是幺叔幺婶这一家复兴的希望，但没人知道这些成绩是林盛贿赂了同学一路打小抄抄上来的。林盛总是能安慰爸爸妈妈的痛苦，摆平兄弟姐妹的矛盾，所以在听到林盛出事被抓的时候，幺婶简直不敢相信自己的耳朵。

林盛是偷了厂子里的配件，被当场发现抓了起来。幺婶原以为这只是孩子的小偷小摸，没什么了不起的，回去狠狠骂林盛一顿就够了。但是发现的结果远远出乎所有人的预料，林盛并不仅仅是小偷小摸。他居然有一批手下，有组织地偷了厂子里的大批配件和原料，并且又雇了几个同学组装，竟然自己组织起了一个小工厂，向外卖东西，从进货(偷)，到组装，到销售，所有的流程一应俱全，谁也想象不到这个初中的孩子有着这么大的能量。可是，正因为这样，这已经不是小偷小摸，而是足够定为盗窃罪了，而且还是盗窃国有财产。

林盛求幺婶只有一件事，却并不是让幺婶想办法给他脱罪，而是求幺婶想办法，这件事一定不能让许颖洁知道。

许颖洁是林盛的同学，也是林盛从小到大喜欢的女孩。林盛只要一出现在许颖洁的面前，就装出一副干净整洁的好孩子模样，他的衬衫都是整整齐齐地叠在枕头下面，只有见许颖洁的时候才穿，他的小工厂卖出了些东西，除了把钱给母亲之外，都花在想方设法给许颖洁买各种礼物上了。林盛和许颖洁之间，完全是青春爱情的单纯、真挚和纯洁。

幺婶知道瞒过许颖洁的最好办法，就是把林盛从牢狱之灾里救出来。而现在还没有报案，林盛的命运全都掌握在厂长的手里。所以幺婶又去求厂

长，厂长说没办法，厂子损失这么大总不能说过就过去了。但幺婶居然开始脱衣服，厂长吓坏了，而林盛又在此时恰好把厂长的老婆引到了厂长和幺婶的面前，于是幺婶和林盛的计划再一次成功了，林盛没有事了，厂长却落下了一个终身的毛病，只要一看着幺婶，头就开始剧烈地疼起来。

林静随着越长越大，在家待的时间也越来越少，她总是要想方设法地离开家。终于，在一天晚饭的时候，林静突然宣布，她要结婚了。

大家吓了一跳，随后哈哈大笑，因为林静才刚刚上中专，离结婚的年龄还差得远，而林静却似乎很认真，她甚至已经找好了结婚的对象——一直暗恋她的同学李成钢，小名大钢。因为林静只能想到，结婚是她现在离开家的唯一办法。

幺婶把这当成了一个完全的笑话和儿戏，甚至这件事过去很长时间后，还总想到就拿出来取笑，她不知道，她的这种态度，是对林静又一次深深的侮辱。

幺叔的一生似乎都和戒酒联系在一起，他不停地戒，又不停地失败，每一次儿女的事情，他无能解决，只有把自己越来越深地埋在酒里，不敢露出头来。

林盛平安地渡过了偷窃一劫后，似乎改邪归正，学习成绩依然是越来越好，每次考试都跌不出前两名，高考就要到来了。家里的气氛也似乎紧张起来，幺婶把高考作为林盛跳龙门而拯救这个家庭的唯一希望。林盛成了家里的至宝，任何人都摸不得碰不得，全家人都要围着林盛转。而林盛，却和许颖洁一起，两个孩子偷偷对月盟誓，订下终身。

然而在高考考场上，林盛却傻了眼，原来监管得极严的考场不容许林盛再抄袭了，林盛开动了他的所有脑筋，终于拿到一张纸条狂抄的时候，老师的手也盖在了那张纸条上——林盛被发现作弊，驱逐出考场，取消当年的高考资格。

这对幺婶是一个无比巨大的打击，老大林繁在工厂默默无闻，老二林荣自女流氓事件后一直躲在家里学也不上工作也不找，老三林昌已经从少管所移到了监狱，每次去看他的时候他的话却越来越少越来越冷漠。老五林静是个小仇人，老六林雨虹只是家里可有可无的人。而幺叔又只是个喝酒的影子。全家的希望就寄托在老四林盛身上，却又出了这么丢人现眼的事情。幺婶发作了，把林盛的失败迁怒在其他孩子身上，家里又出现了矛盾和危机，而

后幺婶彻底死了心，在他们林家，不可能有考上大学的人，不可能有改变他们家庭命运的人了。

于是幺婶开始考虑一些现实问题，随着时间的推移，老大林繁已经二十六岁了，幺婶早就有心给他说亲，但老大总是用各种理由推搪，就是不想结婚。而老五林静中专毕业，幺婶想几年前她就急着嫁人，现在说门亲事，嫁出去也是好事。于是幺婶开始张罗林繁和林静的婚事，并想给刚刚毕业的林静找个工作，但林静却平静地告诉幺婶，不用麻烦了，她已经决定，要去深圳。

深圳?！这个地名都是幺叔和幺婶以前从未听说过的，林静告诉幺叔和幺婶，现在国家把深圳定为经济特区，鼓励全国的人才去建设深圳，林静没有说她心里真正原因，她一天都不想在这个家里待了，而深圳是她能想到离开家最远的地方。

幺婶坚决不同意，听说深圳只是个小渔村，去哪里能做什么？打鱼吗？林静可以走，但是家里一分钱都不会给她，看她怎么走！

林静有林静的办法，她找到了大钢，要和他结婚，条件是，大钢家出钱，给她去深圳的路费和生活费。

幺婶也找到了大钢，告诉他不要同意林静的条件，因为林静去了深圳，就会很快地忘掉他，根本不可能当他的媳妇，但是最后大钢还是同意了，其实原因只有一个——他是真的爱林静，从小他就对林静言听计从，从无违拗，到现在，还是一样。

林静在和大钢火速结婚的当天，就要离开这里，踏上开往广州的火车，那时，去深圳的火车还没有开通。大家都去送林静，兄弟姐妹们流下了眼泪，而林静一直有意无意地拖延着时间，也许，在她心里，最想看到给她送行的人，是她的母亲，幺婶。然而，幺婶却一直没有出现，林静叹口气，上了火车，把自己的命运交给了前方的未知。

幺婶在这时候，却是在家里写信，想要辗转托人，找到在南方的朋友去照顾林静。在她的身边，摆着一张全国地图，在那地图上，是幺婶的笔迹，把深圳重重地标记出来，旁边写着很多小字，都是幺婶打听来关于深圳的各种情况……母亲的心啊！

老五林静去了深圳，家里少了一口人，但是这种忧伤很快就要被两件喜事所弥补，家里很快又会多两口人，一个人是老三林昌，他就要刑满释放了。另一个人，则是大哥林繁即将迎娶进门的媳妇。

林昌在大哥结婚的前一天出狱，这是幺婶有意安排的，好让林昌一出来就感受到家庭的喜气。是大哥林繁去接林昌出狱的，十多年的牢狱生活，使得林昌变得冷漠而寡言，大哥林繁也似乎有着心事，两兄弟闷闷地走了一路。

林繁从相亲到结婚都是幺婶一手操办甚至可以说是逼迫的。不过一切看起来都很顺利，其实也应该很顺利，在林繁的身上，除了那次失手打死人，再没有什么出格的事情，他就像他爸爸一样老实，甚至更胆小，因为那次失手对他的心灵也是巨大的冲击，他一直觉得对不起弟弟林昌，这使他变得更加怯懦和怕事。幸好婚礼还在正常地举行，直到一个女人出现在了婚礼上，轻轻推了推自己六岁的儿子，说，过去，抱住那个新郎的腿——叫爸爸！

幺婶期待已久的婚礼就这么以一个巨大笑柄为结尾。许多年后，城里的人还会津津有味地谈起这场婚礼，谁也想不到，老实胆小的林繁，居然在结婚前，已经有了一个六岁的私生子。

那个出现在婚礼上的女人叫罗小翠，七年前，林繁一次去邻镇出差，阴差阳错地和罗小翠发生了一夜情，然而就是这次林繁少年冲动的出轨，却使罗小翠怀孕了，罗小翠推算时间，知道孩子是林繁的。但林繁实在太怕出事，太胆小了，罗小翠怀孕他没敢告诉幺婶，生下孩子后他就更不敢了，他所唯一能做的事情，就是隔几个月就让自己的工资“失踪”一次，寄给罗小翠和他的儿子，这也造成了前面老五林静的冤屈。罗小翠几次和林繁说，要和自己的丈夫离婚，正大光明地嫁给他，可林繁就是不敢，一直推脱下来，而自己也不敢结婚。但在幺婶的高压下终于要结婚的时候，罗小翠听到了消息，顿时炸了，便有了婚礼认亲的一幕。

罗小翠和儿子来找林繁，是铁了心不走了，直到林繁的家里人给他们举办婚事。幺婶和幺叔真没想到一直最少惹事的林繁隐藏着这么大的秘密。没有办法，儿子都这么大了，只能让罗小翠离婚，和林繁结婚了。但是本来定了亲事的那一家又不依不饶，觉得林家使他们出了一个大丑，不仅原来的彩礼不退，还要林家包赔精神损失费、经济损失费等等，这又是一笔沉重的开销。幺婶几乎承担不起，但在这时，刚嫁进家门的新媳妇罗小翠表现出了极大的魄力，这笔钱由她的私房钱来出，虽然平定了事端，但是罗小翠也明白地告诉林家，她已经为了林家倾家荡产，一分不剩了，林家的全家老小，必须对她负责任。

罗小翠不是个简单的媳妇，也是个厉害角色，她是要来当家的。她和幺娣之间，很快演变成了一个婆媳争夺家庭控制权的大争斗，而这一切，使林繁更加两边不是人了，他只好选择和自己父亲一样的道路，只有酒杯，能使这两个失败的男人暂时得到安慰。

老三林昌回到家里了，但是十几年过去，家庭的气氛让他陌生，而家里也不由得对他感到陌生。幺娣是想竭力消除这种陌生感，想尽力做到像一切什么都没发生过。而心怀最大歉疚的大哥林繁更是想尽一切办法来补偿林昌，林昌已经不是十几年前的那个愣头青了，牢狱生活使他沉默甚至有些胆怯，做什么事都要征询其他人的意见，甚至连上厕所都要报告，这使得家里的其他人更生对他的怜悯和歉疚，对林昌愈发无微不至，而林昌的内心也就在这种异样的对待中，渐渐起了变化。

全家人都努力想让林昌过上幸福的生活，帮他找工作，介绍朋友。林昌也渐渐变得越来越正常，虽然他和大哥还是不怎么说话，因为是代大哥入狱，两个人似乎隔起了一道无法见底的鸿沟，他与其他几个姐妹也没什么话说，只是和老四林盛关系好，两个人在林昌入狱前就是兄弟姐妹里关系最好的，林昌觉得只有老四林盛把自己当正常人，他有时和老四会说一些心里话，里面有对家的仇恨，他没有发觉，这些话常让林盛不寒而栗。

林繁为林昌做出了能做的一切牺牲，甚至在他好不容易在厂里有升迁的机会，他都咬牙让给了别人，换来托别人的关系给林昌找一个工作。而林昌也接受了这项工作，想让自己的生活从头开始，但是就在林昌要开始新生活的时候，他突然在一次无意的机会中得知了当年抽签的真相，本来抽中的是老四林盛，而母亲也看见了，却佯作不知，这一下就彻底改变了他和老四两个人的命运。

这一发现彻底改变了林昌，激发了他内心的仇恨。他开始觉得，整个家都在骗他，而他一个都无法原谅。他根本不再理林繁牺牲了太多给他换来的工作，他现在的存在，就是对这个家庭进行报复，他要报复他失去的一切，他的亲情，他的团聚，他本来应该有的学校，同学，他本来应该有的亲人的拥抱和抚摸，他本来应该有的青春和爱情……他要为这一切而报复，特别是老四林盛和母亲幺娣，林盛现在得到的一切，他觉得，都本应该是他得到的，而他受过的一切苦，都本应该由林盛来承受。就这样，林昌变成了家里的一颗定时炸弹，没有人知道他会在什么时候爆发，怎么样爆发。

林昌开始在家胡作非为，在外面闲混乱花钱，家里却对他无可奈何，因为全家的确欠他太多，而林盛却感觉到越来越害怕，他这个比他只大一岁的三哥，望向他的目光都是冷冷的。

林盛不想在家里再待下去，他想出去闯一闯，其实还是想暂时离林昌远一点。林盛找到了许颖洁，许颖洁答应林盛，愿意和他一起走。林盛离开后，许颖洁满怀着对幸福的憧憬跳跳蹦蹦地回家，在她的前面却出现了一个人影，是林昌。

林昌的目光使许颖洁害怕，林昌对许颖洁说出了十几年前抽签的一幕，以及他现在对林盛以及全家的恨意。许颖洁有些害怕，不知道林昌为什么要跟她说这些，林昌很简单地说，如果林盛没作弊，现在也许他们的命运会调转，许颖洁也许应该是他的女朋友。

林昌回到家倒头就睡，并且很直接地告诉林盛，他别想一走了之，他们两兄弟的账还没算完，他和这个家的账更没算完。

于是林盛跟幺婶商量，只能偷偷地跑了，他临时写信通知许颖洁，在前面的小镇会合，一起出去闯荡。

然而这封信却落到了林昌的手里，林昌偷梁换柱，使得许颖洁得到的消息，是她在一个完全相反的方向去等林盛。

许颖洁的家里不允许她出来，她是偷偷从家里跑出来的，但是她并不害怕，因为林盛会出现在她身边，会给她一切的幸福和保护。然而，她并没有见到林盛。

林盛和许颖洁在两个方向彼此等待着对方，谁也没有等到谁，时间在流逝，不能再等下去了，这对恋人便走上了完全相反的道路。

林昌在家里愈发过分，大家却拿他毫无办法，因为的确是欠他太多。而幺婶更有一桩烦心事，老大林繁虽然婚结得离奇古怪，但终究是结了。而老二林荣也到了婚嫁的年纪，然而城里的人都知道林荣的坏名声，她又整天躲在家里，眼看就要渐渐变成脾气古怪的老姑娘了。

幺婶便想法把林荣往家外赶，让她去接触更多的人，给她说亲，但是林荣还是不愿意接触人，她的感情没有丝毫进展。然而，生活中还是会出现奇迹的。

离开故乡多年，大学毕业，事业有成的班长又出现在林荣面前，他是回家来探亲，总觉得想见林荣一面。而幺婶也惊喜地发现林荣第一次好好打扮了自己，重新变得花枝招展。可惜，班长是带着他的未婚妻一起回来的。在班长礼节性的拜访过后，林荣默默地撕碎了当年留下来的衣裳。

可是班长还是没有忘了林荣，他邀请林荣来和他的朋友一起吃饭，而班长的一个朋友，一心想找一个小家碧玉做妻子的郑子墨，被林荣羞怯的样子吸引了。他开始对林荣产生兴趣。当一个月后，林荣满脸挂着笑容地带着郑子墨回家，说他们已经恋爱，准备结婚的时候，幺婶完全傻了。

郑子墨是很有前途的年轻官员，仕途上前景看好，林荣和郑子墨结婚后，似乎有着帮夫运，郑子墨连升几级，林荣终于实现了鸡窝中飞出金凤凰的夙愿。

而大哥林繁却又陷入了愁事中，媳妇和母亲的争斗他已经习惯了。但他最头疼的是，自己的儿子到现在还是不认自己做父亲，连姓都不愿改，在上小学的时候，林繁和罗小翠向老师报名，儿子叫林生，但儿子却坚定地大声说，不，我不姓林，我姓高，叫高生！

儿子一直和罗小翠的前夫关系极好，他执拗地认为那个男人才是他的父亲，更何况在罗小翠和前夫离婚的时候，前夫没少对高生进行仇恨教育，说是林繁拆散了这个家庭，使他的妈妈背叛了爸爸，使他再没了父亲。所以高生对自己的亲生父亲林繁，从一开始就是极度仇恨的。

林繁想方设法弥补他和儿子的关系，但是高生却随他的妈妈，主意一拿准，决不轻易改变。林繁又是个没有什么办法的人，除了头疼，就只有叹气了。

在这平静的生活中，突然有一天，从来无人注意的老六林雨虹在餐桌上拿出了一封信，告诉大家，这是她的大学录取通知书，她要去上大学了。

大家完全被惊呆了，自从寄予无限期望的老四林盛高考失败后，幺婶就彻底断了她的子女大学梦，谁都没想到，默默无闻的林雨虹居然考上了大学，和林盛高考时全家总动员时不同，林雨虹连考试的时候都是自己去的。幺婶只是模模糊糊地想起，有几次收拾老六的书包，看到上面的成绩确实很好。

大哥问老六考上了哪所大学，要好好庆祝一下，幺婶说对，哪怕就是个民办大学，也是全家的光荣。老六林雨虹看了看录取通知书，再度平静地告诉大家，是——北京大学。

从来没有离开过家，最怕被抛弃的老六终于也要离开家了。她恋恋不舍地收集着每个人给她的小东西，幺婶想帮老六收拾行装，却发现老六一切都准备得井井有条，比她能想到的还要好。这时幺婶不禁对这个一直可有可无的老六刮目相看，的确，从小她就学会了怎么自己照顾自己啊。

众人的震惊似乎还没有完结的时候，老六林雨虹已经去北京大学报到了。这个名字和兄弟姐妹都不同的人，也获得了和兄弟姐妹们完全不同的人生。

林雨虹离开家后，大家突然觉得少了点什么，她在家的时候，没有人注意她，可是她真的离开了，大家才发现，家里又少了一个至亲的亲人。

而老六刚走不久，老五林静回家了。

林静作为深圳第一次建设的时代弄潮儿，凭着自己的奋斗，终于脱胎换骨，在深圳发展了自己的事业和爱情，找到了属于自己的人生位置。所以林静这次回来的目的很简单，就是来和大钢离婚的。

林静拿回来的新鲜事物和她的见闻，都让家里人目瞪口呆。而正在一旁欢喜的幺婶听说林静要和大钢离婚，顿时沉下脸来，说绝对不行。

林静悲哀地望着母亲，她发现了，经过了这么久，她和母亲之间还是一点没变，依然是两个仇人。

大钢听说林静回来欢喜万分，买了一整套全新的衣服和被褥，连窗帘都换了，并且买了一大堆林静爱吃的东西，但是来找林静时，拿到的却是离婚协议。

在幺婶激烈的反对下，林静还是和大钢离了婚，回深圳去结婚了。幺婶觉得极其对不起大钢，告诉林静，不用再回来了，因为这个家庭不再欢迎她。

老四林盛、老五林静、老六林雨虹相继离开了家，老三林昌又整日飘在外面，不找工作，回家也只是闹腾，原来一直热闹喧腾的家似乎安静冷清了许多。幺婶唯一可以自我安慰的是，林荣过得非常好，几次回家，完全气质大变，成为官太太。郑子墨也是个沉稳儒雅的人，值得放心。但是幺婶却始终还是有些隐隐的担心，当她看到林荣哭泣着回家的时候，她知道，她的担心成了现实。

林荣和郑子墨的婚姻有第三者插足了。幺婶劝林荣，她早知道郑子墨会出轨的，因为林荣的确配不上人家，做女人有时就得睁一只眼闭一只眼。然而林荣哽咽地对幺婶说，出轨的不是郑子墨，而是她自己。

幺婶震惊了，她确实一直有担心，但她从来没想到出轨的会是林荣，这怎么可能？怎么看郑子墨都够配上林荣八十个来回。然而这也许就是性格的宿命，林荣究竟是个小市民，和郑子墨并无共同语言，而一个郑子墨下属的下属，从哪里看都比郑子墨低俗许多，甚至长相都猥琐太多的人竟然俘获了林荣的心。郑子墨发现了他们的奸情，便对林荣提出了离婚。

幺婶问林荣是怎么决定的，林荣说死活也不跟郑子墨离，因为郑子墨正在仕途的关键时刻，离婚也许会影响他的升迁，所以她要以这个为砝码，在和郑子墨的离婚上讨价还价。幺婶点了点头，约郑子墨来家里谈，在林荣向郑子墨开完所有条件后，幺婶说，她也还有一个附加的条件。郑子墨点了点头，听她说，幺婶抡圆了胳膊，给了林荣一个响亮的耳光。

幺婶说，她决定林荣和郑子墨马上离婚，为了不影响郑子墨，可以在暗地进行或者在郑子墨觉得合适的时候进行，而且林荣净身出户，不拿郑子墨的一针一线。郑子墨很奇怪幺婶为什么会这样做，幺婶对郑子墨说，因为，不是你对不起我女儿，是我女儿对不起你。

和郑子墨离婚后，林荣去找她的情人，却和幺婶预料到的一样，被坚决地拒绝了，那个人本来也只想通过林荣在郑子墨那里得到好处，而现在他什么都得不到，于是林荣对他也就失去了价值。林荣再受打击，又想像原来那样藏在家里。但是幺婶却坚决地把她赶了出去，家庭不再是她的温室，没有她的位置，她要想活，就得自己找活的办法去。

林荣一辈子都在好高骛远，她在做梦中活了前半辈子，她没有一点可以生活的办法，在街上潦倒落魄到没有饭吃，而幺婶就是铁了心肠，不管她，坚决阻止老大林繁对她的接济。

林荣没有办法，只好最后敲响了郑子墨的门，哭着对他说，自己没有吃饭，也没有地方去了。郑子墨毕竟是个好人，他叹了口气，让前妻进来，给她煮了一大碗面，这原来是林荣最爱吃的，让她洗个澡，好好睡一觉，告诉她，毕竟两人夫妻一场，林荣愿意在这里待多久都可以。

但是第二天郑子墨醒来时，发现家里被打扫得整洁一新，林荣在做他妻子的时候从来没有打扫过房间，从来都是他来打扫。林荣给郑子墨留下了一个字条，她现在才知道她欠了他多少，心中有多么悔恨。所以她不能继续欠郑子墨的，而必须自己努力去生活。

林荣去市场上，和那些应征保姆的人站在一起，很快，她就见到了她的第一个雇主。从来都把自己当作受伤公主的林荣，终于，从保姆开始了她的新生活。

林昌无所事事，又满怀不满与怨恨。于是和城里其他闲人越走越近，终于沉迷于赌博之中，反正没有钱就到家里拿。然而林昌实在陷得太深，在一天他发现他已经没有钱“打水”的时候，仔细一算，才发现他欠下了水公司一个天价。（注：“水公司”是四川赌博的行话之一，指在赌博中放债的公司，“上水”即借高利贷，比如借一千元，每天都要还两百元，一直还到将欠债彻底还上为止，称为“打水”）

林昌没办法，只有耍赖不认账，然而水公司不是家里，他们不欠林昌什么，对林昌开始追杀。林昌只有又跑回了家里，让他感动的一幕出现了，家里的所有人，包括他怯懦的父亲，老实的大哥，做保姆的二姐都挺身而出，用自己的身体保护他，挡住他，这就是家的力量，家的温暖。但是幺婶却出来，在众人的身后将林昌拎了出来，扔给水公司，告诉林昌，不要以为家里都是欠他的，家庭本来就是相互牺牲的。如果林昌恨家里的话，那么她就让林昌现在恨得更多一点吧。

林昌脸都白了，水公司要把林昌带走。而幺婶突然问水公司，林昌到底欠了多少钱，水公司拿出了借据，幺婶夺过借据，把上面林昌的名字划掉，写下了自己的名字。从现在开始，林昌不欠他们钱了，欠他们钱的，是幺婶。

水公司的人被幺婶的威风镇住了，他们也是从小在这里长大，从小就听说幺婶的各种传说，于是他们说，这次先放过林昌，既然幺婶认下了账，那也好办，如果幺婶还不上钱，起码还有房子来抵。

水公司走了，林昌望着这一切，突然放声大哭，这是他出狱回家后第一次淋漓尽致的大哭，是难过，是怨恨，是诉说，还是其他什么……在泪眼模糊中，林昌看到了亲人的臂膀在向他伸过来，他感受到了拥抱，亲人们的拥抱。

林昌第二天告诉家里人，他要开始去找工作了。水公司的钱，他会想办法慢慢还上，林昌浪子回头了。

经过努力，林昌终于找到了工作，他很高兴，想请家里人大吃一顿，于是他去安排饭店，让幺婶帮他取自己的体检结果，当然不用看，林昌的身体向来是非常好的。

幺婶没有拿到体检结果，拿到的却是医院的复查建议。于是林昌去医院复查，晴天霹雳，他得了绝症。

幺婶无比痛苦，老三林昌这一辈子还没过过什么好日子，连媳妇都没娶，刚刚决心自新向上，刚刚想要开始新生活的时候，他的生命却就要终结了。老天，实在对他太不公平了。

全家人都开始为了林昌动员起来，帮他筹钱治病，帮他还债。大哥林繁和幺婶一起想办法，二姐林荣拿出了做保姆刚挣到的工资，老四林盛也回来了，他回来就跪在了林昌的面前，说三哥我对不起你，如果可能的话，他愿意用自己的命换林昌的命。林昌说，这些都不用说了，他的最大愿望，就是和家里人能好好待一段时间，从他出狱后，家里也是事情不断，大家都离开了。他特别怀念，当年大家一起做豆瓣酱的时光。

于是老五林静从深圳，老六林雨虹从北京都回来了，全家人都围在林昌的身边，绝口不提林昌的病情，整个家庭在众人的假装中是从来没有的和睦和温馨，而在暗地里，大家都使尽了一切办法，找钱来给林昌治病。连一直戒酒戒不了而大半辈子没有工作的幺叔，也不顾家里人反对，毅然在外面摆了个小摊卖鞋垫。大家都劝他，这种小摊根本挣不了什么钱，对林昌没有实际的帮助。但幺叔说，儿子就要死了，老爸总得为他尽点心吧，虽然自己是个没用的窝囊废，但是给儿子能尽多少力，就尽多少力吧，起码他可以对儿子无愧地说，老爸努力过了。

林昌在这个家从来没有的温馨和睦中，最后闭上了眼睛，在死之前，他笑了，他说他很幸福，这段时间，全家给他的温暖，对他的关心，终于抹平了他心里一直无法抹平的伤痕，那是离开家被遗弃孤独的伤痕，现在他就要走了，他终于可以对自己说，自己还是过了幸福的一生。

老三林昌，就在这种笑容中，离开了人世。

林昌死了以后，家里人并没有沉浸在悲哀中太久，因为生活毕竟还在继续。老四林盛回来找了一阵许颖洁，可是现在连她的家里人都不知道她现在在哪里了，以前还写信打电话回来，说自己一会儿在浙江，一会儿在云南，可是最近很久没有消息了，也早叫林盛不要找她了。于是林盛便只有继续自己做起来的生意，不过他只要一有空，他就会经常回家。老五林静回到深圳，老六林雨虹大学毕业，但是要继续读研。家里改变最大的，其实是幺叔和幺婶。

幺叔戒了一辈子酒，但是始终戒不成。而林昌走后，幺叔突然变成了一个财迷和吝啬鬼，什么都不舍得花，把一分钱都恨不得掰一半藏起来，这些子女只要给他钱就眉开眼笑。大家叹气，不过也对他没有办法。

而幺婶失去了往日的威风和爽利，她老了，从林昌死后，她明显地在迅速衰老，而且渐渐神智也不大清楚了，经常弄错事叫错人，越来越糊涂。医院诊断，幺婶是老年痴呆症的早期，而且病情会不断加深。

老六林雨虹北大硕士毕业后进了研究所，她回到家里，提出要把幺叔和幺婶接到北京去。大家都觉得是笑谈，但是老六非常坚持，一直执拗地劝服了她的哥哥姐姐，终于把幺叔和幺婶接到了北京。

这个街道上突然少了幺叔和幺婶，大家都觉得似乎一下变得空荡荡的有些失落。罗小翠终于彻底地当了家，却也觉得寂寞。特别是林繁和儿子高生的关系一直还是无法缓和。

然而老二林荣却干得越来越好，她从保姆起步，逐渐吃苦耐劳，干出了一番天地，又找到其他的一些保姆，开办了一个小型的家政公司，这是林荣这一生最艰苦，最累的时候，却也是她感觉最充实最快乐的时候。

幺叔和幺婶回来了，虽然北京的生活一切都好，但是到了北京，幺叔是坚决不出门，觉得一出门就花钱，而幺婶一下就变得更糊涂了，比在家的时候更加什么都不认识了，于是他们还是回到了这里，只有在这里他们才觉得熟悉。

而回来的不仅仅是幺叔和幺婶，还有一个意想不到的人，老五林静。

林静是受了伤回来的，她遭遇了股市崩盘，和丈夫一起投在股市里的钱血本无归，两人也各作分飞燕。林静卖了在深圳的房子，想找一个地方休息一下，再重头来过，不知为什么，这个时候，她想到的只有那个她曾经一天也不想多待的地方——她的家。

林静回到家里，看到的母亲却不再是她的对手和仇人，而是一个老年痴呆的胖胖的幺婶，林静一阵心酸，突然不知道说什么了。

老四林盛在上海做生意，一天晚上，和客户邀约去夜总会喝酒，在醉眼迷离中，他还是一眼认出了领着歌女来的妈妈桑——那就是他曾经魂牵梦萦的人，许颖洁。

老四顿时泪流满面。

林雨虹对爸妈回家感到很失望，但她还是给母亲联系好治病的专家，可惜那个专家在外地，林雨虹有科研项目走不开，老大林繁需要照顾整个家，老二林荣的家政公司刚刚开张，正是最忙的时候，老三林昌已死，老四林盛在做生意，那么能陪着幺婶去看病的，只剩下回到家的老五林静了。

林静只好负起了带幺婶去看病的责任，而又一个人也自告奋勇地要去照顾幺婶，怕林静带着幺婶上路不放心，这个人，就是林静最初结婚的丈夫，大钢。在林静离开家的这段时间里，幺婶把大钢认了干儿子，一直当亲儿子对待。

于是，林静带着母亲，和大钢上路了。在带着母亲治病的过程中，时明白时糊涂的幺婶还是让林静又可气又可笑，但是她和母亲之间的冰块，在这一路上渐渐融解了。更让她渐渐被感动的，是大钢对幺婶的好，对他们家的真心。她似乎第一次，感觉到了她对大钢有爱。

幺婶的病经专家诊断，经过疗程有了进展，他们准备回家了，在收拾行装的时候，林静低头在装箱子，突然望见，幺婶颤巍巍地出现在墙边，充满爱意地去抚摸她投射到墙上影子的轮廓，慢慢地，一点一点地抚摸着……在这一刻，林静和母亲多年的仇恨顿时消失了，已经有二十多年没喊过一声妈的她对幺婶说，"妈，你在干什么呢？"

回到家后，林静和大钢复婚了。

林盛见到许颖洁后，想方设法想弥补许颖洁，想和许颖洁找回以前的感觉。然而，已经久历风霜的许颖洁再不是以前那个纯情的小姑娘了。她在利用林盛，然而聪明伶俐的林盛却突然变傻了，许颖洁说什么，他就做什么。其实，就算在小时候，他和许颖洁也是这样，一见到许颖洁就变成了傻子。所有人都在劝林盛，许颖洁是在玩他，可是林盛就是执迷不悟，终于被许颖洁玩得倾家荡产，一无所有。

但许颖洁也没有得到好处，她也被另外的人所利用，许颖洁发现林盛的身上剩下不到一百块钱了，知道她利用林盛的事情迟早会被发现，于是准备逃跑。但是林盛在等她，许颖洁很慌乱，怕林盛知道受骗后会勃然大怒，向他报复。但是林盛对她说，从一开始，他就知道许颖洁在玩他，但他甘愿被许颖洁玩，甘愿被她利用，他也知道，现在两个人都一无所有了，那么，可能再重新开始吗？

许颖洁哭了，她在过去的岁月里，曾经无数次想过这个场景，这句话，重新开始，这句话无比美丽就像幻梦，但是，绝不可能再实现了。

老二林荣的家政公司越开越红火，逐渐扩大规模，成了这附近最大的家政公司，林荣也早就不再做保姆了，而成为了一个繁忙的商界女强人。但是她还是要处理一些实际的问题，比如有一家雇主，连换了好几个保姆都不满意。于是林荣亲自上门去谈，问雇主到底要求是什么样的。而这个雇主，却是郑子墨现在的夫人。

林荣带着笑容，坐在郑子墨和他妻子的对面，听着他妻子在絮絮地说对保姆的要求……而后，客气地，向郑子墨打声招呼，离开了。

老五林静从回家后悉心照料父母，然而广州的公司又向她伸出了橄榄枝，希望她去广州任职。而林静经过考虑之后，拒绝了对方的邀请。以前离开爸妈的时间太多了，她想现在多一点时间陪陪他们。

在老大全心全意为儿子的关怀和照顾下，他和儿子的矛盾终于渐渐得到缓解。有一天，儿子感冒了，老大林繁给他写病假条，很顺手地就写上了儿子的名字——高生。儿子看了看病假条，突然说，爸爸你写错字了，林繁仔细看了一遍，没错啊，儿子说，我的名字你写错了，我不姓高，姓林啊。

老六也回家了，她的在职博士读完了。而一直恋家的老六现在却要离家最远，美国已经向她发出了邀请。但老六林雨虹却一直还是有些迟疑，她自己都说不清楚是什么原因。她回到家里，看着幺叔和幺婶，其实她从小到大，所有的努力，都只是为了想要母亲一句话，就是对她说，她是他们的好女儿，没有把她送出去就对了，现在爸妈都为她自豪。但是幺婶的老年痴呆症已经很严重了，不管老六怎么努力，幺婶就是不给她这句话。老六终于崩溃了，她一边哭一边向幺婶倾吐自己的心声，从小在家里就一直恐惧着，怕被送走怕被抛弃，所以她比任何兄弟姐妹都努力，想把所有的事情都做好。她想让爸爸妈妈为她操心，为她骄傲，她不想再做可有可无的女儿了。但是幺婶还是没有什么反应，老六哭泣地伏下了头。而幺婶突然伸出手来抚摸着老六的头发，在幺婶的世界里，突然回到了二十年前，老六还是一个小孩子，在她的面前哭着，怕被送走，于是幺婶对老六说，别哭啊，别哭了，妈妈不会把你再送人了，你是妈妈的好姑娘，别哭了，不把你送出去了……

老六哭得更厉害了，她终于得到了她一生想要的这句话。第二天，心中再没有遗憾的老六林雨虹，离开家，登上前往美国的飞机。

又是一年清明节，大家去给老三林昌上坟。这一次，是几年来兄弟姐妹难得聚得最全的一次，大哥林繁和老二林荣自不必说，老五林静也一直陪在父母身边，她新近承包了一个网络公司。而老四林盛也回来了，只差在美国的老六林雨虹。

上坟回来之后，幺叔突然宣布了一个决定，他和幺婶给这几个孩子操心了一辈子，现在他们要离这些孩子远一点，去享受一下老头老太太的二人世界——幺叔决定带幺婶出去全国旅游。原来幺叔变成了财迷，一直疯狂地攒钱正是为了这个，为了给幺婶一个享受的晚年。

而几个兄弟姐妹当然是激烈反对，旅游也可以，不过必须要有他们之中的一个带着老头老太太去，幺婶老年痴呆，光由幺叔陪着出去，他们怎么能放心？

幺叔微笑了一下，挥挥手阻止了他们七嘴八舌的争吵，对他们说：

我戒酒了。

二、人物分析

在具体创作中，人物分析往往是与故事构思和大纲写作同步完成的。前面我们了解了如何分析和塑造人物。在具体的创作中，剧作者就要通过具体的人物分析让他们成为真正支持故事的梁柱。

我们看下面的案例：

电视连续剧《阳光普照》主要人物分析

【杜红】

女，30岁左右。公安大学毕业，学士学位。

江城市第一监狱狱侦科副科长，省司法厅监狱局在江城市的挂职干部。

家庭背景：

父母均是某县城的普通工人，母亲是一家国营棉纺厂的工人，父亲是一家煤矿的工人，没有任何背景，父母都已下岗或退休，她从小生活贫寒，有一个哥哥和姐姐，还有一个妹妹，但已死。家人都仍然生活在县城，家人都很老实本分。她是全家的骄傲，她家庭祖祖辈辈就出了她这么一个人才。

她的妹妹在杜红正准备考大学时，被歹徒先奸后杀，这个案子已经过去十五年，但仍然是县城里的悬案。

丈夫张鸣宇，江城市反贪局局长。

没有子女。

学习及工作背景：

杜红在初高中时成绩一直很好，她非常努力，因为她从小就想离开县城，到北京等大城市上大学。

高中毕业后她本想考北大、清华等名牌大学，学理科。但在高考前夕，她的妹妹被人杀害，县公安局一直没有破此案，杜红受此刺激，在高考志愿表上填上了公安大学。

在公安大学，她学的是刑侦，她的理想就是当一名刑警，并发誓要把杀害她妹妹的凶手捉拿归案。大学的各科成绩她都是班里的第一名，她本来有机会留在北京，但她主动要求回省城，本来她想进江城市（省府所在市）公安局，但阴差阳错，却把她分在了省司法厅监狱局工作，杜红尽管内心很不情愿，但她仍然兢兢业业地干好了自己的本职工作，并工作了近八年，对监狱的管理有自己的见解，并经常到监狱进行实习，有一定的经验。

在故事发生的这个年初，省司法厅要派一批干部下基层去锻炼，杜红首先选择了第一监狱的狱侦科，她的选择曾经在局里引起轰动，也让第一监狱监狱长方向明很为难，更遭到了丈夫张鸣宇的反对，但在杜红的坚持下，她终于达到了目的。

故事开始时，她已经在监狱狱侦科上班了两个月。

<u>性格特点</u>：

杜红是一个才华出众的人。

由于出身的背景及抱负始终得不到施展，自尊心常常受到伤害，也因此有特别强的自尊心，很敏感和敏锐，害怕丢面子。

太看重自我的主张，因而欠缺协调性，容易与人为敌，对别人的不满情绪能很快地表露出来。在工作中，有王者的风范，心胸开阔，不拘小节，精力充沛，喜欢毛遂自荐，但干事往往会比较独断，当自尊心受到伤害时，一定要将对方打败才肯罢休，只知道前进，顽固，又不善于讨好别人，所以很容易受孤立，由于生性正直，所以不论遇到什么事，也不知道要稍稍后退一步，或是避开。

她不喜欢平平淡淡的人生，讨厌平淡的生活，喜欢孤注一掷，拿得起，放得下，不追悔过去。是一个浪漫主义者，喜欢一些比较戏剧性的变化，喜欢把人生当作一场戏，而且自己是这部戏的主角。

虚荣心很强，喜欢一些外观美丽的东西，这也是她爱上外表英俊的张鸣宇的主要原因。

对爱情一见钟情，并忠贞不渝。

相当的温柔和蔼，但是欠缺体贴人的心，所以在不知不觉中，容易破坏一些人际关系。

在性格上有点孤僻。

喜欢有品味的东西，特别喜欢向日葵。

身体特点：

公安大学的学习使她身体素质很好，但她的神经系统极为敏感，对任何一点感情上的触动都会反应强烈。

心脏不是很好。

影响她人生的主要事件：

她妹妹被人杀害，这是改变她人生的第一大元素。在她的努力下，终于在监狱，她找到了杀害她妹妹的凶手，并让他伏法。

毕业分配在省司法厅监狱局。这次分配主要应该和她当时的恋人张鸣宇有很大的关系，张鸣宇不希望她出头露面，希望她各个方面都安安稳稳，她那时和张鸣宇爱得如火如荼，于是听从张鸣宇的忠告进了司法厅，并在监狱局工作了近八年。

到第一监狱狱侦科挂职锻炼。这一决定导致她的人生整个发生了重大的变化。也使得她卷进了一张无形的网中，凭着她的毅力和敏锐的判断力，终于挖出了几乎操控了江城市的两只黑手——董汉生和石涵彦，铲除了这伙黑势力，并带出了一群被金钱腐蚀的高官，包括她的丈夫张鸣宇。

张鸣宇曾经是她生命中的支柱，张鸣宇的腐败，使得她的整个人生观和价值观都发生了质的改变，从发现张鸣宇有问题那天起，她都以自己的爱和真诚来挽救他，但她那浪漫而伤感的爱情根本没有办法挽救张鸣宇的生命，为了国家利益，她只能眼睁睁地看着张鸣宇被绑向法场，但在内心，她仍然深爱着张鸣宇，她的爱情仍然是浪漫而悲壮的。

总体上，她是一个英雄，但在感情上却是一个悲剧式的人物，这和她的性格是相符的。

【石涵彦】

男，45岁左右。学历高中，在监狱里自学完了硕士课程，是心理学专业。

他虽然是一个囚徒，但却是本剧真正的反一号，他实际上掌控着汉通国际贸易投资公司，并掌控着汉通公司董事长董汉生的命运。

家庭背景：

父亲原是江城市的一个中学老师，在“文革”中被迫害摧残致死。母亲是一个家庭妇女,在丈夫死后两年内也因病去世,石涵彦是家里的独子。后来他和奶奶一起生活,他对奶奶的感情很好,也很孝顺。

老婆杨渝花,顺天汽修厂的法人代表,农村人,高中毕业,曾是顺天汽修厂的财会。

儿子石怒,十二岁。

石涵彦进监狱后,奶奶由杨渝花照顾。

个人背景:

石涵彦在高中时数学成绩很好,记忆力也很强,手也很巧,但在父亲被迫害致死后的十年间患有"精神口吃"症,主要特征就是记不住印刷的字词,有阅读障碍,特别是对文学作品。这阅读障碍主要是因为父亲在上课时读错了一篇关键的文章,从而被打成现行反革命引起的,父亲死后,母亲不让他读文学作品,从而在内心里患上了阅读恐惧症(也称"精神口吃")。但在入狱后,他以坚强的毅力坚持每天读一些文学作品,从而把这"精神口吃"的毛病改了过来,并拿到了心理学专业的函授大专文凭,且自学完心理学专业的硕士函授课程。于是,每天让人读文学作品成了他的一个癖好。

父亲死后,他在学校里被人看不起,经常被人欺负,在一次被同学欺凌过程中,被比他高一届的董汉生所救,从而两人成为最要好的朋友,这也是他和董汉生合作并甘心在监狱里充当军师,帮助董汉生扫除所有事业上障碍的原因所在。

因为"精神口吃",他没有参加高考,高中毕业后在一家工厂当钳工。因和领导不和,他愤而辞职,开过小饭馆,帮人打过工,后在一家汽修厂打工,因为要给奶奶治病,手头缺钱的他给王冶平(现副省长,当时的市委副书记)的儿子替罪入狱(因一起交通肇事逃逸罪),被判三年。三年刑满出狱,结婚生子,这时,正巧遇到董汉生从香港回内地开厂做生意,董汉生再次资助石涵彦,他盘过那家汽修厂。但因董汉生一批走私香烟要被海关查没,石涵彦找到王冶平的儿子让其帮忙,后又因董汉生的生意和另外一家大公司发生冲突,石涵彦找到当年监狱里的狱友把那大公司总经理的儿子砍成重伤,从而使董汉生顺利地占据了市场,生意也越来越好。

石涵彦通过这件事发现监狱里那些形形色色的囚犯其实是一个财富,为了让董汉生的生意做大,石涵彦再次给一个政府官员的亲属顶罪入狱,那个政府官员给董汉生的走私等非法生意大开绿灯。因为此，石涵彦和董汉生决定以一种非正规的方式合作，石涵彦在监狱里坐镇指挥，利用那些形形色色的囚徒给董汉生的生意扫清一个又一个的障碍，并给董汉生织起一张难以置信的黑社会大网。

董汉生为了感激石涵彦，承诺石涵彦是汉通公司真正的老大。但是生意越做越大的董汉生操控了江城市一大批高层官员后，开始觉得石涵彦的存在对他是一个隐患，董汉生决定除掉石涵彦，于是，黑吃黑的故事开始在监狱和外面的现实世界之间展开……

在故事开始的时候，石涵彦已经在监狱里断断续续地坐了十四年的牢。

性格特点：

他性格上最大的特点就是巨大的耐力和敢于迎接艰难险阻，他从不接受任何失败，如果遇到了挫折，将会产生强烈的心理变态反应，而后会从零开始，凭着顽强的意志和坚忍不拔的精神，重新开始。人们一旦成为他前进道路上的障碍，他必定会凭着智谋将他（她）除掉，他是一个危险的竞争者和一个可怕的对手，永远不会忘记失败的教训和自己所受到的伤害。

他酷爱权力，喜欢有独特的思维方式。钱和物质对他是不可缺少的，但从不用它来束缚自己的手脚，对那些对自己的事业、工作和生活有过帮助的人，总是肯拔刀相助。也正因为他的这种个性，使得他能安全地隐藏在监狱里，并总能在最危险的时候在别人的帮助下化险为夷。

他善于等待时机，一旦时机来临，并选定了要走的路，那么任何力量都无法阻碍他的前进。他会经受得住任何考验，别人失败或弃阵逃脱的地方正是他建功立业的圣地，这也是他为什么会选监狱作为自己藏身之地的原因。

喜欢慎重而深思熟虑的冒险行动，也很会利用自己的魅力和感召力去达到自己渴望的目的。

这是一个很不容易相处的人，一切都向最好的看齐。

他有信念，有时对钱和物质欲望并不是很强烈，因为在他的内心深处涌动着神秘主义的暗潮。

他有一双极其敏锐的眼睛，能洞察人的弱点和机遇的利弊，另外，他的神秘性、选择性、好斗性、狂热性和不妥协的精神，也常常给人留下深刻的印象。无法摆脱的烦恼常纠缠着他，让他感到精疲力竭。

内心极其孤僻。在心理学，或发明创造方面有令人瞩目的成绩。

不欣赏养生之道，不明白为什么别人会说累，在他看来，意志能战胜一切。

吸烟过度，只吸三五牌香烟，有膀胱和生殖泌尿系统的毛病，便秘。

有洁癖，因此他的监号总是得卫生先进。

在爱情方面，善于抓住女人的心理和触动她们的情思，他在爱情上永远处于主宰地位，他需要的不是异性欣赏的目光，而是忠贞不渝和毫无保留的爱，如果在爱情方面受到愚弄和有情敌，他会产生强烈的报复心（他爱他的律师高文君，这只是一种柏拉图式的爱情，但尽管这样，他也希望在这份爱情上的专制。可是有一天，他在高文君的嘴里和眼里发现了董汉生的影子，甚至还从高文君身上闻到了董汉生的气味，于是愤怒的他开始防范董汉生，并开始充当一个猎取董汉生性命的猎手）。

喜欢打猎，在监狱里，他最喜欢叙述和听的故事就是猎手的故事（包括文学作品）。

影响他人生的主要事件：

1. 父亲的死。

2. 得到董汉生的友情。

3. 替王冶平的儿子入狱。

【方向明】

男，58岁左右。初中文化。江城市第一监狱监狱长。

家庭背景：

父母是农民，均已去世。兄弟姐妹现也还在农村。

老婆沈玉玲，监狱工厂的副厂长。有四个孩子，三个女儿，儿子最小。

学习及工作背景：

在农村长大，解放前他父母讨过饭，很穷，因此他对共产党特别感激。初中毕业后，他在家务农，后来参军。在部队里一直当到副营职干部，参加过对越自卫反击战。复员后来到了江城，并在第一监狱工作，从副监狱长一直到监狱长的过程花了他近十年的时间。再过两年他就要退休，因此他十分满意目前的生活状态。他管理的第一监狱一直是省模范监狱，一直没有出过越狱、暴狱等大案。他希望在他退休之前，一切都安安稳稳，按部就班，因此，他对一切新鲜事物，对副监狱长程功和杜红等人提出的对监狱的一些改革方案等，总是持反对意见。他那安定、稳当的生活节奏因为杜红的到来，开始发生了质的变化，他在故事中，始终处于矛盾和斗争的漩涡之中，这是他一生中遇到的最大的一场战争，在开始，他有些怯弱，但正义感终于战胜了自我，挺身而出……

性格特点：

是一个从容不迫，深思熟虑的人。表面上看，他显得有几分窝囊，但实际上，他身上有很多农民式的狡猾，对形势的判断有他自己的直觉，且往往很准确，他有自己处世的方针，对任何事情，都能配合自己计划好的步调前进，是个忠于自己的人，不论是在社会或在家庭，这样的态度都不会改变。

不仅对自己要求严格，对朋友也同样地要求严格，对任何事都很有耐心，并能忍受孤独。年轻时不是很顺，他自己认为，他本来应该是正团级的干部，结果只得了个副营职。找了个老婆是农村的，不满意，连生个儿子都比别人付出了更多的努力和代价。但他认为，从他当上监狱长那天起，也就是四十五岁起，他的生活才开始顺起来。

他的一生充满着梦想和希望，但是他觉得现实和他的梦想相差很远。他唯一满意的事就是在快四十岁的时候得了儿子，他对儿子极其溺爱，家属院的小卖部里，他儿子可以随时拿东西，月底他到再到小卖部结账，儿子很胖。

在一定程度上，他是一个乐天派，有困难并不畏惧，受活罪的是他的老婆。

他有坚强的忍耐力和持久力，是个严守道德的人。但也就是缺乏通融性，对他人的意见不接受也不采纳，心高气傲，不易与人亲近。孤独的个性也令人敬而远之。

是个喜爱旧式思想的人，对于那些追求新奇事物的人十分轻蔑，崇尚古风。他最喜欢读的书就是《资治通鉴》。

他从不浪费，是个节俭的人（唯独对儿子例外）。以前抽烟，但怕受贿，把烟戒了，不喝酒。

但他很正直，也正是他的正直，给杜红开了很大的绿灯，在许多关键的时候，是他帮助了杜红，因为他而使得整个事件发生了质的转折。

他最喜欢的就是工作，最害怕的事就是迟到，追求永远正确，但做事总是考虑太多，疑虑太大，他最喜欢的业余活动就是下象棋，在监狱里有一个犯人是象棋高手，他经常找他下棋。

他的身体状况不是很好，痛风、风湿病，关节炎和各种疼痛总是来折磨他，特别是风湿和关节炎，在对越自卫反击战场上留下的后遗症。不喜欢体育运动，总是感到冷和疲劳，总是感冒。

影响他人生的主要事件：

1. 参加对越自卫反击战，能活着回来。
2. 生了个儿子。
3. 当上了监狱长。

【张鸣宇】

男，36岁左右。政法大学硕士毕业。江城市反贪局副局长。

家庭背景：

父母均是大学教授，是教生化的，目前都已定居在加拿大，和张鸣宇的妹妹生活在一起，在江城，张鸣宇没有亲戚，他的社会背景很单纯。这也是市委为什么会任命张鸣宇为江城市反贪局局长的一个原因所在。

妻子杜红，没有孩子，他希望在四十岁之前有一个孩子。

学习及工作背景：

在中学及大学期间，他可以说是一帆风顺，大学毕业后直接上的硕士。毕业后回到江城，先是干了两年时间的律师，一起很小的案子改变了他的思维，决心从政，决定从体制上对一些现状进行改革。开始进入市府，进入市府后官运一直亨通，他是王冶平最欣赏的年轻干部，在市府政策法规处工作过一段时间，任副处长，后派到山西某市挂职，当副市长（这也是他和杜红没有孩子的一个原因），后回江城，在市委工作，在故事刚开始时，他被任命为反贪局副局长。

性格特点：

头脑非常灵活，理性和感性的平衡性好，深得大家的喜爱。他的脾气很好，特别厌恶争执或把愤怒形之于外，懂得调和关系，能和形形色色的人十分顺利地交往,行为举止优雅大方。

有极强的虚荣心,过于强烈地希望在亲近的人面前表现一番,所以,无形之中,便做出了超乎能力之外的行为。

不仅会说话,而且也会听别人说话,冷静地运用自己的判断力了解对方话中的含义,是一个八面玲珑的人,喜欢说话,话题丰富,涉猎广泛,所以上至天文下至地理都能侃侃而谈。知识广博,喜欢艺术,唯美,对艺术品有惊人的鉴赏力。给人的第一印象很好,能取得他人的信赖。

凡是他在的地方,必能使周围的气氛充满欢乐,他每天打扮都富有变化,和女人约会时,会对对方的色彩搭配感到惊讶。

但由于对美的感觉敏锐,能欣赏好的东西,也正因为此,隐藏着功名心和名誉欲望。

他喜欢参加大型的聚会活动,他和杜红就是在一个朋友的家庭聚会上认识的。

不抽烟,但懂得喝酒。

他收集大量的古董,对杜红说,这些都是赝品,而且还有大量的古董通过董汉生流出海外,因为这个癖好,他掉入了金钱的陷阱里。

对爱情很专一。

影响他人生的主要事件:

1. 那个影响他人生命运的案件,导致他放弃很有前途的律师生涯,而从政。

2. 到西北某市挂职任副市长,认识了几个文物贩子,开始对文物古董有狂热的兴趣。以至于最后发展成和董汉生的走私结合在一起,把国内的一些重要文物通过董汉生的手运到国外,由他妹妹在国外收藏并销售。

【高文君】

女,30岁左右。政法大学毕业,学士,后在国外留学,有美国的法律硕士学位。

开了一家律师事务所,在江城市很有名气。她是董汉生公司的法律顾问。

家庭背景：

母亲是董汉生和石涵彦中学时代的语文老师，父亲是另外一所中学的校长，她有一个哥哥。家庭的背景也比较单纯。

学习及工作背景：

中学毕业后直接考入政法大学，与张鸣宇是校友。大学毕业后，找了一个恋人，一同去了美国，她在美国拿到了硕士学位，这时，她的恋人变了心，抛弃了她，失望之下，她回到了江城，在江城开办了律师事务所，由于董汉生的提携，她律师事务所的生意很好。她兼任董汉生汉通公司的法律顾问，同时，也还是石涵彦的辩护律师。

她和石涵彦、董汉生之间的关系最主要的是由她母亲建立起来的，石涵彦在父母去世的情况下，是高文君的母亲照顾石涵彦，因此石涵彦把高文君的母亲当作自己的母亲看待。

性格背景：

她是一个热情洋溢的人，由于和气而开朗的个性，决定她是一个追求热情恋爱的典型。她一面将箭射向对方的心坎，一面追求感情，一面燃起爱恋之火。自由奔放是她的心愿，所以并不执著于结婚。经常会被异性的笑脸或气氛引诱而一见钟情并一厢情愿，这表现在她对张鸣宇和石涵彦的爱恋之上，她开始疯狂地追求张鸣宇，但张鸣宇表示他不会背叛杜红，失望的她最后把感情堆积在石涵彦的身上，她欣赏石涵彦的气质，她对人有着优异的直觉判断力，但没有自己的哲学观和人生观，恋爱的时候，她喜欢脚踏两只船，在不同的对象之间穿梭。她和董汉生也有关系，但她明白这完全是一种相互利用，她对董汉生并没有感情，但这并不妨碍她和董汉生上床。

她以自由、速率、变化为自己的座右铭，不受任何人的束缚，照着自己的速度前进，爽朗是她最大的魅力。又因为性情急躁，所以对任何事都急着下结论。因为自视甚高，所以和周围的人不能和谐相处。

总是随着潮流，不断地在变化着自己，她非常重视做人的原则，不会和现实妥协，重视自己所深信的事，不善谋略。天真烂漫，古道热肠，不过潇洒不羁的她常被别人误以为是轻浮随便的人。

善于交际，朋友很多。

她一切都追求时尚，时尚在她的身上体现得最为彻底。

也抽烟，也喝酒。开着名车，住着豪宅。

最喜欢在大自然里散步和骑马，喜欢盛大聚会的场所，可散步或打猎的森林。喜欢骑摩托，打高尔夫和野营，身体状况看上去很健康。

影响她人生的主要事件：

1. 在国外，男朋友抛弃她。

2. 在生活中同时遇到三个男人，张鸣宇、石涵彦和董汉生，其中，她最讨厌董汉生，但迫于无奈又被董汉生控制，爱张鸣宇，张鸣宇却不爱她，后来爱上石涵彦，石涵彦却又是个囚徒。

【董汉生】

男：50岁左右，高中文化。港商，江城外资企业汉通贸易投资公司的董事长。

家庭背景：

父亲原是百货公司的副经理，母亲在某机关工作，母亲的所有亲戚都在海外，所以在“文革”中董汉生一家也受到冲击，但董汉生靠拳头打开自己的天下，这是他和石涵彦不同的地方，也是他会同情石涵彦遭遇的原因。改革开放后，母亲带着一家到了香港，他的舅舅在一个有黑社会背景的公司里当一个小头目。

没有婚姻，一个人生活。

学习及工作背景：

在读高中时，是同学中的老大，有义气的成分，这也是他为什么会和石涵彦成为知心朋友的原因所在。到香港后，董汉生从十九岁起就在他舅舅的教导下走入社会，当马仔，靠自己的心狠手辣，董汉生有了自己的积蓄，并开了一家小公司（表面上是做鞋，但暗地里什么违法的生意都做），后来，他来到内地发展，在江城开了几个厂，并开始做走私生意，同时开始做码头生意，并利用一些官员，开始非法融资建一个新码头，甚至还插手江城市的新机场建设。他在石涵彦的协助下，搞掂了一大批江城市的高层领导，从而使得他的非法生意一路绿灯。同时，在石涵彦的帮助下，在他的周围聚集了一批黑势力分子，从而成为一个有组织的黑社会团伙。

性格背景：

个性外向，是一个很知性的人，与生俱来的交际手腕，大大咧咧，但内心却是十分有心计，有主心骨，能够掌握住各种情况，然后和对方配合得很好，对经商有天赋，牟取暴利不择手段。

性格特征上有着双面性，善于讨价还价，善于察言观色，且反应之快也非一般人能比。

是一个爱说谎的人。但在另一面，他心情好的时候，又能有幽默感。

天性也是一个很敏锐的人，个性善变，喜怒无常，经常会有莫名其妙的厌倦感，使自己意志消沉。

做事走向极致，天性就有怀疑别人，不信任别人的思想，这也是他为什么决定要除掉石涵彦的动机所在。

在他年轻的时候应该有过一次刻骨铭心的爱情，但这次爱情没有成为婚姻。所以他一直陶醉在这种感觉之中，从而迟迟无法下决心结婚。

在他的身边有高文君、夏菲菲这样的女人，但都没有感情。

由于很年轻就在黑社会的环境中长大，他的语言习惯都很粗鲁，性子很急，但也不乏幽默感。他的性格外在上看和石涵彦正好是一种反差。

做事匆忙，从来不拖泥带水，吃饭很快，几乎是囫囵吞枣。

肠胃功能紊乱，是个典型的失眠症患者，有吃零食的习惯，爱吃榛子、杏仁、核桃仁、葡萄干等。自己一个人时喜欢吃泡面，特别厌恶大吃大喝，因此，为了场面，他不得不赔着笑脸和各类高官吃饭，但吃完饭回来后，必定是一顿恶脾气，他身边的人就要受苦。

影响他人生的主要事件：

去香港，进入舅舅的那个黑社会圈子。

【夏菲菲】

女，27岁左右。大学本科文化，医学院毕业。江城市中心医院外科医生。

家庭背景：

母亲煤气中毒而死，属自杀，但其实是丈夫夏国华设计所杀，这个内幕别人都不知道，但夏菲菲内心十分清楚自己的母亲就是父亲所杀。

父亲夏国华，江城市财政局副局长。故事开始时，他因为一起受贿案，以受贿十万元，判五年徒刑而入狱。其实他的入狱只是一种交易。

夏菲菲是独生女，父亲其实很爱她，但是他为了往上爬，竟主动将自己的女儿介绍给王冶平，从而成为王冶平和董汉生的暗中情妇。

学习及工作背景：

她有一个非常不幸的童年，因为从小开始，她父母之间就吵个不停，大学毕业后分到江城市中心医院工作。后认识王冶平，王冶平喜欢上了她。

性格背景：

性格十分古怪，神经质，阴毒，对父亲极其仇恨，最后导致杀害自己的父亲，故事结局时进入精神病院了却余生。

【程功】

男，38岁左右。大学文化。江城市第一监狱副监狱长。

家庭背景：

普通家庭背景，没有任何其他背景。

成家，妻子在市府机关里工作，是一个局级干部的女儿，不漂亮，性子不好。

有一个儿子，五岁。

学习及工作背景：

他大学时学的是管理，成绩很好，一直是班干部。对监狱管理有自己的一套新见解，和监狱长方向明一直是对头，他在监狱里的人缘很好，是公认的监狱长的人选。

性格背景：

有野心。十分精明能干，为了能升官可以不惜牺牲自己的爱情（在大学里有一个很爱她的女朋友），他找了一个高官的女儿作为自己的老婆，但两人之间根本没有爱情可言。所以他把自己所有的精力都放在了工作上。

他十分喜欢杜红，甚至疯狂地爱上杜红，但他有很强的克制力，在杜红面前一点都不表露出来。杜红对他的印象开始时很好。

被夏菲菲拉入犯罪的深渊，被腐蚀，从而为石涵彦的犯罪集团大开方便之门，甚至参与谋杀夏国华的具体行动计划。

后来在董汉生的唆使下，开始加入谋杀石涵彦的行动。他的这些阴谋最终被杜红发现，在和杜红的较量中，最终还是因为他的手软，让杜红击毙。

影响他人生的事件：

1. 娶了一个不爱他的妻子。

2. 认识了夏菲菲，从而和江城市的上层有了联系，陷入到贪官和黑社会编织成的黑网之中。

【赵建伟】

男，32岁左右。大学文化，汉通公司财务副总管。

家庭背景：

父母都是普通百姓，在家里排行老二。还有一个姐姐，一个弟弟。

有一个女朋友付洁，两人非常相爱。

学习及工作背景：

大学学的是财会，成绩很优秀。毕业后汉通公司招聘，慢慢地做到财务副总管的位置。并成为董汉生黑社会集团的中心人物之一。

性格背景：

心思细腻，对所有事情的整理、分类都非常用心。记忆力超群，能以冷静的态度判断事物，在团体中是一个不喜欢出头露面的人物，适合在幕后、从事辅助工作。很有礼貌，而且很谨慎地拍人马屁，手段之高明，简直是无懈可击。正因为这点，董汉生把他派入监狱来监视石涵彦，并在适当的时机开始谋杀石涵彦。而潜入监狱的方案及谋杀石涵彦的方案都是由他本人提出来的。

他是一个大孝子，因为董汉生把他的全家都移民到了澳大利亚，在某种程度上，他冒这种风险，是为了感激董汉生，同时，他也明白，自己及家人的一切都在董汉生的掌控之中。

他对自己的女朋友付洁非常痴情。

在这个案例中，包含构建人物的几个要素，以女主人公杜红为例：

(1)内在的生活(人物前史):成绩很好的杜红在高考前夕遭遇妹妹被杀害的变故上了公安大学;毕业后在省司法厅监狱局工作八年,而后到第一监狱狱侦科挂职锻炼。这是故事开始前杜红的人生经历,也是决定杜红性格的主要因素:第一,失去妹妹的痛苦让杜红敏感,追查凶手成为杜红人生的最大目标,所以她专断、固执,这也是杜红把罪犯绳之以法最后又失去爱人的原因。第二,杜红为了两次变故不得不修正人生方向,抱负没有得到施展。这让杜红在生活中带有轻微的敌意、性格略有孤僻。

(2)职业生活:追查杀害妹妹的凶手、挖出腐败的蛀虫。

(3)个人生活:与张鸣宇的恋情。

(4)个人特征:执著、敏感、略孤僻、忠于爱情、不甘平淡。

(5)人物的戏剧性需要:当(2)和(3)有了交叉,就成为撕扯杜红的一对反作用力:一面要为妹妹复仇,一面是复仇路上的偶发事件让爱情幻灭。

在做人物分析时,切忌凭空想象人物的"性格特征"。一定要仔细理出性格的来龙去脉,这样人物的相互作用才能有情感的动因,才具备动作和情感的真实性。

事实上,这样的人物分析已经是故事大纲密不可分的组成部分。它能帮助创作者把握人物和人物间的相互作用,更有效地掌控剧情的进展。实际上很多剧情都是编剧在对人物进行分析时"捋出来"的。当然,这些人物构置到故事大纲时也可能会有所变化,如《阳光普照》案例中的人物港商董汉生到大纲中变成了市长的儿子王宏飞。

三、分集大纲

在故事大纲的基础上,依照每一集的戏核确立出具体情节。分集大纲不是单纯把故事细化,而是要完成每一集的框架设计,包括主要的场景和场景中的具体情节。在进行分集大纲写作时要注意以下要点:

(1)情节的整体布局。每一集都承担具体的叙事任务,编剧应该时刻认清每一集在开端——进展——高潮——结局这一链条中的具体位置。

(2)具体情节的处理。在分集大纲里,确立每一集具体的情节。

(3)相对完整性和"留扣"。电视剧总体上要有一个开端、进展、高潮、结局的戏剧结构,但同时也要有"集"的概念,注意每一集的相对独立性。每一集都要有自己的"戏核",有悬念,集与集之间做到环环相扣。创作者还应当明白,作为一个"半成品",你的剧本中每一集的开头结尾的点在完成片中都可能会有变化。因此要注意留有余地,把扣留在大约整集的后四分之一处而不是最后两三场戏。

案例：四十集电视连续剧《我的孩子我的家》分集故事大纲（第一至第五集）

第一集

挺着大肚子的幺婶带着大大小小五个孩子在厂门口跪成一排，这是一个威胁。

厂长其实早已铁了心，这回不管幺婶再闹出什么幺蛾子，都绝不会改变厂里开除幺叔的决定。毕竟他的酒醉失职给厂子造成了巨大的损失，而且医院诊定幺叔是酒精中毒，已经丧失劳动能力。可是幺婶现在居然在厂门口跪了下来，他就不得不出去看一看了。

幺婶见到厂长的第一句话是，你帮我个忙，朝我肚子上踢一脚吧。

厂长愣住了。

幺婶不是个不讲道理的人，她说现在全家五个孩子指着幺叔的工资都只将将够活，幺叔再一被开除，肚子里的孩子生下来也养不了，不如痛快点踢掉。厂长开始后悔自己为什么要出来，然而他想走却已经走不了了。幺婶望着厂长笑笑，说你要动不了手的话，我自己来吧。她突然开始狠狠地打自己的肚子，是真的打，鲜血已经流了出来。

厂长吓坏了，连忙嚷着要送幺婶去医院，可幺婶就是不动弹，宁可死在厂门口，厂长万般无奈，只好答应幺婶等大儿子林繁长大了接他爸的班。幺婶一直等着得到这个答复后才昏了过去。

幺婶再次醒来时已经在医院了，护士高兴地告诉幺婶，她生了一对双胞胎，幺婶却叹了口气，人口越多越不好养活。这时，幺叔和幺婶的婆婆进来，却是一脸冷如冰霜地开始收拾幺婶的东西，今天就出院，回家！

幺婶就这样刚生完孩子就被幺叔和婆婆带回了家，而且两人都漠无表情。幺婶不禁感觉到巨大的委屈，在幺叔把幺婶关回自己屋里时，幺婶终于忍不住了，问幺叔和婆婆到底是什么意思？幺叔狠狠地对幺婶说，这次幺婶实在太给他们丢人了，林家的人都被幺婶这一跪给丢尽了，从现在开始，不允许幺婶再出门，再给他们丢人去。

幺婶本来心里就难过，幺叔的话更像是导火索，幺婶爆发了和幺叔的争吵，在争吵中，幺叔忍不住动手推了幺婶一下，过去的日子里，这是对幺婶最厉害的办法，因为幺叔打起老婆来是从不留情的。然而这一次，幺叔怔了一下，觉得自己不该打刚生产完的老婆，幺婶反而冷静下来，感觉到了什么，对幺叔说，你再打啊！

幺叔当然不敢动手，而幺婶反而使劲地给了幺叔一下，这一下如此着实，幺叔脚下不稳，摔倒在地上。幺婶有些悲哀地看着幺叔，知道自己的丈夫是真的失去劳动能力了，幺婶对幺叔说，你在家里说话以后不再算数了，从现在开始，你得听我的！我就当又生了三个孩子，双胞胎——加上一个你！

幺叔灰头土脸地从屋里走出来，婆婆一直听着屋里的动静。从娶幺婶那一天开始，婆婆就对自己这个漂亮的媳妇不放心。一直让幺叔要盯住幺婶，要镇得住幺婶，幸好这么多年都平静地过来了，然而现在注定今后的生活必将不再平静，婆婆听到幺婶对幺叔的话更是怒火中烧，一下子冲进了屋里。

幺婶本以为婆婆将有暴风骤雨般的一番责难，然而婆婆却一副热情的笑脸，问幺婶感觉怎么样，难不难受，让幺叔再给她熬些汤喝，辛苦了……幺婶对婆婆忽如其来的热情弄得摸不着头脑，在婆婆叮嘱完离开时，突然向幺婶满脸笑容地甩下一句话，“你得好好保重身体啊，因为幺儿的身体不行了，家里这几张嘴，就全靠你了！”

幺婶眼前顿时一黑，她知道，笑面虎的婆婆是把家中最大的重担从此压到了她的肩上，可是，她还有别的选择吗？

幺叔和幺婶原本有五个孩子，按繁荣昌盛起的名，大儿子林繁，大女儿林荣，老三林昌，老四林盛，生老五的时候繁荣昌盛起完了，幺叔想了半天，居然想出了个很诗意的名字，林静。

对于跪在厂门口的这件事，五个孩子是有不同的反应的，老大林繁和他爸一样，老实得近乎窝囊，倒也不觉得什么，老四林盛从小聪明伶俐又贴心，别说跪，就是撒泼打滚也是拿手好戏。老二林荣是个姑娘家，老三林昌是这一带有名的打架王，都不免感到有些丢脸，然而谁都没有想到的是，反抗得最激烈的竟然是老五林静。

这个才六岁的小姑娘居然极为刚强，被幺婶扇了两个耳光还不跪，最后还是林繁和林盛按着她跪下的。虽然跪下了，但幺婶清晰地能看到林静眼中的不服和愤怒。这不是幺婶给林静的第一次屈辱，也不是最后一次。

幺婶没上过学，但是女人天生会计算，她明白 5 + 2 = 7，加上幺叔和婆婆，家里有十张嘴要等着吃饭。于是幺婶当家做主后的第一个决定，就是刚生下来的双胞胎不能养了，必须送人。

这对婆婆有如晴天霹雳，婆婆和幺叔都疯狂地反对。但是幺婶从现在开始，已经不是那个幺叔身后，安静持家过日子的女人了。幺婶知道，家里八张嘴都养活不起，加上这两个孩子，更是活不下去。

幺婶准备把刚满月的双胞胎送到另一个城市去，远远的，以免以后见到伤心，她联系好了一个没有孩子的人家，但在她抱着双胞胎要离家的时候，婆婆死也不让她走。

婆婆是挡不住幺婶的，但是婆婆有女人最后的一招，她说，幺婶只要抱着孩子一走，她就上吊。

婆婆不是说着玩的，幺婶要抱着孩子离开，婆婆就真的把自己吊在了房梁上！

幺婶看了一眼婆婆，她知道，如果她把婆婆现在救下来，她就永远送不出去这两个孩子了，幺婶居然抱起孩子转头就走，然而似乎是发怒一样，一脚过去，声音很大地踢翻了一个凳子，看到幺叔慌张地跑过来，幺婶知道婆婆的性命不会有事了，这才走出了家门。

婆婆被幺叔救下来，婆婆破口大骂幺婶，如此狠心的一个女人，能眼见自己上吊都不管，她就是家里的魔星！

幺婶抱着两个孩子，坐上了去另一个城市的火车。火车走了很长的时间，在一个站台停靠的时候，幺婶看到下面有卖糖水的，她看着怀里的两个孩子，突然心疼得无以复加，突然感觉必须得给孩子买糖水喝。幺婶一边要掏钱买糖水一边流眼泪，然而掏出的钱还差了一些，幺婶需要到怀里去掏钱，而抱着两个孩子使她手不够了，于是跟旁边的人说，帮我抱一下孩子。旁边的人点点头，接过了幺婶手里的一个孩子，幺婶掏出钱来，买了糖水，回身要抱回孩子的时候，幺婶的脑袋嗡地一下，她的身边空空荡荡，刚才帮她抱孩子的人，和她的孩子一起消失了。

幺婶没法再上火车了，她抱着双胞胎里的一个，从站台，到站台后这个小镇子，幺婶挨家挨户地找，挨家挨户地问，幺婶快疯了，一直找到深夜，依然可以看到这个抱着孩子的可怜女人，一家家地问，声音已经完全嘶哑了，还是急切地问，你看着我的孩子了吗？

幺叔和婆婆虽然早早就叫孩子们上床睡觉，但他们两个都睡不着，并且幺婶早就该回来了，却迟迟不见踪影。终于门响了，幺叔和婆婆出去开门，看到幺婶抱着孩子失魂落魄地站在门口，幺叔心中一喜，以为幺婶最后决定还是不把孩子送出去了，而幺婶却望着他们，静静地说：我把一个孩子，给丢了。

第二集

幺叔和婆婆顿时疯了。婆婆催促幺叔赶快去找孩子，幺婶却说，不用再找了，谁都不用去。而后回到屋里，把孩子放在小床上，幺婶和衣倒下，很快睡着了，她知道，她已经找遍了那个镇子的每一个角落，不可能再找到了。

而婆婆却觉得幺婶真是狼心狗肺，幺叔还是连夜就出发了，去幺婶丢孩子的地方，又找了一遍。第二天，幺婶还是平静地起床，操持家务，到晚上看着幺叔也是一身疲惫地回来，幺婶没说什么，给幺叔打了洗脚水。幺叔洗着洗着脚，突然怒从心起，一脚踢翻了水盆，指着幺婶说：我就不明白，你怎么就不难受?！你怎么就能不难受呢?！

幺婶怎么可能不难受，但是她现在身上担着整个家，她知道难过的权力已经不再属于自己，她必须得让整个家能活下去。

幺叔被厂里开除的时候，还并没有意识到自己真的再赚不了钱了。这么多年来，他一直是家里的顶梁柱，他的工资是家里经济的主要来源。然而，幺叔丧失劳动能力，连搬个箱子都搬不动，不断想找活儿，又不断被辞退，幺叔开始意识到，自己是不是真的废了，他的心里渐渐起了微妙的变化。

幺叔帮不上忙，幺婶就必须开始想办法养活这个家。幺婶决定，全家人都必须参加劳动，孩子们也必须做事了。她想做豆瓣酱来卖，然而去供销社进原料的时候，才发现自己家里的钱根本不够用，然而供销社的老刘却很慷慨，让幺婶完全可以先拿回家去用，有钱再还。幺婶有些犹豫，因为她注意到了老刘那一双一直盯着她的眼睛，她知道，老刘很早就对自己流口水了，街坊也都知道老刘是个有名的色鬼。于是，她不动声色地拒绝了老刘，但是，豆瓣酱这条路，似乎也从此堵死了。

时间流逝的每一天对幺婶都是极其难熬的，因为家里原来积攒的一点钱也几乎都花完了，钱越来越少，家里经常饥一顿饱一顿的，幺婶也一直在想办法做各种活，但是在那个年代，一个女人又能赚到多少钱呢，终于，幺婶惊恐地发现，家里就要吃不上饭了！

幺婶费尽心思，几乎在完全没有米和菜的情况下，弄出了一锅稀得不能再稀的野菜粥。可是她在喊孩子开饭的时候，却发现六个孩子，居然都不见了。

幺婶连忙出去找孩子，她一出门，就看到了她的六个孩子，正一顺水地站在邻居家的门口，眼巴巴地看着邻居的吴婶在蒸糖包，连还不会走路的老六，也被二姐林荣抱在怀里，眼神居然也在望着糖包。吴婶带着胜利而高傲的微笑，递出一个糖包来，几个孩子就欢呼着去抢，吴婶偏还不那么痛快地给，要这几个孩子连喊几声，吴婶最好，吴婶万岁，才戏耍似的把糖包递到这些孩子的手里。

吴婶和幺婶是邻居，两个女人也一直都不对付。吴婶的丈夫是手艺人，家里的条件一直非常好，是这条街上过得最好的人家。幺婶家的日子虽然赶不上吴婶，但是幺婶长得漂亮，手又巧，家里收拾得干干净净，反而是这条街上最让人羡慕的媳妇，吴婶最受不了的，是她的丈夫一说起幺婶来，就夸个不停。于是吴婶总是夹枪带棒地损幺婶，幺婶当然也不是省油的灯，两个女人就这么一直斗了十几年，到了现在，吴婶觉得，她终于是要赢了！

幺婶把孩子往家里赶，不允许他们在外面要糖包这么丢人。但是孩子却偏走不动，有些孩子脚往家里走了几步，脑袋却还一直向后望着，死死地看着蒸出来的糖包。幺婶赶了这个孩子几步，那个孩子又回去了。吴婶更是得意，幺婶气急了，动手打孩子，终于把这些孩子都硬生生地赶回了家。

回家坐在饭桌上，几个孩子却像集体示威一样，望着面前的粥一动不动，幺婶让他们吃，他们也不吃，于是幺婶发狠了，谁说不吃，就把谁面前的粥泼掉，今天晚上饿肚子，在幺婶泼了四碗粥之后，老大林繁终于有点抗不住了，低头要喝粥，而在这时，吴婶拿着满满一屉糖包，满面春风地敲开了幺婶的门。

孩子们欢呼雀跃，吴婶说就是送来给他们吃的，而且都是街坊，以后他们家多做一口，吃剩的，只要林家不嫌弃，她就都端过来。吴婶觉得自己终于赢了幺婶了，幺婶却不让孩子动这糖包一下，谁动一下，就赶出家门。吴婶看着糖包没人动，有些没面子，挂不住了，问幺婶这是想干什么？幺婶说，林家的人就算饿死，也不能要饭！

幺婶已经没有退路了，她第二天早上悄悄离开了家，她没有别的办法，只有最后一条路可走，去卖血。

然而在血站，幺婶再受打击，由于她生产后就开始想法养家，身体虚弱，不符合卖血的条件。幺婶这回真是绝望了，连卖血都不让她卖，这一家人还怎么活呢？

在她回家的路上，她遇到了老刘。

幺叔和婆婆目瞪口呆地看着老刘蹬着三轮车，把供销社里做豆瓣酱的原料亲自运到了幺婶家。从这一刻起，幺婶指挥下的全家大劳动开始了，也从这一刻起，老刘和幺婶的闲话便传开了，而吴婶，是传播闲话的主力。

洗蚕豆、蒸蚕豆、给蚕豆剥壳、洗坛子、拌佐料、发酵……五个孩子在幺婶是率领下忙得热火朝天，幺婶奖惩分明，完成工作有奖，完不成要罚。老二林荣总是完不成交给的定额，幸好老大林繁会悄悄把自己完成的分给她一部分。孩子们一起奋斗，虽艰苦，但也有温馨和有趣的地方。幺婶展现了神奇的持家能力，她可以把一件林繁的外衣改成林荣的裙子，再变成林昌和林盛的短裤，最后变成老六的尿布。成堆的蔬菜，她能一个人就用小车运回家里来，而后把同一种菜做酱、腌成咸菜、晾晒成干菜，而后成为全家人未来几月桌上的"佳肴"。在六个孩子的记忆中，那时的母亲，简直就是魔术师，在那个充满饥饿和苦涩的童年时代里，却对母亲始终抱着点石成金的期望。

孩子们也无师自通地学会了许多赚钱的办法，他们去捡牙膏皮，把废品中电器开关里的铜砸出来卖，用铁钉在火车铁轨上被飞驰的列车压成"飞刀"卖给迷恋《加里森敢死队》的小孩们……他们没有钱买玩具，他们对玩玩具的概念，就是看着别人玩，别人玩得很高兴，他们也就高兴了。只有赚钱，成了他们唯一的童年游戏。

但是幺婶和老刘的闲话渐渐成为了整个小城市里的人最喜欢议论的话题，而且愈演愈烈。因为幺婶在老刘这里总能拿到免费的黄豆原料，以及老刘经常准备或大或小的惊喜，有时候，是几袋糖，有时候，是一屉的发糕，有时候则更好，是一些粮票。那么幺婶要付出什么呢？这似乎是不言而喻的。

于是幺婶的五个孩子从小知道了什么叫做羞耻，还不算老六，因为她还太小。他们生活在别人的闲话和冷笑中，于是五个孩子都学会了两种天生的本领：当经过正在闲谈的街坊时，都会低下头脚步加快而过，或者真切听到别人在谈论自己家里人时，毫不犹豫地向其怒目而视。

面对别人的谈论，五个孩子有着不同的反应，老大林繁会迅速低头走过，并在心里暗暗发誓，只要再等几年，等他能接父亲的班的时候，他会用自己的努力让别人重新认识这一家。老二林荣会像完全事不关己和别人一起谈论自己的母亲，并且比别人笑得更大声。老三林昌会向别人挥拳头，就像一头虽小但凶狠的野兽。而如果老四林盛听到了，那些谈得最起劲的人会突然发现，不知什么时候，裤子上粘了一口痰，或者衣服的下摆被剪坏了。然而，最可怕的一幕是在卖水果的王姐身上发生的，她那天正跟几个歇凉的人唾沫横飞说幺婶说得快意，之后就突然发现她插在摊上的西瓜刀突然刺进了自己的大腿，刀的另一端握在老五林静的手里，由于她力气太小，刺得还不深，可是王姐在数日之后还会心有余悸地回忆“那么小的孩子，怎么就敢拿那么长的刀扎人呢？”

就是这个林静，决定要找出母亲和老刘之间真正的答案。

林静一直悄悄地跟着母亲，看着母亲进了老刘的家。她在外面默默地数着数，一直数到了100，母亲还没有出来，于是林静深深地吸了口气，拿起了一块砖头，猛地砸向了老刘家的窗户！

老刘慌慌张张地跑出来，林静看到了母亲也跟着出来，看到是林静砸了老刘的窗户，幺婶不由分说，过来就给了林静一个狠狠的耳光。这一耳光把林静和幺婶之间的最后的温情，彻底打散了，林静像一个小野兽一样扑向老刘，喊着要把老刘打死。

这很快演变成了一场闹剧，很多人过来围观，吴婶更是笑得开心，然而围观的众人突然起了一点小骚动，有人喊野人来了！挤进人群中间的这个人的确像野人，一件老羊皮袄，胡须一直密密麻麻爬到胸口上，浑身都是土。林静害怕地望着他，这个人却拍拍林静，高兴地对幺婶说——嫂子，我回来了！

第三集

回来的人叫林建设，幺叔的亲弟弟，在内蒙古草原上插队了数年，漂亮的小伙子变成了野人，几乎连幺叔都认不出这个弟弟了。婆婆很高兴，而幺婶很头疼，家里又多了一口，新回来的小叔子比一头牛还能吃。

林建设绝不是个甘心在家里吃闲饭的人，然而他跑到知青安置办，发现知青的安置工作差不多都结束了，几乎是最后一批回城的林建设暂时没有工作安排。而考大学，对于已经把当年高中的知识跟草原上的草一起喂了羊的林建设来说，更是遥不可及的梦想。林建设遇到了人生中最麻烦的阶段，他的精力是一生中最充沛的时候，却是完全地无事可做，不知道该做什么，也不知道能做什么。

林建设只有把过剩的精力都投入到幺婶家里的杂活上，他体力惊人，就像年轻的幺叔一样。似乎为了表示自己不是吃闲饭的，林建设对幺婶家里的活投入了百分之二百的精力，邻居经常看到一个龙精虎猛的小伙子如一阵风般扛着各种箱子柜子，搬来挪去。而且幺婶也发现这个小叔子是个不同于这个家的异类，他的脑中总有一些异想天开的想法，有时候还有股邪劲。比如说家里冬天烧炉子，幺婶为了省钱，每天晚上都会把炉火封上，到后半夜就冷得要命，而林建设居然对炉子进行了改造，在炉子外面标上了刻度，一度保持家里的温度，二度是平时做饭炒菜，三度是家里来了客人，并且将炉子外面挂上了自己用铁丝编的网，可以烤东西吃，也可以把衣服烤干，使炉子旁成了家里孩子们的天堂。

但是这毕竟是杯水车薪，幺婶的日子其实更难过了。第一重难过，来自外面。幺婶的豆瓣酱做了出来，却卖不出去，因为这条街上已经有卖豆瓣酱卖了十几年的一家了，他们恰好还是吴婶的亲戚，吴婶故意在幺婶面前大摇大摆地去买她亲戚的豆瓣酱，并装作自言自语地羞辱幺婶，说幺婶的豆瓣酱里都透着骚味儿。她亲戚更是糟蹋幺婶及其豆瓣酱无所不用其极。由于这些闲话、羞辱和破坏，幺婶有时候，连一瓶豆瓣酱都卖不出去，想要大批卖给工厂商店更是天方夜谭。幺婶每次出来卖豆瓣酱都变成了巨大的羞辱，要忍受旁边的闲话，还要继续装出笑脸来推销。幺叔帮不了幺婶，他正在痛苦地戒酒，却戒不了，酒精中毒是一种病。幺叔总想戒酒后就重新开始，但是永远无法实现的戒酒使幺叔越来越沉沦。

幸好还有林建设。

林建设每天中午，都会捧一碗杂米饭，蹲到幺婶的摊位边，开一瓶豆瓣酱就着，极其香甜地大口吃起来。在这时，只要有人说一句闲话，她的身边就会出现林建设巨大的身影，和盯着她的牛眼，这使闲话人不寒而栗。于是林建设每天中午的豆瓣酱饭，成为了对幺婶无形的巨大保护，幺婶每天在心里都渴盼着小叔子出现的这一刻，其实林建设一点都不爱吃豆瓣酱，但这是他唯一能为嫂子做的。闲话少得多了，但是幺婶的豆瓣酱还是卖不动。

幺婶的第二重难过，是婆婆无形的折磨。

闲话当然也传到了婆婆的耳朵里，婆婆表面上不动声色，但在家里却给幺婶越来越多的难过和折磨，有时候，家里的饭盛到幺婶这里，就莫名其妙地不够了。有时候，幺婶刚坐下，婆婆就会像无意似的重复外面的闲话，而后冲幺婶笑笑，说这都是胡扯，我骂过他们了，让幺婶有话也说不出来。并且婆婆一直坚持，从老六能吃饭起，就摆两副碗筷，她总坚信，自己丢的那个孙女，一定能回来，能找回来。幺婶终于发怒了，她把那副多出的碗筷坚决地收了起来，不用再抱这样的幻想，家里现在是这样的情况，那个孩子就算没丢，也得饿死！

除了婆婆，老五林静成了幺婶又一个仇人，在家里，林静处处都跟幺婶作对，一切都反着来，幺婶就算打林静，林静也一声不吭，始终用阴郁的眼神望着幺婶。她是家里孩子唯一一个对挨打和挨饿都不怕的。幺婶也不禁气馁了，没想到，自己在家里养出了一个小仇人。

林静和婆婆最难过的时候，就是幺婶化妆的时候。因为幺婶在家里总是忙得不可开交，自己打扮得也乱七八糟。但每次幺婶开始化妆，就说明她要出门了，要去找老刘了，每当她一化妆，林静和婆婆就觉得受不了。婆婆是冷言冷语，林静是想办法把幺婶化妆的东西扔掉，但是都没有用，幺婶每隔几天，还是要花枝招展一次，这是婆婆和林静周而复始的噩梦。

幺婶就是如此内外交困，身心俱疲，但是她依然顽强地撑持着。而她没有想到，把她从困境中拯救出来的机会，开始于她的两个儿子，老三林昌和老四林盛。

在幺婶的六个孩子里，老三和老四是踩肩膀下来的，两个人关系也最好，都在小男孩最淘气的时候，简直是无所不为。林昌和林盛天天看幺婶被卖豆瓣酱的和吴婶欺负。两个孩子心里很不忿，便起了坏主意，晚上偷偷翻墙撬门，去到卖豆瓣酱的家里酱缸中，足足地撒了两泡尿。

第二天，在买豆瓣酱的人觉得豆瓣酱里似乎有了些怪味，林昌和林盛偷偷地笑，幺婶似乎发现了什么端倪。

到了晚上，林昌和林盛又按原路去对方的酱缸里撒尿，但在这一次，他们刚动身，卖豆瓣酱的人就被敲门叫醒，有匿名的人告诉他们，有孩子去往他们酱缸里撒尿了！

卖豆瓣酱的一家操起家伙就来到了做酱的后院里，林昌和林盛发现有人来了，就想原路溜掉，但是他们突然发现他们刚刚撬开的后门，又被牢牢地锁住了。

在门的那一边，他们不知道锁住这道门的就是他们的母亲幺婶，他们也不知道告密的那个匿名人同样是幺婶，这是幺婶设下的一个圈套。

卖豆瓣酱的一家冲进来，林昌和林盛眼看躲无可躲。就在这时，林盛让林昌别说话，老实在缸后面藏着，而林盛替林昌冲了出去，用自己来保全老三林昌。

林盛是个鬼灵精，知道林昌是一根筋的单纯，怕他挨打。而卖豆瓣酱的人一看着林盛，发现他真的往酱缸里撒了尿，怒火上冲，上来打林盛，而林盛还没挨到第一下打，就直挺挺倒在地上装死，把这些人倒吓了一跳，不会真把小孩打死了吧。

林盛在偷笑，但藏在酱缸后的林昌突然狂嚎着冲了出来，听说把林盛打死了，他就疯了，小林昌拼了命地打卖豆瓣酱的一家，而林盛看到林昌挨打，也一下子不装死了，跳起来拼命地去护他的哥哥，结果是两个人都被打得不轻。

就在这时，卖豆瓣酱的一家听到惊天的一声哀嚎，幺婶披头散发地冲了进来，护在孩子的身上，大哭他们把她的两个儿子打死了，而这一闹，来看热闹的街坊邻居也越来越多，卖豆瓣酱的人找到机会，告诉大家豆瓣酱里的怪味是两个小孩往酱缸里撒尿，众人都义愤填膺，指责幺婶不该这么做，幺婶一边辩解是两个孩子淘气胡闹，一边却在心里暗暗想，卖豆瓣酱的这一家，是中了她的计了！

这的确是幺婶的计策，她故意导演了这场闹剧，让大家都知道卖豆瓣酱的这家，有孩子往酱缸里撒了尿。这样一来，买过的人都觉得恶心，不知道吃了多少孩子的尿，而从此之后大家也一看他家的豆瓣酱就生反感，担心会不会又有孩子往里撒了尿，从此吴婶的亲戚，卖豆瓣酱的这家生意一落千丈，再也无法翻身，而幺婶的豆瓣酱占领了整个市场。

然而，虽然这个计划完美，却并非无缺。幺婶必须狠下心来，牺牲林昌和林盛，她是真的心疼，在锁上林昌和林盛赖以逃跑的门时，幺婶的腿一软，眼泪顿时就流了出来。她看到林昌和林盛被打得血迹斑斑，而林盛还在幺婶的身边悄悄说，妈，你别心疼，我是故意装成这么惨的，其实他们打我一点都不疼。这句话让幺婶顿时还有些演戏的哭声，变成了真正的号啕大哭，她把林盛紧紧地搂在了怀里。

林昌和林盛无意的闹剧却救了幺婶的生意，也救了这一家，从此之后，林盛也成了幺婶最疼爱，最偏心的孩子。

那天豆瓣酱撒尿闹剧的结局，还是林建设的出现。在众人七嘴八舌地指责幺婶，卖豆瓣酱的恨不得把幺婶也再打一次的时候，林建设阴沉着脸过来了，护住了幺婶和两个孩子，带他们出去。卖豆瓣酱的人当然不干，拦住林建设，林建设拿出把刀来，往自己胳膊上划了一下，鲜血长流，林建设说，他们可以跟他玩命，大家一人割自己一刀，看最后谁受不了。林建设的玩命吓住了这些人，他也顺利地将幺婶保护回家。幺婶在小叔子强有力的臂膀遮护下，感到了这么多日子以来难得的温暖。

林建设在家里的地位似乎越来越重要了，孩子们也更多地愿意跟林建设待在一起。而幺叔的心理却在起变化，本来幺叔和林建设两兄弟的感情是极好的，但是幺叔一直都把林建设当成自己的小弟弟，是他在照顾着林建设，但是幺叔发现，从林建设返城回来开始，自己在家里的地位，似乎渐渐被林建设所取代。家里有什么需要男人做的事情，幺婶和孩子们都会习惯地去叫林建设，而幺叔虽在眼前，他们就像是看不到。幺叔也逞强做过几次，希望自己能找回家里男人的尊严，但是他确实因为酒精中毒，完全丧失了劳动能力，他的逞强似乎换来的是家里人的悲悯。在幺叔内心，便开始有了对林建设下意识的不满，甚至有时开始有意无意地刁难林建设，与其口角。因为林建设存在，使他感觉到自己越来越失败了。

幺婶的生意好了起来，一家人的大难关终于在努力之中渐渐渡过，甚至在卖出一大批豆瓣酱后，幺婶还会弄一点“五指膘”的肥肉，故意在院子熘，这飘出的肉香似乎代表着幺婶的胜利。

而林建设更带回了好消息，他在找工作中无意发现，在邻县卖豆瓣酱，可以比在这里卖出更好的价钱。于是，幺婶和林建设约好，第二天一大早，由林建设蹬车，带幺婶去邻县碰碰运气。

第二天天还没亮，幺婶就起床了，她在镜前仔细地梳妆，花了比平时更长一倍的时间，而同样早起的婆婆默默地在身后注视着这一切，当婆婆看到，幺婶化完妆出来，在门口等着她的人却是林建设时，婆婆的眉头紧紧地皱在了一起……

第四集

在邻县的豆瓣酱生意果然比本城的要好。于是林建设和幺婶每天一大早，天刚刚亮，就一起去邻县卖豆瓣酱，而天已经黑透了的时候，林建设才蹬着车带着幺婶回来。幺婶见小叔子这么辛苦，有些过意不去，对林建设是加倍的体贴和好了，做饭都会给小叔子多留些偏食，衣服破了一点都补得整整齐齐的。林建设当然觉得更是温暖，能干又漂亮的嫂子几乎成了他心目中的偶像。幺婶的化妆也越来越勤了，回来得再晚，起得再早都要化妆，化妆的时间也越来越长，这一切都使婆婆越来越不安了。

婆婆交给了林繁一个任务，让他去盯幺婶的梢，幺婶和林建设每天都说了什么，做了什么，林繁必须报告给婆婆。

林繁心里当然不愿意，虽然林繁自从知道以后要接他爸爸的班后，学校就很少去了，觉得去学校也没用，使得林繁年轻人的精力更加无处发泄。而林繁是个雄心万丈，却什么事都做不成的人。他总觉得自己将改变家里的一切，却又不知道从何改变起，他就盼着自己赶快长大，接幺叔班的那一天，在他心里，只要到了那一天，一切就自然改变了。

林繁本来不想去，但是架不住他奶奶骂了他几句，又抹了几把眼泪，林繁只能答应，但是林繁怕辛苦又觉得无聊，一次都没有跟过幺婶，而是在外面晒太阳，混时间，每天回来就开始顺嘴胡编骗奶奶，拣奶奶想听的说，林繁没有想到，他的这种编故事才能却让幺婶的婆婆越来越怀疑幺婶和林建设了。

家里的气氛便起了微妙的变化，每天晚上吃饭，幺叔总是没什么话说，而幺婶和林建设由于一天的工作，很有共同语言，有说有笑，说起白天遇到的趣事，的确幺叔也插不进嘴去。而婆婆却是越来越觉得不舒服，于是婆婆找林建设谈，让他离嫂子远点，那幺婶是个狐狸精，谁都想勾一把的。林建设愕然，他根本没有想到这一点，但婆婆对幺婶的评价是他完全不能同意的。这番谈话的结局是林建设愤然离去，留下婆婆独自抹泪。但晚上再见的时候，林建设似乎就感觉到了尴尬，跟幺婶的话少多了，但又忍不住不跟幺婶说话，婆婆、幺叔、幺婶、林建设，家里的气氛越来越尴尬了。

而幺婶还是离不开老刘，虽然豆瓣酱生意有了起色，但是这个家要活下去，就需要从老刘的供销社里进原料，一直没有给老刘钱，幺婶欠老刘的越来越多，但林建设开始越来越多地插进幺婶和老刘的中间，每次看到幺婶和老刘在一起，林建设就看老刘不顺眼。特别是老刘和幺婶的流言，使林建设心里特别难受。

幺婶一门心思在如何养活这个家上，对这种尴尬虽然也有感觉，但还不是她心中最重要的事。林昌和林盛这两个无法无天的孩子，让她越来越有些担心了。

林昌和林盛两个人最近迷上了斗蛐蛐，但是总是输给街上的大孩子。于是两个人约好了，要到旁边的山里，想法抓一个特别厉害的大蛐蛐来。两个孩子费尽辛苦，终于抓到了一只厉害的蛐蛐，刚兴高采烈地下山，就被大孩子拦在了面前，把手一伸，拿来！

林盛装糊涂，什么拿来？

啪地挨了一耳光，大孩子继续伸出手：蛐蛐拿来。

林昌死也不给，撒腿就跑，但是根本跑不出去，被大孩子们四周一围，还是屈辱地把蛐蛐交了出去。

林昌当夜一晚没睡。林盛半夜醒了，看到林昌还在发呆，劝他别想了。再想法去抓蛐蛐好了。

林昌认真地跟林盛说，我想当警察。我特别想当警察，我要主持正义和公道。

第二天，幺婶听说林昌跟人打架，把对方孩子的头打破了。

林昌是真的疯了一样迷上当警察这个梦想了，他每天都模仿警察的站姿，练着他想象中的格斗，只要孩子们之间出现争斗，他就要去平息，而且林昌打架不要命，所以幺婶总是听到林昌又把谁谁家的孩子打伤了，幺婶在不断赔礼道歉的同时，也对林昌越来越担心。

林盛听人传说，说甘草比糖还好吃。于是林昌和林盛两个人在逛集市的时候，发现有人在卖甘草，两个孩子禁不住诱惑，偷了些甘草，却没吃出味儿了。他们想拿更多的甘草，一不小心把全车的甘草都弄翻了，再想跑的时候被路过的派出所许所长当场逮住，他们作为小偷被抓，使林昌和林盛感觉到了无比的侮辱。

当天晚上，是派出所的许所长把林昌和林盛送回家的。幺婶听到林昌和林盛偷东西的事情，又看看许所长，突然来了主意。幺婶推着林昌和林盛，让他们认许所长当干爹。

林昌不肯认，因为许所长在大庭广众下抓了他，让他丢脸了。林盛也是不肯认，因为一个说不出口的原因，林盛和许所长的女儿许颖洁是青梅竹马长大的，他对许颖洁总是有些特殊的感情。许所长更是不想这么莫名其妙地认两个干儿子。但幺婶逼着他们认，因为幺婶怕林昌以后真闯出什么祸来，认一个派出所所长当干爹，是幺婶给林昌想留的后路。

幺叔听到林昌和林盛偷东西，大光其火，把林昌和林盛往死里打。许所长看不下去，想拦幺叔，幺婶却说许所长又不是他们家里的人，管不着，除非……许所长要是这两个孩子的干爹的话，干爹护着他们就不能不听了。

许所长没办法，总算松了点口，幺婶也趁机让林昌和林盛叫干爹。许所长被幺婶弄得毫无脾气，告辞离去。而他走出门口很远，发现林昌居然在跟着他。

许所长问林昌跟着他干什么？林昌问许所长，出了这样的错，他以后还能当警察吗？

许所长看看林昌，发现这孩子是如此渴望当警察，不禁笑了，告诉林昌只要以后不再犯错，好好努力，就能当上警察。

林昌向许所长郑重发誓。自己一定好好努力，决不犯错。之后的林昌果然拿一个警察的标准要求自己，林盛的小偷小摸，林昌再也不参与了。可是林昌的打架却并没有减少，因为他觉得警察就是得主持正义，特别是他拼了命地处处护着自己的林盛，决不能让自己的这个四弟吃一点亏，受一点委屈。

林繁继续他每天对幺婶和林建设的胡编来蒙蔽幺婶婆婆，而林荣却哭着回家，说不想再上学了。幺叔问林荣这是为什么？林荣说，她在回家的路上被小流氓骚扰了。那些小流氓说，她们一家都是贱货，幺婶是潘金莲，幺叔是武大郎，老刘是西门庆，而林建设，是被潘金莲勾搭上的武松！

第五集

婆婆最担心的事情终于发生了，但是幺叔没把林荣的这番话告诉婆婆，她不知道，其实幺婶和林建设的闲话，在外面早就传得沸沸扬扬了，而老刘和幺婶的闲话似乎因为林建设的出现，传得更加多，更加花样百出。

林繁这段时间没去盯幺婶的梢，一大原因是他陷入了早恋之中，他开始喜欢上了邻居一个与他岁数差不多的小姑娘，糟糕的是，这个小姑娘，恰恰是吴婶的女儿。

林繁开始跟小姑娘献殷勤，但是对方却还没有林繁这种青春期的萌动，但林繁却认定人家对他有意，而变得越来越主动。

林建设和幺婶每日早出晚归，开始变得无话不说。幺婶问林建设，怎么到这岁数，也不找个媳妇。林建设对幺婶倾吐出了他深埋在心底的一个爱情故事，一个林建设原来打死也不会跟任何人说的故事，那是他在内蒙草原插队时，和那里的姑娘发生的一段爱情，他甚至给那个姑娘买了一个镯子，花掉了他所有的钱。但是这个镯子最终没能送给那姑娘，在最后的一刻，命运的捉弄让他们两人还是分道扬镳。林建设的爱情故事深深打动了幺婶，她为林建设的感情而感动，她看着这个镯子，觉得真是漂亮，而林建设随口说，反正这个镯子也不可能再送给其他人了，嫂子喜欢，就送给幺婶吧。

这一幕让路过的吴婶无意中看到了，又通过吴婶的女儿传到了林繁的耳中。当然，林繁并没把这句话当回事，因为他的心里更重要的，是把自己的爱情向吴婶的女儿表白。

吴婶的女儿却被林繁吓着了，她根本没想到林繁会跟自己说这些话，于是她回去哭哭啼啼地告诉了吴婶，吴婶一听就炸了，直接骂上了林家的门。

家里只有婆婆和幺叔在，婆婆开始听着吴婶的骂只是笑，说都是小孩子，能出什么事？吴婶说别人家的孩子也就算了，可是林家的孩子，说不准自己家姑娘就被他占了便宜了。因为所有人都知道，幺婶外面勾着一个奸夫，里面还勾着自己的小叔子，吴婶说得更加难听，婆婆却听炸了。她把林繁找过来，问林繁到底看着幺婶和林建设做了些什么，林繁继续瞎编，却被婆婆当场拆穿，林繁害怕了，有些惊慌，突然想起了林建设给过幺婶一个镯子，这成了林繁的救命稻草，却成了压在婆婆心中那头骆驼身上的最后一根稻草。

幺婶跟林建设回家，林建设去停车，卸东西。幺婶脸上还带着笑容地走进屋里，但是迎面看到的却是婆婆一张阴沉如霜的脸。婆婆喝令幺婶站住，问她为什么勾引自己的儿子，她的小叔子。幺婶觉得这是无比的冤屈，愤而辩白，但这番话却更激起了婆婆的怒火，她开始失去了理智，她要从幺婶的身上搜出通奸的罪证，让幺叔去搜幺婶的身。

而幺叔不愿意，婆婆愈发生气，让林荣去搜幺婶。

林荣不敢，而婆婆给了林荣一下子，说林荣不搜，她就亲自搜，于是幺婶在丈夫和婆婆面前，蒙受了奇耻大辱，林荣搜了妈妈的身，但却并没有搜到任何东西证明她和林建设有关系。

原来林建设要给幺婶镯子，可幺婶想了想，还是觉得这样与林建设就太亲昵了，所以还是拒绝了，把镯子还给了林建设。

幺婶的脸都气白了，她之前受到过各种的屈辱，但是没一件事能比上这次的侮辱。林建设恰恰走进来，幺婶喊林建设过来，跟他说，把镯子给我。林建设还弄不清状况，幺婶喊了一句，把镯子给我。林建设把镯子这才给了幺婶，幺婶将镯子在婆婆面前套在了自己手腕上，转身就走。

晚上，幺叔劝幺婶别太难过，婆婆也是一时被气疯了。幺婶一句话没说，只是若有所思地看着腕上的镯子。

第二天早上，大家发现幺婶不见了，离家出走了，只剩下那个镯子放在了桌上。

所有人都出去找幺婶，幺婶不在，整个家都垮了。但是林建设、几个孩子，到处都找遍了，也找不到幺婶的踪影。

最后找到幺婶的还是幺叔，因为幺叔知道幺婶放不下家里这几口人，她不会走远的。幺叔终于找到了幺婶，让幺婶跟自己回家吧，幺婶说她实在是受够了，她回不去了。幺叔说，你不回去，家里这几张嘴怎么办呢？幺婶说，饿死就饿死吧，她已经太累了，没办法再坚持了。幺叔说来说去，幺婶还是不变主意，幺叔只有自己回去，但是幺叔最后对幺婶说，不管别人怎么传，他是一直相信幺婶的，相信幺婶不会做出对不起自己的事情，所以，他知道幺婶不容易，从来都不跟幺婶提这些事。

幺叔的信任使幺婶最后崩溃了，她回到了家里，看着幺叔，似乎这个男人没有原来那么软弱可恨了，似乎原来家里那个主心骨男人的样子又回来一点了。可是沉迷于酒的幺叔，还是会使幺婶对他刚燃起的一点希望，再次扑灭。

但是这一次，幺婶下定了决心，不再做流言和闲话的主角，邻县就算生意再好做，她也不跟林建设去了，而是又在自己家门口摆起了摊子，和林建设也主动地疏远了，有时候一天说不上一句话。幺婶同时毅然把跟老刘的暧昧关系断了，不再去找老刘，于是老刘看到幺婶如此，也就顺便决定把幺婶做豆瓣酱的原料断了——老刘决定给幺婶一点颜色看看。

四、分场大纲

在用分集大纲确定了每一集基本的剧情框架之后，剧作者还应当写出剧本的分场大纲。分场大纲不是故事大纲的进一步细化，而是将大纲中的故事情节大致地分解到各个具体的场景之中。分场大纲是剧作者将情节转化为“用画面讲述故事”的第一步。通过它，剧作者可以弄清情节发生的大致状况和它们之间的连接方式。

分场大纲不一定细致到每一个场次都写出来，但主要的推进叙事的场景都应当确定。写作分场大纲时要标明场景的时空。场景内的动作则不用具体描述，只需简单提示即可。如前面示例中的《偏心眼儿》故事大纲写成的分场大纲：

一、公路　拉石膏。

二、水泥厂办公室　张俊芳要债。

三、厂门外　等厂长。

四、小店　大龙说拥军基金事。

五、张家　取存单;保国送煤。

六、小店　托大龙贩大豆。

七、医院　叶子病。

八、彩霞家　夫妇为给叶子治病担心。

九、张家　保国来借钱。

十、水泥厂　二次讨债。

十一、小店外　彩霞责骂母亲。张痛苦。

十二、营房　张探望战士。

……

像这种分场大纲的写法似乎比分集大纲更简略,别人也许看不出个所以然来,但作为剧作者对自己的提示这样便足够了。

当然,在实际创作过程中,出于为更准确地掌控剧本进程,方便在剧本未全部完成时剧组筹备工作等原因,有时也会要求编剧写更细的分场大纲。在这种分场大纲中要写出每一场景的主要动作,甚至包括主要对话内容。

如下面的示例:

电视连续剧《来不及说我爱你》分场大纲(部分)

25. 景:承州大帅府六少卧房 内

时:日

人:慕容沣、谨之

谨之的房门几乎是被砸开的。如同受伤的野兽一样的慕容沣闯进门来,指着她,问道,程谨之,你为何如此心狠手辣,要下这样的毒手!

谨之却仿佛早有准备,平静地说,沛林,她只是一个妓女,你怎能为了一个妓女跟我大吵大闹。

慕容沣一个耳光扇在了谨之的脸上,将她重重地扇倒在地……

一场决裂的对白。疯狂中,谨之大喊道,我没有错!我要为我的婚姻斗争下去,我要让尹静琬消失,让姓苏的消失,我要所有阻碍我幸福的人,统统从这个世界上消失!

慕容沣突然停住了,恍然悟地大笑起来,他一边笑,一边说,我终于明白了,我终于明白了——一切都是你处心积虑的安排,今天发生的事情只是过去的重复而已。我到如今才明白,我明白得那么的晚……

慕容沣拔出腰间的佩枪，子弹上膛，指向了谨之。

26. 景：承州大帅府大门口 外

时：日

人：程司令、沈副官、岗哨

大帅府外，一辆军车急速地驶进门来，程司令冲下车来，沈副官焦急地喊道，司令，快，六少拔枪了！一路带着他向帅府飞奔而入。

27. 景：承州大帅府大厅 内

时：日

人：程司令、沈副官、仆从

程司令刚刚奔进大厅，冲向楼梯，突然楼上一声剧烈的枪响……

楼下的仆从失声惊呼。程司令大喝一声，冲上楼去。

28. 景：承州大帅府六少卧房 内

时：日

人：慕容沣、谨之、程司令、沈副官

房间里一片狼藉。巨大的穿衣镜被一颗子弹穿过，破裂成了碎片。谨之惊吓过度，瘫倒在地，身上并无伤痕。慕容沣气喘吁吁地跌坐下来……

“让她从我眼前消失。”

程司令连忙拖起谨之，带着女儿仓皇地离开了大帅府。

29. 景：乌池日军指挥部 内外

时：日

人：建璋、板井将军、前田、岗哨

日军乌池指挥部，岗哨林立。许建璋从轿车上下来，巨大的太阳旗在阴沉沉的天空下迎风招展，发出哗哗的巨响。

会客厅里，一样站着持枪的岗哨。一面太阳旗横挂在厅堂中央。

板井将军和前田坐在堂上，冲建璋微笑着。前田隆重介绍道，这一位，是我们日本皇军尊贵的板井将军。

建璋礼貌地行礼，板井将军悠悠地说道，最美的樱花，总在晚春开放。许先生，我们知道，你一定会来的。

四、完成剧本

将分场大纲用画面的描述性语言来实现，再写出人物对话，便是创作的最后步骤——完成剧本。

以下是电视连续剧《男才女貌》的完成剧本实例：

1. 上海街头 日 外

苏拉 尹杉 路人

熙熙攘攘的上海淮海中路街头。代表上海城市特征的欧式建筑和“巴黎春天”、“太平洋百货”等霓虹招牌一一从镜头中掠过。街头上，一双一对穿着时髦的青年男女依偎着行走。

镜头逐渐推到苏拉和尹杉身上，可以看见苏拉正在跟尹杉争论着什么，忽然她把尹杉的手甩开，自己转头在人群中大步向前奔去。

尹杉连忙追上，拉住苏拉。

尹杉：苏拉！你别这样！你看这大马路上的，人家都看着呢！你听我解释……

苏拉再次把他的手甩开：不听！我不想听！你放开我！

尹杉：苏拉！苏拉！

苏拉眼里含着泪水在熙熙攘攘的人流中快步走着，尹杉追在她身后，连声叫她，但苏拉却不理他地径直往前走，路人都诧异地看他们。

路前方出现一个大大的“地铁”标志，苏拉想都没想一头钻了进去。尹杉跟着追到地铁口，发现把苏拉跟丢了，四处望了望，也跟着钻进了地铁通道中。

2. 地铁站口，日，内

邱石，苏拉，尹杉

邱石边吃着汉堡，低头看着报纸往里走，差点被快步而来的苏拉撞倒。

苏拉没有道歉，径直向前方的自动售票机走去。邱石有点火了。

邱石：喂！你这个人撞了人怎么不道……

苏拉回头，露出一张明显哭过的脸，格外楚楚动人。

邱石生生把后半句话咽回去：没事儿！对不起！对不起！

邱石还想说什么，苏拉已经跑开。

尹杉也跟着追了过来，他想拦住苏拉，苏拉又甩开了他。无奈，尹杉只好也买了一张票跟进去。

邱石看着两人跑开，苦笑地摇摇头，转身要去买票，忽然发现地下掉了一个东西，他走上去捡起来，发现是一个玉石挂件。

邱石抬起头来寻找苏拉，但苏拉已经没影了。

3. 地铁站台上，日，内

邱石，苏拉，尹杉，乘客

地铁站牌，上面大大地写着"往上海火车站"。

邱石站在牌下。四下看着，忽然，他听见一阵吵闹声，回头看见了苏拉跟尹杉站在另一边"往莘庄"的站牌下。

另一边，尹杉拉苏拉，苏拉甩开后退一步；再拉，再后退一步。尹杉终于急了。

尹杉：苏拉！你不要这样蛮不讲理好不好！我已经追了你大半条淮海路，你还要我怎么样？

苏拉：你可以不追过来，没有人要你追！

尹杉：苏拉，你别这样嘛，我又没有犯什么杀人放火的大罪，不就是跟刘姗姗见了一面吗？你至于发这么大的脾气？

苏拉：那你觉得不忠诚也是小事吗？

尹杉：你别动不动就扣大帽子行不行？喏，你也是知道的，刘主任是我研究生的导师，刘姗姗是他介绍给我的，还是他的亲生侄女，你说我不见合适吗？学我们这个专业的，如果不出国根本没什么作为，咱们学校明年就有一个公派去 MIT 深造的机会，这一个名额就在刘主任手上啊！

苏拉：你那么想出国，为什么不自己考呢？麻省理工有那么多中国学生，不见得个个都是你们刘主任保送出去的！你就是急功近利！

尹杉怒了：我急功近利？你呢？你就没有错吗？死守着你那个烂专业不放，搞得现在是工作工作找不着，上海上海留不了，叫你考研究生你又不同意。我都不知道你到底想干什么！怪不得我父母一直不同意我们交往呢，你想想，换做是你爸妈，他们肯让你跟一个没工作没户口的外地姑娘在一起吗？

苏拉：什么？你爸妈也……

尹杉意识到自己说错话了，表情有点尴尬。

苏拉强忍着泪水别开脸。

两个人都不说话了，气氛一下子冷下来。一旁的邱石饶有兴致地看着这一幕。

一道光打来，一辆地铁列车靠站，车门在苏拉和尹杉面前打开，人群蜂拥而至。尹杉走上来想搂住苏拉，苏拉猛地推开尹杉，上了车。

周围的人被尹杉撞了一下，骂了一句：不长眼睛啊！

尹杉恼怒地转身走开。

另一边，往火车站去的地铁也开到了，又一群人涌上去。邱石站在中间，左右为难地看了看，在最后一秒钟终于决定跳上了苏拉的这趟地铁。

4. 车厢内，日，内

邱石，苏拉，乘客

火车开动，苏拉看见了车窗外气冲冲地独自走开的尹杉。她难过地转头。终于忍不住眼泪流了下来。

邱石一直远远地在晃动的人群中盯着她看。两人一在车厢头，一在车厢尾。邱石拼命地试图挤过拥挤的人群到苏拉那边去。他好不容易刚挤过去，地铁到站，苏拉下车了。

邱石望着关上的车门傻眼了。

第五节　电视剧本创作手法浅谈

关于电视剧剧本的创作技巧，不少电视剧剧作的专著都有详细的论述，这里只点到即止作一个浅谈。

1.人物关系设定

人物是剧作的灵魂，对于电视剧来讲，人物也至关重要。和电影相比，由于电视剧往往时长更长，对故事的容量和复杂度要求更大，因此对人物关系的设定就更加庞大、复杂，往往呈现出网状的人物结构。这种网状人物结构，其基础是由以下几种基本人物关系来奠定的。

(1)核心关系:主要是爱情关系,也即男女主人公的设定。但也有少数电视剧的核心关系不是爱情,而是兄弟关系,或敌我斗争关系,例如《士兵突击》中许三多与部队兄弟的关系,《亮剑》中李云龙和对手楚云飞的关系等。在核心关系中,尤为重要的是设计好主要人物的性格亮点、人物魅力。一部电视剧的主要人物没有光彩,整部剧集也不会好看。主人公可以是才高八斗、聪慧过人的高智慧者,如《铁齿铜牙纪晓岚》中的纪晓岚,美国电视剧《越狱》中的斯科菲尔德;也可以是热情、纯粹甚至带点儿痞子气的叛逆者,如《甜蜜蜜》中的雷雷,《血色浪漫》里的钟跃民;也可以是外柔内刚的烈女子,如《凤穿牡丹》中的郁无暇,《闯关东》里的鲜儿;但也可以是带点世俗臭毛病的平民形象,如《我的青春谁做主》里面的钱小样,《乡村爱情故事》里的刘能。无论如何,主人公不能是平淡、乏味,没有亮点的人物,因为他们将带动整个漫长剧集的主要剧情。

(2)三角关系(多角关系):电视剧中通常会在核心人物关系中加上一个或几个人物,形成三角关系(多角关系)。三角关系中的那个第三人常常会有符号化的通病,因此我们在设置三角关系时,要尽量让第三方摆脱扁平,成为被观众理解和同情的有血有肉的人物。例如《凤穿牡丹》中的芷岚,她所有宝贵的东西(父亲、心爱的男人)都在一夜之间失去而且在她看来全都是被同一个人夺走,因此和姐姐的爱恨情仇成为她一生的主题。芷岚这个人物做出了很多疯狂的事,但是观众却能够理解她的情感和动机。又如连续剧《手机》中令严守一离婚的那个所谓的“第三者”,也不是电影《手机》里范冰冰扮演的妖媚女性,而是设置了“伍月”这样一个知性、柔情、令人生怜的女性角色,这个人物的形象性格设定,一下子令《手机》的三角关系焕然一新。

(3)敌对关系:敌人的强大也是自己的强大。在塑造富有魅力的主人公的同时,也要注重塑造他强大的敌对方,消除反面人物的符号化,让反面人物有他的生命逻辑和力量。例如《来不及说我爱你》中设置的反面人物许建璋,就是一个担负着沉重家族负担的文弱书生,他受尽羞辱,家破人亡,才最终导致了性格的黑暗和扭曲。其实他是一个爱得很深,却一生都没懂得如何去爱的可怜人。

(4)陪衬人物:主人公身边往往都搭配着特定的陪衬人物,其人物的功能主要是作为主人公的倾诉对象,使主人公的心事可以得以外化。这些陪衬人物可以是主人公的好朋友、酒友、同事、副官、丫鬟、母亲、姐姐等。

2.主题表达

电视剧由于其叙事结构的庞杂,时间跨度的拉大,其主题的表达也和电影剧本有着一定差异。在电视剧中,我们往往是通过一组组对应关系来传达故事的主题。

(1)上下两代的呼应：电视剧的时间跨度大，常常在剧中会刻画上下两代人甚至三代人的命运，在这种重复、循环但又变化的两代人生里，能够很自然地流露出创作者蕴含在故事里的宿命感或生命观。例如《激情燃烧的岁月》中两代人对军队的热情。《幸福像花儿一样》中两代人对初恋的耿耿于怀。《铁梨花》中赵元庚和他的儿子牛蛋，两代人的硬汉热血。

(2)主要人物故事和次要人物故事的呼应：主要人物和次要人物由于性格的不同，需求的不同，在人生道路上一定会有不同的选择，遭遇不同的境遇，这两者之间的呼应往往会流露出一种态度，这个态度就是创作者对生活的看法。比如《空镜子》中姐妹俩对幸福的不同追寻，显然创作者是站在妹妹一边的，更加认同妹妹善良真诚的内心和纯净的爱情观。韩国连续剧《女主播的故事》中的甄善美和徐迎美，一个代表了“真善美”，一个代表了“虚荣美”，她们两人的生活道路肯定截然不同，徐迎美最后的自毁很清晰地传达了故事的主题。

(3)主要人物在人生旅程中的转变：电视剧的叙事时间较长，更能够展现在漫长的人生，跌宕起伏的境遇中人物缓慢变化的过程。主要人物在故事中的这种改变，往往可以传达出故事的主题。例如《凤穿牡丹》和《来不及说我爱你》呈现的都是女性励志的主题，因为它们里面的女主人公都经历了一个从小女人到大女人的成长过程。

3. 场景内部情节设计

电视剧的大情节设计，和电影的方法基本相同，这里只简单探讨一下场景内部的剧本写法。由于电视剧观看方式是随意性很强、干扰性很大的家庭环境，和电影安静封闭的影院环境相比，电视剧需要比电影对情节的展现更加直接、浅显、注重人物表面的冲突胜过对内心冲突的微妙刻画，因此在创作电视剧的每一个场景时，要尽量留意以下方面：

(1)将主要人物推到剧情的风口浪尖。主要人物不能被一场戏的其他人物所淹没，不能在剧情中始终处于旁观者的角色，剧情的设计应该围绕着主人公展开，把他们逼迫到事件的中心位置。来看看《来不及说我爱你》中的一场以程谨之为主要人物的戏：

18. 景：承州医院高级病房 内

时：日

人：程司令、谨之、督军、常德贵、徐治平、程司令副官、承军士兵(假扮医生护士)几名

病房里，程司令正指挥着副官和几名士兵迅速地换上白大褂，扮成医生护士的样子。几名假扮的医生护士搬动督军，刚把督军挪到病床上，一名士兵惊慌地奔了进来。

士兵(急道)：报告司令，常德贵、徐治平二统制突然来了，已经在走廊里！

程副官：司令，怎么办？

程司令也一时间不知如何决断。

谨之果断地冲众人：别慌，一切听我的部署！快，揭开尸布，盖上被子，挂上点滴！

在谨之有条不紊的指挥下，众人将督军遗体上的尸布揭开，用被子将身体遮盖起来，挂上了点滴瓶。

谨之操起桌上的水果刀，割破了自己的手指，用血直接涂在了督军毫无血色的嘴唇上，接着迅速地端起桌上的一个空碗。

门一下子推开了。假扮的医生护士伫立两侧，程司令守候在床边，谨之正捧着碗，给督军喂水，房间里一片安静……

常德贵、徐治平二统制不顾副官的阻拦，自顾自地硬闯了进来。

常德贵：督军……

两个人看到眼前的这一幕，顿时有点呆住，又见着程司令那满脸的怒容不觉有点心慌起来……

程司令猛地站起来，压低声音喝斥着。

程司令：吵什么吵！还不快出去！

程司令不由分说地走到门口，将两人推出了门去。

19. 景：承州医院高级病房门口连房内 内

时：日

人：程司令、常德贵、徐治平、谨之、督军

程司令在门口严厉地批评着常、徐二人。

程司令：督军伤重，你们却这样吵嚷，万一督军有个三长两短，你们负得起这个责任吗！你们这样蛮横乱闯，不是对督军的大不敬是什么！

常德贵低低地哼了一声，徐治平却扮作愧疚的样子连连拱手。

徐统制：程司令，我们也是担心督军的安危，心里焦急，所以有些鲁莽了，还请原谅……

常德贵追问：这督军的伤势到底怎么样了？你倒是给个准话呀！

程司令却不回答他，只说：督军现在很虚弱，需要休息，你们先回去，改日再来探视吧。

徐统制应着，却扭头往里看去，而此刻病床前，督军身上的血涌了出来，浸染在床单上，一滴滴落在地板上……谨之强作镇定，自然地侧了侧身子，用身体挡住了流血的床单和地板……

常、徐二人将信将疑地透过半掩的门缝看着，谨之从容地喂着水，督军安静地躺在床上，透过窗里透进来的光线，能隐隐看见面颊上的血色。他二人只好拱手告辞。

徐治平：刚才莽撞了，对不住，告辞！

常德贵：告辞！

程司令也客气地拱手送别，目送着常、徐二人离开。

走廊里二人的脚步声渐渐走远了，病房里，众人这才松了一口气。

谨之放下手里的碗，瘫坐在床沿上，她身前的衣襟和她挡住的那块床单已经被血全部染红了，地板上也已是血迹斑斑……

这场戏人物众多、剧情紧张纷乱，但其中需要凸显的人物是女二号程谨之，因此在处理情节的时候，要特别注意将谨之这个人物放到风口浪尖上，让她来承担叙事的关键动作。所以这场戏的处理，原本可以让程司令来指挥众人乔装演戏，但这里必须设置成让谨之来指挥。第19场戏中也特意添加了督军身上血涌出来的戏，让谨之随机应变，用身体挡住血迹，这也是很刻意地在凸显主要人物。

(2)场景中的主要人物之间尽量制造正面的、直接的情感交流或交锋。在电影剧本中，我们可以尝试用眼神、微妙的动作等方式来展现人物之间的关系，但是在电视剧中，这种微妙的方式要尽量转变成正面的、直接的交流。在《来不及说我爱你》的第五集中，慕容四少清除乱党的决战前夜，男女主人公都在自己的房间里心事重重。如果在电影里，我们可以通过他们朝对方窗户的眺望，他们目光中的忧虑来表现这种情绪，但是在电视剧中，最好能够设计出一种更直接的交流，因此剧本中增加了一场折纸鹤的戏：

6. 景：承州督军府静琬小楼外连花园 外

时：夜

人：慕容沣、静琬

慕容沣在月色下的花园里心事满腹地散步，不知不觉间，已经走到了静琬所在的小楼前。他下意识地往小楼里走，刚走到门口，又犹豫了，缩回了脚步。

慕容沣抬起头，看见静琬房里的灯忽地已经灭了。

慕容沣（喃喃自语）：她已经睡了。

他伫立在楼下，只拿出一支烟，却并不点燃，在楼下静静地站了一会。

夜晚的树枝投下斑驳的暗影，打在慕容沣的脸上，更显得他分外的心事重重。慕容沣将那支没有点燃的烟落寞地抛在了地上，正准备离开。

忽然，空中飘来无数的小纸鹤，无声地落在他的身上，他的周围，如同雪花一般……

慕容沣拾起一只，那精致的纸鹤在手心上栩栩如生，仿佛就要展翅飞翔一般。

他动容地抬起头，漫天纸鹤飞舞着，月光下，静琬走出了小楼的阳台，两人楼上楼下，四目相对，万语千言都在月色撩人之中……

镜头处理，跳至花园。静琬已经从小楼里走出，慕容沣缓缓地上前，一步，两步，每一步都是如此地惊心动魄，两个人就这样一点点地靠近着……

慕容沣：今天真是特别的日子，刚才那一刻，我觉得好像置身在梦里一样，又好像是童话里才会有的情景……

静琬淡淡一笑。她的声音在夜色里分外温柔。

静琬：记得在俄国读书的时候，女孩子总喜欢叠纸鹤来许愿。我也许过几次，每次都很灵验。

慕容沣：哦，说一个来听听？

静琬：我希望圣诞节的那一日，可以不要孤单一个人在俄国度过。结果那一天，我在圣彼得堡的所有朋友，都突然出现在我的公寓里，和我一起庆祝了圣诞。那是我过得最快乐的一个圣诞节。

慕容沣：那些纸鹤一定飞到了朋友们的窗前，把他们召唤了过来。（顿了一顿，看向她）静琬，那么今晚，你许了什么心愿？

静琬不好意思地低下头去，并不直言。

静琬：今晚的愿望……也一定会实现……

慕容沣看着她，已经从她那乌黑的眸子里读到了一切……

慕容沣故意拾起几只纸鹤，放在手心里，将它们凑到耳边。

慕容沣：你们告诉我，这位美丽的小姐许了什么心愿？啊？大声点儿！我听不见！

静琬看着他那调皮的样子，扑哧一笑。

慕容沣：不要说德文！我听不懂！哦？这只翘尾巴的会说中文，太好了！

慕容沣专注地听着，过了半晌，放下那些纸鹤，笑吟吟地看着静琬，像个孩子一样童稚的样子。

慕容沣：不愧是尹伯伯的女儿，叠出来的都是会德文的小鸟。好在还有一个中文翻译。

静琬被他逗得忍俊不禁，他却已经动容地拿过静琬手里的折纸。

慕容沣：静琬，谢谢你……我以前从来不信这些，我只信我自己的能力。可是今晚，我愿意和你一起，相信一回。来，教我怎么叠。

静琬：你真的要学？

慕容沣：只要你不嫌我手笨，不愿意教我。

静琬和慕容沣在小楼外的台阶上坐了下来。

静琬：你再笨，我也教得会你。来，先把这张纸对折，然后再斜着对折……对，然后摊开……

慕容沣和静琬一起叠起纸鹤来。慕容沣像个认真的学童一般，有板有眼地仔细学着，很快就叠好了一只。

静琬：你也不笨嘛，虽然叠出来的都有些呆头呆脑的，不像鹤，倒有点像小狗……

慕容沣：你别小看我，我叠出来可是会说西班牙语的狗。

静琬：真的？说来听听？

慕容沣：汪！汪汪！

静琬：骗人的！

慕容沣：你又没见过西班牙的狗怎么叫的，人家就是这么叫的……

静琬开心地笑着，而慕容沣转眼间又叠出来了一只，然后又一只……转眼间，他们的身边已经围坐了许多纸鹤。

月色下安静的花园里，两个人忘记了烦恼，忘记了明天的决战在即，像两个孩子一样捧着纸鹤抛到天上，天空中，万千纸鹤飘飞如同漫卷的小雪……

(3)重场戏的浓墨重彩铺写。电视剧中每一集都有几处情节上或人物情感上的重场戏，遇到重场戏，要特别重视它的铺写，对于主人公之间的交流、环境的烘托、场景中其他人物的反应，都要细致地铺写。例如《风穿牡丹》剧本中父亲去世的重场戏：

景：郁府内宅，浩廷卧室 内

时：夜

人：浩廷，郁母、无瑕、芷岚、红玉、赵二、众下人

中场廾出。

郁浩廷的卧室，郁浩廷半坐半卧在床上，无瑕和郁母陪伴在郁浩廷左右，暗自垂泪。

郁浩廷看上去十分虚弱，眼睛却依然还有神采。

郁浩廷扫过整个房间的人，最后把眼光放在众人角度，缓缓叙述，好像在回忆。

郁浩廷：我，郁浩廷，苏州人，一生孤傲，却不谙世事，绣法自成一派，虽然在苏州有个名号，但却有名无实，想我这几十年，日子过得倒也平平淡淡，上对得起祖宗，下对得起族人，(眼睛看着无瑕，老泪纵横)唯一，我对不起，就是我的女儿。今天，趁着我还有一口气，当着所有家里的人，我将我们郁家绣坊，传家给(镜头扫过无瑕、芷岚、红玉的脸，停顿一下)长女郁无瑕，所有绣坊、房产都归夫人和无瑕所有，(芷岚愣住了)无瑕要好好孝敬母亲，照顾两个妹妹，将我们的绣坊发扬光大，所有家人都要听大小姐的，大小姐说的、做的，都是我的想法，大家都听清楚了吗？(众下人都俯首称是)去，赵二，把我的印章拿来……

赵二连忙捧来了印章盒子。

郁浩廷将印章交给无瑕，将钥匙交给郁母。

郁母(含泪)：老爷……

郁浩廷：无瑕，凤仪，这个家就交给你了，……

郁浩廷用尽了所有力量，从胸口衣服里面拿出一个手帕，将手帕交给无瑕。

无瑕拿着手帕，郁浩廷握紧无瑕的手，好像要说什么，谁知一口鲜血涌出，无瑕连忙用自己的手去擦拭，无瑕的手上全是父亲的鲜血，无瑕惊呆了。红玉惊叫一声，芷岚也倒吸一口冷气，郁母大叫……

郁母：浩廷，浩廷……

芷岚和红玉全都围住了父亲的床。

女儿们：爹……

郁浩廷用尽最后一口气，对无瑕说：绣坊……

无瑕(悲痛欲绝):爹,别说了,什么都别说了……

郁浩廷:凤穿,牡丹……

郁浩廷看着无瑕,颤颤巍巍地伸出手,想要最后抚摸一下无瑕的脸,芷岚和红玉也想去抚摸父亲的手,可是,那手,只差毫厘,终于颓然垂下,浩廷咽下了最后一口气。

郁浩廷随即瘫倒在床上,撒手人寰,手还紧紧握着手帕不肯松开。

红玉:爹!

郁母:浩廷!

无瑕傻住了,她徒劳拿起浩廷的手,不住往自己的脸上贴,想要父亲再抚摸一次自己的脸,一次次拿起,一次次垂下,那只手没能停留在无瑕的脸上。

无瑕绝望摇着头:不,不,爹,你别吓我,你醒醒,醒醒……

无瑕疯了一般,将浩廷的尸体抱在怀里,摇着郁浩廷。

无瑕:爹,爹,你起来,我绣花给你看,爹,起来看啊……

红玉抱着郁母痛哭流涕。

无瑕悲痛地大哭起来:爹……

赵二领着众下人哭着跪倒在地。

众人:老爷,老爷啊……

众人都痛哭不已,悲伤万分,只有芷岚安静地站在床边,眼泪静静地在面颊上滑落……

镜头从窗子拉出。

一弯惨月下,苏州的街巷。雨停,滴水的空镜头。

这场戏的写作非常细致,从细小的动作到大段的对白,都进行了详尽的铺展,既重点描绘了主要人物郁浩廷临死前的哀哀嘱托,又凸显了大女儿郁无暇在剧情中的地位,同时也不忘对郁母和其他几个女儿悲伤的刻画,尤其是芷岚在整个场景中过分的安静和与众不同,甚至连仆人们在场景中的动作话语都进行了描述。同时,由于这是一场特殊的死亡场景,因此剧本也用心描绘了死亡降临时周遭环境的惨淡哀伤。

(4)"织毛衣"式的台词创作。电视剧的台词创作,在整个剧本中占有的篇幅很大,可以说,剧情的推展随时随地都伴随着台词的铺陈。如果闭上眼睛不看画面只听台词,电视剧观众也几乎不会错过故事的主要剧情。所以电视剧的台词创作,和电影的台词创作存在一定的差距。电影台词看重简练,常常一个场景只用点睛之笔说出几句

“目标”台词，其余多数是靠动作来展现。因此电影观影经验较多的初学者刚写电视剧，容易很快就把“目标”台词说出，而使剧本中的台词缺少展开。其实电视剧的台词写法，比较接近织毛衣，人物你一句我一句，通过言语上的动作—反动作，以渐进的节奏去接近“目标”台词，这个过程是必不可少的。如《裸婚时代》第一集母亲和女儿的一段对话：

八、童佳倩家客厅　日　内

人物：童佳倩　田淑云　童建业

童佳倩推门：我回来了。

田淑云侍弄着茶几上的花：婚礼怎么样啊？

童佳倩往沙发上一倒，随手拿起一个苹果：别提了。妈，金玉变化怎么这么大！她本来已经跟马健家要了巨多彩礼，又是房子又是婚礼的，结果今天，因为马健家许诺的一套铂金首饰没到位，他们俩崩了！明天说要去办离婚手续。

田淑云：马健家怎么这样？

童佳倩：我觉得是金玉太过分了。她要是真爱马健，就不该有这么多物质要求。

田淑云：你这是理想主义。没有物质，婚姻以什么为基础啊？

童佳倩：感情呐！

田淑云：只有感情，两个人结了婚喝西北风去？

童佳倩：妈，好多人没钱买房子没铂金首饰，照样生活得很幸福。你看人楼下卖早点的小安徽，他们连自己的房子都没有，可是每天收完摊，两口子牵着手去买菜做饭，你谦我让的，那才是真正的幸福。

田淑云冷笑：那你知不知道，小安徽的老婆刚怀了孕，他们嫌养孩子费用太高，要去医院打胎；小安徽租的房子马上要拆迁，他们连下个月睡在哪儿都不知道；牵牵手就是幸福了？那是因为天气冷，他们舍不得买手套，握在一起好取暖。告诉你，贫贱夫妻百事哀，你理解的幸福，还太肤浅。

童佳倩：您的意思，幸福就等同于物质？（嘀咕）不知道我肤浅还是你肤浅。

田淑云：至少不能没有物质。（看童佳倩要回房间）你给我站住。你跟刘易阳到底分没分？

童佳倩：奉您的圣谕，早分了。

田淑云：你可别跟我打马虎眼。刘易阳这种孩子，谈谈恋爱也就罢了。要是说结婚，想都别想。

童佳倩：妈，刘易阳怎么不好了？怎么着也是个白领吧，以后有的是发展前途。

田淑云：一个广告公司能有什么前途？现在这种小公司多得像地上的青苔，一夜就能冒出来，一脚就能踩没了。妈妈不是瞧不起刘易阳，妈妈是怕你跟了他，生活没有保障，没有安全感。

童佳倩：怎么就没安全感了？人不就是顺嘴说一句自己是月光族嘛，往最坏了说这也得算是诚实吧。

田淑云：这就是没安全感，月光族，挣不多还有点钱就留不住，证明他根本就没有为将来的生活打算，没有责任感！

童佳倩：我也是月光族啊……

田淑云打断她：你还是啃老族！那不一样的，你是女孩……

童佳倩：妈，我提醒您，作为一个党员领导干部，您这思想可要不得啊，重男轻女！

田淑云：我还就重男轻女，我告诉你，重男轻女是自然现象，什么是重男，是男人就得把重担都扛了。

童佳倩让她说得哭笑不得：那您把我嫁给一个金佛，天天抱着金子睡，多安全。

她回到自己的房间，使劲关上门。

田淑云头都不一动：反正你和刘易阳绝对没可能，你趁早死心！

童建业从厨房端着菜出来：糖醋鱼出锅了。这又怎么了？

田淑云：我就不信，胳膊还能拧过大腿?!

这一场景的"目标"台词非常明确，就是母亲田淑云的在接近结尾处的那一句："反正你和刘易阳绝对没可能，你趁早死心！"但是整场戏却用了很大的篇幅来编织对话，使对话的信息一点一点地接近母亲的这个决绝态度。母女俩从朋友的婚礼谈起，进而谈到幸福和物质的关系，然后再落实到佳倩和刘易阳的关系，最后再一针见血地讲出"目标"台词，整个过程自然流畅，很接近日常生活，但又看得出是经过"编织"的结果。

电视剧的台词由于量大，对情感的表述直接，很容易造成台词过于直露，水分过多的情况，因此电视剧台词的营养和电影一样重要。在创作每一句台词时，剧作者都该以尽可能的准确度和动人的力量去接近这句台词想要传达的“目标”。令观众难忘的台词一定是有营养的、精雕细琢的台词。比如《裸婚时代》中刘易阳扭转乾坤，感动童佳倩父母的那段对白：

“八年了，我们俩上学那会儿，我就觉得佳倩长得好看，别的男生多看她一眼，我这心里就特不高兴。有点什么吃的喝的用的，我第一时间就想到是童佳倩，我每天骑车子多骑五六公里，就是为了能绕到你们家楼下，看一眼童佳倩。后来上了大学，我就把每个星期的生活费，全部攒下来，就等到周末，带佳倩去吃顿必胜客，看场电影。我上学那会儿，找各种办法让自己不饿，后来人家说，抽烟能让我不饿，我就开始学抽烟，抽不起好的我就抽次的，次的抽不了，我就捡烟屁股，烟屁股抽没了我没辙，我就只能睡觉，躺在床上一觉睡下去，也就忘了饿了。后来大学毕业找工作，我是削尖了脑袋想找那些挣得多的，能让我买得起房，买得起车，能让我堂堂正正地，把童佳倩娶进门。可是就算我拼了命，我也赶不上这房价涨的速度。阿姨，我爸妈都是工人，我们家没什么钱，条件也不如你们家，但是我爸妈都是好人，我妈说了，只要佳倩嫁到我们家，她就把佳倩当成亲闺女一样待。但是阿姨您要是觉得，我们小家小户的，您怕佳倩嫁到我们家受委屈，那我就给您表个态，我是非常非常爱佳倩的，我就是要跟佳倩结婚，您要是同意，我就住到您这儿来，有童佳倩的地方，才是我刘易阳的家。”

刘易阳的这段台词，表示的意思就是对童佳倩的爱，可是这种爱意不是仅仅通过干巴巴的“我爱佳倩”来表示的，这样呆板的宣誓也一定打动不了丈母娘的心。我们在这段台词里看到了很多具象的细节，有他骑自行车五六公里去看佳倩，有他存钱存到捡烟屁股，存到只能用睡觉的方式来忘记饿……正是这些有营养的细节打动了佳倩的父母，因为它们不是表面的宣言，是真实。

练习题

1. 调查研究近两年来受市场欢迎的电视剧题材，分析其发展趋势。
2. 自选题材，创作一个电视剧剧本的故事大纲（15,000 字以上），在此基础上写作分集梗概（每集梗概不少于 2000 字）及第一集剧本（15,000 字左右）。
3. 研读一部电视剧的某一场重场戏，分析其主要人物在事件中的位置和主动性，分析主要人物之间的情感表达方式，分析台词的铺写节奏和内在逻辑。

图书在版编目(CIP)数据

影视剧作艺术教程/周涌著.—2版.--北京:中国传媒大学出版社,2011.10(2024.5重印)
ISBN 978-7-5657-0354-6

Ⅰ.①影… Ⅱ.①周… Ⅲ.①电影文学剧本—创作方法—教材 ②电视文学剧本—创作方法—教材 Ⅳ.①I053.5

中国版本图书馆CIP数据核字(2011)第203903号

影视剧作艺术教程(第2版)

YINGSHI JUZUO YISHU JIAOCHENG (DI-ER BAN)

著　　者　周　涌
策　　划　程　平
责任编辑　程　平
封面设计　张洪文
责任印制　李志鹏

出版发行　中国传媒大学出版社
社　　址　北京市朝阳区定福庄东街1号　　邮　　编　100024
电　　话　86-10-65450528　65450532　　传　　真　65779405
网　　址　http://cucp.cuc.edu.cn
经　　销　全国新华书店

印　　刷　艺堂印刷(天津)有限公司
开　　本　787mm×1092mm　1/16
印　　张　18
字　　数　282千字
版　　次　2012年3月第2版
印　　次　2024年5月第12次印刷

书　　号　ISBN 978-7-5657-0354-6/I·0354　　定　　价　39.50元